江苏第二师范学院学术著作出版资助项目

姚苏平 ◎ 著

变革与新生
中国现代散文发生期研究

BIANGE YU XINSHENG

南京大学出版社

摘 要

处于新旧转折中的现代散文发生期,体现了特定时代文化精神的艰难选择,折射了"戊戌"—"五四"两代知识分子的精神镜像。通过载体和传播方式的改变、理论的论争、散文美学资源的再选择、主体的彰显和散文语言的技术性实践等多重路径的探索,实现了现代散文发生期的复杂转换。

本文由绪论、正文、结语三个部分组成。绪论阐释了"散文"、"传统散文"、"现代散文"、"发生期"等重要概念的理论涵义,分析了现代散文发生期的基本历史格局和研究现状。

第一章,从现代传媒兴起与现代散文新生相结合的角度,考察现代散文孕育的独立"空间"。中国的社会形态历经晚清末年、辛亥革命、"五四"初期的变迁,随着报刊的兴起、公共舆论空间的开启,传统散文"阐教翼道"的范式被解构,现代散文正是借时代话语和传媒载体获得新生的独立空间。正统散文的变异、"新文体"的创新、白话议论文和讽刺文的先行、"逻辑文"的臻善等多种书写实践,使散文成为知识分子写作首选的重要载体。

第二章,从散文理论的变革中考察现代散文文体独立性的生成。有着深厚理论传统的中国散文,不仅是"阐教翼道"的政教文本,更体现了具有民族文学艺术特点的语言范式。在新旧交替之

I

际,散文既从西方文论中汲取了"欧西文思",走向"雄放隽快"的主题和审美经验,又从传统范式中离析出简洁、清晰的表达功能,同时也挖掘了传统中的异端,作为审美资源的再选择。散文的审美困境既发生于新、旧文学之间,也论争于新文学内部,呈现出异质同构的理论自觉形态。

第三章,作为知识分子精神镜像的现代散文,既体现了时代话语的纷繁主题,也彰显了散文主体的强烈意识。在批判旧道德、旧思想、旧文化,激扬新道德、新思想、新文化的多元主题中,始终矗立着"我"的独见与主张。从晚清时"人的觉醒"到"五四"初期"人的崛起",现代散文发生期的精神品质表现出迥于传统的独特性。

第四章,从语言转换的技术路径考察现代散文发生期的特质。语言艺术作为文学最鲜明的特质,不仅是新旧散文转换的显性标志,也是现代散文发生期的重要内容。晚清至"五四"初期的"国语运动"的主题从文言的趋于浅白转变为以白话为主体;"白话文运动"从实用的应用功能转变为文学的审美要求;语言艺术为散文文体获得新文学最高成就的殊荣提供了至关重要的帮助。

结语,从宏观上俯瞰现代散文发生期的历史图景,进一步分析现代散文发生期的场域共时性与历史偶然性之间的关系。

关键词:散文;现代散文;发生期;理论变革;精神建构;语言模式

序 言

姚苏平的博士论文《中国现代散文发生期研究》以纵深的历史眼光和宽阔的学术视野,考察了处于新旧转折中我国现代散文发生期的嬗变与新生,阐释了特定时代华夏文化精神的艰难选择。作为导师,我见证了她此项研究的求索之旅。在我看来,博士论文是攻读博士学位过程中研究成果的展示和见证,是对该领域以往研究成果的梳理、分析、推进和拓展,而不是一般意义的、就某个具体问题的局部性研究。苏平在整个论文的写作中,有着强烈的创新意识,立足在推进和拓展上下苦功,因而她收获了"创新",在多位匿名专家对博士论文的盲审中,她收获了"最高分"。现在,苏平的博士论文将要正式出版,真是可喜可贺。读者们可在我国现代文学理论建设的总体格局和多元的审美视角中,品味这部著作的意义和价值。

中国文化的修文偃武特点赋予了"诗文"特殊的价值地位和艺术特征,成为民族精神的鲜活记录。随着时代变化,文章学与文学概念的演化,作为文体概念的"散文"在不断发生变化,它所承载的民族精神样貌也在发生嬗变。尤其在清末民初古今变局、新旧交替之际,最能体现知识分子思想状态的散文,愈发能表现其复杂的矛盾性和多样性。可以说,苏平的现代散文发生期研究,以考镜源流的方式剖析了散文这一文体现代化的过程性,剖示了社会变迁与文体自觉之间的相生相斥的张力关系,折射了新旧交替之际中国知识分子的精神镜像,进一步论证了现代文学合法化过程的历史图景。这些研究成果拓宽了现代散文、散文理论研究的学术空间,具有积极的学术价值和建设意义。

苏平富有清晰自觉的学科意识,能够紧扣现代文学学科性质和品质的变化,既考虑到对历史纵深的还原,又立足于对散文审美艺术性、文学自律性的伸张。基于这一研究诉求,苏平对中国现代散文发生期的探究,能谨慎地对待传统政治母题的研究方式,看重学科的自主性,从文学语言的特质、写作风格、传播途径、思想格局嬗变多个角度,完成文学整体性的文化逻辑建构,并以实证研究的方式,对中国现代散文发生期所面临的诸多问题,以客观、中性、历史和美学的视角,从容自若地审视清末民初散文嬗变的每一个细小环节以及系列相关裂变。现代散文的发生既是现代文学的研究范畴,又涉略到古代文学,尤其是清代文学的相关方面。也就是说,现代散文的"后发"定义,无法涵盖所有现代散文发生期的散文状态,所以,研究者又须追溯古代文学的相关问题。这一跨专业的挑战,格外凸显了苏平的大文学史视野及宏观驾驭、微观把握的研究能力。她精彩地剖析了现代散文如何"化传统",以及现代散文与新文体、逻辑文、白话文等诸多文体实验的扬弃关系。这些成果的取得,均得益于作者鲜明的学科意识、宏阔的学术积累以及贯通专业的智慧与能力。

著者所要表达的观点,必须牢靠地植根于厚实的实证基础之上,这是治学之常识。然而,面对周边的浮噪和功利追逐,苏平依然秉承自己一贯坐冷板凳、花苦力气的治学方式。为此,我特别推崇这部得来不易又颇为厚重的学术著作。同行评审专家对此著亦给予了较高的评价:该论著依托系统、全面、扎实的资料基础,从容自如地驾驭理论,融合升华,对清末明初文学图景作出了精到分析,完成了现代散文发生路径的追溯,剖析了散文文体合法化、学科现代化的过程性。

面对这项具有严密的实证性研究课题,苏平颇有感悟:中国现代散文发生期研究的构建与完善,不止于对本学科及相关学科理论、观点的移植和运用,更应依靠自身对于古今中外文学及理论知识的积累,对历史和文本的科学审视、以及在历史、文本和理论间爬梳比较的功力与见识。就此而言,苏平以她的勤勉和刻苦、领悟力和驾驭力,在学术征途中经历了一段艰苦而又精彩地跋涉。她对戊戌至五四期间的中国散文资料做了全方位的搜集和梳理,将那些散落于书海、零碎不成片段的历史元件,进行富于灵气的整合,重新塑造成七宝楼台。在此基础上,她所做出的现代散文发生期的理论分析和结论,便愈显独到而深刻:证、据相依,史、论交融,识、色辉映,此乃一部学术著作的最佳状态。

多年来,苏平对学术的孜孜以求为其拓开了更为广阔的空间和视野。完成博士学业之后,她又到美国匹兹堡大学访学一年。从一些星星点点的信息中,我感觉到这又是她苦学奋进,各方面皆有长足进步的一年。苏平是我结识的非常优秀的女性,其禀赋慧颖、刻苦勤勉、秉信持正、贤淑大气、乐于助人,在我看来,这些品质和素养,会为苏平今后成就一片更为开阔、舒展的天地。

期待,祝愿,祝福!

是为序。

高永年

丙申初春 于随园

目 录

绪论 …………………………………………………………… 1

第一章 现代传媒的形成与现代散文的发生 ………………… 36
  第一节 报刊的兴起与传统散文的式微 ………………… 38
  第二节 公共舆论空间的多元化与现代散文的酝酿 …… 50
  第三节 格局的转换与现代散文的新生 ………………… 75

第二章 现代散文发生期的理论变革 ………………………… 118
  第一节 散文理论的现代缘起 …………………………… 119
  第二节 辛亥革命时期散文理论的进一步廓清与选择
    …………………………………………………… 135
  第三节 《新青年》初期的散文理论的论争 …………… 149

第三章 现代散文发生期多元主题下的精神建构 …………… 171
  第一节 现代散文发生期的多元主题 …………………… 173
  第二节 "争天抗俗"的"摩罗"精神 ………………… 187
  第三节 "我"和世界的对话 …………………………… 200

第四章 现代散文发生期的语言模式考察 …………………… 216
  第一节 "国语运动"的现代意义 ……………………… 223
  第二节 散文语言现代化的路径:多元聚合 …………… 247
  第三节 现代散文语言的早期形态的确立 ……………… 271

结语 …………………………………………… 294

参考文献 ………………………………………… 302

后记 …………………………………………… 313

绪 论

历史照亮了我们,但历史的轮廓未必清晰。韦勒克提醒我们在处理文学"演变"问题时,"时间并非只是整齐划一的事件序列,而价值也不能只是创新。这个问题十分复杂,因为不管在任何时刻都会涉及到整个过去并且包罗一切价值。我们必须抛弃轻易得出的解决方案,并且正视现实中的全部具体浓密性与多样性"①。在线性的、历时的"目的论"的叙事方式下,作为现代散文成就的存在"背景",现代散文的发生本身所展现的多种可能性被有意忽略了。需要追问的是,逻辑展开是否等同于历史本然,中国散文在新旧交替的发生期中,共时性的交错、偶然、矛盾,能否有效的呈现;新体式与旧功能的缠绕,也是现代散文发生期的复杂之处。

散文的"兴盛必须在王纲解纽的时代"②,回眸19世纪末、20世纪初的中国,封建帝制行将崩溃,各种危机矛盾越来越尖锐。在这一"王纲解纽"的大变局中,与散文命运直接相关的事件是1905年科举制的废除,终结了读书人的仕途通道。但是由于几千年教育

---

① 勒内·韦勒克:《批评的概念》,张今言译,杭州:中国美术学院出版社,1999年,第49页。
② 周作人:《冰雪小品选序》,载张菊香编《周作人代表作》,郑州:黄河文艺出版社,1987年,第280页。

体制和文化系统的巨大惯性所带来的深入骨髓的影响,科举制只是被驱逐、废黜了正统的明确地位,却以更隐秘、更异化的渗透方式,存在于民族的集体无意识中,正如鲁迅所言,是"我们的祖先留传给我们的可怕的遗产"①。因此,王纲解纽、科举废除在客观上对现代散文的孕育产生了全局性的深远影响,由此散文写作不再是"代圣贤立言",也不再是文人雅士的贵族式、山林式、古典式书写。僵硬、固态的文化范式被打破,知识分子不再以多余人、零余者、殉道者的自我意识表达无助感和无力感;恰恰相反,对传统价值的质疑批判、对西方思潮的积极引入成为时代主流和散文主题。再加上报刊的兴起,现代传媒的发展,各种新学说、新思潮、新流派由此获得自由的呈现舞台。报刊的发达为"新的美学"规则提供了独立生成的空间;杂乱、热烈、不成系统的思考,自我意识的唤醒,心灵自由的召唤,为现代散文的新生提供了理论探讨、文体革命和语言实验的平台。中国散文的现代发生期开拓出了多样的语言风貌、自由的书写形式、丰富的主题、奔放的情感和强烈的主体意识。

与此同时,新旧交替、古今变局,使最能体现知识分子思想状态的散文表现出复杂的矛盾性和多样性,可以说,现代散文的发生期折射了新旧交替之际中国知识分子的精神镜像。同时,从历史实践的角度来看,随着现代文学学科性质、品质的变化,无论是基于还原历史的考虑,还是旨在对审美艺术性、文学自律性加以伸张,现代散文都表现出对政治母题传统研究方式的反拨,从而建立起学科的自主性。因此,依托于这一研究要求,对现代散文发生期语言特质、写作风格的关注,正应和了文学整体性的文化逻辑,并

---

① 鲁迅:《无声的中国》,载《鲁迅全集》第四卷,北京:人民文学出版社,2005年,第11页。

可视为新文学思想、文化建构的重要组成部分与鲜活遗产。

回眸百年,温故知新,从中国现代文学史的宏观视角来考察,处于新旧转折中的现代散文发生期,体现了特定时代文化精神的艰难选择,折射了"戊戌"—"五四"两代知识分子的精神镜像。现代散文创作群体通过载体和传播方式的改变、理论的论争、散文美学资源的再选择、主体的彰显和散文语言的技术性实践等多重路径的探索,实现了现代散文发生期的复杂转换。

一、"散文"概念的厘定

随着时代变化和文章学、文学概念的演化,作为文体概念的"散文"也在不断发生变化。现代文学语境中的"散文"概念与古典文学中的"散文"概念并不对应[1],也不与来自西方文学话语中的"Prose"或"Essay"[2]完全对应。

1. "散文"概念的中外差异

在现代文学概念中,散文是一个文学文体类型的范畴。可以发议论,却不是严肃的论文;可以讲故事,却没有小说的结构。没有严格的形式要求,故而没有明确的疆域界限。结合《中国大百科

---

[1] 古典文学中的"散文"本指与"骈文"相对的非韵非骈的文章。许嘉璐认为:"古代的散文一词并不是一种文学样式的名称,也不是文学作品的一个类别,而是一个总称,既包括了文学作品,也包括了非文学作品。而且它的范围也很不固定。"许嘉璐:《古文文体常识》,北京:北京出版社,1980年,第6页。王运熙则把古代散文笼统分为散体文和骈体文两大类。王运熙:《中国古代散文鸟瞰》,载《古典文学知识》,1995年,第5期。

[2] 中国大百科全书编委会:《中国大百科全书》(第二版),"散文"词条的解释是"散文Essay,广义上指与'韵文'相对的、不讲音律和节奏的文学作品",第十九册,北京:中国大百科全书出版社,2009年,第131页。H·M·艾布拉姆斯的《文学术语辞典》"散文"的相应词条是"Prose",H·M·艾布拉姆斯:《文学术语辞典》,吴松江等编译,北京:北京大学出版社,2009年,第493—495页。

全书》和最新版《辞海》的相关定义,"散文"既涉及传统文学语境中的"非骈非韵"的一切文学作品,又拼接了"五四"以后与诗歌、小说、戏剧等并称的文体,特点是性情见长、形式自由、结构灵活,主要手法有叙事、抒情、议论、讽刺等,具体形式有随笔、杂感、短评、速写、小品、通讯、游记、书信、回忆录等①。

对于中国"散文"概念的能指,尽管朱自清认为是和诗歌、小说、戏剧并举的概念,但最后却说"很难说得恰到好处,因为实在太复杂,凭你怎么说,总难免顾此失彼,不实不尽"②。对此各家有众多的解释,梁实秋说:"散文是没有一定的格式的,是最自由的"③。这个观点虽过于阔朗,却颇有夫子自道似的知音之叹,如巴金也认为:"只要不是诗歌,没有完整的故事,也不曾写出什么人物,更不是专门发议论讲道理,却不太枯燥,而且还有一点点感情,像这样的文章我都叫做散文"④。而理论家、研究者的观点更加谨慎,如方孝岳认为:"散文这个称号,每是对骈文而称的。论其本体,即是不受一切句调声律之羁束而散行以达意的文章"⑤。施蛰存说:"散文这个词,在古典文学里,原先已有两个概念。其一是和韵文对立的,指不押韵的文章。其二是和骈文对立的,指句法不整齐的文章"⑥。

---

① 中国大百科全书编委会:《中国大百科全书》(第二版),第十九册,北京:中国大百科全书出版社,2009年,第131页。辞海编委会:《辞海(彩图本)》(第六版)第三册,上海:上海辞书出版社,2009年,第1941页。
② 朱自清:《什么是散文》,载俞元桂《中国现代散文理论》,南宁:广西人民出版社,1984年,第12页。
③ 梁实秋:《论散文》,载周红莉《中国现代散文理论经典》,苏州:苏州大学出版社,2008年,第100页。
④ 巴金:《谈我的散文》,载《巴金散文选》,杭州:浙江文艺出版社,2009年,第385页。
⑤ 方孝岳:《中国散文概论》,载《中国文学八论》,上海:世界书局,1936年,第1页。
⑥ 施蛰存:《说"散文"》,载《文艺百话》,上海:华东师范大学出版社,1994年,第241页。

当然,对散文的审美期待还有更精微独到的解释,如胡梦华说:"这种散文不是长篇阔论的逻辑的或理解的文章,乃如家常絮语,用清逸冷峻的笔法所写出来的零碎感想文章"[1]。钟敬文也认为散文"是个人主观散漫地、琐碎地、随便地写出来,所以他的特质又是不规则的,非正式的"[2]。这些众说纷纭的阐释,很大程度上源于对"散文"概念划定的模糊。事实上,中国"散文"的概念有大、中、小的区分:首先从中国文学历史的实际出发,一切不归属于韵文、骈文的散行文字均可称为散文,如上述梁实秋、巴金等人的观点;其次是除了诗歌、小说、戏剧以外的作品,包括文学散文和杂文学散文,也就是方孝岳、施蛰存等人的看法;最狭义的概念是纯文学散文,如胡梦华、钟敬文等人的看法。从中国文学的发展历史和创作实践来看,第二种概念的使用最能够把握散文文体的特殊性、思想与审美的丰富性、社会功能的多样性。

基于这样的思路,佘树森的《散文创作艺术》(1986年)、傅德岷的《散文艺术论》(1988年)、林非的《林非论散文》(2000年)、范培松的《中国散文批评史》(2000年)均在文体四分法的格局下对"散文"概念做了梳理。如《林非论散文》认为除了纯文学的抒情散文之外,"只要带上文学色彩的议论文字或报道文字,也都可以归入文学四分法中的散文类中去……像杂感、报告、速写、序跋、谈艺录、读书记等等",尤其是"五四"时期"运用文学笔法去写议论文章,在当时起了很大的作用"[3]。尽管文学本体的专业性使我们更看重散文的审美艺术性,视抒情散文、小品文等为文学散文的正

---

[1] 胡梦华:《絮语散文》,载周红莉《中国现代散文理论经典》,苏州:苏州大学出版社,2008年,第76页。
[2] 钟敬文:《试谈小品文》,载周红莉《中国现代散文理论经典》,苏州:苏州大学出版社,2008年,第110页。
[3] 林非:《林非论散文》,南昌:江西高校出版社,2000年,第3—4页。

宗,但是用这一审美标准来核定发生期的散文,既不符合中国文学的历史传统,也无法贴合现代文学进程中的启蒙话语和社会关怀。朱光潜曾给小品文做了较为宽泛的解释:"小品文向来没有定义,有人说它相当于西方的 essay。这个字的原义是'尝试',或者较恰当的译名是'试笔'(随笔)。凡是一时兴到,偶书所见的文字都可以叫做'试笔'。这一类文字在西方有时是发挥思想,有时是抒写情趣,也有时是叙述故事。中文中的'小品文'似乎义涵较广。凡事篇幅较短,性质不甚严重,起于一时兴会的文字似乎都属于小品文,所以书信游记书序语录以至于杂感都包含在内"①。用这段话来概括文学散文还是比较妥贴的,但朱光潜认为小品文算不上是"伟大艺术"的原因也正是"小品文"的"小",包括篇幅的短小和格局的狭小。

散文概念的含混,不仅带来研究边界的模糊、作品界定的困难,也带来中西比对的困惑。我们可以用"poetry"来指认"诗歌",用"novel"指认"小说",用"theatre"指认"戏剧",但是很难用"prose"或"essay"来解释"散文"。中英文各自的能指和所指都有一定的偏差②。清末民初时期,梁启超提出了"欧西文思"、"雄放隽快"的"文界革命",但尚未对散文的域外接受和现代转变做完整的清理。"五四"初期,傅斯年在《怎样做白话文》一文中引用了"Essay"概念,称其为"无韵文":"以杂体为限,仅当英文的 Essay 一流"③。鲁

---

① 朱光潜:《论小品文》,载《朱光潜全集》第三卷,合肥:安徽教育出版社,1987年,第428页。

② *Encyclopædia Britannica*(第十五版)中未收"prose"和"essay"词条,Willian Benton,Publisher1943—1973;Heien Hemingway Benton,Publisher1973—1974;Printer USA。同时,在中文版《简明不列颠百科全书》第七册中只有"prose poem"—"散文诗"的词条,而没有"散文"词条。北京·上海:中国大百科全书出版社,1986年,第19页。

③ 傅斯年:《怎样做白话文》,载《中国新文学大系·建设理论集》,上海:上海良友图书印刷公司,1935年,第218页。

迅所译的厨川白村的《出了象牙之塔》中专章讨论了"Essay"和"Essay与新闻杂志"①,对"Essay"的艺术特色、作家谱系、历史沿革都做了详细的阐释。胡梦华将"Familiar essay"翻译为"絮语散文"②,进一步强化了散文的纯文学性。与此同时,在周作人著名的《美文》里,认为"美文"是"论文"的一种;王统照的《纯散文》提出"Pure prose"。很显然,为"散文"寻找域外话语资源是"五四"诸君为"现代散文"正名的重要手段。随着现代散文发展的深入和成就的彰显,用域外文学理论来为现代散文张目的需求越来越小,"散文"逐渐回归到"公安派与英国小品文两者所合成"③的本土"文艺复兴"的认知中。事实上,散文的形式与表达的灵活自由,使学界很难给出完全清晰的定义。艾布拉姆斯的《文学术语与辞典》中"散文"对应的词条是"Prose":

> 这一包容性术语指代所有口头的或书面的话语,这些话语没有形成诗韵行或自由诗行模式。我们有可能区分出许多各式各样非韵律的语言类型,并可以根据这些语言对形式组织模式的使用程度和突出程度,将它们按某种范畴排列。该范畴的一端是无规则的,偶尔是正式的日常语散文。优美的书面话语同优美的韵文一样也是一门艺术。……当书面散文越来越富有"文学"味的时候——无论其功能是描绘、说明、叙述或表现性的——它

---

① 厨川白村:《出了象牙之塔》,鲁迅译,载《鲁迅译文全集》(第二卷),福州:福建教育出版社,2008年,第305、307页。
② 胡梦华:《絮语散文》,载周红莉《中国现代散文理论经典》,苏州:苏州大学出版社,2008年,第76页。
③ 周作人:《〈燕知草〉跋》,载张菊香编《周作人代表作》,郑州:黄河文艺出版社,1987年,第271页。

都会显示出更加独特但迥然不同的节奏模式和其他形式特征。①

由此可见,英语文学语境中的"prose"指向"优美的书面话语",仍然是较为宽泛的解释。对"散文"概念的阐释大概是世界文学的难题之一。对于因散文概念的含混而带来的研究边界的模糊,南帆有段精彩的描述:"散文并没有形成一个系统的文类理论,散文的游移不定致使它的文类理论始终处于一鳞半爪之中。因此,散文很难冲破诸种显赫文类的强大声势,抢先登上制高点。然而,90年代的散文汛期或许恰恰同这个悖论式的结论有关:散文的文类表明,散文的理论即是否定一套严密的文类理论。诗学之中没有散文的位置。散文的文体旨在颠覆文类权威,逸出规则管辖,拆除种种模式,保持个人话语的充分自由"②。

中国现代散文的发生发展都受哺于中外文学的交流,对于现代散文的发生期研究,除了对它的文学内部规律进行研究外,外部环境的变革也是极为重要的原因。这既是散文变革的背景,也是它的动力。如果没有时代的变革、以报刊为代表的现代传媒的兴起、知识分子的忧患意识和救世情结、西学引入与中学衰微,新文学的发生就会成为未知数,散文的现代转变也就不会发生。正因如此,对现代散文发生期的考察就不能拘泥于西方文学理论定义中"狭义"的散文范畴。事实上,现代散文的新生正是通过传统"广义"的散文向现代文学理论中的"狭义"散文转换的过程而得以实

---

① H·M·艾布拉姆斯:《文学术语与词典》,吴松江等编译,北京:北京大学出版社,2009年,第493—495页。
② 南帆:《文类与散文》,载《文学评论》,1997年,第4期。

现。这个过程不完全是一个从"杂文学"到"纯文学"的收纳过程，因为新文学本身就具有强烈的现实关怀主题和社会价值取向。也不完全是一个从非骈非韵的散体文章转型为以诗歌、小说、戏剧、散文四分法为前提所划定的现代散文的范畴转换，因为非骈非韵的传统散文的范畴显然远超过"现代文学"的范畴。这也不仅仅是一个文言散文被白话散文取代的问题，因为现代散文不等同于白话散文。如果依照胡适的"白话散文"观点，认为六朝以后的佛门语录、宋明理学语录等是最早的"白话散文"，那么"散文"的判断标准就是用白话书写、记录的文字内容，无论是否具有文学性、审美性。依次推论，"散文"就变成了一种语体形式，而不是一种文体，那么它的现代文学意义就会消解。

2. "散文"概念的古今变异

散文，在中国传统文学概念中是一个文体名词，凡是不属于韵文与骈文的文章都属于"散文"的范畴。在没有引入"literature"这一概念之前，中国传统多以"文"、"文章"泛指一切文学作品。而且"文"也不是纯粹的审美艺术，而是和政教紧密联系，构成中国文学"沉思"与"翰藻"并举的话语体系。曹丕的《典论·论文》有著名的评价："盖文章，经国之大业，不朽之盛事"，并举出了奏、议、书、论、铭、诔、诗、赋等八种文体。传统文学中的"散文"指不用韵、不用骈偶的散行文章，如《文选》《唐文粹》《宋文鉴》《元文类》《明文衡》等收赋颂、论辨、杂记等各类散文文体，皆称为"文"。由此，"诗文"几乎构成了中国文学传统的主体。

散文在中国有悠久的历史，从最早的经、史、子中发展起来。周代即出现大量的历史散文和诸子散文著作，有着浓厚的文学色彩。秦代以来，散文进一步发展，东汉以后散文的文体样式非常丰富,如书、记、碑、铭、论、序等,原来仅为经、史、子著作表达工具的"语体"形式,获得了独立的文学文体地位。陆机的《文赋》中谈到:"赋体物而浏亮。碑披文以相质,诔缠绵而凄怆。铭博约而温润,箴顿挫而清壮。颂优游以彬蔚,论精微而朗畅。奏平彻以闲雅,说炜晔而谲诳。虽区分之在兹,亦禁邪而制放。要辞达而理举,故无取乎冗长"①,解释了散文各体的表达特质与功能。唐宋时期的古文运动之所以命名为"古"文,是以先秦诸子散文的自由形式、矫健精神为效仿目标的。由此开启了一场审美风格、书写体式、文学语言和艺术形式的全面改革的浪潮,推动了文学散文的进一步发展,产生了山水游记、寓言、传记、杂文等传世的优秀作品。唐宋的古文运动旨在对抗骈文的绮靡,因而不以对仗、骈偶、用典等"辞藻"为尚的散体创作成为一种先锋书写,"散文"就由一种书写形式、语言特点渐变为一种文体归类。

传统"文"的集大成汇编——姚鼐《古文辞类纂》将"文"分为十三类:论辨、序跋、奏议、书说、赠序、诏令、传状、碑志、杂记、箴铭、颂赞、辞赋、哀祭。姚鼐所用的"古文"概念涵盖了中国传统文学话语中的所有"文",包括散行文章和骈文。这一概念在晚清—"五四"期间渐变为一种约定俗成,即传统散文多被称为"古文"。在以"散文"命名的研究专著中,陈柱的《中国散文史》(1937年初版)开篇即言:"骈文散文两名,至清尤甚。求之于古,则唯宋罗大经《鹤林玉露》,引周益公'四六特拘对耳,其立意措辞贵浑融有味,与散文同'之言"②,认为"散文"一词在清代以后的普及是清代骈文家用以区别"骈文"文体的措辞。陈柱对现代散文的定义如下:"现代所

---

① 陆机:《文赋》集释,张少康集释,北京:人民文学出版社,2002年,第99页。
② 罗书华将"散文"一词出现时间进一步推进到公元6世纪的北朝,罗书华:《散文概念源流论:从语体词体到文体》,载《文学遗产》,2012年,第6期。

用散文之名,则大抵与韵文对立,其领域则凡有韵之诗赋词曲,与有声律之骈文,皆不得入内;与昔之谊同古文,得包辞赋颂赞之类,其广狭不侔矣"①。也就是说在传统文学的语境中,"散文"是指非韵非骈的散体"文章"。事实上,到清末民初之际,与"骈文"对指的散体文章多被称为"古文",如桐城文派最后的传人吴汝纶、马其昶、姚永概、姚永朴等人皆称自己的作品为"古文"②;以古文大师自居的林纾在与新文学诸君辩难时也是宣称要"力延古文一线"③。可见在传统文学语境中,"文"或"文章"是"骈文"、"古文"并举的范畴。

随着西方文学理论的引入并被新文学视为正朔,在诗歌、小说、戏剧、散文的四分法范畴里,传统的"古文"和"骈文"全部被统称为"散文"。如漆绪邦的《中国散文通史》(1991年)、郭预衡《中国散文史》(2000年)、赵义山等的《中国分体文学史·散文卷》(2007年)等二十多部通史类著作中,"中国散文"溯源至甲骨刻辞、铜器铭文,包含了散体文章、辞赋骈文,涵盖了论辨、序跋、奏议、书说、赠序、诏令、传状、碑志、杂记、箴铭、颂赞、辞赋、哀祭等各种文体。作为中华民族的民族精神、文化价值、审美经验的主要书面载体,"散文"的概念可谓包罗万象。郭预衡认为应"从汉语文章的实际出发",中国传统的散文范畴是"各体论说杂文,而且连那骈文辞赋

---

① 陈柱:《中国散文史》,南京:江苏文艺出版社,2008年,第1—2页。
② 曾国藩赞许吴汝纶"古文、经学、时文皆卓然不群",曾国藩:《曾国藩全集·日记》,长沙:岳麓书社,1985年。这里的"经学"指儒家经典,"时文"指制艺之文,"古文"即是现代文学语境中的传统散文。
③ 林纾在《致蔡鹤卿太史书(1919年)》一文中,没有称自己所译作品是"小说":"弟不解西文,积十九年笔述,成译著一百廿三种。"此时已历经"小说界革命"(1902年)、林译小说的称誉一时,但林纾坚持认为自己的工作是传统古文范式下的"笔述"、"译著"。见《中国新文学大系·建设理论集》,上海:上海良友图书印刷公司,1935年,第171页。梁启超论及"晚清西洋思想之运动"时评价林译小说:"纾治桐城派古文,每译一书,辄'因文见道'"。见《清代学术概论·二十九》,上海:上海古籍出版社,1998年,第98页。可见在当时的文学场域中,"林译小说"的自我认同和社会认同都是"古文"的典范。

也都包括在内。这不仅因为骈文辞赋乃是汉语文章走向偶俪的一个极端,最能体现汉语文章的语言特点"①。

中国文化修文偃武的特点赋予了"诗文"特殊的价值地位和艺术特色,使之成为民族精神的鲜活记录,这也正是"五四"运动所要打破的"范式"。引入西方文学理论之后,"诗文"作为中国文学的主体地位被否定,尤其是传统诗歌和骈文,新文学理论家通过对押韵、格律、对仗等传统修辞的否定,将之排除于现代文学之外。散行表达方式本身就具有一定的"口语"倾向,佛门偈语、儒家语录、名士信札等散行的语体形式,都被引为新文学"白话"主张的话语资源。因此胡适在构建"白话文学史"、"国语文学史"②时都将《史记》中的对话、《六祖坛经》、名士家书等列入叙述范围。但是庞大的古典散体"文章"很难被收束到"散文"这一范畴内,并完全对接到以西方文学理论为中心的中国现当代文学板块中。以诗歌、小说、戏剧、散文四大板块来切割中国文学,不得不将传统的"骈文"也纳入到"散文"的范畴中。"散文"就由最初的"非韵非骈"类散体文章,变为现代文学范畴中,除了诗歌、小说、戏剧外一切文学形式的模糊代称。非新文学范畴中的古代韵文、骈文、散文,就一并被称为"古文"或古代散文,出现了"古代散文"和"现代散文"的划分。但是散文的文学现代化,与中国文学现代化的激进步伐既有共鸣期,也有分离期。

在传统文论中,"散文"体裁非常丰富,代表了中国文化体系"文质彬彬"的价值取向和语言品质。姚鼐的《古文辞类纂》有十三种文体;此后曾国藩编纂的《经史百家杂钞》减少了"考据"之文、应

---

① 郭预衡:《中国散文史·序言》,上海:上海古籍出版社,2000年,第1页。
② 胡适:《国语文学史、白话文学史》,载欧阳哲生编《胡适文集.第八册》,北京:北京大学出版社,1998年,第18—132页、149—361页。

酬之文的选录,另添补上"经济"之文以应对世变,合并后的文体有十一类:论著、词赋、序跋、诏令、奏议、书牍、哀祭、传志、叙记、典志、杂记。传统语境中的"文"与现代散文的格局,在中国文化的新旧转换中,出现了裂变的空隙和新生的渴求。现代散文的文体种类有叙事性散文、抒情性散文、议论性散文、讽刺性散文等,具体形式有随笔、杂感、短评、速写、小品、通讯、游记、书信、回忆录等。传统文体中的"奏议"、"诏令"随着时代的变化已经消失,除此之外,古文散文文体与现代散文文体仍无法一一对应,这就带来了散文现代化转变过程中,文体的识别和厘定的问题。这与探寻现代散文发生期的路径有直接的关系。

3. 现代散文发生期的"散文"内涵

从上面的分析中,可见"散文"的概念有着中国与西方、传统与现代的时间误差、概念误差和价值误差,由此生发了散文现代变革的冲动和动力。在西方文学理论的分类视域中划分出的"散文"主要指以白话为语言形式、以引录西方思想观点为主题的现代散文。而在"文界革命"——"文学革命"期间的"美术之文"、"应用之文"的争论中,传统的散文和骈文、现代白话文都无法与之一一对应。这就出现了中国散文的审美选择和路径转变的发生期意义,也就出现了发生期"散文"范畴的特殊性。

在《中国新文学的源流》《中国新文学大系·散文》一集和二集、《国语文学史》《白话文学史》等为代表的新文学家的话语自我建构中,对于现代散文的溯源问题,胡适从六朝后的佛门语录、宋明理学语录等只言片语中寻找到"白话散文"的依据。周作人在晚明小品文中找到"独抒性灵"的精神呼应。由于"文学革命"的意义是建立在对"桐城谬种"、"选学妖孽"的批判上,传统散文和骈文所代表的既是"汉语文章的实际","俪偶"的修辞手法也"最能体现汉语文章的语言特点"①这样的传统价值与审美判断被颠覆。在叙述策略上也采取了"远交近攻"的有意选择,文学革命通过宣布和与之毗邻并直接产生巨大启蒙影响力的晚清散文的决裂,彰显了自身的"革命"姿态和意义。这种主观上的割裂带来"现代散文"溯源的空白状态。

尽管史学界较早就以社会形态的变化为依据,把1840年至1949年的百年历史作为史学的一个分支学科,但文学界尚未对此达成一致意见。然而我们必须承认历史的文学和文学的历史是无法分割的整体。在对现代散文的研究中,林非《中国现代散文史稿》(1981年)、俞元桂《中国现代散文史》(1988年)、佘树森《中国现当代散文研究》(1993年)、范培松《中国散文史》(2008年)等有影响力的著作中都注意到,现代散文的成就不是来自西方"essay"或"prose"的移植,而是诞生于中国文学这片土壤之中,传统散文对其影响、催发作用深远而复杂:

> 在中国古代的文学遗产中,散文所产生的作用和影响是最为广泛的,它跟诗歌一样,历来都是中国古典文学中的主要形式。……中国古代散文在艺术表现方面积累了十分丰富的经验,诸如刻画性格的形神具备,描写景色的富有意境,情节结构的清晰简介,抒情议论的紧密融合。运用文字的丰富精炼和渗透着感情色彩等等。这些都在"五四"以后的散文创作中得到了创造性的运用。②

---

① 郭预衡:《中国散文史·序》,上海:上海古籍出版社,2000年,第1页。
② 林非:《中国现代散文史稿》,北京:中国社会科学出版社,1981年,第198—199页。

> 我们不能把它们(明代公安、竟陵派,清代袁枚、龚自珍等,笔者按)目为我国现代散文的直接源头,但应该承认从这时起我国的散文已有不得不变的趋向。与中国现代散文更具有密切关系的是晚清的政治文化革新运动。……反映到散文领域,则是改良主义先驱龚自珍、魏源,早期的改良派王韬、郑观应,资产阶级改良派康有为、谭嗣同、梁启超,资产阶级革命派章太炎、邹容、秋瑾、章士钊等的散文变革的主张和实践,……写作了具有革新精神的犀利畅达、条理严密、通俗浅显、形式多样的政论和杂文。……他们开了中国现代政论、杂文的先声。①

俞元桂继而将薛福成、黎庶昌、吴汝纶等晚清桐城文家的域外游记、日记看作记叙性散文"导中国现代散文的先路",认为林纾、严复、梁启超、章太炎、章士钊等人的作品"让读者深刻地感受到散文的形象性、逻辑性和论辩性的力量。可以说,他们对新一代的散文作家影响最大,铺设了近代散文到现代散文的桥梁"②。

范培松的力作《中国散文史》认为:"在'五四'白话散文诞生之前,对传统散文有所突破和革新的也绝非梁氏一家,严复、林纾改良的桐城文章和章炳麟的述学文,也具有现代白话散文的雏形特质。他们打破了八股文和桐城文一统天下的局面,正是从他们的身上,我们可以听到白话散文这一'胎儿'在母腹中躁动的声音"③。

从中国文学历史的变迁来看,新旧交替、传统到现代的转变,本身就带来了散文这一中国文学文体正统地位的位移、概念的重

---

① 俞元桂等:《中国现代散文史》,济南:山东文艺出版社,1988年,第2—3页。
② 俞元桂等:《中国现代散文史》,济南:山东文艺出版社,1988年,第3—4页。
③ 范培松:《中国散文史》(上),南京:江苏教育出版社,2008年,第12页。

新划定和审美评价的变化。这一系列的变更无法用"变化即进化"、"进化即进步"等价值观来判断。

> （现代文学）文学体裁被清楚地限定在诗歌、散文、小说、戏剧这四种样式之中，非此则不算文学，因而收入文学史的对象大大地纯净了。但中国古代文学从内容到形式都无比地深厚多样，古人的文学观本身也在不断变化，某些文体如散文的情况更是纷纭复杂，即使是一些出于实用目的而写的文章也或多或少具有文学性。中国文学史在走向现代的过程中，……将一些在历史上曾受到重视的、具有中国特色的传统文学作家和作品排除出了文学史，发生了削中国古代文学之足以适西方现代文学观之履的弊病，……这是中国文学史（甚至一切中国学术）从传统走向现代所付出的代价。①

现代散文的新生与晚清以来的散文变革有着千丝万缕的关系，但这一历史事实仅作为现代散文的背景，提供更多的是量变的呈现，缺乏了对现代散文何以生成的主体探询，缺乏了中国散文现代转换过程的深入探究，也缺乏对散文演变、理论、精神、语言等现代散文内核演变的剖析。而这正是本论题的目标所在。

中国文学的现代进程中，真正能够代表中国现代文学性质的文体是依照西方文学理论建立、发展起来的现代小说、新诗和戏剧。相对而言，与古代散文精神血脉联系更为紧密的现代散文，在以西方文学理论框架建立起来的中国现当代文学范畴中，其实际

---

① 董乃斌等：《中国文学史学史》（第二卷），石家庄：河北人民出版社，2003年，第158页。

存在情况与概念之间存在一定的偏差。用"短小的篇幅、灵活的形式和充满艺术性的语言"[①]或"表现作者情思的叙事、抒情"[②]作为文学散文的划分依据,那么在传统向现代转换过程中被当时场域中的文家、读者以及后来研究者视为"散文家"的冯桂芬、王韬、梁启超、严复、林纾、章太炎、章士钊等[③]见诸报刊的"论说"、用诸子散文和历史散文的笔法书写的林译小说和严复译著、以章太炎、刘师培等为代表的改变文化价值体系和论述方式的"述学文";以章士钊为代表,欧式语法词汇、缜密推理方式的"逻辑文"等;以"随感录"为代表的现代散文的早期杂文形式;甚至30年代以后周作人以抄录、辑录、读书笔记等方式书写的杂文都很难获得自洽性的解释。以辞章之美来验证散文发生期的散文创作实绩,显然无法自圆其说,也无法将大量实际存在的散文收纳入研究视野。但是诚如朱光潜不满于"小品文"篇幅与格局的狭小,构不成"伟大艺术",韦勒克等认为"完美"的艺术与"伟大"的艺术并不等同:"伟大来源于艺术的'内容'方面,因此大致可以认为艺术之所以'伟大'是由于它表现了生活的'伟大'价值"[④]。"中国现当代文学的政治品格"[⑤]、作家主体强烈的入世情怀是"非文学的世纪"[⑥]的鲜明徽记,

---

[①] 中国大百科全书编委会:《中国大百科全书》(第二版)第十九册,北京:中国大百科全书出版社,2009年,第131页。

[②] 辞海编委会:《辞海(彩图本)》第六版,第三册,上海:上海辞书出版社,2009年,第1941页。

[③] 相关作家作品研究见郭预衡:《中国散文史》,上海:上海古籍出版社,2000年。谢飘云:《中国近代散文史教程》,北京:科学出版社,2010年。林非:《中国现代散文史稿》,北京:中国社会科学出版社,1981年。俞元桂等:《中国现代散文史》,济南:山东文艺出版社,1988年。范培松:《中国散文史》,南京:江苏教育出版社,2008年。

[④] 勒内·韦勒克、奥斯汀·沃伦:《文学理论》(修订版),刘象愚等译,南京:江苏教育出版社,2005年,第292页。

[⑤] 高永年、何永康:《百年中国文学与政治审美因素》,载《文学评论》,2008年,第4期。

[⑥] 朱晓进等:《非文学的世纪》,南京:南京师范大学出版社,2004年。

尤其是在传统散文向现代散文过渡的时期,对"散文"概念的厘定、范畴的把握、作品的选择,以及价值与审美的判断,都应遵循历史场域的实际情况。可引用林非的话作为本论题的作品范畴选择标准:"唯一的标准就是看这些作家和作品,在当时是否产生过一定的社会作用,留下了一定的社会影响。如果说这些作家和作品在当时的历史条件底下,曾经产生过一定的作用和影响,我们却没有将他们写进现代散文史,这样就会失之太严太苛,像这样写出的著作就会由于缺乏丰富复杂的历史事实,缺乏多姿多彩的艺术作品,因为显得鼓噪和单薄"[①]。

可以说,"散文"成就的高度很大程度上取决于它不拘于一种形式的宽度;现代散文的发生缘于晚清以降传统散文的内部变革和现代追寻,"戊戌"—"五四"两代知识分子的共谋、从论"圣人之道"到论政体国体,再到论人生意义、国民培育等全景式的现代主题,在不断构建民族想象、建设"国语"语境下的现代表达中获得新生和发展。

现代散文的新生与发展,在中西对话的横向比较时,更需要关注它的历时性问题,而不像现代小说、新诗、戏剧那样具有强烈的新文学共时性特征。"散文"的传统涵义和新文学所规约的定义不是一一对应的关系,因此对现代散文的发生期研究就必须注意到到传统的多种文体对现代散文的催生作用。由于散文的内容与形式均兼容并蓄、包罗万象,它在传统文学中几乎是除了诗歌、骈文、韵文之外的所有文学形态的总称,可谓现代文学中最自由的文体。由此可见,从传统散文向现代散文过渡、转变的过程中,现代散文的"后发"定义无法涵盖所有现代散文发生期的散文形态。发生期

---

① 林非:《林非论散文》,南昌:江西高校出版社,2000年,第18页。

散文作为现代散文"一旦成形出现,其起源便被掩盖起来"的"认识性装置"[1],需要跳脱出"后发"的现代散文概念,在古今交替、新旧转换之间考镜源流、辨章学术。

二、"发生期"、研究时段与研究重点

对现代散文发生期的研究需要厘清以下问题:何为现代散文的"发生期"、"发生期"的时段问题、"发生期"演变研究的侧重点等。这些均是本论题要解决的重要问题。

1. 现代散文的"发生期"的界定

中国历史从传统向现代演进发生在1840年鸦片战争之后,尤其是戊戌变法(1898)之后,中国社会现代化进程加速,已是史学界共识。中国文学必然在这一政治、社会的变局中发生性状的变化。对于中国现代文学的分期问题仍有较多争议,即便中国现代文学的起点是1917年的"文学革命",在此前的二三十年中,文学现代性历程已经浮出历史地表,在"我手写我口,古岂能拘牵"的诗界革命中,在"欧西文思、雄放隽快"的文界革命中,在"小说为文学之最上乘"的小说界革命中,获得了充分的发展和相应的研究论证。

李欧梵的《未完成的现代性》将中国现代性的发生追溯到晚清的梁启超[2]。汪晖的《现代中国思想的兴起》分析了费正清开启的"挑战—回应"模式的历史叙述,把鸦片战争作为中国现代性的起点,"根据精英人物的思想活动而考察中国现代性的发生"[3]。与之

---

[1] 柄谷行人:《日本现代文学的起源》,赵京华译,北京:三联书店,2003年,第12页。
[2] 李欧梵:《未完成的现代性》,北京:北京大学出版社,2004年。
[3] 汪晖:《现代中国思想的兴起》,北京:三联书店,2004年,第3—4页。

相对应,王一川的《现代性体验与现代文学》、《王韬——中国最早的现代性问题思想家》等中国启蒙现代性的研究跳出思想启蒙和精英人物的格局,考察晚清的官员出访、相应的游记日记,王韬等人的域外旅行、办报撰稿的经历中,在这些国人崭新的"现代性体验"中凸显对价值规范、审美表现、心理模式的现代冲击。夏晓虹也从语言变革和文体演变的角度解读晚清到现代中国的文学关系:"晚清文界革命的发生、新名词的输入、报章文体的出现,以及拼音化与白话文运动的兴起、白话文(包括政论文与学术论文)的书写,对'五四'文学革命、国语运动、现代文体意识,以及现代散文与论说文走向的意义"[1]。宋剑华在《论中国现代文学的发生期》一文中认为黄遵宪、梁启超等所发起的"诗界革命"、"文界革命"、"小说界革命"到1917年"文学革命"是中国现代文学的"发生期":"中国现代文学是中国文学'现代化'的整体过程,而'现代'的含义不能只看文学形式的演变,主要应着眼于它的思想内容方面的更新。白话文学固然大张在"五四"时代,但它的理论探讨和文学实践都产生于本世纪初,"五四"时代资产阶级民主主义思想之所以能引起社会的强烈反响,成为文学创作的中心主题,就是因为本世纪初西方资产阶级思想的广泛传播奠定了坚实的基础"[2]。各类研究均显示中国现代文学的宽度和深度均有延伸的空间,"五四"文学的现代化有孕育的过程,晚清以来的文学变革深刻地影响了中国文学的走向和形态。

从一种文体的变革与新生来考察现代文学的发生,著名的案

---

[1] 夏晓虹:《〈文学语言与文章体式:从晚清到"五四"〉序》,合肥:安徽教育出版社,2005年,第4页。

[2] 宋剑华:《论中国现代文学的发生期》,载《青海师范大学学报(社会科学版)》,1986年,第4期。

例有陈平原的《中国小说叙事模式的转变》、王德威的"没有晚清,何来'五四'"的论证,以及范伯群近代通俗小说研究等,都为现代文学发生期的小说研究提供了范式。姜涛的《"新诗集"与新诗的发生》等对现代诗歌的发生做了深入的解读。相比较而言,新文学的散文发生期的研究一直叨陪末座,与现代散文所取得的辉煌成就完全不成比例。现代散文成就的取得,既得益于对西洋散文体式的借鉴,更当归功于对传统散文底蕴的延续、升华和转型。与小说、新诗和戏剧这些在现代文学范畴中建立起来的文体样式相比,散文的积习和惯性、经验和弊端都有强烈的传统影响,这是"戊戌"和"五四"两代人的"集体无意识"。诚如胡适评价梁启超"二十年来的读书人差不多没有不受他的文章的影响的"[1],近代以来发生变革的散文作品对新文学先驱者的影响是显而易见的。《天演论》等著作的先秦诸子式的散文笔调、林译小说的桐城笔法、梁启超的新文体、章太炎对审美资源的再选择、章士钊的欧式语法和推理方式等等,都深刻地启蒙、影响了"五四"一代的精神性状、审美趣味和散文的书写实践。

同时,新文学的诞生、作家的成长、杰作的问世,均需孕育的过程。新文学最早一批散文家基本出生在19世纪末20世纪初,在传统文化的浸染中成长,对旧文学了如指掌,又接受了晚清以来启蒙主义者的熏陶和影响,且多有出国留学、考察的经历,故而在新旧交替之际,能够左右逢源、海纳百川、自铸伟词。应该说新文学散文家的文学创作活动多开启于发生期阶段,陈独秀、李大钊、胡适、刘半农、钱玄同、鲁迅、周作人等人均在"五四"前开始以散文为主

---

[1] 胡适:《五十年来中国之文学》,载欧阳哲生编《胡适文集》,第三册,北京:北京大学出版社,1998年,第234页。

要载体的文学创作活动。此外,文化激进派与守成派的激烈论争,基本都是以西方文学理论为依据,对散文变局作出不同的阐释、解读和判断,各自都存在一定的偏颇,揭示出走向"现代"的汉语文学所要付出的沉重代价和面临"失语"的文人所具有的悲凉心态。

如前所述,"散文"的范畴古、今不同,广义和狭义不同。这与诗歌、小说、戏剧有较为明显的差异。中国散文在自身文学现代化的建构过程中,非常鲜明地体现出一种超越边界的开放性姿态。晚清以来,诗、小说、戏剧按照西方文学分类观念、先验地界定了其外延与内涵,并以此进行现代化改造。但是散文的现代合法性却不是"五四"时期登高一呼就完成的,而是通过发生期的艰难孕育、各种书写实践与文学话语的对话,逐步积累起来的。现代散文的合法化过程,是中国文人在诗、小说、戏剧之外的开放格局中,通过以"报章之文"崭露头角,"文人之文"白话化、继而"美文"化,"学者之文"提升其深度和精神独立性,并在"国语的文学"的基础上实现的"国语"的散文,由此逐步完成文学想象的过程。

郁达夫曾这样形象地描绘过传统散文的固定套式:

> 从前的散文的体也是一样。行文必崇尚古雅,模范须取诸六经;不是前人用过的字、用过的句,绝对不能任意造作,甚至于"之乎者也"等一个虚字,也要用得确有出典"呜呼嗟夫"等一声浩叹,也须古人叹过才能启口。此外的起承转合,伏句、提句、结句等种种法规,更加可以不必说了,一行违反,就不成文。①

---

① 郁达夫:《〈中国新文学大系·散文二集〉导言》,载赵家璧《中国新文学大系》第七集,上海:上海良友图书印刷公司,1935年,第4页。

这一评价并不能涵盖传统散文的所有审美形态和主题内容，却反映了"五四"一代对传统散文的判断和意见。现代散文的发生期就是叛离"从前的散文"的固有形式，不再唯尚"古雅"，不取范六经，不刻意用典，不以"起承转合"作为散文写作的固定格式。现代散文包孕着作家主体的自由精神、独立思想、开阔见解，或议论、或叙事、或抒情，以灵活自由的形式书写散文，是"文学改良刍议"的积极实践。从传统范式的被打破到新范式的建立，这个过程，就是现代散文的发生期。范培松对这一时段的散文变革给予了极高的评价："它却是一个至关重要的时期。因为无论从哪一方面，现代散文和古代散文相比，都是一次脱胎换骨的彻底裂变"[1]。只有梳理晚清以来散文的变革，才能剖析现代散文的孕育和新生。

事实上"五四"诸君很早就开始了文学史的话语建构，将新文学的源流追溯到古代白话文学、晚明"性灵"小品文中，有意割断了作为其孕育、生长土壤的晚清文学场域。这一新文学溯源的问题，"五四"诸君倾向于用类似西方"文艺复兴"的方式为新文学的合法性寻找历史依据。事实上，新文学的发生更多的是晚清以来启蒙现代化与审美现代化不断量变的质变结果。

"影响的焦虑"使得"五四"一代以"桐城谬种"、"选学妖孽"的宣判方式为新文学运动祭旗，但是新文学散文的实绩却无法脱开浓重的文人色彩、古典韵致和文言点染下的书写风貌。从跳脱传统、告别古典到较为成功的"化传统"，散文的新生走过一条艰难的探寻之路。朱自清曾言现代散文是"旧体制中的不同的精神面目"。对于其新的"精神面目"，学界已有比较充分的讨论，但对于该问题的前提"旧体制"尚未有充分的讨论。周作人通过对散文传

---

[1] 范培松：《中国散文史》，南京：江苏教育出版社，2008年，第21页。

统的溯源来为新文学的合法性辩难。对现代散文的源流问题,应在此基础上,有更加详实的论证。

2. 现代散文发生期的时段

本课题的研究时段是从晚清"文界革命"(1899年)这一散文的嬗变形态到"五四""新文学"诞生(1919年)这一现代散文发生期的新生形态。可以说,中国散文的质变完成于"五四"之后,而它的变革可以一直追溯到晚清,跨越了三个时期:晚清时期、辛亥革命时期和"五四"初期。借用西方现代性反思中的重要概念"早期现代"(early modern)[①],中国现代散文发生期不仅是一个时间概念,更是一个价值概念。木山英雄认为"文学革命"的前史"不可能以'文学革命'的逻辑全部加以穷尽",它表现出"直面世纪初世界史现实,致力于将中国文明从其自律性基础开始重建的不懈努力的重要部分","早期现代"固然有它的封闭性和极端性,却有"超越了同时代乃至其后的'文学革命'时代观念之局限性的远见卓识"[②]。中国散文的现代转变在历经社会的、哲学的、文艺的现代转变过程中,其历史实践与物质实践都是复杂多样的。

丁帆在《新旧文学分水岭——寻找被中国现代文学史遗忘和遮蔽了的七年(1912—1919)》一文中指出,无论是从推翻封建王朝

[①] "早期现代"(early modern),又译为"近代早期",英国著名史家彼得·伯格(Peter Burke)著:《欧洲近代早期的大众文化》(*Popular Culture in Early Modern Europe*),杨豫、王海良等译,上海:上海人民出版社,2005年。另译为"现代初期",英国史学大家基斯·托马斯:《人类与自然世界:1500—1800年间英国观念的变化》,宋丽丽译,南京:译林出版社,2009年。西方学术话语中的"早期现代"指1500—1800年的三百年间,古代与现代的转换间的断裂和赓续状态,以及"早期现代"所蕴涵的"现代"发生期意义。本文借用此概念来说明从"文界革命"到"文学革命"这段"现代散文发生期"的时间划分的价值意义。
[②] 木山英雄:"文学复古"与"文学革命","内容提要",《文学复古与文学革命——木山英雄中国现代文学思想论集》,赵京华译,北京:北京大学出版社,2004年,第209页。

和孙中山倡导的民国核心人文理念与价值内涵看,还是从"白话文运动"、通俗文学和"文明戏"的发生与发展看,中国现代文学史的开端都应该始于1911年辛亥革命之后的民国元年1912年。作为中国封建政体、国体的终结,其对新文学的决定性作用和深远影响无法被忽视①。民国时代的研究者对于"民国成立以来之文学"多视为晚清以来社会和文学发展的结果,如赵祖抃《中国文学沿革一瞥》、王羽《中国文学提要》、周群玉《白话文学史大纲》、容肇祖《中国文学史大纲》等皆有相关讨论。钱基博在其《现代中国文学史》一书中明确将"现代"起点设定为中华民国成立。王哲甫在其《中国新文学运动史》一书中对现代文学的源流做了民国时期学者观点的代表性解读:

> 新文学的前前后后——新文学运动,虽然发动于民国五、六年,但它已经有很久的来源,在上章已经说过了。在清末民国初年的中国文坛,文学已呈现着五光十色的花样,一部分人正在那里模仿桐城的古文,如林纾便是服膺桐城派的一人;也有一部分人,如王闿运,章太炎之流,从事古文的复兴运动,极力做些周秦以上的古文,能懂得的读者,自然是更少了。梁启超在日本办《新民丛报》《新小说》则极力解放文体,掺用白话文和日本名词,他的文笔常带感情,已趋向于白话文的途径。民国成立以后,章士钊一派的谨严精密的政论文亦盛行一时,但不能普及通俗,所以对于民众没有很大的影响。②

---

① 丁帆:《新旧文学分水岭——寻找被中国现代文学史遗忘和遮蔽了的七年(1912—1919)》,载《江苏社会科学》,2011年,第1期。
② 王哲甫:《中国新文学运动史》,北京:北平杰成印书局,1933年影印本,第32页。

上述民国学者对新文学成就的解读、阐释基本上是以散文成就作为其代表的。时至今日,严家炎提出新文学的起点不在"五四"的主张:"像过去那样,现代文学史就从'五四'文学革命写起,如今的学者恐怕已多不赞成。相当多的学者认为:中国现代文学史或20世纪文学史,应该从戊戌变法,也就是19世纪末年写起。但实际上,这些年陆续发现的一些史料证明,现代文学的源头,似乎还应该从戊戌变法向前推进十年,即从19世纪80年代末、90年代初算起"[①]。杨义等合著的《中国现代文学图志》将现代文学的起点放在了1900年,以严复、林纾、梁启超作为现代文学的讨论起点[②]。吴福辉的《中国现代文学发展史(插图本)》也是以"胡适的前辈":王韬、郭嵩焘、薛福成、李圭等"最早放眼世界的文人"作为新文学发生的肇端[③]。

本课题的目标就是分析"文界革命"(1899年)以来的历史现场,从历时与共时的多个层面分析错杂、丰富的历史样貌,借助以报刊为代表的现代传媒的传播途径,散文如何在近代以来的剧烈嬗变中应对现实、批判时弊,同时引入"欧西文思",孕育了现代思想、言论、出版的"自由"论说和"国民"意识,并对传统书面语言进行积极大胆的改造,形成了独具特色的"新文体",对青年学子产生巨大反响,推动了社会变革与文学变革的进一步发展。传统散文的思想、语言、体式等"范式"一旦被打破,自由表达新思想的现代散文便呼之欲出了。《文学改良刍议》提出了现代文学的形式要求,《文学革命论》吹响了全面批判传统散文的号角,《我之文学改良观》《怎样做白话文》进一步探寻了"白话散文"的生成路径和审

[①] 严家炎:《二十世纪中国文学史》,北京:高等教育出版社,2010年。
[②] 杨义、中井政喜、张中良:《中国现代文学图志》,北京:三联书店,2009年。
[③] 吴福辉:《中国现代文学发展史(插图本)》,北京:北京大学出版社,2010年。

美要求。《人的文学》提出了新文学的内涵建设。《美文》推动了中国现代散文更自觉地向一种独立文学形式的发展。

本课题研究时段的下限放在1919年左右。从现代散文发生期的后续成果来看,首先,中国传统散文经过"五四"洗礼后,成为新文学的重要收获。《新青年》"随感录"作家群是在对林纾"桐城文"、章士钊的"逻辑文"等的交锋中磨砺出各自的杂文风格的。此外《每周评论》《新潮》《晨报副刊》等刊物上也相继刊登出白话散文。现代散文的文体独立性逐渐形成,其代表作品如鲁迅后来集结成的《坟》和《热风》。其次,现代散文经发生期的孕育和发展,在白话散文兴起的基础上,周作人《美文》(1921年)提倡"记述的"、"艺术的"叙事抒情散文,此后逐渐形成了一整套散文理论。1923年《自己的园地》由晨报社出版,是现代闲话体散文的最初成果。此外,许地山的《空山灵雨》系列、冰心的《寄小读者》系列、郁达夫的《茑萝集》(散文、小说合集)、郭沫若的《星空》(散文、诗合集)等不同风格的散文集也刊登出版。作为现代散文创作基地的《语丝》有了较为成熟的创作队伍、创作和接受空间。新文学的散文的重要作家相继亮相,揭开了现代散文第一个创作高峰的序幕。再次,1899年—1919年是现代散文的变革与新生期,一方面其主题是对整个中国现代化的讨论,包括《饮冰室自由书》《章太炎的白话文》《新青年》"随感录"、以及在《晨报副刊》《京报副刊》《民国日报·觉悟》和《时事新报·学灯》等所刊发的"大散文"文类的文章,对中国现代化讨论起到了重要作用[①]。另一方面,散文的语言也从文言文

[①] 杨联芬:《晚清至"五四":中国文学现代性的发生》,"围绕着政治、文化、教育、女权等话题而展开的中国社会现代化的讨论,晚清一直持续到"五四";而这些讨论,在民初至"五四"主要是通过杂志的社评、杂说、游记、通讯、随笔等报刊文章进行的,如《东方杂志》、《妇女杂志》、《新中国》、《新教育》、《新青年》等。"北京:北京大学出版社,2003年,第77页。

形式向白话文形式急剧转变,现代"美文"的出现、"小品文"的成功,它的实绩甚至在诸多文学革命的成果之上。这与经过"文言"、"白话"、"欧化"等多种语言资源的融入所形成的"国语"的散文有极大的关系。

3. 现代散文"发生期"研究的重点

第一,从现代传媒兴起与现代散文新生相结合的角度,考察现代散文孕育的独立"空间"。中国社会形态历经晚清末年、辛亥革命、"五四"初期的变迁,随着报刊的兴起、公共舆论空间的开启,传统散文"阐教翼道"的范式被解构,现代散文正是借时代话语和传媒载体获得转变、新生的独立空间,获得了"思想草稿"式瞬间情绪的张扬。通过正统散文的变异、"新文体"的创新、白话议论文和讽刺文的先行、"逻辑文"的臻善等多种书写实践,实行了脱胎换骨的改造。散文和报章结缘,使得散文作家和社会、读者之间建立了紧密的关联。传统散文的贵族式、古典式、山林式的书写模式已无容身之地,而国民的、写实的、社会的散文成为知识分子写作首选的重要载体,这是散文现代化的肇端。同时,这一时段报刊兴盛,也积累了较为稳定的媒介传播经验,这不仅是"五四"一代的启蒙成长环境,也训练了他们的写作能力、思考能力、刊物社团经验。可以说,散文已从庙堂走到了广场,中国散文的新生以杂文的首挑重任的方式亮相在历史舞台上。

第二,从散文理论的变革中考察现代散文文体独立性的生成。有着深厚理论传统的中国散文,不仅是"阐教翼道"的政教文本,更是体现了民族文学艺术特点的语言范式。在新旧交替之际,散文是从西方文论中汲取"欧西文思",走向"雄放隽快"的审美风格;或是从传统范式中离析出简洁、清晰的表达功能,继续承载"理想之羽翼";或是拆解黄钟大吕式的政教范本,以传统中的异端作为审美趣味的再选择;或是坚守文学审美的纯度,放弃社会启蒙的名山事业?这既是梁启超、严复、章太炎、王国维们无法解决的思想困惑,也是陈独秀、胡适、鲁迅、周作人们众说纷纭的理论建设课题。这一审美困境既发生于新、旧文学之间,也论争于新文学内部。

第三,作为知识分子精神镜像的现代散文,既体现了时代话语的纷繁主题,也彰显了作为散文主体的强烈意识。在批判旧道德、旧思想、旧文化,激扬新道德、新思想、新文化的多元主题中,始终矗立着"我"的独见与主张。不同于传统散文所追慕的人与宇宙的和谐关系,现代散文从发生期就彰显着强烈的"我"与世界的对话关系。从晚清时"人的觉醒"到"五四"初期"人的崛起",现代散文发生期的精神品质表现出迥于传统的独特性。无论是"精神界战士"的摩罗精神,还是呼唤"儒侠"、"复仇"、"破脚骨"的多元主体建构,无论是寄以深意的独善的个人主义,还是健全的理性意识,都是现代散文强烈主体意识的徽记。同时,中国散文的现代转变适逢一战后欧洲反思现代性的浪潮,在对西方的价值重估和生命哲学的误读中形成了"创造进化论"的乐观立场和历史动力,进一步说明了散文现代转变过程中的中国语境和民族想象。

第四,从语言转换的技术路径考察现代散文发生期的特质。语言艺术作为文学最鲜明的特质,不仅是新旧散文转换的显性标志,也是其发生期的重要内容。晚清至"五四"初期的"国语运动"的主体从以文言的趋于浅白转变为以白话为主体;"白话文运动"从世用的应用功能转变为文学的审美要求;语言艺术为散文文体获得新文学最高成就的殊荣提供了至关重要的作用。"欧化"和"话怎么说就怎么说"两种不同的语言策略如何在书面语中获得融合和呈现的;传统文学所留下的沉重遗产与新旧交替的先锋写作如何获得选择性再生的;"五四"初期的散文语言风貌承袭着文白夹杂的"中间物"形态,又向着纯熟的"国语"的散文迈出坚实的步伐;皆是本论题的研究重点与特色。

由此可见,处于新旧转折中的现代散文发生期,体现了特定时代的文化精神的艰难选择,折射了"戊戌"—"五四"两代知识分子的精神镜像。通过载体与传播方式的改变、理论的论争、散文美学资源的再选择、主体的彰显和语言的技术性实践等多重路径的探索,实现了现代散文发生期的复杂转换。

三、 国内外关于该课题的研究现状

有关新文学溯源的研究,许多学者都做出了诸多努力,其研究成果为我们认识"五四"新文学运动提供了许多新的视角。1. 魏晋南北朝说:陈方竞和刘中树的论文《对"五四"新文学发生及源流的再认识》(《文艺研究》1999年第2期)认为章太炎、鲁迅开启了"五四"与六朝文的渊源。2. 晚明说:周作人《中国新文学之源流》对晚明的发现。3. 明末清初说:郑家建在《中国文学现代性的起源语境》(上海三联书店2002年版)认为顾炎武、黄宗羲、王夫之三大思想家对自我精神存在的思考与中国新文化启蒙者自我启蒙有天然联系。4. 晚清说:陈子展《中国近代文学之变迁》、杨联芬《晚清至"五四":中国现代性的发生》、王德威《被压抑的现代性:没有晚清,何来"五四"》等,均认为在现代性的视域下,晚清与"五四",只是一种文学运动的两个阶段。5. 辛亥革命说:陈万雄《"五四"新文化的源流》(北京三联书店1997年版)从新文化成员构成的角度论述辛亥革命与"五四"运动的关系。此外栾梅健《二十世纪新文学发生论》(广西师范大学2006年版)从20世纪经济、文化的背景入手,梳理了科举制度的废除、报刊的兴起、现代稿酬制度的建立,运用现代文艺社会学的方法分析论证新文学的发生。上述研究对新文学的溯源研究,提供了有效而可贵的论证。

从散文研究的纵向比较来看,古代散文的研究无论是通史研究还是专题研究都要比现代散文的相关研究繁荣。从它的横向比较来看,现代文学的诗歌、小说的研究也比散文更发达。较早对近代散文进行总结研究的是胡适《五十年来中国之文学》(1922 年),勾勒了中国近代散文的发展脉络,并进行了总体评价。胡适认为严复、林纾的翻译文章;谭嗣同、梁启超的议论文章;章炳麟的述学文章和章士钊的政论文章,都是"应用的古文",从散文发展史来看"这一段古文学勉强求应用的历史,乃是新旧文学过渡时代不免的一个阶段"[①]。之后陈子展、钱基博、郑振铎等学人均对"五四"前的散文有较为全面的整理研究,尤其是钱基博的《现代中国文学史》,详细梳理了这一时期散文的发展线索和概貌,有重要参考价值。1949 年后的头三十年中,对这一时期散文的总体研究,基本附骥在各类文学史中。如北京大学 1955 集体编著的《中国文学史》:"近代散文的发展,大致看来,有这样两个方面:形式主义的桐城派古文,由回光返照、极盛一时,终于失其'流风余韵,沾被百年'的统治地位;相反的一面是打破宗派成见,迅速反映现实社会政治问题的各种新体散文,随着资产阶级从改良主义运动到民主革命的发展,声势日益壮大,形成了广阔的潮流,呈现了过渡时代灿烂的复杂的文坛景象"[②],对现代散文的发生期缺乏进一步的分析和展开。

王祖献的《〈近代散文选析〉前言》(安徽教育出版社 1986 年

[①] 胡适:《五十年来中国之文学》,载欧阳哲生编《胡适文集》第三册,北京:北京大学出版社,1998 年,第 234 页。
[②] 北京大学 1955 年集体编撰:《中国文学史》,北京:人民文学出版社,1959 年。

版)、吴锦濂、姚春树合写的《中国现代散文革命的先导——中国近代散文变革述略》(福建师范大学学报(哲社版)1986年第4期),以及谢飘云的专著《中国近代散文史教程》(科学出版社2010年版),基本上梳理了龚自珍、魏源、薛福成、冯桂芬、王韬、康有为、梁启超、谭嗣同以及严复、林纾在传统散文创作中的"旧瓶装新酒"的嬗变先声。范培松的《中国散文史》和《中国散文批判史》对中国现代散文进行了系统的归纳和梳理。刘可《20世纪初写作理论》(《首都师范大学学报》1999年第4期)对20世纪初到"五四"前的散文写作理论做了梳理。王钟陵《论晚清"文界革命"的孳生过程及其走向》(《社会科学辑刊》2003年第3期),讨论了散文本体的两组矛盾:是白话替代文言还是坚持贵族审美趣味;是尽量扩张散文文体范围还是坚持其文体特征。丁晓原的《公共空间与晚清散文新文体》(《学术研究》2005年第2期)讨论了作为公共空间的晚清报刊是晚清散文的重要渊薮,对晚清散文新文体的形成起到的促进作用。《"五四白话"与现代散文文体建构》(《文艺理论研究》2011年第3期)讨论"国语的文学"语境下国语散文的特殊性。《晚清散文与"五四"散文的结构性逻辑》(《文学评论》2008年第5期)认为二者间存在创作主体的跨代关联:散文的型态、话语空间建构、异质因素导入、写作价值诉求等多有可链接之处。"五四"散文在应合晚清散文中,实现了语言工具、精神品格、审美形态等的超越。王景科、颜水生《略谈散文观念的近代嬗变》(《理论学刊》2008年第八期),考察了桐城——湘乡与阮元、刘师培等人的骈散之争。王平《现代散文发生期的语言变革与现代文学雅俗观的生成》(四川大学2007年博士论文)梳理了晚清到"五四",随着社会结构的整体嬗变,中国文学由传统向现代的曲折进程。张艳华《"五四"文学语言的选择与文体流变》(山东大学2007博士论文)考察了"五四"白话文发展与新文学的内在关系与呈现形式。蔡江珍《中国散文理论的现代性想象》(苏州大学 2004 年博士论)辨析了中国散文理论的现代性。颜水生《中国散文理论的现代转变》(山东师范大学 2011 年博士论文)梳理了《申报》自 1872 年创刊以来至 20 世纪 40 年代的中国散文理论,勾勒出其现代转变的历史线索和结构特征。

上述论文、专著对近现代散文的基本情况、"五四"前白话文运动的特点、"五四"新文学的语言的变革与选择、近代散文文体的特征等问题做了很好的研究。但对于"文界革命"以来至 20 世纪 20 年代初期的中国现代散文发生期的总体情况,还有深入挖掘的空间。

四、研究意义与方法

无论是学术史还是思想史,诚如法国年鉴学派史学大师布罗代尔指出,"过去解释现实"、"人们若不联系过去,就几乎不能懂得现时。……历史同时是对过去和对现时的认识,是对'已经发生'的和'正在进行'的演变的认识,因而在每段历史的'时间'内……都要区别持续存在的因素和转瞬即逝的因素"[1]。由此我们需要在一个"长时段"中考量现代散文的发生过程,从"文明"的更替和"文化"的演变的视角分析中国散文的新旧转变。本课题从特定意识形态出发,对进化的、历时的线性研究方式进行反思。在资料挖掘、整理基础上,通过对文学场域共时性的考察,从新旧交替、传统与现代的转换,文学语言的技术性实践等角度,客观、全面地看待

---

[1] 布罗代尔:《资本主义论丛》,顾良、张慧君译,北京:中央编译社,1997 年,第 121 页。

中国现代散文发生期的情况。

本课题力图超越"新"与"旧"的进化论模式和意识形态决定论的立场，在"五四"关照下的"晚清"、"晚清"源流中的"五四"这一相互参照的研究思路下，对这一时段的文体变迁、主题特色、散文理论、接受与批评和语言形式进行系统分析，由此考察现代散文的历史形象如何呈现，这种"呈现"体现了怎样的自我建构逻辑，又怎样规划、建构了人们对现代散文的体认，从而有意识地塑造了现代散文合法性的过程。并在发生期这个意义上，检讨现代散文的相关历史叙事的起源。

尽管从文本成就上看，这一时期散文的美学成就不及后来，但现代意义上的"散文"的社会传播、接受模式，以及有关其合法性的历史想象，都在此时打下基础，其中包含的研究可能性，也要比一般理解的丰富。随着新文学溯源研究的深入，各类新文学源流思想的不断梳理，"文界革命"以来文学发展的重要性日益凸现，运用"文学的整体观"，将"文界革命"以来的散文状况与"文学革命"以来的散文作为一个整体看待，梳理分析并正确评价这段现代文学散文发生期的历史地位与作用，对文学场域中的竞争和策略进行逻辑梳理，并从传播途径、理论主张、主题构建、创作方式、文体变迁、语言选择等视角着手，拓展现代散文发生期与现代转型等方面的研究分析，追溯现代意义上的"散文"合法性的历史想象的源流，并在这个意义上检讨现代散文相关历史叙事的起源问题。从文学整体观考察现代散文发生期的流变，正确评价现代散文发生期与现代转型等方面的历史地位与作用。

本课题侧重以"文本细读"的方式，坚持"论从史出"的研究方法，着重散文作为主体心灵的审美体验的交融、碰撞。散文作为最直抒胸臆的"心灵"书写、知识分子人文精神的体现，需要心灵的相遇、思想的碰撞和阅读的沉潜,才能体会特殊时代的特定文本,才能真正让人体验到文学作为精神家园的存在意义。在目前盛行新思想、新方法来操作研究的方式下,出现了泛文化批评和思想批评脱离文本的倾向,对于诸多问题的研究建构了宏大叙事的格局,却缺少对文本的鲜活感受、对语言审美的细节把握、对作家创作语境的耐心解读。语言艺术作为文学创作最鲜明的特质,不仅是新旧散文转换的显性标志,也是其发生期的重要内容。笔者立足于"文学是语言的艺术"这一原点,适当选用新批评的考察语言逻辑的技术模式,并借鉴悠久中国文学审美的感悟、体验系统。在二者结合的基础上,对现代散文发生期的大量文本从语言变革的技术路径上做深入的考察。尤其是通过语言转换的技术路径考察现代散文发生期的特质,是本论题的重点和特色。

与此同时,有限度地引入社会学方法来加以研究。尤其是运用法国社会学家布尔迪厄的"文学场域"理论,来分析现代散文发生期复杂的文学现象。散文既是被界定的文学场域中的研究对象,也有自身所特有的特殊结构和运作逻辑;还要充分考虑它同其它场域之间的密切关系以及其它场域的存在的影响。散文题材的广泛性也要求本课题要超越单一的文学视域,从政治、文化、新闻、教育等多种场域来评析它。通过上述研究的交叉重叠、互相映照,方能较好的呈现这一特定历史时期散文的立体图景。

第一章　现代传媒的形成与现代散文的发生

"五四"新文学的光芒确实令与之接壤的各类文学现象黯然失色,令其成为历史叙事的"灯下黑"盲区。但若没有光影的交织、明暗的互补,就不会有"五四"清晰闪耀的历史影像。而正是历史场域中那些灰面、暗面与亮面的同时存在,历史影像才能够立体丰富。新文学散文能够全面接收传统散文的地盘,成为知识分子话语的代表,既有新文学家们的积极建设,也有传统散文内部的剧烈嬗变。在新文学亮相前的二三十年里,传统散文的形式和内容、语言和主题、话语和格局都在不断的变革。"文学革命论"所批判的"贵族文学"、"古典文学"和"山林文学"在近代的散文主题中已趋于边缘化,"新民"、救国、启蒙等主题日益凸显,并以时论、政论、评说、论说、杂感等自由的文体形式,通过报刊传媒等传播途径,解构了传统散文的范式意义,成为"五四"前半个世纪的写作主题、时代话语和散文图景。以学理的眼光客观看待这一历史场域,新文学家们所诟病的"阐教翼道"式散文在"戊戌"之后已被消解,现代思想、观念、语言已经全面渗透于当时的散文中,新文学散文的最终出现与先行者的筚路蓝缕有着直接的因果关系。也就是说,传统散文的式微和现代散文的新生是通过"戊戌"与"五四"两代人的共谋而完成的。

现代散文的发生不只显现为美学、形式的层面，还包含着更丰富复杂的社会、历史因素。新的美学的产生与文学生产、文学接受等社会建制紧密相连，正如伊格尔顿所言："一个社会采用什么样的艺术生产方式——是成千本印刷，还是在风雅圈子里流传手稿——对于'生产者'与'消费者'之间的社会关系是一个非常重要的决定性因素，也决定了作品文学形式本身"①。由此可见，现代散文的新生是一项复杂、浩大的文化体制重构过程，折射出中国文学的生产、传播、接受的整体性的现代转变，并涉及到"文"这一中国文学正统文体在整个社会文化结构中的地位变迁问题。

诚如梁启超所言："自报章兴，吾国之文体，为之一变，汪洋恣肆，畅所欲言，所谓宗派家法，无复问者"②。可以说散文文体的现代新生，缘自于时代变局，更直接缘自这一历史境遇中报刊的兴起，开辟了崭新、独立的公共空间。散文写作不再是传统士大夫精英阶层的夫子自道，不再局限于文学创作与作品表现的封闭圈子中，"读者"出现，成为"历史的一个能动的构成"③。关注受众群的反应、考虑写作的目的和效果成为散文从传统向现代转变的重要参考依据，通过辛亥革命前后到新文化运动初期的论争、讲学、演讲等多种"公共交往"途径，中国现代散文即孕育、生成于这一丰富多元的公共空间中。

---

① 特里·伊格尔顿：《马克思主义与文学批评》，文宝译，北京：人民文学出版社，1990年，第73页。
② 梁启超：《清议报一百册祝辞并论报馆之责任及本馆之经历》，载《饮冰室合集》，第一册，北京：中华书局，1989年，第47页。
③ 罗伯特·汉斯·姚斯：《接受美学与接受理论》，周宁、金元浦译，沈阳：辽宁人民出版社，1987年，第32页。

第一节　报刊的兴起与传统散文的式微

在现代散文出现之前,传统散文乃至传统文学都有一套自足的创作、唱酬、传抄、刻印的体系。晚清以降,现代报刊的兴起、出版业的兴盛,塑造了新的散文的形态和潮流。安德森在《想象的共同体》中指出报刊为18世纪的欧洲民族国家想象提供了技术手段。哈贝马斯认为报刊是"公共领域最典型的机制",通过报刊的发展,可以看出"公共领域政治功能的转型"[①]。19世纪末中国报刊的兴起,同样对中国"思想界"的形成、现代的生发、民族国家的话语构建有重要意义。文学生产、传播、接受等社会运行机制的变化,不但构成了文学变革的背景,而且带来了文学自身的直接变革。在新文学史观的文学叙述上,现代散文颠覆传统散文、成为主流是时代、历史的大势所趋,但是它究竟在多大程度上取代传统散文的阅读空间,仍是一个值得探讨的课题。现代散文的发生期充满了共时性的偶然、矛盾和交错,有学者甚至认为19世纪90年代中期至20世纪最初10年(也就是"戊戌变法"前后至"五四"前夕),中国思想的变化,是一个比"五四"时代更为重要的分水岭[②]。其意义不止是"没有晚清,何来'五四'";更应将这两个时段看作是中国思想文化、社会政治转型的一个整体过程。基于这一认识,本节将讨论晚清以降报刊兴起与传统散文式微、现代散文酝酿的深刻勾

[①] 哈贝马斯:《公共领域的结构转型》,曹卫东等译,上海:学林出版社,1999年,第218页。

[②] 张灏:《梁启超与中国思想的过渡(1890—1907)》,崔志海、葛夫平译,南京:江苏人民出版社,1993年,第218页。

连关系。

一、背离"义理"与传统散文"范式"的崩塌

亨廷顿认为"范式"能够导出预测:"对一个范式的有效性和有用性的决定性检验应当达到这样的程度:从这个范式导出的预测结果证明比其他可供选择的范式更精确"①。由此传统散文的范式如果无法再预测晚清以降散文的变革,它就不再具有"范式"的合法性。传统散文一直具有"阐教翼道"、"经国大业"的神圣功能,是国家文化体制的重要组成部分,这也是"诗文"倨傲于文坛正统的重要原因。随着传统中华文明受到西方文明为代表的现代文化的激烈碰撞,传统散文所依赖的文化价值体系开始崩盘,"义理"作为散文的文化阐释的话语核心,其合法性受到巨大质疑,传统散文的范式意义正在消解,现代散文的发生也由此涅槃。

在清朝后期,敏锐的知识分子已经嗅到了封建王朝的没落气息。龚自珍(1792—1841)诗文所透露出的"一萧一剑平生意"的"狂士"风度②;魏源(1794—1857)等率直务实的政论文章,均已溢出"清真雅正"的"文章"范畴。到冯桂芬(1809—1874)的《校颁庐抗议》(1861)成书之时,处士横议、直任不辞的"时务之文"成为时代话语,与这一时期的抵御外侮、救国保种的思想紧密结合,故有了冯桂芬直言所述之文"不烦绳削而自合"、"称心而言,不必有义法"的立意及文本呈现。冯氏在该书《自序》中谈及了这一代知识

---

① 缪塞尔·亨廷顿:《文明的冲突与世界秩序的重建》,周琪等译,北京:新华出版社,1998年,第19页。
② 梁启超对龚自珍文章的文辞瑰丽有很深的印象,称"初读《定庵文集》,若受电然",见《清代学术概论》,"二十二",上海:上海古籍出版社,1998年,第75页。

分子的心路历程:"桂芬读书十年,在外涉猎于艰难情伪者三十年,间有私议,不能无参以杂家、佐以私臆、甚且羼以夷说,而要以不畔于三代圣人之法为宗旨"。"三代圣人之法"虽被强调是其底线、学问根柢、精神归宿;但换个角度来看,自古以来的文章书写是不需要刻意替"圣人之法"护法或宣誓效忠的,它本身就是毋庸置疑的天然存在。然而到了冯桂芬这里,却需要刻意强调自己的出离之论仍符合圣人之法,本身就充满驳杂的意味。面对三十年艰难世情,"杂家"、"私臆"、"夷说",也就是非正统观念、个体观念和西方观念,已经是其处理实际问题的重要参照。纵观《校邠庐抗议》全书,不谈心性、不涉经术,主题涵盖了"复陈诗议"、"变科举议"、"改会试议"、"广取士议"、"停武试议"、"制洋器议"、"善驭夷议"、"采西学议"等时论、政论文,是"文章经国之大业"的再次呈现,对晚清文坛、尤其是桐城文章的陈词滥调、刻意仿古之风有巨大的涤荡作用。以《变科举议》一段为例:

> 明祖以枭雄阴鸷猜忌驭天下,惧天下瑰伟绝特之士起而与为难,以为经义诗赋皆将借径于读书稽古,不啻傅虎以翼,终且不可制。求一途可以禁锢生人之心思材力,不能复为读书稽古有用之学者,莫善于时文,故毅然用之。其事为孔孟明理载道之事,其术为唐、宋英雄入彀之术,其心为始皇焚书坑儒之心,抑之以点名、搜索防弊之法,以折其廉耻。扬之以鹿鸣、琼林优异之典,以生其歆美。三年一科,今科失而来科可得,一科复一科,转瞬而其人已老,不能为我患,而明祖之愿毕矣。意在败坏天下

之人才,非欲造就天下之人才。①

文章言辞激烈、思想锐利,将科举取士禁锢思想、奴化士林的本质阐述得犀利精准。尽管从现代文学的眼光看,这是篇非现代语境的古代散文;但是现代文学研究如果丧失了对传统文献的阅读能力和反思意向,那么现代文学就容易陷入来自虚无和走向虚无的断裂窘境中。冯书对国体政体问题提出了尖锐的批评意见和积极的整改方案,开启了"中学为体,西学为用"的先河,在未正式刊行的情况下,陆续得到曾国藩、李鸿章、左宗棠、翁同龢等人的认同和好评,正如王韬在该书校印本(1897年)的跋中所评价:"上下数千年,深明世故、洞烛物情、补偏救敝,能痛抉其症结所在。不拘于先法、不胶于成见,准古酌今、舍短取长。知西学之可行,不惜仿效,治中法之已敝。不惮变更、事事皆折衷至当,绝无虚骄之气行其间,坐而言者可起而行。呜呼,此今时有用之书也!"该书作为维新变法的"参考文献",被光绪帝诏令印刷一千册(1898年),分发官员研读,为变法造声势。正如李泽厚所说:"冯桂芬的特点在于:他承上启下,是改良派思想的直接的先行者,是三四十年代到七八十年代思想历史中的一座重要的桥梁"②。从散文文体来看,《校邠庐抗议》的直言畅快、条理明晰、融会新知,是散文文体解放的滥觞。"文章"为"致用",弱化其审美的功能,预示了传统散文审美性的式微,作为文学的文言散文的存在意义,已成强弩之末。

与此同时,标榜气体清纯、言辞雅驯、阐教翼道的"桐城"文章,在封建王朝行将就木之时,其传人也无法严守其门派"义法",无不

---

① 冯桂芬:《变科举议》,载《续修四库全书·子部·儒家类》,上海:上海古籍出版社,2003年,第533—534页。

② 李泽厚:《中国近代思想史》,合肥:安徽文艺出版社,1999年,第378页。

以删繁就简、通达畅晓为文体风格,以经世致用、西洋文明文化的考察等为写作主题。如曾国藩的"经济"之文、郭嵩焘、薛福成等人的旅欧游记、日记、尺牍等。曾国藩的援引"经济"以扩充传统散文的运用范围;郭嵩焘、薛福成、吴汝纶等人出访海外、耳濡目染的"现代性体验",并以浅近文言述见闻与心得;严复以先秦诸子散文的风格转译"天演",林纾以唐宋散文的笔调转述西洋小说。传统散文内部的革新改良虽已接近最大值,并使它如回光返照般延续了二三十年的活力,但毕竟大势已去。

深谙个中滋味的曾国藩曾言:"古文无施不可,但不宜说理",桐城散文作为颇具代表性的传统散文,在应对社会变革和时代转型时,从"不宜说理"到极力说理,其主题、行文风格、表达立场都发生了变化。胡适对这一时期的文坛格局总结道:"这一段古文学勉强求应用的历史,乃是新旧文学过渡时代不能免的一个阶级","平心文论,古文学之中,自然要算'古文'(自韩愈至曾国藩的古文)是最正当最有用的文体。……桐城派的影响,使古文做通顺了,为后来二三十年勉强应用的预备,这一点功劳是不可埋没的"[①]。这里提到的"宗派"与"家法"直指桐城派及其"义法",其门派传人本已不能自守,经"报章"散文冲击决荡,作为散文"范式"的意义全面崩盘。

二、 报刊的兴起:现代散文孕育的摇篮

诚如王德威指出,"传统解释新文学'起源'之范式,多以'五

---

① 胡适:《五十年来中国之文学》,载欧阳哲生编《胡适文集》,第三册,北京:北京大学出版社,1998年,第201、205页。

四'(1919年文学革命的著名宣言)为中国文学现代时期之依归……相对的,由晚清以迄民初的数十年文艺动荡,则被视为传统逝去的尾声,或西学东渐的先兆,过渡意义,大于一切。但在世纪末重审现代中国文学的来龙去脉,我们应重视晚清时期的重要,及其先于甚或超过'五四'的开创性"①。报刊的兴起带来"报刊之文"的兴起,散文正是通过这一平台获得了独立主张、自由表达的机会,获得了从传统散文藩篱中跳脱出来的独立空间。现代杂文、评论、论说等广义的散文便于其中孕育。

最早中国境内出版的现代意义上的中文报刊是外国传教士创办、发行于广州的《东西洋考每月统纪传》(1833),到中国人"自己主办的第一份近代化的中文报纸"②《中外新报》(1858)的出现,报刊为19世纪的中国民族国家想像提供了技术手段。尤其是1872年创办的《申报》(原名《申江新报》),主动和民众阅读紧密联系,在"本馆告白"中就亮出了与"前代之遗闻"的"篇幅浩繁"、"文辞高古"、"典瞻有则"的传统范式不一样的特质:

> 求其记述当今时事,文则质而不俚,事则简而能详,上而学士大夫,下及农工商贾,皆能通晓者,则莫如新闻纸之善矣。……凡国家之政治、风俗之变迁,中外交涉之要务,商贾贸易之利弊,与夫一切可惊、可愕、可喜之事,足以新人听闻者,靡不毕载,务求其真实无妄,使观者明白易晓,不为浮夸之辞,不述荒唐之语,庶几留心时务者

---

① 王德威:《被压抑的现代性——晚清小说新论》,宋伟杰译,北京:北京大学出版社,2005年,第1页。
② 刘志琴:《近代中国社会文化变迁录》,第一卷,杭州:浙江人民出版社,1998年,第108页。

于此可以得概,而出谋生理者于此亦不至受其欺。此新闻之作,固有益于天下也。①

这则"本馆告白"宣告了传统散文的范式被打破,传统散文的"义理、考据、辞章"的固定格式在"告白"中没有一条被提及,而国家政治、风俗变迁、中外交流、以及一切可惊可喜可叹的社会话题、个体情愫均可以书写、刊载。在语言上则是"雅俗共赏"、"求真",拒绝"浮夸"和"荒唐",这和传统桐城散文的"雅洁"追求和骈文的"辞藻"偏好完全没有可溶性,表明一个独立自足的文学空间的诞生。

尽管《申报》并没有给散文理论的革新提出明确的要求,但是以《申报》为代表的如雨后春笋般出现的报刊、以此为平台的大量"报刊之文",从一开始就和传统散文划清了界限。可以说,这一"告白"喻示着中国散文即将发生剧烈的嬗变,是传统散文范式崩塌的"告白",也是中国散文向现代前行的宣言。同样具有标志性意义的事件是代表古文中兴的殿军人物曾国藩的去世,正如胡适为纪念《申报》五十年所写的《五十年来中国之文学》中这样总结:"《申报》出世的一年(1872),便是曾国藩死的一年,曾国藩是桐城派古文的中兴第一大将。……但曾国藩一死之后,古文的运命又渐渐衰微下去了"②,由此可见《申报》的创立所带来的散文的现代孕育与传统散文的衰亡之间的必然关系。

《申报》相继刊载了《邸报别于新报论》《新闻日报盛行于泰西考》等进一步明确"报刊之文"不同于传统的"文章","新报"也不同

---

① 《申报·本馆告白》,1872年4月30日,上海:上海书店,1983年影印版,第1页。
② 胡适:《五十年来中国之文学》,载欧阳哲生编《胡适文集》,第三册,北京:北京大学出版社,1998年,第200页。

于传统的"邸报"的观点,强调"报刊之文"的特质在于不苟同、不附和,表达独立的观点和意见:"各国新报之设,凡朝廷之立一政也,此处之新闻纸,或言其无益;彼处之新闻纸或言其有损。朝廷即行更改,必待各处新闻纸言其尽善尽美而后为"①,阐明了西方报刊兴盛的原因,由此说明散文现代转变的首要条件是"尽情议论、直陈无隐"。郑观应的《盛世危言》也认为报刊文章不同于"古文",其目的是"伸公论"②,对长期的蒙蔽、欺骗的专制统治具有涤荡的作用。这里的"公",不再以天下为帝王私产、以民众为专制奴隶,而是表现出"公共空间"中"公共舆论"的雏形。可见报刊之文的兴起,对于知识分子自我启蒙的召唤、对于民众的启蒙意识的唤醒,有巨大的催发作用。

不同于传统"邸报"对"上"的官方性和服务性,近代报纸呈现为对"下"的民间性和普及性,决定了它的表现形式是文字显浅、语言流畅、说理透彻,有较强的鼓动宣传作用,由传播媒介命名为"报刊之文"。"中国历史上第一个报刊政论作家"王韬曾放言:"自愧言之无文,行而不远,必为有识之士所齿冷;惟念宣尼有云,辞达而已,知文章所贵在乎纪事述情,自抒胸臆,俾人人知其命意之所在,而一如我怀之所欲吐,斯即佳文。指其工拙,抑末也。鄙人作文,窃秉私旨,往往下笔不能自休;若余苦文辞之工,敢谢不敏"③。王韬的叙述方式是文言的,但是言之有物、不作无病之呻吟、务去滥调套语的主题是清晰明确的。"我怀之所欲吐"也就是独抒己意、个人表达。这与新文学散文所强调的个人的、个性的表达是一致的。海外游历、香港办报的经历,使王韬有更多"历史中间物"的意

---

① 上海书店《申报》影印组:《〈申报〉介绍》,上海:上海书店,1983年,第12页。
② 郑观应:《盛世危言》,沈阳:辽宁人民出版社,1994年,第76页。
③ 王韬:《弢园文录外编自序》,沈阳:辽宁人民出版社,1994年,第3页。

识,批判因循苟且、蒙蔽粉饰、贪罔虚骄的民族痼疾,更强烈的呼吁"天道与时消息,人事与时变通"。而对传统散文的态度则诮之"于古文辞之门径则茫然未有所知,敢谢不敏"①,传统散文"范式"的碎裂已初见端倪。

《弢园文录外编》是王韬在香港期间多言洋务的报章杂文,《变法》《变法自强》《重民》《达民情》等一系列"论说"在19世纪末的变法自强呼声中,其文章的社会功能、审美价值并不显得出类拔萃,比如"我国今日之急务,在治中驭外而已。治中不外乎变法自强,驭外不外乎简公使,设领事,洞达洋务,宣扬国威而已"②,就"论说"这一文体形式来看,仍是桐城文派的起承转合的模式。这一论调几乎是清季有识之士的共识,对中西文化的比较也带着鲁莽灭裂的粗率性。但它对于散文现代新生的意义在于:其一,以《循环日报》为阵地,确有"野和尚妄谈般若"的放言高论。并以公开言论、报刊发行的传播方式树立了知识分子独立思考和警示众生的责任意识,对此后《变法通议》《时务报》《新民丛报》《民报》等系列报刊,以及此后公共空间中的"处士横议"式的知识分子话语的盛行,产生了极大的借鉴意义。其二,散文理念的更新,彰显了直抒胸臆的现代散文意识。"弢园文录"不以"言之不文,行之不远"作为评判标准,树立了一种新的价值标准——那就是"窃秉私旨",按照自己的意愿去书写,不再是阐教翼道的护卫队。

继《申报》《循环日报》之后,康有为、梁启超、谭嗣同等维新人士主办、撰稿的报刊《中外纪闻》(1895年,北京)、《强学报》(1896年,上海)、《时务报》(1896年,上海)、《湘报》(1897年,长沙),以及

---

① 王韬:《弢园文录外编·自序》,沈阳:辽宁人民出版社,1994年,第3页。
② 王韬:《治中》,载《弢园文录外编》,沈阳:辽宁人民出版社,1994年,第37页。

严复、夏曾佑所办的《国闻周报》(1897年,天津)在评判顽固守旧、宣传变法维新的立场上,更加义正言辞、慷慨激昂。严复的《救亡决论》正是利用《国闻周刊》发表,以扩大其影响力和认同感。梁启超的"变法通议"系列文章也在《时务报》上连载,对国家命运提出了"变亦变,不变亦变"的警告,提出了维新派的纲领:"变法之本,在育人才;人才之兴,在开学校;学校之立,在变科举、而一切要其大成,在变官制"①,对四十多年来小心翼翼维护的"中学为体"的核心价值观有极大的冲击力。对以桐城文章为代表的传统散文,几乎是场彻底的疏离和屏蔽。

以报刊作为载体的"论说"散文逐步取代传统散文的文坛地位,这一时期涌现的《知新报》《湘学报》《国闻报》等报刊,是国家热点话题以报刊的媒介方式的爆发,并以"论说"的形式承载了"经国大业"的使命意识。传统散文体例中的"策论"、"论说"以刊载于报刊等公共媒介的方式获得最广泛的传播,报刊文的书写有更加通晓明白的语言形式、更急切严峻的文笔风格、更强烈的针对民众的召唤意识。这一时期的报刊文虽还没有彻底驱逐忠孝节烈、"致君尧舜上"的正统主题,但是在搁置这一终极信仰的主题下,无不可谈、无不谈,个体意识的苏醒、知识分子自我意识的增强,都预示着一个更大裂变的到来。

报刊的兴起给文学的发展变革开辟了独立的空间,如谭嗣同的《报章文体说》对报章文的兴起表现出极具理想化的热情,认为"报章总宇宙之文",在"疏别天下文章体例,去其辞赋诸不切民用者"的前提下,将"文"划为三类十体:纪、志、论说、注、图、表、谱、叙

---

① 梁启超:《变法通议》,载《时务报》,第一册,1896,见《饮冰室合集》,第一册,北京:中华书局,1989年,第10页。

例、章程、计。传统散文范例的典型代表是姚鼐编纂的《古文辞类纂》,将传统散文分为十三种文体;谭嗣同所提出的十种文体是以"民用"为出发点的"构建"、"设计",尽管未能触及现代审美的边缘,但已从传统审美中逐步剥离出来。这一分类首先将辞赋、箴铭、颂赞等"不切民用"的骈文撇在"文章"的行列之外,又将与"文章"实际并无多大关联的图、表、注、谱、章程等划进来。这种分类方法,其实不完全是一个文学范畴的分类方式,更多的是"报刊"的形式。事实上,在此后更能施展个人想法的《清议报》《新民丛报》中,梁启超就把图、表、谱、章程都均展现在报刊的排版中,使得报纸形式新颖,看起来更公允客观,因而更能吸引读者。在这一形式混杂的"报刊文"中,散文也通过这一平台获得了独立主张、自由表达的机会,获得了从传统散文的藩篱中跳脱出来的公共空间,现代杂文、评论、论说等广义的散文孕育其中。当然,启蒙现代化与审美现代化的异质性被粗率的同构化了,这也是"五四"新文学所需要厘清的工作。

　　报章文体的繁荣、"时务文"的独领风骚不仅使得维新派的宣传阵地《时务报》从众多报刊中脱颖而出,成为一时之选;"变法通议"系列文章成为戊戌变法的纲领旗帜,对士林产生极大的影响;梁启超本人也得到了"舆论之骄子,天纵之文豪"的赞誉,"自通都大邑,下至僻壤穷陬,无不知有新会梁氏者"[1],其意见领袖的地位逐渐形成。"时务文"明快有力的文体特质也获得进一步的肯定,诚如梁启超本人的回忆:"甲午挫后,《时务报》起,一时风靡海内,数月之内,销行至万余份,为中国有报以来前所未有,举国趋之,如

---

[1] 胡思敬:《戊戌履霜录》,载方汉奇编《中国近代报刊史》,太原:山西人民出版社,1981年,第79页。

饮狂泉"①。无数青年读者正是通过康梁文章而被唤醒了"世界"观念，获得了"现代"意识："吾辈少时，读八股、讲旧学，每疾视士大夫习欧文谈新学者，以为皆洋奴，名教所不容也。后读康先生及其徒梁任公之文章，始恍然于域外之政教学术，璨然可观，茅塞顿开，觉昨非而今是"，"吾辈今日得稍有世界知识，其源泉乃康、梁二先生之赐"②。这段话的作者正是"五四"新文化运动的领袖陈独秀。可以说"报章文"的出现不仅打破了传统散文的禁锢，更对"五四"一代产生了至关重要的启蒙作用，这一启蒙的影响具有社会现代化、哲学现代化的双重作用。

经过淬炼的梁氏散文领一时风骚，既得到关心时事的知识分子的认同和欢迎，也成为热心功名的士子们的应考秘籍，"从前骂康梁为离经叛道的，至此却不知不觉都受梁的笔锋驱策作他的学舌鹦鹉了"③。纵论天下之事和救亡之道，驰骋爱国之心和辩论之术，运用文白交杂的语言和新名词、欧式语法作为文体特色，以排比、反问、推理演绎等方式呈现宏大场面和巨大气势的"报刊之文"，通过现代报刊广泛传播，逐渐取代了桐城散文的压倒性优势，开启了散文文体自觉革新后的理论自觉和创作自觉。"报刊之文"作为传统散文"失范"的突破口、散文现代新生的通行证、中国散文现代转变的历史中间物，留下了浓墨重彩的一笔。

---

① 梁启超:《清议报一百册祝辞并论报馆之责任及本馆之经历》，载《饮冰室合集》，第一册，北京：中华书局，1989年，第52页。
② 陈独秀:《驳康有为致总统总理书》，载《新青年》，1916年10月(第2卷第2号)。
③ 李剑农:《最近三十年中国政治史》，上海：太平洋书店，1930年，第80页。

第二节　公共舆论空间的多元化与现代散文的酝酿

随着戊戌变法的失败,从庙堂走向广场的志士仁人更多地通过报纸这一重要阵地发表党派宗旨、思想主张。报刊的价值受到极大的估量,维新派、革命派等党派都借助刊物进行激烈的言论交锋,公共舆论空间的格局日渐多元化。借用法国社会学家布尔迪厄的"场域"概念,就是"在各种位置之间存在的客观关系的一个网络,或一个构型",每个参与者的争夺,"强加一种对于他们自身的产物最为有利的等级优化原则"①。正是通过这一自身生长、各方论争的"关系空间",散文在申张、论辨、逻辑推理、讽刺等诸种叙述方式中获得了充分的书写实践,现代散文由此酝酿。

从《申报》(1872)到《新民丛报》(1902)之间整整三十年,传统散文的"范式"意义不断消解。自戊戌变法失败后,知识分子的救亡图存不再妄想通过自上而下的政治途径,而更多地寄希望于社会启蒙,以报刊为阵地,进行党派宗旨、学术主张等各种论争。如维新派的《时务报》(1896),严复的《国闻报》(1897),梁启超的《清议报》(1898)、《新民丛报》(1902),商务印书馆的《东方杂志》(1904),同盟会机关报《民报》(1905),《申报》副刊《自由谈》(1911),章士钊的《甲寅》(1914),陈独秀的《青年杂志》(1915)……报刊的作用受到了极大的估量,维新派代表人物唐才常在《〈湘报〉序》坚信报刊能够"一举而破二千年之积习,一人而兼百人千人之

---

① 皮埃尔·布尔迪厄、华康德:《实践与反思:反思社会学导引》,李猛、李康译,北京:中央编译出版社,1998年,第133—134、139页。

智力,不出户庭而得五洲大地之规模,不程时日而收延惜阴之大效"。革命党人的《民报》也亮出了孙中山的"三民主义"主张。正是在《新民丛报》与《民报》等相关的二十多份刊物的论争中,改良派与革命派进行了激烈的思想交锋,对海内外知识分子、青年学子等群体的人心取向、国家道路的选择等重大问题产生了深远的影响。"评论"、"论说"、"言论"、"时评"等占据了刊物的大半江山,如《民报》中刊登的论说、评论、时评、演讲稿占其篇幅的百分之七十以上。这些政治批评、社会批评和文化批评为主题的散文,是19世纪末20世纪初多彩纷呈的文学景观。

  哈贝马斯认为在公共空间内,公民间的交往是以阅读为中介、以交流为中心、以公共事务为话题的"公共交往",由此的"公共交往"就不局限于以报刊为媒介。梁启超曾将学校、新闻和演说作为"传播文明三利器",与现代散文发生直接关联的就是以"论说"、"时评"为代表的报章散文和尽量采用日常口语、具有现代白话散文雏形、并刊登在报纸上的演讲稿。与之相应,各团体的讲学也在启蒙、革命语境中以"不废讲学"的方式开展,胡适在《五十年来中国之文学》中褒扬的"长篇议论文"的变革也由此生发。由此可见,公共空间的多元化,造就了散文现代化发生的广阔空间。借助报刊、演说、讲学等多种公共空间途径产生了现代意义上的散文雏形。这一时期的散文进行着以政治批评、社会批评和文化批评为主题的多方论争和清理,肩负启蒙、布道的重任,并以此确立了自身的历史价值。从现代文学的"后见之明"来看,这一时期的散文创作确实存在审美艺术性的遮蔽和压抑的问题,但是推介西方思想文化、鼓吹"破坏"的批判意识、融汇大量新词汇、欧式语法,开中国现代散文实践之先河,是"五四"新文学散文家们的现代"受洗礼",极具活力地代表了历史场域中汉语书面体系的变革与新生。

一、散文变革的"临界点"

"新文体"也常被学人称为"新民体"。首以"现代中国文学史"命名的钱基博研究著作中,梁启超的"新民体"与新文学有一脉相承的关系:将康有为、梁启超的"新民体",严复、章士钊的"逻辑文"与胡适、周树人等的"白话文"都被归入"新文学"的范畴,而且是"新文学"仅可研究论述的文体样式。新文学二十年所产生的小说、诗歌、戏剧,在钱氏专著中语焉不详。而与之对峙的"古文学"中有王闿运等的"魏晋文",刘师培等的"骈文",马其昶、姚永概、姚永朴和林纾为代表的"散文"。以学贯古今、专攻"集部"的大学者钱基博的学识和眼光,"古文学"以"魏晋文"、"骈文"、"散文"打头阵,构成"文"的丰富多样,是"古文学"体量最大的文体样式,也占据了"现代中国文学史"五分之二以上的篇幅。而上述"新民体"、"逻辑文"、"白话文"等"散文"构成了钱氏眼中"新文学"的全部。这固然缘于钱氏的选家眼光和史学趣味,但将"新民体"划入"新文学"的范畴,是一个极有意味的话题:首次以"现代"打头阵的中国文学研究中,梁氏文章是作为"新文学"的启航标志出现的。"新民"的文章何以有文体自身之"新"?这里就必须首先讨论"新民体"何为。

钱基博之所以定名为"新民体",是因为"以创自启超所为之

《新民丛报》也"①。这一观点主要针对梁启超个人而言:梁氏"百日维新"时期的文章,是呼吁"维新"的喉舌,仍带着浓重的八股气息、时文特质。逃难日本、吸纳新知、游历美洲,身涉万里,才玉成了梁氏恣意汪洋、别具魔力的"新民体"。

但以历史的长镜头来看,桐城文家所构建的散文范式:义理、考据、辞章,和"雅洁"审美标准所要求的不逾矩、不张扬、刻意含蓄,既有它古典的精致,但也容易成为逼仄隐忍、清淡枯涩的文体模板,钳制情感与理性的生硬教条。从它的周详烂熟里剥离出精粹和生机,或者对它进行清理和反正,甚至直接叛逆和告别,构成了"五四"前散文嬗变最沉重、最艰难的转型。因此属于梁启超个人荣耀勋章的"新民体"是历经整个散文历史转型的"报章文"、"时务文"等长期演变的结果,是一个动态的概念。笔者更倾向将"五四"前最有代表性的散文的自觉变革称为"新文体"。

在"新文化运动"发生二三十年后,新文学已稳操胜券,开始进一步整合话语资源,建构文学谱系。诸多经新文学洗礼的研究者,多指出了以梁启超为代表的"新文体"的诸多问题。如陈子展即批评其文章"浮躁、叫嚣、堆砌、缴绕,种种毛病"②。吴文祺也认为梁文固然问题较多,却是"第一个冲破古文藩篱的人","新文体"影响

---

① 钱基博:《现代中国文学史》,北京:商务印书馆,2011年,第449页。笔者以为钱先生的观点有一个小小的时间误差。钱基博先生将梁启超的新式文章命名为"新民体",认为"以创自启超所为之《新民丛报》也",《新民丛报》创刊于1902年。而梁启超自己选定的"新文体"代表作是《少年中国说》、《呵旁观者文》、《过渡时代论》等,(梁启超:《清议报一百册祝辞并论报馆之责任及本馆之经历》,原文是《清议报》最后一期的祝辞长文,1901年12月,后收入《饮冰室合集·文集》)三篇文章的首刊时间分别是1900年2月、1900年2月和1901年6月。也就是说,梁启超自己选定的"新文体"代表作出现在"新民体"这个概念之前,钱先生所指认的"新民体"要晚于梁启超自设的"新文体"。从文学研究来看,"新文体"的概念更能说明它的文学史意义。这其中的时间差,也显示了"新文体"形成的动态过程。

② 陈子展:《最近三十年中国文学史》,上海:太平洋书店,1939年,第109页。

文坛近三十年,而新文学正孕育其中,至"五四"终于呱呱坠地①。梁启超和"新文学"的血脉因缘,"新文体"和现代散文的源流关系,其启蒙、孕育、开创的功绩意义,获得了进一步的确认:

> 这种"新文体"从旧的文体里解放出来,打破了散文家的"义法"的束缚,尽量地采用新字和新语;而所用的句法,又不拘一格,俯拾即是,使文章的实质变得更为有用,更能适合于时代的需要,这确实是一个重要的进步:从拘束的文言文,解放为放纵的文言文,仅是文体转变的初步,但是却更进一步变而为另一体裁的文章了。所以这种文体的解放,正是"文体改革"的第一步,是文体演变史上必经的途径,必须有了这条桥梁,然后才能有语体文的出现。②

可见"新文体"并非梁启超独创,而是有一个动态演变过程。以往的研究中比较多的强调"新文体"的媒体传播性和政论文特质③,但对"新文体"作为传统散文的基因裂变、现代散文孕育期的文体尝试和理论自觉,所表达的现代思想、所进行的现代语言的积极尝试和探索则较少关注,实际上,它为"五四"一代的自我启蒙培养了作者和读者,是现代散文的变革与新生的"临界点",这些都有

---

① 吴文祺:《新文学概要》,上海:中国文化服务社,1936年,第4、13页。
② 蒋伯潜:《骈文与散文》,上海:世界书局,1941年,第119页。
③ 陈子展:《最近三十年中国文学史》,以"梁启超以来的论政文"解释"新文体",上海:太平洋书店,1939年,第109页。夏晓虹:《觉世与传世——梁启超的文学道路》,北京:中华书局,2006年,第105~142页。书中详细研究了"新文体"的特点和类别,尤其分析了梁启超的最有代表性的三种重要文体:政论文、传记文和杂文。但对于"新文体"在散文嬗变与现代化转变中的问题,尚有讨论的空间。

进一步讨论的必要。

1. 散文创作的旧底蕴

丹纳的《艺术哲学》曾言:"一个民族永远留着他乡土的痕迹,而他定居的时候越愚昧越幼稚,乡土的痕迹越深刻","对于孩童,那物件的实用的合目的性仍是陌生的:他拿未熟悉的眼睛看一件事物,他还具有未被沾染的能力,把物作为物来吸收"①。在中国散文的发生期,传统散文的积习与渗透无处不在。20世纪20年代,桐城古文已经成为"死老虎",以"桐城谬种"的恶谥受世人唾弃。梁启超在《清代学术概论》中对风靡一时的"新文体"做了如下总结:

> 启超夙不喜桐城派古文,幼年为文,学晚汉魏晋,颇尚矜炼。至是自解放,务为平易畅达,时杂以俚语、韵语及外国语法,纵笔所至不检束。学者竞效之,号新文体,老辈则痛恨,诋为野狐。然其条理明晰,笔锋常带感情,对于读者,别有一种魔力焉。②

梁启超一直有"老少年"的心态、"不惮以今日之我与昨日之我战"的秉性,对精于制艺的早年历史,避而不谈。但在早期的《三十自述》(1902)里,梁启超还是详细地交代了自己的问学之路,不无自得地论及早年熟读四书五经、唐诗、《史记》《汉书》《古文辞类纂》,谙熟帖括、训诂之学,9岁能写下千言八股文,12岁中秀才,有"神童"之誉。也正是靠"镕金铸史"的八股文笔,17岁即在科场上

---

① 丹纳:《艺术哲学》,傅雷译,北京:人民文学出版社,1986年,第257页。
② 梁启超:《清代学术概论"二十五"》,上海:上海古籍出版社,1998年,第85—86页。

一举成名。其师石星巢写信给汪康年时,将梁启超这位得意门生排在"卓荦之士"中的第一位①。可以说八股制艺的系统训练带给了戊戌、"五四"两代人物无法抹去的集体无意识。

这里有必要简要梳理一些桐城文派、八股文等相关问题。与八股文有着天然密切联系的桐城文派,正是凭借它在八股制艺上的独到的心得与应试的优势,得以在清代文坛上纵横二百年。《古文辞类纂》既是传统散文的优秀选本,也是八股文的重要教科书。梁启超自幼即深谙此道,将四书五经背得滚瓜烂熟,并能够在破题、承题、起讲、入手、起股、中股、后股、束股八部分里体现"文意根于题、措事类策,谈理似论,取材如赋博、持律如诗严",在限定的五百字内带着镣铐跳舞,并能跳得纵横跌宕、镕金铸史。观梁氏十七岁的应举之文②,论点鲜明、逻辑性强、辞句精练、细节盎然,练达流畅,毫无稚嫩怯弱之气。宗经、载道的主题自不待言,行文更是结合了骈文和散文的菁华,在汉字的字义与音韵之间构成微妙的呼应,的确是缜密漂亮,比如"肩先觉之任,而与人未尝隐;抱绝世之质,而下学不敢宽。订诸经于暮年,息异喙于浊世,其功讵不伟欤?"颇有先秦诸子之风骨,获广东乡试第八。此时的梁启超尚未接触西学,严苛的制艺训练、繁复的古文模仿,五百字左右的精准到位的表达要求,通过对仗、排比等形成的优美句式与清晰完整的

---

① 丁文江、赵丰田:《梁启超年谱长编》,上海:上海人民出版社,1983年,第21—22页。

② 梁启超参加的乡试考题,据同年的《申报》载,(一)是"子所雅言诗书执礼"至"子不语怪力乱神";(二)是"来百工则财用足";(三)是"离娄之明,公输子之巧";诗的题目是《荔实周天两岁星》,得"星"字。因他的少作未收录《梁启超文集》中,国内未见馆藏,日本有收藏。按《梁启超年谱长编》记载,梁氏的乡试中举诗文收录于光绪乙丑年的《广东闱墨》中。(丁文江、赵丰田:《梁启超年谱长编》,上海:上海人民出版社,1983年,第21页。)该文未见于北京、上海、广东等图书馆。后经日本梁启超研究专家、名古屋学院竹内弘行教授向陈占标先生赠送影印本,该文得在国内查证。引自陈占标:《梁启超应乡试中举的诗文》,载《广东史志》,1999年,第3期。

推理过程融为一体。诸如此类的范式要求,为梁氏此后驰骋文坛打下了优良的基础。

八股文与中国文化的关系,周作人曾呼吁以"社会人类学"来阐明它的本相。打倒《圣经》的人必要读经,废除孔教者更要弄明白其中缘由,否则"还是白呼"。八股文与中国文学、中国文人性格之间更是有难分彼此的关系。周作人做过一个有意思的比喻,将八股比作童话里的妖怪,"被英雄剁做几块,它老人家整个是不活了,那一块一块的却都活着"。虽然严复、梁启超、蔡元培、陈独秀、鲁迅、周作人等人都认为八股文贻害无穷的,但皆有段深入的习得过程,梁启超与蔡元培都曾科场得意,严复在十年中三次参加科举无果,而陈、周等人在科场都有过屡战屡败的经历。早年这段寒窗苦读的经历对他们的行文风格、文章特质有抹不去的印记。余英时曾言:"('五四'时期)在思想界有影响力的人物,在他们反传统、反礼教之际首先便有意或无意地回到传统中非正统或反正统的源头上去寻找根据"①。周作人直言要认真研究八股:"八股是中国文学史上承先启后的一个大关键,假如想要研究或了解本国文学而不先明白八股文这东西,结果将一无所得,既不能通旧传统之极致,亦遂不能知新的反动之起源"②。任何人在早年的纯净单一的学习经历,都会深刻的影响其文化人格的形成和自我认同的建构。

八股制艺是一种思维和语言的繁苛训练,固然流弊无穷,但也并非全无优点。钱基博先生就以为"就耳目所睹记,语言文章之工,合于逻辑者,无有逾于八股文者也"③。章太严批评严复的文笔

---

① 余英时:《"五四"运动与中国传统》,载《中国思想传统的现代诠释》,南京:江苏人民出版社,1998年,第375页。
② 周作人:《论八股文》,载《周作人自编集·中国新文学的源流》(附录一),北京:北京十月文艺出版社,2011年,第69页。
③ 钱基博:《现代中国文学史》,北京:商务印书馆,2011年,第481页。

类同八股,胡适认为梁启超的散文是"桐城的变种"①,"其体势颇像分段写的八股文的长比"②。钱玄同也认为梁文"亦未能尽脱帖括蹊径"③。钱基博以为章、胡二人的评论"斯不愧知言之士已!"尽管此后梁氏舍旧学、读西书、治佛学、习日文,但是旧学濡染是近代以来知识分子的集体无意识,新旧杂处是他们为文、为人的文化烙印。

梁启超以"变法通议"(1895年)的谔谔之言闻名于士林。兹以其中《论译书》一段为例:

> 日本与我为同文之国,自昔行用汉文,自和文肇兴,而平假名片假名等,始与汉文相杂厕,然汉文犹居十六七。日本自维新以后,锐意西学,所翻彼中之书,要者略备,其本国新著之书,亦多可观。今诚能习日文以译日书,用力甚鲜,而获益甚钜。计日文之易成,约有数端,音少一也。音皆中之所有,无棘刺扞格之音,二也。文法疏阔,三也。名物象事,多与中土相同,四也。汉文居十六七,五也。故黄君公度:谓可不学而能,苟能强记,半岁无不尽通者。以此视西文,抑又事半功倍也。④

中国败于西洋,国人尚可在对方船坚炮利的攻势下以弱者自

---

① 胡适:《五十年来中国之文学》,载欧阳哲生编《胡适文集》(第三册),北京:北京大学出版社,1998年,第217页。
② 胡适:《〈中国新文学大系·建设理论集〉导言》,上海:上海良友图书印刷公司,1935年,第4页。
③ 钱玄同:《寄陈独秀》,载《中国新文学大系·建设理论集》,上海:上海良友图书印刷公司,1935年,第52页。
④ 梁启超:《论译书》,载《饮冰室合集》(第一册),北京:中华书局,1989年,第64页。

居;败于曾经的藩属、"蕞尔小国"的日本,天朝的心理优势被彻底击穿,再不是"礼失求诸野"或"夷夏"之辩的屈尊下顾,而是万事皆不如人的忧惧感和卑弱感。以甲午前的《校邠庐抗议》和甲午战败后的《变法通议》作比较,历史场景和个人气质均造就了两本不同风格的书写:冯桂芬写成《校》书时,是过了知命之年的老人,为官十年、做过林则徐的门生、李鸿章的幕僚;创办广东、上海广方言馆,培养翻译人才,翻译西学著作;著书、讲学的同时,又有丰富的漕运、团练等行政经验,对清廷的人事、官制有深刻的认识,故而他的论述主题在吏治人事、人才选拔、水利、盐铁、税赋等政府管理的反思中,重在"破旧"。满纸皆有"老臣之言"的干练和耿直。梁启超评价其"虽于开新条理未尽周备,而于除弊之法,言之甚详",单就文学成就而言也就是"稍佳"而已。梁启超写成《变法通议》时只有 25 岁,重在强调"变亦变,不变亦变"的民族危机,《论不变法之害》《论变法不知本原之害》《学校总论》《论科举》《论学会》《论师范》《论女学》《论幼学》《学校余论》《论译书》等,多在"立新",且几乎都来自梁启超的成长经验,借助康有为对经学、心性的新解,清理了天下读书人的精神归宿,构建了变法维新的愿景,恰恰指向了变动时代的核心问题:思想的变化和解放。故而梁启超在 1923 年总结中国过去五十年的"进化"概况时,虽抱愧于没什么学问可以拿出来示人,但感受最深的是"读书人的脑筋,却变迁得真厉害","这四十几年思想的剧变,确为从前四千年所未尝梦见"①。

"五四"一代的早期知识结构和认知经验的建构几乎是梁氏成

---

① 梁启超:《五十年中国进化概论》,载《饮冰室合集》第五册,《文集之三十九》,北京:中华书局,1989 年,第 43 页。

长的翻版。从梁启超的幼年治学之路来看,"晚汉魏晋"进入他的文化视线的时间并不早,直到17岁中举之前,梁启超和那个年代的大多数读书人一样,在四书五经的知识背景下,在阐教翼道的道统观念下,"了了然无大志,梦梦然不知有天下事"。"晚汉魏晋"之文,即使在封建道统中,也带着离经叛道、任性而为的气息,为崇尚"义理"和"雅洁"的文家所忌惮。作为"完全无缺不带杂质之乡人","熊子谷"少年梁启超,固然有情感丰富的内在气质和聪慧过人的天资,但是以当时的学力和志向,都不在"晚汉魏晋"文章之中。对"晚汉魏晋"的倾慕更多的自我领悟和渐进式的"尚矜练"。此段历程梁氏语焉不详,倒是可以梁氏的生死莫逆——谭嗣同来代答这一代知识青年的问学、求知之路:

> 嗣同少颇为桐城所震,刻意规之数年,久自以为似矣。出示人,亦以为似。诵书偶多,广识当世淹通专一之士,稍稍自惭,即又无以自达。或授以魏、晋间文,乃大喜,时时籀绎,益笃嗜之。由是上溯秦汉,下徇六朝,始悟心好沈博绝丽之文,子云所以独辽辽焉。旧所为,遗弃殆尽。①

谭嗣同的这段《三十自纪》,重点是以扬雄、侯方域为例,陈言"沈博绝丽之文"虽是个人"笃嗜"的爱好,却无法承担救国平天下的功能,由此既厌弃古文对自身的规训,更悔恨骈文的玩物丧志。这颇类似于梁启超在提倡"文界革命"时"发愿戒诗"的心志。但在民五后,梁启超逐渐退出政坛而专心学术,他的审美天性得到自然

---

① 谭嗣同:《三十自纪》,载《谭嗣同全集》(上册),北京:中华书局,1981年,第55页。

的呈现,对文学审美性的体察有了更深的认识,也就不再拘禁于"文章合为时而著"的功利性追求。尤其是写成《清代学术概论》的1920年,正是魏晋风度作为新文学话语资源,被反复追慕的热潮期。无论作为旧时心意、还是此时的流行话语,嵌入到梁氏对"新文体"的总结中,都不难理解。从梁启超对新文体梳理时,有意避开桐城散文、高调致意魏晋文章,可窥见新文学建立以来,对传统资源的取舍意愿。从对梁启超为代表的早期现代知识分子成长路径的梳理,可发现新文学对传统资源的取舍意愿带有很大的刻意性,有意遮蔽了以桐城文章为代表的传统散文的渗透性影响。

2. 散文创作的新风貌

很多学者将这一时期的散文概括为粗率的"政论文",并认为缺乏艺术性。如陈子展用"梁启超以来的论政文"[1]来解释"新文体"。但细细考证,会发现以"新文体"为代表的现代散文萌芽,并不是以"政论文"可一言以蔽之的。事实上,"新文体"的代表作都不是政论文,梁氏曾对"文界革命"的书写实践作如下总结:"有《少年中国说》《呵旁观者文》《过渡时代论》等,开文章之新体,激民气之暗潮"[2]。这三篇代表作都不是"政论",而是用世界眼光、现代思想关照中国文化,充满激情的抒情散文。

《少年中国说》从根本上脱离了传统士大夫的自我意识、宗法体制的价值观念,真正以"世界"的观念定位"中国",并将希望寄托于未来和少年,扭转了中国千百年来的只尊老不尊幼的思维定势,

---

[1] 陈子展:《最近三十年中国文学史》,上海:太平洋书店,1930年,第109页。
[2] 梁启超:《清议报一百册祝辞并论报馆之责任及本馆之经历》,原文是《清议报》最后一期的祝辞长文,1901年12月,后收入《饮冰室文集之六》,《饮冰室合集》(第一册),北京:中华书局,1989年,第47页。

"少年"们也才能够真正当仁不让地改造历史、建构当下。这一新颖的论调引发了"五四"时期的少年崇拜情绪,成为知识界对整个国家民族期待的共识。"五四"时有"少年中国学会",有《少年中国》期刊。许多作家喜作少年语,如李大钊颂"今"系列杂感,就是对青春少年的歌颂。其《"少年中国"的"少年运动"》,在梁启超"少年强则中国强"的期许的基础上,提出了"20世纪的少年"的具体要求和标准:"把眼光放远些,不要受腐败家庭的束缚,不要受狭隘爱国心的拘牵"。几乎同时,鲁迅有《"与幼者"》,要人们爱"一切幼者",动情的呼唤:"走罢!勇猛着!幼者啊!"青春的活力和激昂,少年的简单和稚气,是"五四"新鲜明亮的徽记。陈独秀的《敬告青年》几乎是《少年中国说》的翻版:

> 青年如初春,如朝日,如百卉之萌动,如利刃之新发于硎,人生最可宝贵之时期也。青年之于社会,犹新鲜活泼细胞之在人身。新陈代谢,陈腐朽败者无时不在天然淘汰之途,与新鲜活泼者以空间之位置及时间之生命。

铺陈的句式、对比的手法和梁启超的这篇名文如出一辙。从创作实绩的整体性来辨析,《新青年》初期的文体风格仍带着浓重的"新文体"特色。

《呵旁观者文》开篇即言"天下最可厌、可憎、可鄙之人,莫过于旁观者",痛心于国人的看客心理,是"人类之蟊贼,世界之仇敌";"'旁观'二字代表吾全国人之性质也,是即'无血性'三字为吾全国人所专有物也"。二十多年后,鲁迅在《〈呐喊〉自序》中说道:"凡是愚弱的国民,即使体格如何健全,也只能做毫无意义的示众的材料和看客,病死多少是不必以为不幸的"①。一位声色俱厉、怒其不争;一位抉心自食,创痛酷烈。"五四"话语的精神源流可管窥一豹。对于两代知识分子的话语建构,笔者无意于讨论首创权与优先权,正如鲁迅曾言:"凡对于时弊的攻击,文字须与时弊同时灭亡,因为这正如白血轮之酿成疮疖一般,倘非自身也被排除,则当它的生命的存留中,也即证明着病菌尚在"②。对国民性的批判、对"新民"的塑造、对西方现代思想的引用是两代人共同功业。当然,"五四"一代更愿意将"新"独家冠名,新旧划分也是新文学运动标示自身成就和历史意义的重要建设内容。

但在新旧之间,仍有多个方面的彼此互渗和重合覆盖。对于流亡中的梁启超来说,本身就有着"过去种种譬如昨日死,以后种种譬如今日生"③的决绝与自新。在他所处的"过渡时代"中,他无疑是标新立异的人物;其散文改革的理论自觉和书写实践,极具有先锋意义,对"五四"新文学散文的发展提供了精神资源、或成功或失败的前期实验。因此"新文体"所带来的散文嬗变不仅是梁启超个人世界观的改变与解放,也是整个知识界界彻底转变观念,从开眼看世界到皈依于西方观念的历程,这也是新文学散文得以生成的历史空间。

戊戌变法失败,梁启超逃亡日本。明治维新后的日本社会、思想潮流、文章气象给梁启超一次全面的洗礼,对其"平易畅达,时杂以俚语、韵语及外国语法,纵笔所至不检束"的新文体文风的最终

---

① 鲁迅:《〈呐喊〉自序》,载《鲁迅全集》(第一卷),北京:人民文学出版社,2005年,第439页。
② 鲁迅:《〈热风〉题记》,载《鲁迅全集》(第一卷),北京:人民文学出版社,2005年,第308页。
③ 梁启超在《饮冰室自由书·说悔》中引曾国藩句,见《饮冰室专集之二》,载《饮冰室合集》,第六册,北京:中华书局,1989年,第75页。

确立,起到了重要的作用;对其"文界革命"口号的提出、散文改革的理论自觉有关键性的意义。

此前梁启超为好友黄遵宪的《日本国志》作《后序》时,对维新后的日本有不错的印象。在《变法通议·论译书》中,梁氏认为接触文化同宗的日译著作,是"维新"的捷径。流亡到日本后,这种感性认识变得更加亲切:

> 戊戌亡命日本时,亲见一新邦之兴起,如呼吸凌晨之晓风,脑清身爽。亲见彼邦朝野卿士大夫以至百工,人人乐观活跃。勤奋励进之朝气,居然使千古无闻之小国,现身于新世纪文明之舞台。回视祖国满清政府之老大腐朽,疲癃残疾,肮脏邋遢,相形之下,愈觉日人之可爱可敬。①

通过阅读日本著作、报刊,梁启超迅速缩短了与欧美文化的距离,从亚里士多德(前384—前322)到斯宾塞(1820—1903),都是他虽来不及细细消化却大开眼界的求索对象。以福泽谕吉为代表的英国"功利主义"、中江兆民为代表的法国"自由主义"和加藤弘之为代表的德国"国家主义",作为日本社会思潮中影响力最大的学派,自然进入了梁启超的考察视线。梁启超在日期间所撰文章,引用日本思想家言论的频率非常高②。如梁抵日第二年开始撰写的

---

① 吴其昌:《梁任公先生别录拾遗》,本章节主要涉及梁启超1898初到日本,明治维新后的日本文化对梁启超的影响。梁启超与日本的关系既深远又微妙,从"觉日人之可爱可敬"到"发现日人之可畏可怖而可恨",有一个长期的过程.子馨文在(下).重庆:独立出版社,1945年,第456—457页。

② 夏晓虹:《借途日本,学习西方——梁启超与日本明治文化》,《觉世与传世——梁启超的文学道路》,北京:中华书局,2006年,第169—191页。

《饮冰室自由书》,明确提到译自德富苏峰文章的有3篇[①],其他如深山虎太郎、中村正直、中江兆民、加藤弘之、伊藤博文等人的文章、语录、话题均称为《自由书》的重要内容。尤其是一度在日本最受欢迎的西方思想家约翰·穆勒与其鼓吹的自由主义思潮,对梁启超的思想起到了重要的重组作用。梁氏在《饮冰室自由书·叙言》中称:"西儒弥勒约翰曰:人群之进化,莫要于思想自由、言论自由、出版自有","三大自由,皆备于我焉",并将这一时期发表的散文命名为《饮冰室自由书》(1899年)。梁氏对西方的学习、对现代的体认,进入了更深层次的选择、接受和理解。对于这段心路历程,梁氏以庄子"我朝受命而夕饮冰,我其内热欤"自喻,足见这是梁氏自我启蒙、思想获自由、"自解放"的重要转折。兼采中外典故、现代思想和中国情怀,采纳骈散结合的手法,大量使用排比、对仗的方式表达其排山倒海般的情感,形成独特的文体效应。以1903年刊登于《新民丛报》的《说希望》片段为例:

  天下最惨最痛之境,未有甚于"绝望"者也。信陵之退隐封邑,项羽之悲歌垓下,亚剌飞之窜身锡兰,拿破仑之见幽厄蔑,莫不抚髀悲悒,神气颓唐,一若天地虽大,麂麂无托身之所,日月虽长,奄奄皆待尽之年。醇酒妇人而外无事业,束手待死以外无志愿,我躬不阅,遑恤我后,朝不谋夕,谁能虑远。彼数子者,岂非喑呜叱咤横绝一世之英雄哉?方其希望远大之时,虽盖世功名,曾不足以当其

[①] 梁启超这一时期的文章如《烟斯披里纯》、《奴隶学》等,经夏晓虹考证,均来自德富苏峰的文章的转写。夏晓红:《觉世与传世——梁启超的文学道路》,北京:中华书局,2006年,第169—191页。

一盼,虽统一寰区,曾不足以满其志愿。及其希望既绝,则心死志馁,气索才尽,颓然沮丧,前后迥若两人。然后知英雄之所以为英雄者。固恃希望为之先导,而智虑才略,皆随希望以为消长者也。有希望则常人可以为英雄,无希望则英雄无异于常人。盖希望之力,其影响于人者固若是其伟且大也。①

文章的最后以"河出伏流,牵涛怒吼。吾其乘风扬帆,破万里浪以横绝五洲乎! 穆王八骏,今方发初。吾其扬鞭绝尘,骎骎与骅骝竞进乎! 四百余州,河山重重。四亿万人,泱泱大风。任我飞跃,海阔天空。美哉前途,郁郁葱葱。谁为人家,谁为国雄! 我国民其有希望乎"的骈偶方式结束,极具梁氏"新文体"的风格。

"新文体"的书写是中国早期现代知识分子思想和情怀的综合体现:接受欧风美雨的洗礼,与士大夫的救世情结激烈碰撞。这段磨砺自新的过程,通过"新文体"的书写得以鲜活的呈现,是早期知识分子的现代精神思想内化过程的缩影。并且"鼓荡了一支像生力军似的散文作家,将所谓愦愦无生气的桐城文坛打得个粉碎"②。通过打破传统散文的"义理"范式,融合现代思想和中国情怀,彰显"世界"意识、自由精神和强烈地"感时忧国"的情绪,中国散文的现代新生打开了通途。

二、革命话语中的散文新变

晚清最后的十年,一方面体制朽败和社会矛盾已积重难返;另

---

① 梁启超:《说希望》,载《饮冰室合集》(第二册),北京:中华书局,1989年,第18页。
② 郑振铎:《梁任公先生》,载《小说月报》,1929年,第2期。

一方面,"新文体"召唤出新一代知识分子强烈的革新意识。这种革新,不是"旧貌新颜"中的"新",而是"革故鼎新"中的"新"。"革命"意识在新一代知识分子心目中已成普遍观念,正如陈独秀在《敬告青年》的开篇即言:"欧语所谓革命者,为革故更新之义,与中土所谓朝代鼎革,绝不相类"①。相比较而言,戊戌一代对现代文明的吸纳有深度、广度等诸多方面的先天不足,对新知的系统化接受程度远不如后起之秀。后者多是在新式学堂教育中成长起来、有海外留学背景的新型知识分子,在知识结构的系统性和深入性上都远胜康梁辈,对国家前途命运的思考也更深入和开放。曾留日的李书城回忆道:"我们觉得清廷是中国复兴的障碍,爱国志士要救亡图存,必须推到清廷……弘文学院同学每晚都在自习室讨论立宪和革命的问题,最初颇多争论,以后主张排满革命的就占多数"②。王绍鏊也谈及过辛亥革命前知识分子的心态:"清朝末年的知识分子,除了革命派和君宪派外,还有相当多数处于中间状态。在留日学生中,属于中间状态的也为数不少。他们学过一些资产阶级的法政,对于资本主义国家的议会政治和责任内阁制崇拜到了迷信的程度。他们最初虽没有参加革命的组织,但以后看到清朝政府并无立宪的诚意,其中大部分人逐渐倾向于革命,终于转到革命派这方面来了"③。

新一代知识分子观察和思考时代的心态、方式已经和"戊戌"

---

① 陈独秀:《敬告青年》,载《青年杂志》,1915年9月(第1卷第1号)。
② 李书城:《辛亥革命前后黄克强先生的革命活动》,载《中国人民政治协商会议全国委员会文史资料研究委员会编.辛亥革命回忆录》,第一集,北京:文史资料出版社,1981年,第181页。
③ 王绍鏊:《辛亥革命时期政党活动的点滴回忆》,载《中国人民政治协商会议全国委员会文史资料研究委员会编.辛亥革命回忆录》,第一集,北京:文史资料出版社,1981年,第398页。

一代完全不同，尽管梁启超辈所提倡的一系列思想革新具有启蒙的性质，但是中国的内外交困和民族特性都决定了这种启蒙看重眼前实利、急于求成，因此中国近代以来的启蒙主题就不同于欧洲的全景式覆盖整个社会领域，而是更多的聚焦在社会政治领域。"戊戌"一代如此，新一代政党和知识分子也更是如此。双方更多地把国家道路选择作为论争的焦点，并把报刊作为思想论争、民族道路选择的最重要阵地。老革命党人冯自由在《革命逸史》即以报刊的数量、传播区域和范围作为革命运动的重要指标：

> 兴中会初期，文人墨士极感缺乏，所用宣传工具，仅有《扬州十日记》、《嘉定屠城记》及选录《明夷待访录》内《原君》《原臣》单行本数种。同时康有为派所出杂志，风行内外。戊戌前有上海《时务报》、澳门《知新报》；戊戌后，有横滨《清议报》《新民丛报》，神户《亚东报》、新加坡《天南新报》、檀香山《新中国报》、旧金山《文兴报》、纽约《维新报》、澳洲《东华新报》等等，革命党对之，实属相形见绌。因是素恃为兴中会地盘之横滨、檀香山二处，竟为改良派所夺。己亥总理始遣陈少白至香港组织《中国日报》，是年十二月出版，是为革命报纸之滥觞。然因操笔政者，短于欧美新思想，颇不为学者所重视。庚子以后，东京留学生渐濡染自由平等学说，鼓吹革命排满者日众，《译书汇编》《开智录》《国民报》缤纷并起，《湖北学生界》《浙江潮》《新湖南》《江苏》各月刊继之，由是留学界有志者与兴中会领袖合治为一炉。革命出版物风起云涌，盛极一时，在壬寅（清光绪二十八年）上海《苏报》案前后，已

渐入于革命书报全盛时期矣。①

可见革命党人将报刊、著说的发行、传播视为革命事业的重要内容。这一时期的《革命军》《猛回头》《警世钟》等革命著作对扩大革命党人的影响力产生了积极的作用;报刊由四十多种急剧扩张到二百多种,优势越发明显,对革命思想和风气的鼓荡起到了鲜明的作用。与此同时,"报章文"的新变和"革命派"、"改良派"的政治斗争密不可分,前者是后者的喉舌,反映了新旧两派的思想观点。对于新生的革命党人来说,竭尽全力地鼓吹革命的合理性、鞭挞满清政权就成为他们的题中之义,具体表现为正面的论证和负面的讽刺。"报章文"正是在这样的碰撞、交锋中,收敛了过于膨胀、喧嚣的铺排,呈现出或议论缜密、或讽刺辛辣的特征,将散文的表达功能进一步扩大和丰富。

1."逻辑文"的萌芽

通过报刊、著说广泛传播革命思想是辛亥革命运动的重要策略,也是催发辛亥革命的显著动力。比如"三民主义"政治纲领就是孙中山在《民报》的创刊号(1905 年)上以"发刊词"的形式郑重提出的。《民报》第 3 号以"号外"的形式出台了《〈民报〉与〈新民丛报〉辩驳之纲领》,把革命党对维新党的辩难作为该报的重要目标,开列十二条辩驳纲领,此后不断发表了针锋相对的文章,一方面对改良派的观点进行有针对性的辩驳,另一方面对"三民主义"做了系统深入的阐述。前者如汪精卫的《民族的国民》《驳〈新民丛报〉之最近之非革命论》《再驳〈新民丛报〉之政治革命论》《驳革命可以

---

① 冯自由:《革命逸史·初集》,北京:中华书局,1981 年,第 11 页。

召瓜分说》《驳革命可以生内乱说》和朱执信的《论满洲虽欲立宪而不能》《就论理学驳〈新民丛报〉论革命之谬》,以及马君武的《帝民说》,等等。后者如孙中山《三民主义与中国前途》,朱执信《论社会革命当与政治革命并行》《土地国有与财政》,汪精卫的《革命横议》,汪东《论支那立宪必先以革命》,胡汉民《〈民报〉之六大主义》《排外与国际法》,章太炎《革命之道德》等文章,在国家前途的道路选择上据理力争。

从革命党人的文章中,可以明显发现他们避开了"新文体"感情用事、夸张华丽的特点,而是通过理性分析和逻辑论证的方式,用"晓之以理"来一步步摧毁梁启超为代表的"新文体"的"动之以情"。以汪兆铭(精卫)的《驳革命可以召瓜分说》一段为例:

> 诋毁革命者,其立说皆脆弱而不足以自完;其稍足以淆人听闻者,不外二说:其一,谓今日之政府已进于文明也。然凡稍知民族与政治之关系者,皆知主权苟尚在彼族之手,则政治无由进步,故此说决无成立之理由。其二,则谓革命可以召瓜分,以为各国方眈眈于我,一有内乱,必立干涉,而国随以亡。此为言者,自托于老成持重,而以逆臆之危辞,恫喝国民,沮其方新之气;于是别有怀抱者,乐于假托此说,以自文饰[①]

在与《新民丛报》辩驳交锋的过程中,革命党人的策略是以西

[①] 汪兆铭(精卫):《驳革命可以召瓜分说》,载《民报》第6号,1907年。见《民报》影印本,北京:科学出版社,1957年。本文相关《民报》文章均录自该影印本。该文同时收入《汪精卫集》第一卷时名为《革命决不致召瓜分说》,上海:上海书店,1929年,第99—122页。

方逻辑学为理论依据,指出《新民丛报》行文的方式与真正的逻辑学相去甚远,实乃"伪逻辑"。而革命党人的论证方法则以正宗纯粹的逻辑学自居,比如此文在交代了总观点以后,首先探讨了"瓜分说之沿革"这一分论点,以"(一)中国不能自立之原因"、"(二)各国对于中国之政策"两个小论点支撑了这一观点;第二又强调了"革命绝不致召瓜分之祸"的观点,分别就各国是否会干涉、革命是否会招致干涉等小论点进行讨论。在每个小论点中又有甲、乙、丙、丁等小点,以层层深入的方式把论点进一步推进深化,极力标榜理性的立场,而暗含了真理在手、不屑一驳的历史合法性。通过这种缜密的分论方式将对方观点一一拆解、各个攻破。革命派的观念通过报刊得到极大的阐发和传播。革命党人充分意识到报刊的功能,并直接运用逻辑学原理作为认知背景,通过逻辑推理的论述方式,使文章缜密严谨,置论敌于无理可据、无处可驳的"荒谬"境地,将"新文体"那种"笔端常带感情"、"纵笔不加检束"的抒情式议论文绞杀于缜密严谨的演绎归纳法中。

与此同时,革命党人不遗余力地攻击梁启超的文章"不独其辞旨多取材于德富苏峰,即其笔法亦十九仿苏峰"、"剽窃"、"败德掠美,无耻孰甚"[①],以致任公"寒蝉若噤"。《新民丛报》与《民报》的论争以前者的全面落败而告终,在青年学子中留下深刻的印象。鲁迅生前最后的散文《关于太炎先生二三事》提及《民报》上的文章,有着同时代青年的普遍印象,以下段落在新文学的历史上闻名遐迩:

> 我爱看这《民报》,但并非为了先生的文笔古奥,索解

---

① 冯自由:《革命逸史》(第四集),北京:中华书局,1981年,第252—253页。

为难,或说佛法,谈"俱分进化",是为了他和主张保皇的梁启超斗争,和"××"的×××斗争,和"以《红楼梦》为成佛之要道"的×××斗争,真是所向披靡,令人神旺。……

这些犀利的檄文,使向来以健笔扫天下的梁启超也感到力不从心。面对这类有考据、有观点、有论证的"诛心之论",梁启超甚至感觉这是一个"死生问题","不能不反驳之"。可能否驳倒对方,完全没有胜算,他不得不请徐佛苏代为捎话"请《民报》以后和平发言,不互相攻击。"章太炎毕竟是书生意气,听闻宋教仁转达的意思后,便说"可以许其调和"。而孙中山等政治家则"不以为然"①。对于政治斗争来说,孙中山们是要一决雌雄;对于思想颉颃者来说,反倒惺惺相惜,亦敌亦友了。若干年后,谈起近代中国史上这段风云际会、思想交锋、文笔交战的经历,章太炎感慨道,卓异者间若没有对抗,双方都会"一落千丈":"我们更可知学术的进步,是靠着争辩,双方反对愈激烈,收效方愈增大。我在日本主《民报》笔政,梁启超主《新民丛报》笔政,双方为国体问题辩论得很激烈,很有色彩"②。可以说,现代散文语言、思想、表达策略,正是通过文学场域中的多元发展、相互砥砺,而获得孕育、新生的。

2. 讽刺文的问世

周作人在对清末民初的散文整理时,既没有提到梁启超的新文体,也没有涉及到逻辑文,倒是很别致的提到了吴稚晖"在《新世纪》

---

① 汤志钧:《章太炎年谱长编》,北京:中华书局,1979年,第233页。
② 章太炎:《国学概论》,曹聚仁整理,是为章太炎1922年上海讲学记录,北京:中华书局,2009年,第32页。

上发表的妙文凡读过的人是谁也不会忘记的"①,周作人特地在《散文一集》中选录了吴稚晖的《苦矣!》和《乱谈几句》作为纪念。除了鼓吹无政府主义的思想外,吴稚晖在辛亥前后的文章有令人印象深刻的"特别的说话法与作文法",讽刺"昏天黑地养汉子的那拉"、"空闲了称称元宝的奕劻"、"唱唱二簧的载振"、"吃饱饭很乖巧不晓事的载沣"、"痴呆的溥仪"等等,用丑化、漫画式的形式消解了清王朝的权威,有力地鞭挞了封建政府的昏聩无能。如这篇《猴子搠了猫脚爪》,嬉笑怒骂间把梁启超的名文《祈战死》也捎带讥讽了:

> 我见世界上之提倡尚武精神者矣,嘴里说起一篇绝大的道理,如何服当兵之义务,如何争祖国之光荣。及至实行起来,便自己做了什么标统,又叫做什么士官,驱一班祈战死的呆徒,替他到营盘里刷靴。爱用那皮鞭打,便拿皮鞭打,爱用靴尖踢,便拿靴尖踢。横竖谝到了他的手中。你若强,叫做军人贵服从。动不动,就是营仓。看高兴,也就可以砍脑袋。然这些还算是自己也骑着了一匹马,在队伍门前,兜几个圈子,所谓像煞有这么一件事。将来也要到炮火里去钻着的。还有那"石驳岸洞里的鸭子"(石驳岸,河岸也),止剩一张嘴。自己却文绉绉里,算是法律家、外交家、实业家、科学家、文学家。什么进了中学校,兵期便可减短。什么进了大学校,兵籍便可挂名。无非三四个鬼法子一腾挪,便把自己同自己的子弟,立在高岸之上,看别人相打。所谓人人有当兵的义务,只看见

---

① 周作人:《〈中国新文学大系·散文一集〉导言》,上海:上海良友图书出版公司,1935年,第12页。

他在演说台上鼓吹。实实在在去拖枪弄棒的,便是几个饭都吃不饱的蠢东西。①

以周作人的冷静隐忍个性,竟念念不忘吴稚晖的辛辣恣意文风,我们可洞察新文化运动健将们在历史特定时期披坚执锐的意志和气概。可为佐证的是,胡适也颇为欣赏吴稚晖的文笔:"有意夹点古文调子,添点风趣,加点滑稽意味。吴稚晖先生的文章有时是有意开玩笑",并提到钱玄同也是"极赏识"吴的文章,"所以他做的文章也往往走上这一条路"②。吴稚晖对当时的满清政府,可谓极尽讽刺之能事,如《遗孽》《致爱新觉罗载沣君书》《端方》《妖魔已终人心大快》《狐后鼠帝罪恶贯盈而死矣呜呼》《满吏》等大量冷嘲热讽的文章。对国民忍受甚至甘受奴役的现状,也是痛加褒贬,如《猪生狗养之中国人》《鬼屁》《什么叫做贵贱想不明白》《蒯监督畏旗人如虎》《恶妇善死》等。对于"宪政"的虚伪性更是口诛笔伐,如《哈哈哈!更好笑!》《亏他看得过》《呜呼立宪党》等。这些文章的标题就已是醒目而辛辣,如此恣意而谈,也只有在王纲解纽、处士横议时,才有这般生动呼啸。

这一辛辣讽刺的笔法在清末民初的文坛颇为流行,比如黄远庸的杂感类作品也充满了讥讽的文风,如他的《外交部之厨子》如此写道:

外交部之厨,暴殄既多,酒肉皆臭,于是厨子乃畜大

---

① 吴稚晖:《猴子捌了猫脚爪》,《新世纪》,1907 年,第 56 期。载《吴稚晖全集》第八卷,北京:九州出版社,2013 年,第 19—20 页。
② 胡适:《整理国故与"打鬼"——给浩徐先生的信》,载欧阳哲生编《胡适文集》(第四册),北京:北京大学出版社,1998 年,第 115 页。

狗十匹于外务部中而豢养之。部外之狗,乃群由大院出入,纵横满道,狺狺不绝……故京人常语谓外务部为狗窑子,窑子京中谓妓院也。①

现代讽刺文的出现首先消解了散文作为"名山事业"的神圣性;第二,使散文的主题进一步丰富化,可谓是宇宙之大、苍蝇之小,社会之乱、人心之恶,皆嬉笑怒骂成文章;第三,在政论文、报章文越来越注重逻辑性的情况下,独辟蹊径地呈现了形象化、漫画化的状物、描写,使报章散文朝着"文艺性"杂文的方向迈进;第四,它使散文不仅成为精神的载体,思想传播的重要媒介,更成为一种锐利的武器,获得了文体的战斗性。

第三节　格局的转换与现代散文的新生

林语堂说:"要弄懂中国的政治,就得了解中国的文学"②,中国散文的新生是从社会启蒙、政治宣传开始的,并为散文提供了时代主题、思想潮流和形式要求,这一创作现象在辛亥革命后仍然是压倒性的趋势。鲁迅等少数青年学子主动追求的文学自身的"新生",尚未形成普遍性的自觉,尚没有催发有效的、有深度的文学思想与创作的革新。中国新文学的全面开创和由此生成的现代散文,还有待历史的机遇和新一代知识分子的创见。传统散文的范式意义完全被打破,散文自从报章文、新文体、逻辑文、讽刺文等各

---

① 黄远庸:《外交部之厨子》,载《远生遗著》,上海:商务印书馆,1920年,第35页。
② 林语堂:《文学与政治》,郝志东、沈益洪译,载《中国人》,杭州:浙江人民出版社,1988年,第206页。

类内容、形式的开拓,获得了向现代转变的充分酝酿与萌发,由这样的历史背景可以发现,历史赐予中国散文新生的真正时机正是在"五四"时期,是以《青年杂志》为代表的相关刊物、同人在中国本土开辟出了在"国语"语境下,"用自己的语言和思想"(周作人语)的现代散文书写,奠定了现代散文的理论自觉。当然,《新青年》的散文书写历史,仍可上溯到《甲寅》杂志。以《甲寅》为立足点,以《新青年》为高潮的散文现代转换的最大值,掀开了中国散文现代新生的崭新篇章。

一、 民国初年的散文传播与接受

辛亥革命后,国家形势并不乐观,尽管海外学子已拥有了较为完备的现代思想体系和较为独立的精神意志,但是本土的文坛风气并不像海外青年人所预想的那么开化。民国初立,整个文坛的气象仍侧重于新文体的喧腾和骈文的绮丽:

> 但今之所谓文章,今之所谓国学,声声复古,语语趋时。满清之季,光复之初,文人之所崇拜者,曰梁启超,曰黎元洪。梁氏文章,新旧揉合,沈浸国策,胎息三苏,辩非不雄,实非文体之正宗。黎氏电牍,藻丽自喜,规抚六朝,出入宋代,词非不华,究非论治之正则。然而洛阳纸贵,人手一编,举国文风,为之丕变……平窃以为今之文家,奇才朴学固不乏人,而大多数则文妖诗鬼耳……操笔作

文者,往往以剿窃为能。①

以梁启超为代表的新文体和以黎元洪、王闿运等代表的骈文依然在中国本土盛行,令海外归来的新一代知识分子颇为不满。剿窃、守旧、复古、迂腐的本土散文形态,机械简单地复制着新文体那种文白夹杂、反复、口号式的铺排。这样的书写将散文的新旧转换完全简单形式化了,好像形式上的反复铺排、文白夹杂,再喊上几句"革命!革命!"就能够轻松的"咸与维新"了。林獬(白话道人)曾尖锐批评道:

> 记得有一篇"家庭革命论"。那篇文章劈头就是"革命!革命!吾中国不可不革命,吾家庭不可不革命。"又有一篇文章劈头也是这个腔套,道:"革命!革命!吾中国不可不革命,吾江苏不可不革命"。……这种文章真正令我目迷五色,精神眩惑了。②

林獬攻击这种文字空无一物、徒有腔调。细细考察,这一问题在革命党人身上也没有太多的改进,前文所举的革命党人驳斥改良派的文章多以"逻辑"自居,或者极尽讽刺之能事,但真正的可供审美品味的资源乏善可陈。报章文兴起后,新文体、逻辑文、讽刺文等都诞生、繁荣于海外,尽管在历史的长镜头中都极具文学史的代表性意义,但是在当时的本土文学场域中,上述作品的传播领域

---

① 冯平:《与狄君武书》,载胡朴安编《南社丛选·文选》卷七,北京:解放军文艺出版社,2000年,第282页。
② 林獬(白话道人):《论国民当知旧学·国民意见书·节选》,载《中国白话报》,1904年3月31日,第8期。见张枬、王忍之编《辛亥革命前十年间时论选集》第一卷,下册,北京:三联书店,1977年,第905页。

主要在海外青年知识分子中,具有先锋的少数派意味。海外的文学创作嬗变都具有强烈的政治导向性,无论是改良派还是革命派都攻击现政府的昏聩腐败,故而受到本土清廷的竭力封杀,除了著名的"《苏报》案"之外,清廷对各类宣扬新思想的刊物都屡次查封,如1905年清廷军机处5月8日函文查禁"悖逆"书刊:

> 近闻南中各省,书坊报馆有寄售悖逆各书。如《支那革命运动》《革命军》《新广东》《新湖南》《浙江潮》《并吞中国策》《自由书》《中国魂》《黄帝魂》《野蛮之精神》《二十世纪之怪物》《帝国主义》《瓜分惨祸预言》《新民丛报》《热血谭》《荡房丛书》《浏阳二杰论》《新小说》《支那化成论》《广长舌》《最近之满洲》《新中国》《支那活历史》等种种名目,骇人听闻,丧心病狂,殊堪痛恨。若任其肆行流布,不独坏我世道人心,且恐环球太平之局,亦将隐受其害。此固中法所不容,抑亦各国公法所不许。务希密饬各属,体察情形,严行查禁。①

清廷查禁的书刊中不仅有革命党人的《革命军》《浙江潮》,也有改良派的《自由书》《新民丛报》等。不但严禁海外书刊入境,租界内也禁止邮递。尽管晚清时期政府到底有多少真正有效的控制力值得怀疑,比如周作人在南京求学期间不断收到鲁迅从日本寄来的《新民丛报》,同学之间也传阅着各类被查禁的书籍和刊物;钱玄同少年时代就深受《新民丛报》的启发,可见此类秘密传播与阅读在青年学子的成长、启蒙中已是大势所趋。但是这类具有"先

---

① 戈公振:《中国报学史》,上海:上海书店,1989年,第171页。

锋"性质的文学嬗变在中国境内的传播毕竟受到了压抑和遮蔽,本土的文学认知基本还停留在梁启超流亡日本前的"时务文"阶段,所认同的文学形式主要是以严复的《天演论》为代表的"先秦诸子"式散文和以"林译小说"为代表的"唐宋文"式散文,远远滞后于散文本身的发展。先锋和大众的文学认知并不在一个层面,也不在一个方向;东部沿海城市与中国广袤乡村的地域差异也带来了文学认知的极大不同,援引一位少年的阅读成长经验作为例证:

> 我曾在桐城县住过一年(1937—1946 年期间,笔者按),……桐城人以"人文"自负,但仍然完全沉浸在方苞、姚鼐的"古文"传统之中,我在桐城受到了一些"斗方名士"的影响,对于旧诗文发生了进一步的兴趣。但是我从来没有听人提到过"五四"。当时无论在私塾或临时中学,中文习作都是"文言",而非"白话"。在我十五六岁以前,真是连"五四"的边沿也没有碰到。
>
> 为了考取大学的机会(1946—1948 年间,笔者按),我的时间大都用在补习英文、数、理等科目方面,没有余暇来注意新思想、新文学之类的文体。但当时我也读了一些梁启超、胡适、鲁迅等人的作品。现在回想起来,大概梁启超给我的影响最深,胡适次之,鲁迅几乎没有发生任何刺激。……梁启超"笔锋常带感情",他一方面批判旧传统,一方面又激动读者热爱中国文化。这是一个很微妙的"矛盾的统一"。[①]

[①] 余英时:《我所承受的"五四"遗产》,载《现代危机与思想人物》,北京:三联书店,2012 年,第 72—73 页。

出生于"五四"后近二十年的余英时对文学历史的阅读记忆仍来自更久远的"新文体",一方面说明了"新文体"的艺术魅力,另一方面也说明新文学散文的现代转换和接受,并不像文学教科书所陈述的那样具有"元叙事"的必然性和整体性。

　　通览民国初期的散文创作,具有审美性的艺术作品可谓乏善可陈。被视为革命党人代表作的《革命军》《猛回头》《警世钟》等都是一种口号式的铺排:"革命哉! 革命哉! 我同胞中老年、中年、壮年、少年、幼年、无量男女,其有言革命而实行革命者乎?"①这类"觉世之文"对散文的现代转变无法产生作用,意味着散文发展的歧途:本土散文的新变是从以报章文为代表的"觉世之文"开始的,却因载负强烈的启蒙、宣传职责而走进了文学审美的死胡同。

　　与此同时,知识分子的办报热情依然高涨。1913年"越社"机关报《越铎日报》于绍兴创刊,鲁迅的发刊词更是以骈文的形式讴歌了民国成立的喜悦,表达了对国家建设艰难紧迫的忧虑,希望通过该报"爰立斯报,就商同胞,举文宣意,希冀治化。纾自由之言议,尽个人之天权,促共和之进行,尺政治之得失,发社会之蒙覆,振勇毅之精神"②。

　　尽管鲁迅们对国家建设寄以厚望,但是封建王朝的推翻、民族国家革命后,一个千呼万唤的民主、民权、民生的国家并没有降临。袁世凯的倒行逆施击碎了中国知识分子的梦想和期待。不断遭遇丧乱、不断发愤自省的知识分子们不得不承认,将希望寄托于英雄的乾纲独断或者国政的焕然一新,完全是痴人说梦。现代中国的

---

① 邹容:《革命军》,载张岱年、郅志编《中国启蒙思想家文库·猛回头——陈天华、邹容集》,沈阳:辽宁人民出版社,1991年,第182页。
② 鲁迅:《〈越铎〉出世辞》,载《鲁迅全集》第八卷,《集外集拾遗补编》,北京:人民文学出版社,2005年,第42页。

诞生需要切实地返回到每一个个体的自由民主的意识和权利中去。因此章士钊出于对民权"幼稚叫嚣"的担忧，对国民性中"笃为玄想，习为放纵"①的不满，逐步树立了"行私者每得托为公名以相号召，抹杀民意以行己奸，毁弃民益以崇己利"②的观点，大力崇扬个人权利和自由，并以《甲寅》月刊，作为同人主张的阵地。屡败屡战的陈独秀办《青年杂志》的初衷是启蒙青年，哪怕要十年、八年的工夫才发生影响。可以说独立自主意识的传播、普及是散文完成现代转换的决定性因素。

二、"逻辑文"的臻善与《新青年》的前身《甲寅》

逻辑文的成熟为新文学的文艺性论文、杂感、随感录等杂文提供了缜密的逻辑推理方式和丰富的现代词汇、语法。1914年创刊的《甲寅》月刊不仅用欧式的语法词汇书写"逻辑文"，更为《新青年》的出现奠定了至关重要的基础。不少研究者认为《甲寅》和章士钊是新文化运动的反对者、攻击者，这个观点是基于1925年复刊后的《甲寅》周刊和以新文化反对者面目示人的教育总长章士钊，批评新文化运动的"一概搬运"欧洲文化，"脱离吾国民族数千年固有之特性"③等问题。上述判断忽略了创刊于1914年的《甲寅》月刊，该刊是《新青年》出现之前传播西方思想文化的主要阵地，其欧式语法词汇的文章书写方式为"白话"散文的语法和词汇

---

① 章士钊(行严):《平民政治之真诠》，原载《民立报》1912年3月11日，收入《章士钊全集》第二卷，上海：文汇出版社，2000年，第82页。

② 章士钊:《自觉》，1914年8月10日，载《章士钊全集》第三卷，上海：文汇出版社，2000年，第179页。

③ 章士钊:《评新文化运动》1923年8月21—22日，载《章士钊全集》第三卷，上海：文汇出版社，2000年，第210—218页。

提供了基石;对激扬个体的"自由"、"平等"权利的激扬为"五四"时期"人"的崛起开辟了道路;为《新青年》培养了办报经验和团队。新文学乃至新文化之所以能够成立,与一个新的社会群体的出现,有着密切的因果关系。

就散文本身而言,罗家伦称章士钊的文章为"逻辑文学";陈子展称为"章士钊的政论文学";钱基博称之为"逻辑文";胡适将"章士钊一派的政论的文章"归入"欧化的古文",视为"古文范围内的革新"[1]。章士钊的"逻辑文"如果归入"古文",就会发现在传统散文中从没有这样的欧化语法、词汇、思想、术语的出现,因此如果将"逻辑文"归入"古文",就掩盖了逻辑文本身鲜明的现代性。周作人《思想革命》一文曾言用白话文写"皇帝回任"要比用文言写"非复辟"荒谬得多[2]。思想的现代是文学革命的本质,因此,将"逻辑文"视为"古文"的观点,掩盖了它思想的现代性、语言的严密性。

政论文在古代散文中是非常重要的组成部分,先秦诸子散文多以政论见长,如墨子、荀子、韩非子的诸多文章都改变了语录、对话等零散议论方式,而是通过层层递进、步步推论的方式将主题演绎充分。战国策士的文章固然有雄辩的夸大成分,但其铺陈的前提,也是层层递进的论证。汉唐时代的政论文更是传统散文的重要代表,如贾谊的《过秦论》、柳宗元的《封建论》等,皆以事关时局、立论鲜明、推理严密、材料丰富,又极具审美风范而著称。陆机在其著名的《文赋》中曾如此概括中国的民族文体特色"颂优游以彬蔚,论精微而朗畅,奏平彻以闲雅,说炜晔而谲诳"[3]。因此政论文

---

[1] 胡适:《五十年来中国之文学》,载欧阳哲生编《胡适文集》第三册,北京:北京大学出版社,1998年,第234页。

[2] 周作人:《思想革命》,载钟叔河编《周作人散文全集》第二册,桂林:广西师范大学出版社,2009年,第132页。

[3] 陆机:《文赋》,载张少康《〈文赋〉集释》,北京:人民文学出版社,2002年,第99页。

的现代转换预示着中国散文的重要文体获得了顺利、合法的过渡,散文在现代思想的洗礼中获得了整体格局的转变。

1. 文法的欧化与文风的理性化

严复将约翰·穆勒的《逻辑体系》前四卷,翻译为《名学》。西方逻辑学渐成为影响近现代中国的重要思想之一,改良派、革命派,以及此后的"五四"一代等各方都有意识的引入逻辑论证的方式,尤其是在海外留学多年、更系统接纳西方文化的现代知识分子,多以逻辑推理的方式来抵制传统散文中的"言之无物"、"无病呻吟"、虚文套话的弊端。章士钊在《论翻译名义》中将"Logic"定名为"逻辑",在自己的写作实践中更是有意识地呈现有条理、有秩序的理性思辨方式,成为现代政论文的代表,甚至有了章士钊的政论文即是"逻辑文"的看法。事实上,以《甲寅》为基地所聚集起来的作者,如陈独秀、李大钊、高一涵、易白沙、黄远庸等都趋向于理性思辨的政论文方式,"大家不知不觉的造成一种修饰的、谨严的、逻辑的有时不免掉书袋的政论文学"[1],在民国初年……"趋于最完备的境界。即以文体而论,则其论调既无'华裔文学'的自大心,又无'策士文学'的浮泛气;而且文字的组织上又无形中受了西洋文法的影响,所以格外觉得精密"[2]。"逻辑文"对于散文文体的新变起到了文法和文风的多重推进作用。

首先,文法趋于欧化。在散文演变的问题上,胡适、陈子展、罗家伦、钱基博等均认为章士钊"逻辑文"的出现,较为有力地矫正了新文体浮泛空洞的文风。"逻辑文"所强调的逻辑推理、条理明晰、

---

[1] 胡适:《五十年来中国之文学》,载欧阳哲生编《胡适文集》第三册,北京:北京大学出版社,1998年,第236页。
[2] 罗家伦:《近代中国文学思想之变迁》,载《新潮》,1919年第2卷第5期。

结构严密、如层层剥笋,既修正了梁启超的堆砌,又调整了章太炎的古奥,兼具了缜密和雅致的特质。用章士钊本人的话来概括就是"凡式之未慊于意者,勿著于篇;凡字之未明其用者,勿厕于句;力戒模糊,鞭辟入里。洞然有见于文境、意境,是一是二;如观游涧之鱼,一清见底;如审当檐之蛛,丝络分明,庶乎近之。愚有志乎是,宁云已逮!然文中不著不了之语,命意遣词,所定腕下必遵之法令,不轻滑过;卒尔见质,意在而口不能言其故者甚罕"①。留学英国四年的章士钊深谙英语和汉语的语言差异,英语文法的基础是句式的完整,主谓宾定状补的契合、时态语态的完备,是典型的形合句式。而传统中国语言则是以省略句、倒装句见长的意合句式,常有"不着一字,尽得风流"的写作风尚,如《过秦论》的著名一段:"一夫作难而七庙隳,身死人手,为天下笑者,何也?仁义不施而攻守之势异也",是典型的中国式佳句警语。到了"新文体"繁盛期,这种传统文风仍深入人心,如"法者,天下之公器也;变者,天下之公理也"(梁启超语)。而"逻辑文"则以句法的完整、缜密,论证的清晰、条理,开启了现代散文语言规范的航程。傅斯年认为白话文的现代转换需要做好"欧化"和"留心说话"两项工作,"欧化"的文法句法的完备正是从逻辑文开始的。

如论《政本》一文:"为政有本,本何在?曰在有容。何谓有容?曰不好同恶异。欲得是说,最宜将当今时局不安,人心惶惑之象,爬罗而剔抉之,如剥蕉然,剥至终层,将有见也"②。"逻辑文"的特点就像"剥蕉"一样,爬罗剔抉、层层剥笋。尽管钱基博认为"逻辑

---

① 章士钊:《文论》,1927年1月,载《章士钊全集》第六卷,上海:文汇出版社,2000年,第383页。

② 章士钊:《政本》,原载《甲寅》,1914年5月10日(1卷1号),载《章士钊全集》第三卷,上海:文汇出版社,2000年,第1页。

文"开启于严复,但是严复更多的是从先秦诸子的中国式演绎中,获得文章的形式美,而不同于章士钊引用西方观点和推理方式,逻辑严密、行文严谨。英语的形合语言特征有别于汉语的意合语言特征,完备的句子结构、各种补充从句、句子与句子间清晰的逻辑关系,在章士钊的文章中很好地显现。如"科学之验,在夫发现真理之通象;政学之验,在夫改良改制之进程;故前者可以定当然于已然之中,后者甚且排已然而别创当然之例"[1],将汉语的词法、句法、语法进一步欧化。

其次,文风趋于理性化。逻辑文抑制了新文体"笔端常带感情"、"纵笔不加检束"的传统文人情怀,而以欧式学理推论的方式取而代之。章士钊创办的《甲寅》是效仿英国《旁观者》(《Spectator》)这一刊物,"旁观"即有冷静的清醒、第三方的客观公正的意味。《旁观者》秉持艾狄生式的"文雅而不炫耀,亲切而不鄙俚"[2]的文风理念。"新文体"以来无拘无束、酣畅淋漓的写作方式与"逻辑文"的缜密论述无法兼容,逻辑文可视为与"文艺"无涉的现代政治论文的肇始,也是"新文体"到现代散文发展历程中出现的另一条归途,凸显了"政论文"的独特性,与"文艺散文"做了有效的剥离。章士钊曾多次表示欢迎就文章观点进行充分的论争,杜绝因党派之争而进行的人身攻击、绝对之论。在《政本》《人治与法治》中就提出"大约记者之乐与讨论者其人必具有下列资格:一、心平气和,毫无成见。二、头脑冷静,略通逻辑论法。三、具有普遍常识而于本问题夙有研究,或正着手研究,不至作极外行语"[3]。

---

[1] 章士钊:《学理上之联邦论》,1915年5月10日,载《章士钊全集》第三卷,上海:文汇出版社,2000年,第379页。
[2] 王佐良:《英国散文的流变》,北京:商务印书馆,1998年,第133页。
[3] 章士钊:《记者之宣言》,1912年3月15日,载《章士钊全集》第二卷,上海:文汇出版社,2000年,第95页。

与此同时,"逻辑文"对现代散文的意义在于矫正了新文体的堆砌、渲染,取而代之以缜密、整洁、有力的欧式逻辑,为新文化运动进一步清理传统思想提供了样本。胡适在回答记者提问逻辑文的缺点时说,这种文章"不是人人能做的"、"要看很明白也不容易","所以我们不能不提倡白话文学了"[①]。胡适将逻辑文的"失败"归因于"难做难读",放弃政论文的专业性,而选择以通俗明白作为文学发展的道路。说明了逻辑文对现代白话文语法规范的示范性作用,但因其专业性、学理性过强,而限制了它的传播和接受,以及进一步的发展。

2. "新"青年的论争与集结

《甲寅》月刊的核心主题就是对个体权利的倡导和捍卫,直言"凡关于权利欲望之种种主张,直主张之,无所容其嗫嚅,无所容其消阻"[②]。从梁启超辈起,就对"国民性"进行了不遗余力的批判,如《爱国论》《少年中国说:论近世国民竞争之大势及中国前途》《新民说》《论中国积弱由于防弊》《呵旁观者文》《中国积弱溯源论》《国家思想变迁异同论》《国权与民权》等,都从"国家"层面强调民弱则国弱、民强则国强,其代表性《新民说》的核心理念是"利群",由此建立"合群"的中国[③]。"吾试先举吾身而自治焉,试合身与身为一小群而自治焉,更合群与群为一大群而自治焉,更合大群与大群为一更大之群而自治焉,则一完全高尚之自由国、平等国、独立国、自主国

---

① 真心:《关于新文学的两个问答》,原载《大公报(长沙)》,1920 年 1 月 16 日。见吴元康编《胡适史料补阙》,《民国档案》,2006 年,第 4 期。

② 章士钊:《自觉》,1914 年 8 月 10 日,载《章士钊全集》第三卷,上海:文汇出版社,2000 年,第 179 页。

③ 梁启超:《新民说·论公德》《新民说·论合群》,载《饮冰室合集》第六册,北京:中华书局,1989 年,第 12、76 页。

出焉矣"①。主要从国家整体性上去解读"国民",同时梁启超还寄予于这个政治共同体兼具道德共同体的功能,实现"以政治美德为中心、国民信仰为纽带的政治伦理共同体"②。这一理想的国家构想的确启蒙了后生晚辈,他们在"少年强则中国强"的嘱托和希冀中,在欧风美雨的洗礼中,更理性的将国家、政府等概念进行区分,"国家者何?……统治权之本体也。政府者何?领受国家之意见,以敷陈政事者也。统治权之本体,与敷陈政事之机关,在法理绝非同屋,较然易明"③。甚至进一步感慨"吾国之大患,在不识国家为何物,以谓国家神圣,理不可渎"④。由此厘清国体与政体、国家与民族、公权与民权等现代概念的要旨,晚清的启蒙运动不断的强调国民的"公权"、责任、使命,但是国民的"私权"、个体权益尚未得到进一步的伸张。这是两代知识分子认知上的代际差异。

新文化运动的风云人物在《甲寅》中渐露峥嵘,如陈独秀的《爱国心与自觉心》同样展现出高举"个人"旗帜,对抗国家主义的思想:"人民何故必建设国家,其目的在保障权利,共谋幸福,斯为成立国家之精神","爱国者何?爱其为保障吾人权利谋益吾人幸福之团体也",由此激进的宣称:"国家者,保障人民之权利,谋益人民之幸福者也。不此之务,其国也存之无所荣,亡之无所惜。若中国之为国,外无以御侮,内无以保民,不独无以保民,且适以残民,朝

---

① 梁启超:《新民说·论自治》,载《饮冰室合集》第六册,北京:中华书局,1989年,第50页。
② 许纪霖:《政治美德与国民共同体——梁启超自由民族主义思想研究》,《天津社会科学》,2005年,第1期。
③ 章士钊:《国家与责任》,1914年6月10日,载《章士钊全集》第三卷,上海:文汇出版社,2000年,第104页。
④ 章士钊(秋桐):《国家与我》,原载《甲寅》(月刊),1915年8月(第1卷第8号),见《章士钊全集》第三卷,上海:上海文汇出版社,2000年,第509页。

野同科,人民绝望。如此国家,一日不亡,外债一日不止;滥用国家成权,敛钱杀人,杀人敛钱,亦来能一日获已;拥众攘权,民罹锋镝,党同伐异,诛及妇孺,吾民何辜,遭此荼毒!……盖保民之国家,爱之宜也;残民之国家,爱之也何居"①。由此文已可感受到陈独秀此后麾动"五四"大旗的气概。

此文受到各方指责,按照先锋的逻辑,与普遍阅读取向的疏远是反叛传统的前提条件,也是散文发生期"发生空间"的自足性基础。刘易斯·科塞分析1912年左右美国出现的各类"小杂志"时,认为它们"把自己视为向着既定的文学、艺术或政治传统开战的先锋。因此他们必须把自己的诉求对象局限于阅读反常规读物的一批较为有限的读者"②。对于这种公然反叛公众趣味的叛逆者,主编章士钊不仅坦然接受,还有意维护,撰写了《国家与我》予以支持,把陈独秀的"解散国家"、"亡之无所惜"的言论解释为"颠覆本族之僭暴者"③,并进一步肯定了人格独立的意义。

"五四"时期的论争方式在《甲寅》月刊中初见端倪,李大钊即对陈独秀在《爱国心与自觉心》中所表达的"恶国家不如无国家"的激进观点做了回应,以读者来信的方式撰文《厌世心与爱国心》,善意的解读陈独秀的观点是由于"风诵回环,伤心无已!有国若此,深思挚爱之士,苟一自反,要无不情智俱穷,不为屈子之怀沙自沉,则为老子之骑牛而逝,厌世之怀,所由起也"。同时以柏格森的生命哲学为理论依据,提出"但东西文明之融合,政俗特质之变革,自

---

① 陈独秀:《爱国心与自觉心》,原载《甲寅》(月刊),1914年11月10日(第1卷第4号)。
② 刘易斯·科塞:《理念人——一项社会学的考察》,郭芳等译,北京:中央编译出版社,2001年,第130页。
③ 章士钊(秋桐):《国家与我》,原载《甲寅》(月刊),1915年8月(第1卷第8号),载《章士钊全集》第三卷,上海:上海文汇出版社,2000年,第508页。

赖先觉者之尽力,然非可期成功于旦夕也。惟吾民于此,诚当自觉。自觉之义,即在改进立国之精神,求一可爱之国家而爱之,不宜因其国家之不足爱,遂致断念于国家而不爱。更不宜以吾民从未享有可爱之国家,遂乃自暴自弃,以侪于无国之民,自居为无建可爱之国之能力者也。夫国家之成,由人创造,宇宙之大,自我主宰,宇宙之间,而容有我,同类之人,而克造国。我则何独不然?吾人苟不自薄,惟有本其自觉力,黾勉奋进,以向所志,何时得达,不遑问也"①。对个体的主观能动性、创造力抱以乐观自信的期待,并表达了"求一可爱之国家爱之"的国家责任意识。在这一近于封闭的创作者之间的交流、"盘旋",恰恰说明了现代散文"空间"的独立形成、"格局"的自足性的产生。"难做难懂"的逻辑文一直被视为历史缺陷,但作为制度化的形成、发生期的"装置"的意义,还需得到进一步的反思。

这也是《甲寅》杂志本身的重要意义:在思想上把新一代知识分子团结起来,培育了《新青年》的撰稿队伍和办报风格。1913年,就读于早稻田大学的李大钊为《甲寅》杂志撰稿;1914年陈独秀受章士钊之邀,赴日协助编辑《甲寅》。该刊的撰稿人几乎是后来《新青年》作者的首次聚合:陈独秀、李大钊、高一涵、胡适、吴稚晖、吴虞、张东荪、易白沙、张继、汪精卫等,这是继"戊戌"一代之后成长起来的现代知识分子首次集体亮相。与此同时,刊物的编辑方式既有以一个主题多人、多方面论证的方式,达到"真理越辩越明"的效果;也有"附录"、"按语"、答读者来信的方式。"读者来信"、"记者回复"的互动方式占据了《甲寅》杂志一半的篇幅,强化了读者接

---

① 李大钊:《厌世心与爱国心》,原载《甲寅》(月刊),1915年8月(第1卷第8号),载《李大钊文集》(上),北京:人民出版社,1984年,第145—152页。

受的意识,增强了政论文的传播效力。

梁启超在《清代学术概论》中叹息"戊戌"一代没有抢得新文化运动的头功,原因是"代际"缺失,即梁启超等"戊戌"一代尚未完成自身的完备的西方教育,或者说,正在海外进修的学生没有条件和机缘参与到国内的文化建设中来:"西洋留学生殆全体未尝参加于此运动;运动之原动力及其中坚,乃在不通西洋语言文字之人。坐此为能力所限,而稗贩、破碎、笼统、肤浅、错误诸弊,皆不能免"[①]。梁启超的判断有深刻的时代体验,也有"老少年"的激愤。随着留学生海外经历的普遍深入,对西方文化的体认的加深,成长起来的新一代知识分子既"通西洋语言文字",又积极参与运动。如章士钊在英国学习政治、经济和逻辑学,李大钊在日本早稻田大学学习政治学。《甲寅》(1914—1915年)的办报风格也注意了与受众群体的互动,因此刊载了不少青年读者的来信、译文和短篇小说,这种良好的办报经验也延续到了《新青年》的"读者论坛"(第2卷第1号推出)、"随感录"(第4卷第4号推出)上。

"新文体"带来"解放"和"自由","逻辑文"带来理性和推论,它们既使散文文体更加丰富,又使其更加明确。尽管它们和现代散文的生成有直接的关系,但文言的外衣遮蔽了这一谱系构成。同时,《甲寅》的政论主题、思想观念的论争方式仍延续了《新民丛报》《民报》的论战模式,是精英者们的智力较量,正如黄远庸致信章士钊,认为以政论为主体的论战有蹈空之势:"愚以为居今论政,实不知从何说起",并极有洞见提出"至根本救济,远意当从提倡新文学入手":

[①] 梁启超:《清代学术概论》"二十九",上海:上海古籍出版社,1998年,第98页。

  综之当使吾辈思潮,如何能与现代思潮相接触,而促其猛醒,而其要义,须与一般之人,生出交涉,法须以浅近文艺,普遍四周,史家以文艺复兴,为中世改革之根本,足下当能语其消息盈虚之理也。①

  该文发表在《甲寅》停刊号上,章士钊也以西方文艺复兴和政治运动有"并进"关系而认同"提倡新文学,自是根本救济之法"②。预示了以《甲寅》为起点集结起来的新一代知识分子的未来选择——《青年杂志》的办刊定位、思想态度、传播目标、以及由此确立的书写风貌呼之欲出了。通过《甲寅》及此后的《青年杂志》《新潮》等刊物集结了新一代知识分子的思想、观点、立场,共识和论争铸造了新文学思想的高度和宽度,标示了新文学不同于前代的、独一无二的现代特质。中国现代散文经过漫长而艰难的发生期孕育,即将浮出历史地表。

三、"随感录"与现代散文的新生:批判·个性·浅白

  "五四"一代的文化精英们几乎都是这一时期的主要散文家,他们是革命话语的继承者,又表现出主体的独立意识,而不是为某一个党派、某一个政体代言。他们的批判话语里始终矗立着强大的自我意识。而新文学的白话主张又使他们甘愿放下精美文言的

---

① 黄远庸:《释言》,原载《甲寅》(月刊),第1卷10号,载《章士钊全集》第三卷,上海:文汇出版社,2000年,第615页。
② 章士钊:《答黄君远庸》,载《章士钊全集》第三卷,上海:文汇出版社,2000年,第612页。

"器术",放下传统士大夫最矜持荣耀的徽记,甘愿用"土语"①来建构新文学话语。颇有当年俄国"十二月党人"革命时,农民们所感慨的"老爷造反要当鞋匠"的意味。这是一场极具挑战性的征途,不仅考验"五四"诸君驾驭日用语言的能力,更考验他们的诚心和意志。胡适曾言:"一个文学运动的历史的估价,必须包括它的出产品的估价。单有理论的接受,一般影响的普遍,都不能证实那个文学运动的成功"②。作为现代散文新生的标志性产品,就是《新青年》杂文的涌现,像历史坐标一样,标记出现代散文发展的风格景象和历史趋势。

离开《甲寅》后陈独秀抵沪创办了《青年杂志》,按自己的设想规划该刊的宗旨和追求。陈独秀的初衷是改造青年的思想,而不像《甲寅》那样着重于社会批评和政治批评;但是实际情况完全离析出最初的设想。学术研究中常常将《新青年》作为思想史、"五四"史的重要研究依据。鲁迅曾说"《新青年》其实是个论议的刊物,所以创作并不怎样看重"③。鲁迅所说的"创作"是指小说、诗歌、戏剧等"纯文学"领域中的体裁。如果从文体角度分析《新青年》的文章,散文无疑是它最主体的书写形式,从传统文言到现代白话的形式转变,它所代表的是新一代知识分子的批判精神和独立个性。尤其是"随感录"的出现,"是古已有之的小品老树上长出

---

① 林纾:《致蔡鹤卿太史书》,(1919年)中反对白话"文学"化:"若尽废古书,行用土语为文字,则都下引车卖浆之徒,所操之语,按之皆有文法……凡京津稗贩,皆可用为教授矣。"载《中国新文学大系·建设理论集》,上海:上海良友图书印刷公司,1935年,第171页。
② 胡适:《〈中国新文学大系·建设理论集〉导言》,上海:上海良友图书出版印刷公司,1935年,第1页。
③ 鲁迅:《〈中国新文学大系·小说二集〉导言》,上海:上海良友图书印刷公司,1935年,第3页。

的嫩枝,是在张扬'自我'的土壤中哺育出来的新芽"①。它所倡导的清晰浅白的写作风格,是现代散文发生期的最典型案例。

1. 批判精神

经过多年宣扬的"革命"话语在"随感录"时代,汇聚为全面否定传统中国整体文化价值的激进批判精神。与"革命"话语的先行者相比,"随感录"的批判话语表现得更为激烈尖锐,带着舍我其谁的气概和重整江山的豪情,对传统中国的整体文化价值进行了全面的解构。亨廷顿等人认为"世界是以侵蚀传统价值观的方式在变化"②。从"汤武革命"的原始涵义到从日本引介"revolution"指为"革命","革命"成为晚清启蒙运动以来最流行的话语之一,陈独秀在《新青年》创刊号《敬告青年》即言:"今日庄严灿烂之欧洲,何自而来乎?曰,革命之赐也。欧语所谓革命者,为革故更新之义,与中土所谓朝代鼎革,绝不相类;故自文艺复兴以来,政治界有革命,宗教界亦有革命,伦理道德亦有革命,文学艺术,亦莫不有革命,莫不因革命而新兴而进化"③。"革命"话语也成为知识分子保持先锋性的重要方式,正如鲁迅所言,文学是不安分的,与要求维持现状的政治处于不同方向,与求变求新的革命有"不安于现状的同一"④。

《新青年》在发刊词《敬告青年》中力倡:"敏于自觉、勇于奋斗之青年,发挥人间固有之智能,决择人间种种之思想,——孰为新

---

① 范培松:《中国散文史》(上),南京:江苏教育出版社,2008年,第67页。
② 缪塞尔·亨廷顿等:《文化的重要作用——价值观如何影响人类进步》,程克雄译,北京:新华出版社,2002年,第127页。
③ 陈独秀:《敬告青年》,原载《青年杂志》,1915年9月15日(第1卷第1号)。
④ 鲁迅:《文艺与政治的歧途》,原载《鲁迅全集》第七卷,北京:人民文学出版社,2005年,第115页。

鲜活泼而适于今世之争存,孰为陈腐朽败而不容留置于脑里,——利刃断铁,快刀理麻,决不作牵就依违之想,自度度人,社会庶几其有清宁之日也。青年乎！其有以此自任者乎！"①这一精神独立自主、冲决传统藩篱的要求,与现代散文的批判品格正是完全贴合的。在赓续晚清"自由"思想的基础上,以《新青年》为代表的新文化运动,既有对传统文化批判的激进与不妥协,更有对"自由"的解读趋于个体化、个性化;对西方文明的认知也表现为更多样、丰富的选择;在对现代的追求中有一定的反省。

梁启超等申明了"自由"是"精神的原力",是西方立国的基石;并呼吁国人对"自由"不可望而却步,而要人人"竞"自由,国国"争"自由。在1916年扶病草成的《国民浅训》"自由平等真解"中,梁启超针对老辈忌恨"自由"、视同鸩毒的观点,进一步阐释了"自由"必须束缚在法律范围内,是法律之下,人人平等的"自由"②。不仅是思想的解放,更是制度的建设。当然,"自由"作为"欧西文思"的组成部分,清季以来梁氏的重点更多的是放在对传统文化的"破坏"上,在《十种德性相反相成义》中列举了"独立与合群"、"自由与制裁"、"自信与虚心"、"利己与爱他"、"破坏与成立"这五对十种"德性"中,认为"破坏"是救国首要工作:"破坏主义者,实冲破文明进步之阻力,扫荡魑魅魍魉之巢穴,而救国救种之下手第一著也"③。对此,陈独秀有《偶像破坏论》与之呼应:"破坏！破坏偶像！破坏偶像！破坏虚伪的偶像！""宗教上、政治上、道德上、自古相传的虚荣,欺人不合理的信仰,都是偶像,都应该破坏！"从《敬告青年》提

---

① 陈独秀:《敬告青年》,原载《青年杂志》,1915年9月15日(第1卷第1号)。
② 梁启超:《国民浅训》,载《饮冰室合集》第八册,北京:中华书局,1989年,第17—18页。
③ 梁启超:《十种德性相反相成义》,载《饮冰室合集》第一册,北京:中华书局,1989年,第42页。

出"社会遵新陈代谢之道则隆盛,陈腐朽败之分子充塞社会则社会亡",到《东西民族根本思想之差异》《我之爱国主义》《复辟与尊孔》等一系列文章,陈独秀不遗余力地通过对传统社会的批判来促使社会"脱胎换骨",从以家族、宗法为本位转换为以个人为本位。

以鲁迅为代表的"五四"知识分子则是将改造国民精神作为第一要义:"我们的第一要着,是在改变他们的精神,而善于改变精神的是,我那时以为当然要推文艺,于是想提倡文艺运动了"[①]。由"从来如此,便对么"生发的质疑演变以《新青年》为起点,《新潮》《晨报》副刊《语丝》等一系列刊物为依托的杂文式大讨论。现代散文的新生是从杂文开始,是最能够代表"五四"精神的。

尽管《新青年》第5卷第4号(1918年10月15日)开设了"散文"一栏,但归旨于叙事抒情的文章只有胡适的《归国杂感》《旅京杂记》,李大钊的《五峰游记》,高一涵《皖江见闻记》等极少量篇章,其它是议论型文章。它们兼得"自由书"的欧西文思与章太炎式激扬文字的鲜明个性,表现出这一代知识分子的共性和个性:以西方文明为本位的时代话语,也透露着作者的鲜明个性和旨趣。当然《新青年》的思想史意义大于它的文学史意义。从现代散文的生成视角来看,《新青年》撰稿人的主体意识、精神品格、人格特征是现代散文的重要参数。《新青年》与现代散文的更为密切的联系纽带是"随感录",这是现代杂文的原点。

"随感录"栏目开创于《新青年》第4卷第4号(1918年4月15日),也正是从这一期开始,《新青年》全部使用白话的语言形式。直到1922年7月的第9卷第6号,四年里共有133篇随感录,撰稿

[①] 鲁迅:《〈呐喊〉自序》,载《鲁迅全集》第一卷,北京:人民文学出版社,2005年,第439页。

人按篇数依次有陈独秀(55篇)、鲁迅(27篇)、钱玄同(14篇)、周作人(5篇)，以及陶履恭、刘半农、陈望道等人篇数不等。这一任意而谈的文化批评形式很快有了诸方响应：创刊于1918年12月的《每周评论》每期也设"随感录"专栏；《晨报副刊》从1919年9月起开"杂感"专栏。《语丝》周刊形成杂文和美文共建的散文格局。这种规模化涌现的文化批评，是"五四"知识分子登上历史舞台、集体亮相的标志，"作为主体精神的一种物化形式，它见证了一代思想自主者襟怀天下、万事任我评说的那种社会评论家的风采"[①]。可以说，"随感录"是"新青年精神"的言语形式与成果，是散文家主体精神独立自主的具体体现，是散文现代品格的物化形态，是现代散文早期发展的主要形式。这种通过精神上寻找解决途径、解构传统价值的方式，是"五四"运动留下的最丰富的遗产。

在晚清梁启超等知识分子"乡人"—"国人"—"世界人"的认知历程中，民族传统文化从被"他者"眼光审视、比照，到进一步批判为陋习痼弊；与此同时，域外文明从"他者"的参数存在，变为现代启蒙的标准。诚如钱理群评价周作人时也有近似的观点："摆脱从一家一乡一国一民的角度考察文化的局限，而获得了一定程度的超越，这一超越，对于现代知识分子是不可或缺的"[②]。《新青年》时期，以更激进的方式宣告了传统民族文化的虚妄，尤其对"国粹"的态度是完全否定的，反对"因时制宜、折衷至当"的折中态度："不知那些学'声光化电'的'新进英贤'，能否驼着山野隐逸、海滨遗老，

[①] 丁晓原：《〈新青年〉与中国现代散文的精神关联》，载《学术月刊》，2006年，第5期。

[②] 钱理群：《周作人传》，北京：北京十月文艺出版社，1990年，第154、155页。

折衷一世?"①"要我们保存国粹,也须国粹能保存我们"②,"许多人所怕的,是'中国人'这名目要消灭;我所怕的,是中国人要从'世界人'中挤出。现今的世界,协同生长、挣一地位,即须有相当的进步的智识、道德、品格、思想,才能够站得住脚:这事急须劳力费心。……中国人失了世界,却暂时仍要在这世界上住——这便是我的大恐惧"③。反省国人"合群的自大,爱国的自大"④。此后鲁迅又相继以"现在的屠杀者"、"人心很古"、"圣武"、"恨恨而死"、"暴君的臣民"等为题,辛辣地讽刺了国人对古典的留恋。一直到1921年后在《晨报副刊》上,鲁迅的《估〈学衡〉》、《"以震其艰深"》、《所谓"国学"》等文章仍针对传统文化的态度和方法在做不懈的厘清。

周作人在此后虽退隐到"自己的园地",带着悔其少作的口吻说新文学初期自己的杂文"满口柴胡,殊少敦厚温和之气",却也无不骄傲地说:"我想破坏他们的伪道德和不道德的道德,其实却同时非意识地想建设起自己所信的新的道德来。我看自己一篇篇的文章,里边都含着道德的色彩与光芒,虽然外面是说着流氓似的土匪似的话。我很反对为道德的文学,但自己总做不出一篇为文章的文章"⑤。如谈到"礼教吃人"的问题,即带着"我们中国人,最妙的是一面会吃人,一面又能够讲礼教"这种讽刺的"流氓似的"的口吻。比如对"国粹"问题做过《罗素与国粹》《国粹与欧化》等文章。

---

① 鲁迅:《随感录·四十八》,载《鲁迅全集》第一卷,北京:人民文学出版社,2005年,第352页。
② 鲁迅:《随感录·三十五》,载《鲁迅全集》第一卷,北京:人民文学出版社,2005年,第321页。
③ 鲁迅:《随感录·三十六》,载《鲁迅全集》第一卷,北京:人民文学出版社,2005年,第323页。
④ 鲁迅:《随感录·三十八》,载《鲁迅全集》第一卷,北京:人民文学出版社,2005年,第327页。
⑤ 周作人:《雨天的书·自序二》,北京:人民文学出版社,2000年,第3页。

对罗素来华演说"劝中国人保重国粹"的提议表示不能赞成:"我想国粹实在只是一种社会的遗传性,须是好的,而且又还存在,这才值得保存,才能保存。……我们看中国的国民性里,除了尊王攘夷,换一个名称便是复古排外的思想以外,实在没有什么特别可以保存的地方"。且认为罗素的论调是因为他"初到中国,所以不大明白中国的内情,我希望他不久就会知道,中国的坏处多于好处,中国人有自大的性质,是称赞不得的"[①]。表现了对正统文化的批判和彻底的不妥协。林毓生曾总结"五四"精神是"中国知识分子特有的入世使命感"[②]。"五四"一代不再视西人若"天帝",经过进一步内化,对其作出独立、坚定的选择,既是"随感录"生发的丰富主题,也体现了"五四"一代独立的批判意识。

2. 独立个性

"五四"一代不为任何一个政党、政体代言,也不会坚守一种理论、一个学说。思潮的波云诡谲、观点的瞬间流散,始终矗立着散文作家主体的强大自我意识。即便鲁莽、粗率,但传统文化价值的庄严法相被撕裂,传统审美中的含蓄蕴藉被丢弃,每一个"五四"散文作家都在彰显个性,即便百年之后,仍能感受到这一历史张力下的热度和光芒。

郁达夫在《中国新文学大系·散文二集》"导言"中指出"现代散文的最大特征,是每一个作家的每一篇散文里所表现的个性,比以前的任何散文都来得强"[③]。从这个意义上说,散文的现代表现

[①] 周作人:《罗素与国粹》,1920年10月17日,载《谈虎集》,北京:北京十月文艺出版社,2011年,第13—14页。
[②] 林毓生:《中国传统的创造性转化》,北京:三联书店,1988年,第147页。
[③] 郁达夫:《〈中国新文学大系·散文二集〉导言》,上海:上海良友图书印刷公司,1935年。

绝不止是语言的现代化,更是精神的现代化、个性化,其根源落实在主体精神的独立自主中。德国学者洪堡特即强调散文惟与"智力的丰富与自由的程度"有关,是"精神文化的独特表现"[1],将"精神"作为散文存在依据:

> 散文要求各种精神力量统一起来,以认识客观对象,由此便产生了一种描述,它说明了客观对象的影响所施及的各个方面。在散文中,除了进行区别甄别的知性以外,其它各种精神力量也一同参与了作用;这些力量造就的世界观,再加上完善的表达,便构成了一种具有丰富精神内容的散文。作为这样一种统一的力量,精神在散文中不仅对事物进行描述,而且也将自身的独特情调带入言语。通过积极的思维活动,语言得到了提高,充分施展出自己的优点,同时又使其优点隶从于散文要达到的最高目标……反射出了人类心灵的光芒。[2]

社会批评与文化批评的前提是作家自身的精神觉醒和意识的独立,作家的精神、智力和主体构成了散文的要旨,其首要的条件是作家精神的独立自主。晚清严复在《论世变之亟》(1895年)中介绍了自由原则对西方立国的重要性,认为中国文化"夫自由一言,

---

[1] 威廉·冯·洪堡特:《诗歌和散文》,载《论人类语言结构的差异及其对人类精神发展的影响》,姚小平译,北京:商务印书馆,1999年,第232页。
[2] 威廉·冯·洪堡特:《诗歌和散文》,载《论人类语言结构的差异及其对人类精神发展的影响》,姚小平译,北京:商务印书馆,1999年,第229页。

真中国历古圣贤之所深畏，而从未尝立以为教者也"①。这既是中西方文化、体制的最根本的差异，也是散文现代化的起点。梁启超在与康有为的论争中，于《饮冰室自由书》一文中反复申述"自由"是"自治"与"自主"，是不受"压制"和"束缚"，是公民权利的基础；更是国人不可放弃的责任和义务。这种意识的唤醒对于"五四"诸君的启蒙意义不言而喻，直接生成了"五四"散文家的主体意识。鲁迅在《文化偏至论》中也反复强调"欧美之强，莫不以是炫天下者。则根柢在人，而此特现象之末，本原深而难见，荣华昭而易识也。是故将生存两间，角逐列国事务，其首在立人，人立而后凡事举；若其道术，乃必尊个性而张精神"②。这一肇始于晚清的精神自由、思想独立的"立人"、"立国"态度，在《新青年》中得到进一步的回应和强化，正如吴虞宣称："到了如今，我们应该觉悟：我们不是为君主而生的！不是为圣贤而生的！也不是为纲常礼教而生的！"③从"人的觉醒"上升为"人的崛起"，并成为这一时代的话语，这也是"五四"散文的现代精神品格。

刘半农在《我之文学改良观》中认为散文的出路在于"第一曰破除迷信。尝谓吾辈做事，当处处不忘有一个我。作文亦然。如不顾自己，只学着古人，便是古人的子孙。如学今人，便是今人的奴隶"④。"处处不忘有一个我"宣布了作家主体意识是散文写作的

---

① 熊月之：《晚清几个政治词汇的翻译与使用》，"1900 年《万国公报》从第 136 册起连载斯宾塞尔《自由篇》，1903 年严复翻译出版了约翰·穆勒（John S. Mill，现多翻译为约翰·斯图亚特·密尔，笔者按）的《on Liberty》，定名《群己权界论》。同年，马君武将此书翻译定名《自由原理》出版，把西方的自由思想比较完整地介绍到了中国"，见《史林》，1999 年，第 1 期。

② 鲁迅：《文化偏至论》，载《鲁迅全集》第一卷，北京：人民文学出版社，2005 年，第 33 页。

③ 吴虞：《吃人与礼教》，载《新青年》，1919 年 11 月（第 6 卷第 6 号）。

④ 刘半农：《我之文学改良观》，载《新青年》，1917 年 5 月（第 3 卷第 3 号）。

基础,精神的独立自由是文学的精神内核,正如萨特所言:"不管作家写的随笔、抨击文章、讽刺作品还是小说,不管他只谈论个人的情感还是攻击社会制度,作家作为自由人诉诸另一些自由人,他只有一个题材:自由"①。从晚清的"新民"的启蒙运动开始,精神自由、个性独立的主体解放和崛起意识已经汇聚为波澜壮阔的"五四"精神和时代话语。

李大钊说"我以为一切解放的基础都在精神解放"。在他的《东西文明根本之异点》批评了东方文化"不尊重个性"、"专制主义盛行"、"对于妇人之轻侮"等弊端。陈独秀在《东西民族根本思想之差异》中也专论了东西方的文化思想差异:"西洋民族以个人为本位,东洋民族以家族为本位",西方"举一切伦理、道德、政治、法律、社会之所向往、国家之祈求,拥护个人之自由权利与幸福而已。思想言论之自由,谋个性之发展也。法律之前,个人平等也"。而以家族、宗法制度为本位的东方文化有四种弊端:"一曰损坏个人独立自尊之人格;一曰窒碍个人意思之自由;一曰剥夺个人法律上平等之权利;……一曰养成依赖性,戕贼个人之生产力"②。这一文化比较更加细致具体,且优劣的判断更加鲜明。

陈独秀在《一九一六年》中激励青年"尊重个人独立自主之人格,勿为他人之附属品"③。从《敬告青年》鼓励青年做自己的主人以来,《吾人最后之觉悟》《人生真义》《偶像破坏论》等无不发出"我"的最强音。那种必"不容他人匡正"的激进态度;反对《新青

---

① 萨特:《为了什么写作》,载戴维·洛奇《二十世纪文学评论》(下册),葛林等译,上海:上海译文出版社,1987年,第1页。
② 陈独秀:《东西民族根本思想之差异》,原载《青年杂志》第1卷第4号,载《独秀文存》第一卷,上海:上海亚东图书馆,1922年,第35页。
③ 陈独秀:《一九一六》,载《独秀文存》第一卷,上海:上海亚东图书馆,1922年,第41页。

年》就是反对科学与民主:"不用专门非难本志,要有气力、有胆量来反对德、赛两先生,才算是好汉,才算是根本的办法"①,这一强势回应也可感受到陈独秀那份生气淋漓、气吞山河的书生气概。

鲁迅在《我之节烈观》中义正严辞地呼吁:"我们追悼了过去的人,还要发愿:要自己和别人,都纯洁聪明勇猛向上。要除去虚伪的脸谱。要除去世上害己害人的昏迷和强暴。我们追悼了过去的人,还要发愿:要除去于人生毫无意义的苦痛。要除去制造并赏玩别人苦痛的昏迷和强暴。我们还要发愿:要人类都受正当的幸福"②。陈独秀如此评价周氏兄弟杂文的特质:"鲁迅先生和他的弟弟启明先生,都是《新青年》作者之一,虽然不是最主要的作者,发表的文字也很不少,尤其是启明先生;然而他们两位,都有他们自己独立的思想,不是因为附和《新青年》作者中哪一个人而参加,所以他们的作品在《新青年》中特别有价值"③。不因文派、不附和任何团体,以"独立的思想"撰写自己的作品,这是周氏兄弟在杂文"特别有价值"的基础。

陈独秀、李大钊、鲁迅、周作人等在宣告传统文化的流弊无穷,鼓吹个体为本位、个人"自由"为起点的科学与民主的民族文化建构。这一乌托邦话语相当典型地表达了"五四"知识分子的普遍情绪和心态。林贤治在《"五四"之魂》(上)中认为"五四"精神"就是自由的精神,解放的精神,创造的精神"④。随着新文化运动达到了

---

① 陈独秀:《本志罪案之答辩书》,载《独秀文存》第一卷,上海:上海亚东图书馆,1922年,第361页。
② 鲁迅:《我之节烈观》,原载《新青年》,1918年8月(第5卷第2号),载《鲁迅全集》第一卷,北京:人民文学出版社,2005年,第130页。
③ 陈独秀:《我对于鲁迅之认识》,载林文光《陈独秀文选》,成都:四川文艺出版社,2009年,第155页。
④ 林贤治:《五十年:散文与自由的一种观察》,载《书屋》,2000年,第3期。

历史高潮,现代散文也生成其中,并随着文化思想的激烈演进,进一步获得精神的自由和思想的独立。形成了《新青年》对自我、本我意识的彰显的刊物特色,逐渐塑造了"五四"时期的个性主义思潮,提供了散文家现代书写的态度与方法、价值体系和公共空间,为新生的现代散文打开了"反射人类心灵的光芒"的开阔格局。

3. 浅白文风

新文学的白话主张,促使"五四"散文家们率先垂范的用"白话"来表达观点,用白话作的"美文"向传统散文示威。新文学旗帜亮出的同时就意味着必须以自身的书写实践来证明白话可以"文学"化,具有审美的合法性。面对由骈偶、声律等构建的或简洁隽永、或庄严华美的散文传统,要占领文学正宗地位、超越历史积淀,首先的突破口就是文风的简洁清晰、亲切自然。用胡适自己的话解释就是"(一)白话的'白',是戏台上'说白'的白,是俗语'土白'的白。故白话即是俗话。(二)白话的'白'是'清白'的白。白话但须要'明白如话',不妨夹几个文言的字眼。(三)白话的'白',是'黑白'的白。白话便是干干净净没有堆砌涂饰,也不妨夹入几个明白易晓的文言字眼"[①]。明白如话、有理有据、兼得"文""学",这对受哺于精深文言话语环境中的"五四"一代而言,不仅是一种写作方式、观点立场,更是能力的挑战。

周作人在《美文》中强调治新文学的人"须用自己的文句与思想"来尝试写散文。"文学革命"不同"文界革命"最鲜明的特征就是语言的选择;不同于晚清白话文运动的意义又在于白话的使用

[①] 胡适:《答钱玄同(原题〈论小说及白话韵文〉)》,原载《新青年》,1918年1月(第4卷第1号),载欧阳哲生编《胡适文集》第三册,北京:北京大学出版社,1998年,第35页。

是整体的，而不是用"我们"、"你们"的方式把使用阶层、阅读对象区分开来。尽管在1917年的《文学改良刍议》中胡适已经提出了"不避俗字俗语"一项，但鉴于文言一直是知识精英阶层的徽记，该条较为谨慎地放在"八事"的最后一项，"文学改良"主要还是从文法形式的方面提出了"不摹仿古人"、"须讲求文法"、"务去烂调套语"、"不用典"、"不对仗"等要求。钱玄同虽然提出了《新青年》杂志全部使用白话的建议，但是主编陈独秀认为更妥当的方式是悉听尊便、由撰稿人自行决定语言形式。直到第4卷第4号（1918年4月15日）才全面采用白话文。由"文言"转换为"白话"的语言选择是一个艰难复杂的过程，具体阐释过程参见本文第四章"现代散文发生期的语言模式考察"。应该说，"新文学的散文"（周作人语）由杂文开始，也是从晚清以来的报章文、政论文、杂感中过渡而来，而新文学的散文能够在这一过渡中由量变完成质变的最重要的表现就是浅白文风的特质。

首先，行文的简洁清晰。《甲寅》时代的陈独秀、李大钊，和章士钊一样善作长篇政论文，均洋洋洒洒万字以上，诚如胡适所言"难做难懂"。《新青年》开启了现代杂文的范式：篇幅短小、观点犀利、语言浅白。《敬告青年》《文学革命论》固然是用文言写成，且是新文化运动的重要纲领，但从文体学的角度来看，皆是散文佳作，如"吾苟偷庸懦之国民，畏革命如蛇蝎，故政治界虽经三次革命，而黑暗未尝稍减。其原因之小部分，则为三次革命，皆虎头蛇尾，未能充分以鲜血洗净旧污；其大部分，则为盘踞吾人精神界根深蒂固之伦理道德文学艺术诸端，莫不黑幕层张，垢污深积，并此虎头蛇尾之革命而未有焉"，行文流畅、气韵铿锵。没有老古董的守旧气息，也没有政论文兴起以来的晦涩繁复。

即便在整个刊物还没有通用白话文的情况下，文风的浅白清晰依旧是《新青年》的整体风格。如胡适的《寄陈独秀》[1]开篇即言："今晨得《新青年》第六号,奉读大著《文学革命论》,快慰无似！足下所主张之三大主义,适均极赞同。适前著《文学改良刍议》之私意不过引起国中人士之讨论,征集其意见,以收切磋研究之益耳。今果不虚所愿,幸何如之！"表达直接、坦率、真挚,没有一丝忸怩和矜持。在这篇文章中胡适首次就"古文"的整体情况做了评价,其切入点正是从"古文大家"林纾开始。林纾作《论古文之不当废》,以拉丁文没有被废除为理由来强调"马、班、韩、柳亦自有其不宜废者",传统散文的命运此时已命悬一线,林纾个人主观上要奋力保全,但是实在不擅长用西方思想、现代观点来论证其合法性,只说出一句"吾识其理,乃不能道其所以然"。

胡适在本文开头举了陈独秀、钱玄同等人对自己《文学改良刍议》文的回应,对是否"容他人匡正"这个问题表达了不同的态度,肯定了几位开风气者所作出的有观点、有论证、有论据的讨论。然后笔锋一转,举出林纾的这篇《论古文之不当废》的"论",和前几位精微缜密的论证过程一比较,就显得粗疏愚昧。按照古代散文文体的文类,"论"自然要"精微而朗畅"[2],胡适用和上述几位同样的论辩方式来阅读林纾的文章,却大失所望："喜而读之,以为定足供吾辈攻击古文者之研究,不意乃大失所望"。因为林纾尽管勉强用拉丁文的例子来说明古文的存在意义,但是毕竟对西方文学理论、思想观念的认知相当隔膜；非常不擅长像上述几位那样熟练的引用西方各种文学观念来证明合法性。桐城文派本身不以考据见

---

[1] 胡适:《寄陈独秀》,原载《新青年》,1917年5月(第3卷第3号),载欧阳哲生编《胡适文集》第二册,北京:北京大学出版社,1998年,第24页。
[2] 陆机:《文赋》,载张少康编《〈文赋〉集释》,北京:人民文学出版社,2002年,第99页。

长,也不习惯用西式的逻辑论证的方式阐释观点,因此林纾只尴尬地提了两点意见:一是中外比较,以拉丁文的存在说明古文也应当存在;二是古今比较,"呜呼!有清往矣!论文者独数方、姚,而攻之者麻起,而方、姚卒不之踣",仅此而已。没有充分的论证过程,只是非常概念化地说"吾识其理,乃不能道其所以然"。

胡适正是抓住这句话,不但批评了林文的无理可辩、无据可依,点明传统散文不具有现代文法和思维;还抓住了林文的语病,顺藤摸瓜的将"古文"的弊端一一攻破:

> 古文凡否定动词之止词,若系代名词,皆位于"不"字与动词之间。如"不我与"、"不吾知也"、"未之有也"、"位之前闻也",皆是其例。然"踣"字乃是内动词,其下不当有止词,故可言"而方、姚卒不踣",亦可言"方、姚卒不因之而踣",却不可言"方、姚卒不知踣"也。林先生知"不之知"、"未之有"之文法,而不知"不之踣"之不通,此则学古文而不知古文之"所以然"之弊也。

胡适一方面具有良好的古文修养,另一方面用西方语法来规范中国文言,整个论证过程,朴实有力、清晰简洁,全不似此前"新文体"的浮夸和"政论文"的繁复。

其次,表达的亲切自然。胡适和陈独秀发表的第一篇文章都是地理学方面的常识性介绍,陈用文言,胡用白话。胡文《地理学》开头这样写道:"诸君呀!你们可晓得俗语中有'见多识广'四个字吗?这四个字不是人生最难做到的么?为什么呢?因为那'见识'

二字是没有一定的"①。胡适的散文中有很多这种如同面对面与读者谈话的方式,常常是"诸君"、"兄弟"的措辞,无形中拉近了和读者的距离。

此外标题清晰醒目,如胡适的《易卜生主义》《贞操问题》《我对于丧礼的改革》《新思潮的意义》《非个人主义的新生活》等等,基本上一看题目就知道主题之所在。与此同时,文章的结尾还往往再次总结全文主题:"我们的目标是……""我们的主张是……"、"我们的口号是……",使整个文章提纲挈领、简洁清晰。

陈独秀早有主编白话报的经验,在《新青年》上发表的第一部白话杂文是《人生真义》,是典型的"五四"早期杂文模式,开篇即提出命题,举出几个方面的认识,一一加以驳斥;然后提出自己的观点,加以充分论证说明,最后再加以总结和强调:

> 人生在世,究竟为的甚么?究竟应该怎样?这两句话实在难得回答的很,我们若是不能回答这两句话,糊糊涂涂过了一生,岂不是太无意识吗?自古以来,说明这个道理的人也算不少,大概约有数种:第一是宗教家……第二是哲学家……第三是科学家……
>
> 照这样看起来,我们现在时代的人所见人生真义,可以明白了。今略举如下:
>
> (一)人生在世,个人是生灭无常的,社会是真实存在的。
>
> (二)社会的文明幸福,是个人造成的,也是个人应该

---

① 胡适:《地理学》,原载《竞业旬报》,载颜振吾《胡适研究丛录》,北京:三联书店,1989年,第77—112页。

享受的。

……

（九）要享幸福，莫怕痛苦。现在个人的痛苦，有时可以造成未来个人的幸福。譬如有主义的战争所流的血，往往洗去人类或民族的污点。极大的瘟疫，往往促成科学的发达。

总而言之，人生在世，究竟为的甚么？究竟应该怎样？我敢说道："个人生存的时候，当努力造成幸福，享受幸福；并且留在社会上，后来的个人也能够享受。递相授受，以至无穷。"

此文以自问自答的方式完成了"人生真义"的主题论证，观点清晰、自然明了。完全不同于《甲寅》时期的陈独秀所发表的《爱国心与自觉心》那种长篇累牍、反复申论的行文，谈话般的朴素文风已初见端倪。

诚如胡适在《什么是文学》中所提出的三个条件是："清楚明白"、"力能动人"和"美"，而"力能动人"与"美"的前提就是"明白"。只有"明白之至"，才能"有逼人而来的'力'"；"美"不是孤立的，"明白"才会"美"。胡适对"美"的理解有其偏至，却说明了新文学发生期散文创作的基本取向：充分考虑到报刊的阅读特征，努力做到题目清晰醒目、内容流畅明白、论证简洁有力、语言平实浅白。

这种简洁清晰、亲切自然的浅白文风，非常适合新式教育下的学生的知识结构、文学素养。传统散文、骈文，由于其特殊的形式规范，需要经过长时间的训练、培育，制约了它的阅读和写作的效率。新式教育无疑大大缩减了这个过程，并深刻地改变了一代代新式学生的知识结构。在散文的"当代传统"建构过程中，一代新人也得到哺育:"几乎凡有新刊必定购置,不是我一人如此,多少敏感的青年学生都是如此"①。"报刊、书籍,已经翻阅得破破碎碎了,还是邮寄来、邮寄去。有了新出的好书,如果不寄给朋友看,好像看不起朋友似的"②。新式学生的兴起,改变了传统的社会结构,新的历史经验有由此产生,新型的人际关系也由此建立。对于散文的现代想象也生成了同质化的"经验共同体"。

与此同时,现代散文的发生与"五四"时期对自我、个性的现代想象之间互为因果,浅近直白的文风也应和了这一时代的心理需求。"随感录"为代表的杂文所展露的锋锐的情感、观念,为散文的影响力增添了巨大的助力。正如布尔迪厄所言:"消费者的社会等级对应于社会所认可的艺术等级,也对应于各种艺术内部的文学、学派、时期的等级。它所预设的便是各种趣味发挥着'阶级'的诸种标志的功能"③。新潮社成员顾颉刚曾言,在当时"凡能写此白话文章的,人家都觉得很了不起,我参加新潮社的主要目的,就是为了写文章"④。可见,以白话写散文为"能力",标志着新的精英文化资本的形成,并借此获得特殊的社会身份。在这一"时尚"的驱动下,现代散文的阅读和写作,也渐成为新的文化行为。

由此可见,以"随感录"为代表的现代散文,不仅是现代杂文的肇端,而且是一种崭新的生活构想和自我构想的人生读本。大卫·理斯曼认为印刷媒介连接了个人和新社会间的关系,塑造了

---

① 梁实秋:《清华八年》,载《梁实秋散文集》第一集,北京:中国广播电视出版社,1989年,第225页。

② 钦文:《"五四"时期的学生生活》,载中国社会科学院近代史所编《"五四"运动回忆录》,北京:中国社会科学出版社,1979年,第737页。

③ 皮埃尔·布尔迪厄:《区隔:趣味判断的社会批评》引言,朱国华译,载陶东风、金元浦、高丙中《文化研究》(第4辑),北京:中央编译出版社,2003年,第9页。

④ 顾颉刚:《回忆新潮社》,载张允侯《"五四"时期的社团》,北京:三联书店,1979年,第124页。

读者的"内在导向",提供了榜样示范:告别传统、自我解放①。正是通过这些充满暗示性的构想,新的代际经验获得了独立的塑造,现代散文的体式也成为了代际化的"经验共同体"。

四、现代游记散文的肇端

中国传统游记建构了文人雅致、隐逸的心灵抒写,现代游记既凸显了现代知识分子的心路历程,也体现了现代散文的主体生成过程。

现代散文发生期的游记是从远赴重洋、异域涅槃的艰苦行旅中开启的。如郭嵩焘的《使西纪程》、黎昌庶的《西洋杂志》、薛福成的《出使英法义比日记》、王韬的《扶桑游记》、钱单士厘的《癸卯旅行记》、李圭的《环游地球新录》、吴汝纶的《东游丛录》等,这是最早一批亲历世界、体验现代的中国文人,并以游记、随笔、采风录、见闻录等散文形式,记录西方的政教风俗、社会生活,表现出"人对现代生存境遇的切身体验"②,获得迥乎前人的现代性体验。

英国著名学者安东尼·吉登斯认为"现代性"是派生于时间和空间的分离和它们在形式上的重新组合;而时间与空间的分离,又导致了社会体系的抽离;在个人和群体的活动过程中,对于行动的持续性的反思性监控、调整,是其始终存在着的基本特征,同时也构成了行动的一种内在要素③。这就是"现代性"的三大"动力品质":"时空分离"、"社会制度的抽离化机制"、对"现代性"的反思

---

① 大卫·理斯曼等:"内在引导阶段印刷媒介的社会化功能",《孤独的人群》,刘翔平译,沈阳:辽宁人民出版社,1989年,第87—95页。

② 王一川:《中国现代性体验的发生》,北京:北京师范大学出版社,2001年,第10页。

③ 安东尼·吉登斯:《现代性的后果》,田禾译,南京:译林出版社,2000年,第4—56页。

性。清季以来的域外行旅游记、日记、尺牍等散文,大量记载了西方文明现象,梳理了中国知识分子的文化心理,在新旧转换之间,突破了桐城散文的"雅洁"家法,也突破了传统散文的"义法"拘禁。这批游记的写作,既不是生硬的词汇置入、也不是猎奇式的浮光掠影;而是以"不师古人"、"奋笔纂辞"①的心态体悟西方文明的成果,用大量的现代词汇、语法从事积极的散文文体尝试,并获得了真实的异域体验。对安东尼·吉登斯所强调的"现代性"的"时空分离"、"社会制度的抽离机制"的"动力品质",有沦肌浃髓的体会,从而获得对本土文明的深刻反思。兹以郭嵩焘对伦敦的第一印象为例:

> 所过灯烛辉煌,光明如昼,近伦敦处尤甚。金登幹早为雇备马车相候道右。街市灯如明星万点,车马滔滔,气成烟雾。阛阓之盛,宫室之美,殆无复加矣。换马车,历一时许,抵波克伦伯里斯寓宅。留金登幹晚酌。

短短八十字,言有序、言有物。句式长短错落,语气抑扬顿挫,语词晓畅明白,将伦敦的首都气象表达得雍容舒缓,足见其文章修养。1923年梁启超为《申报》五十年纪念所写的《五十年中国进化概论》中,即以郭嵩焘的《使西纪程》所引发的朝野震动作为五十年来中国文化变迁的典型案例②。也正因为该书被禁,反倒使《万国

---

① 薛福成:《出使四国奏疏》,载《薛福成选集》,上海:上海人民出版社,1987年,第518页。

② 梁启超:《五十年中国进化概论》"这五十年间我们有什么学问可以拿出来见人呢?说来惭愧,简直可算得没有。但是这些读书人的脑筋,却变迁得真厉害。记得光绪二年,有位出使英国大臣郭嵩焘,做了一部游记(即指《使西纪程》,笔者按)里头有一段,大概说,现在的夷狄和从前不同,他们也有二千年的文明。嗳哟!可了不得。这部书传到北京,把满朝士大夫的公愤都激动起来了,人人唾骂……闹到奉旨毁板,才算完事"载《饮冰室文集之三十九》,见《饮冰室合集》第五册,北京:中华书局,1989年,第39页。

公报》等报刊竞相连载,坊间书商私自刻印不断。这也说明了该书的文化影响力如星星之火,为西洋新知更清晰准确地植入中国知识与思想体系奠定了思想基础和心理准备。

"游记"从山水怡情的雅趣变成了中国知识分子心路历程的写照,海外漂泊与外出求学成为现代游记的主要背景,集中、尖锐地体现了现代知识分子的文化心理和生活状况。如康有为的《欧洲十一国游记二种》、梁启超的《夏威夷游记》、《欧游心影录》等作品,不仅对近代中国的社会启蒙产生巨大影响力,也深刻影响了现代游记散文的发展。

"五四"初期,随着中外交流的频繁。出国人员猛增,游记、尤其是域外游记也成为文坛重要的文体,如《晨报》《时事新报》《民国日报》等多刊载了旅美、旅欧、旅日的通讯、游记。诚如夏志清断言:"当时较具有影响力的作家,几乎清一色是留学生"[①]。如李大钊、陈独秀、胡适、鲁迅、周作人、钱玄同、刘半农等,以及晚些出现的冰心、郭沫若、朱自清、许地山、俞平伯、林语堂、徐志摩等散文名家,都有出国留学或考察的经历。这一现象极大地催发了现代游记散文的诞生和发展。与此同时,海外经历、世界眼光、现代思想,都使得现代知识分子对中国社会有不同于前代的视角和理解,哪怕是自然风光,也别具现代人的情怀和主体意识,既有思想性和社会性的忧思,也有名士遗风的趣味。现代游记散文的兴起弥补了议论文、政论文、杂文等过度关注社会、文化问题的喧嚣、热烈,为散文主体意识的彰显、个人情怀的抒发、审美艺术性的追求,提供了广阔的空间。

随着现代散文发生期的深入,游记的主题不再是单纯通过"域

[①] 夏志清:《中国现代小说史》,刘绍铭译,香港:中文大学出版社,2001年,第17页。

外所见所闻"来证明其现代质素,也不再是仅通过中西对比来强调自己的文化立场,而是从"我"的所见、所闻、所感来立意,把"我"和社会、自然紧密联系起来,获得散文主体的呈现,正如王兆胜所言"所谓'纪游散文',顾名思义,它是一种将作家旅行的所见、所闻、所思、所念、所感等真实记录和描述出来的散文体式"①,用周作人的话来说,就是"言志"的散文,"载自己的道"的散文。现代游记的新生的最大特质就是作家主体在所描写的自然与人文景物的基础上揭示自己的内心世界,其早期较有代表性的作品有胡适《归国杂感》(1917)、李大钊《五峰游记》(1919)、周作人《访日本新村记》(1919)。

胡适的《归国杂感》是胡适留学七年、归国半年后的作品,中美的社会落差,本可令这位洋博士痛快的骂上几句,可是胡适的行文方式始终是不疾不徐,娓娓道来。文章开头即提出美国友人的观点:中国在七年中已经三次革命,胡适归国恐怕会不识旧国,胡适即用调侃的方式预设了自己的基本心态:"列位不必担心,我们中国正恐怕进步太快,留学生回国要不认得他了,所以他走上几步,又退回几步,此刻说不定他正回头等着我们回去认旧相识呢"。并不断强调不可对中国抱太大希望,因为希望越大、失望越大,故而能够坦然面对中国的各种国情,带着一丝幽默地说"七年没见面的中国还是七年前的老相识"。这段表达一方面批评了中国进步的艰难和缓慢,另一方面也暗示了胡适本人的从容睿智。

接着胡适以自己的游历过程,讲述了上海大剧院外型新颖时尚、却上演着忠臣孝子的旧戏,"进步"竟然体现在"三炮台"香烟行销到徽州、扑克牌比麻将流行,书店仍旧是各色旧书、游戏书、淫秽

---

① 王兆胜:《论20世纪中国纪游散文》,载《海南师范学院学报》,2010年,第3期。

书的卖场,"时间不值钱"式的闲聊充斥各地、哪怕是在最有时间观的上海,种种不卫生现象比比皆是,谈到教育的问题,胡适那份从容淡定的心意再也忍不下去了,直言教育的落伍闭塞简直到了可以亡国的地步。胡适的归国杂感既不像晚清以来域外游记那样,记载境外风华、文明世态;也不像这一时期的报刊杂文那样,激愤的批判落后愚昧现象、文化痼疾。《归国杂感》初显了胡适为文的风格:清楚明白、不急不躁、理性周全,但琐碎平直、缺乏艺术感染力。然而胡适所表现出的耐心和信心恰是新文学发生期最难能可贵的品质:

> 我说我的"归国杂感",提起笔来,便写了三四千字。说的都是些很可以悲观的话。但是我却并不是悲观的人。我以为这二十年来,中国并不是完全没有进步,不过惰性太大,向前三步又退回两步,所以到如今还是这个样子。我这回回家寻出了一部叶德辉的《翼教丛编》,读了一遍,才知道这二十年的中国实在已经有了许多大进步。不到二十年前,那些老先生们,如叶德辉、王益吾之流,出了死力去驳康有为,所以这书叫做《翼教丛编》。我们今日也痛骂康有为。但二十年前的中国,骂康有为太新。二十年后的中国,却骂康有为太旧。如今康有为没有皇帝可保了,很可以做一部《翼教丛编》来骂陈独秀了。这两部《翼教》的书的不同之处,便是中国二十年来的进步了。①

---

① 胡适:《归国杂感》,载欧阳哲生编《胡适文集》第二册,北京:北京大学出版社,1998年,第474页。

卒章显志,虽然"老大帝国"到处不尽人意,迟缓愚昧,但是这一塌糊涂泥潭里的毕竟有光芒,召唤着"五四"一代或以摩罗战士的身份义无反顾走向战场,或以理性、沉着的导师形象引领民众。

李大钊的《五峰游记》是现代散文发生期难得的一篇个人游记,写景、状物、抒情,都恰到好处:

> 车不能行了,只好步行上山。一路石径崎岖,曲折得很,两旁松林密布。间或有一两人家很清妙的几间屋,筑在山上,大概窗前都有果园。泉水从石上流着,潺潺作响。当日恰遇着微雨,山景格外的新鲜。走了约四里许,才到五峰的韩公祠。五峰有个胜境,就在山腹。望海,锦绣,平斗,飞来,挂月,五个山峰环抱如椅。好事的人,在此建了一座韩文公祠。下临深涧,涧中树木丛生。在南可望渤海,碧波万顷,一览无尽。

与传统游记所不同的,李大钊的行旅体验中,更多了体察世态、分析时局的冷静和犀利,该文开头交代了游程,更在游历中不断掺入思考:

> 我们那晚八时顷,由京奉线出发,次日早晨曙光刚发的时候,到滦州车站。此地是辛亥年张绍曾将军督率第二十军,停军不发,拿十九信条要挟清廷的地方。后来到底有一标在此起义,以寡不敌众失败,营长施从云、王金铭,参谋长白亚雨等殉难。这是历史上的纪念地。
>
> 车站在滦州城北五里许,紧靠着横山。横山东北,下临滦河的地方,有一个行宫,地势很险,风景却佳,而今做

了我们老百姓旅行游览的地方。……

我们在此雇了一只小舟,顺流而南,两岸都是平原。遍地的禾苗,都很茂盛,但已觉受旱。禾苗的种类,以高粱为多,因为滦河一带,主要的食粮,就是高粱。谷黍豆类也有。滦水每年泛滥,河身移从无定,居民都以为苦。其实滦河经过的地方,虽有时受害,而大体看来,却很富厚,因为它的破坏中,却带来了很多的新生活种子,原料。房屋老了,经它一番破坏,新的便可产生。土质乏了,经它一回滩淤,肥的就会出现。这条滦河简直是这一方的旧生活破坏者,新生活创造者,可惜人都是苟安,但看见它的破坏,看不见它的建设,却很冤枉了它。

历史、人文、民众生活都在前往五峰的路程中一一瞩目,这是"五四"知识分子的济世情怀。尽管李大钊一开篇就声称自己是"山中无历日,寒尽不知年"的生活态度,可是在他的笔下,没有一处不在经历、体验、比照、反思,没有一处能忘情于社会和民生。这也是他们身处特殊时代、环境,以及他们自身的特殊身份造成了在自然山水和社会世态之间的纠缠,在传统和现代之间的踯躅。

这样一种矛盾心理在周作人的《访日本新村记》中表达得更为明显。1919年7月,周作人专程参观了日本空想社会主义实验基地"新村",拜访了新村主义的倡议人武者小路实笃。周作人深深服膺于"新村"精神,认为它能够消弭人和人之间的隔膜,集团利益的冲突,国家、种族的对立等等。在这篇游记中周作人这样写道:"深信那新村的精神决无错误,即使万一失败,其过并不在这理想的不充实,却在人间理性的不成熟",并认为"新村"的和平方式能够代替暴力手段解救中国。这一观点很快受到胡适的质疑,认为推崇"新村精神"是隐逸避世的"独善的个人主义"[1]，这也预兆了"五四"退潮后，诸君在人生道路、价值信仰、审美趣味等诸多层面的不同选择。

现代散文发生期的游记散文，还来不及细细品味家国情思、伫望侨寓乡愁、感慨都市困境、静守大美天地，还没有把握好现代散文的"滋味"。作为初登上历史舞台的"五四"一代，在海外游历的洗礼中、在迁徙辗转中，最为关切的是民族国家的前途、政治社会的反思和人生哲学的建构，这些主题的抒发、主体的彰显，成为"五四"一代的精神镜像。

无论是耐心的建设、沉痛的叹息，还是理想的空蹈、对民族国家的建设构想，均是"五四"一代游记散文鲜明的价值导向。按照马克思主义的观点，"自然"是体现了人的本质的自然现象，是人的本质力量的对象化。现代游记所描写的客观对象已不完全等同于传统游记的娱情山水，自然景象、人文景观、社会世态一旦进入到作家视野，就表现出作家主体的创造性解读，注入了鲜明的现代知识分子精神，寄寓了丰富复杂的主体情思，显示出超越历史的现代精神品质。

---

[1] 胡适：《非个人主义的新生活》，载欧阳哲生编《胡适文集》第二册，北京：北京大学出版社，1998年，第564—565页。

第二章　现代散文发生期的理论变革

散文理论的现代变革,是散文文体现代化的奠基性机制,用柄谷行人的话说,是"一旦成形出现,其起源便被掩盖起来"的"认识性装置"①。在对现代散文发生期的追溯中,传统与现代的对话交锋所构成的历史图景并不是一种线性、历时的进化方式。所谓现代散文的"正统"的成立,是文学史形象自我追寻、建立自身历史合法性的过程。在法国社会学家布尔迪厄的"场域"概念中,"艺术场域正是通过拒绝或否定物质利益的法则而构成自身场域的"②,每一个参与者都在进行某种争夺,以期改善自己的场域位置。现代散文作为历史的新生物,通过标榜旧与新、传统与现代的二元对立,通过排斥其他散文理念与书写实践,开创了独立的审美空间,并以舍我其谁的强势态度自居"正统"。

梁启超的"文界革命"号召以"欧西文思"为主题,以"雄放隽快"为文风,报刊的传播方式和饱含感情的笔锋,使"新文体"完全冲破了传统散文的羁绊,成为清季最有影响力的文体。"革命"话语成为散文发展的主体导向。而同时期的严复却认为"文界革命"

---

① 柄谷行人:《日本现代文学的起源》,赵京华译,北京:三联书店,2003年,第12页。
② 皮埃尔·布尔迪厄、华康德:《实践与反思:反思社会学导引》,李猛、李康译,北京:中央编译社,1998年,第133页。

的导向是对散文的"凌迟"、是对文艺性审美的践踏，之后的"学衡派"也殊途同归地批评"新文体"审美性的淡薄。对现代散文资源的再选择、审美标准的再甄别、历史谱系的再塑造，是现代散文发生期的重要工作。新文学运动初期，一度将传统散文称为"美术文"，以艺术的形式获得存在的合法性；而将白话文称为"应用文"，获得世用的普泛性。与此同时，新文学内部对如何写"白话文"，也产生了"话怎么说就怎么说"、"留心说话"、"欧化"还是"古今中外的分子融合而成"的分歧。在"杂文学"与"纯文学"、"载道之文"与"美术之文"的争论中，散文逐渐获得了现代文学意义上的文体独立，并在"人的文学"的关照中，形成了现代散文的"合法"意义。

第一节　散文理论的现代缘起

桐城派的"散文"和选学派的"骈文"争夺文坛正宗地位的战争构成了有清一代文学场域的重要话语。随着三千年未有之变的剧烈冲击，这场争论逐渐失去了意义和价值，沦为"壮夫不为"的细枝末节。"文章合为时而作"的传统士大夫情结与救亡启蒙的时代话语汇聚起来，"骈文"所强调的俪偶、对仗、声律、辞藻等汉语书面语言的审美特质，在残酷现实面前愈发显得"不足取"、"不足观"。而"散文"因其通畅明白的语言表现能力，再一次像千年前的古文运动一样，获得了文风改革与民族复兴相结合的话语优势。当然，唐宋古文运动强调的是儒学道统的传承，而清季以降的各类散体文章的书写，是在国人的现代体验中，逐步脱离了传统散文"阐教翼道"的核心主题和"文人雅致"式的叙事言情，而转移、倾注到时代变革中，并以"报刊"这一现代传媒方式、以尽量通俗的语言形式，揭开了散文现代新生的序幕。尤其是在此基础上"文界革命"的出现,跳脱出传统的"阐教翼道"的主题约束,以"革命"这一独特形态来注明散文发展的未来之路,以西方思想文化和词汇语法作为书写实践,脱离了传统散文的形式要求、以更明白如话的语言形式畅所欲言。它脱离了周详烂熟的传统散文模式,以率真直白乃至鲁莽激进的方式迫不及待的出发,正可谓"其实地上本没有路,走的人多了,便也成了路",在这条全新探索的征程中,有义无反顾的前行者,也有犹疑彷徨的守望者。这是散文在传统格局中的华丽转身,更是散文走向现代化的第一步。

一、 中国散文发展的路径选择:"文界革命"

文体的解放与思维的解放,是散文能够新生的先决条件。新文学一代能够披坚执锐、所向披靡,很大程度上,源自于对手的溃不成军。新文学痛打古典诗文这一"落水狗",但在新文学亮相之前,古典诗文已经是"落水狗"了。令古典散文无法立足于文坛正宗,正是"文界革命"以"革命"的方式对传统散文范式的冲击决荡的结果。

有清一代,桐城文家们所构建的"散文"范式,充满了不可逾越的思想与形式的禁忌。历代服膺者基本以叠床架屋的方式,在既有框架里处理各种细枝末节。到1916年林纾的《春觉斋论文》为"力延古文一线",不仅有《论文十六忌》,还有《用笔八法》《用字四法》。《用笔八法》论述了起、伏、顿、顶、插、省、绕、收八种笔法的用法,如《用起笔》里规定:"古文用起笔,颇有数忌。如赠送序及山水厅壁诸记,忌用古人诗句起。碑版传略,忌用议论起。论说杂著,忌引古作陈言及成句起。"赠送序、山水厅壁诸记,为什么不可以用古人诗句呢？这样的规定既让人费解，又显得偏执苛刻。这些禁锢不仅是形式的刻板，更是心灵囚笼。对于卫道士的刻板，传统文学中一直都有一条"独抒性灵"、"直抒胸臆"的潜流与之抗衡。虽然周作人在新文学的溯源中，追溯了晚明小品文和魏晋文的独抒性灵、率性自然。但是这种小天地的自由，只是沙聚之塔中的偶见晶莹，无法承载大格局的扭转，并终究会被虎狼成群的世界所吞噬。真正能够打破文教正统的藩篱、获得人格独立和思想解放、实现真正的主体自由，还是要通过直面现实的勇士的诘问和质询。

1899年底，既是世纪之交，也是中国社会的转型阵痛期。在从日本前往美国的途中，梁启超写了如下一段：

> 余既戒为诗，乃日以读书消遣。读德富苏峰所著《将来之日本》及国民丛书数种。德富氏为日本三大新闻主笔，其文雄放隽快，善以欧西文思入日本文，视为文界别开一生面者，余甚爱之。中国若有文界革命，当亦不可不起点于是也。①

日本新闻主笔德富苏峰引用西方思潮，为维新正名，其汉文笔调雄放隽快，深为梁启超激赏。这其实也是梁启超的夫子自道。值得注意的是对"革命"一词的再解读。"革命"一词中国古已有之，"汤武革命"指的是武力方式的改朝换代，并宣称它的合法性是来自天意民心。这是一个在中国本土被小心翼翼搁置的历史词源，解释权来自攫取权利的新政权。梁启超流亡日本以后，发现日

---

① 梁启超：《夏威夷游记》，《饮冰室专集之二十二》，载《饮冰室合集》第七册，北京：中华书局，1989年，第185页。

人将"revolution"译为"革命",但涵义不仅仅是汉语语源中的暴力夺取政权,而是"群治中一切万事万物莫不有"的"淘汰"、"变革"①。在明治维新中的"革命"话语有强烈的日本语境,该词被梁启超"发现"之后输入中国,在中国本土的复活且披上了强烈的中国色彩。此前,有王韬的《重订法国志略》、康有为的《进呈法国革命记序》等引介法国"革命";章太炎的《论学会有大益于黄人,亟宜保护》强调以"以革政挽革命";孙中山的"革命党"的称谓,据冯自由的《革命逸史》等回忆,也是拜日人所赐。"革命"的原始记忆和现代语境中的"所指"构成了它丰富复杂的现实内涵。这其中梁启超"并非使革命话语在现代复活的第一人,但他肯定是在现代意义上使用'革命'并使之在中土普及的第一人"②。梁启超将"革命"和"文界"创造性的结合起来,赋予"革命"以新义,也赋予"文界"以新义;构成了一种"跨语际实践"的现代民族想象,"革命"一词逐渐披上了真理、道德、激情和民族理想的外衣,开启了中国文学的现代肇端,以及它的"革命"战斗的演进方式和叙述方式。

处士横议、言论放恣是王纲解纽时代的典型样貌,先秦诸子、战国策士、魏晋名流、晚明狂士……都在分崩离析的世态中,或浓墨重彩、或空灵隽永、或癫狂放浪,以文字乃至生命的方式,镌刻下时代和心灵的印记。当文章形式被肢解为起承转合的各类注意事项、思考能力被扼杀于"阐教翼道"的威严之中时,作为时代话语重要代表的散文注定要走进历史的死胡同。"报刊之文"的出现、"时务文"的兴盛无疑为沉闷的文坛吹来充满生机活力的新风。但它

---

① 梁启超:《释革》,原载《新民丛报》,1902年12月14日,第22期。载《饮冰室文集之九》,《饮冰室合集》第一册,北京:中华书局,1989年,第40页。
② 陈建华:《"革命"的现代性:中国革命话语考》,上海:上海古籍出版社,2000年,第13页。

能否颠覆桐城文章、古文辞的权威性,能否成为散文文体革新的转折点,依然是一个悬而未决的问题。虽然到维新变法时期,各类"时务文"已成为最流行的文章样式,但是它要想彻底打破桐城文家把持文坛的局面,还亟需一种历史力量的出现。

如果没有"维新变法"的折戟沉沙,如果没有"戊戌六君子"的血溅菜市口,如果梁启超没有避难日本、沉潜自新,就没有属于梁启超个人特质的"新民体"的出现。如果没有冯桂芬、王韬、郑观应、严复,以及康梁等维新人士一再痛陈八股取士导致国家"自取败亡"①;如果没有光绪帝两次下诏,废除八股取士,改试策论,就很难扳倒在八股文教学中积累成功经验的桐城文派。科举制度"能使一般文人钻在那墨卷古文堆里过日子",故而胡适认为"倘使科举制度至今还在,白话文学的运动决不会有这样容易的胜利"②。这一政令的实施,成为天下读书人身心解放、自由表达的通行证。问学于"新学"、"西学",求变以救亡济世,引入新名词、新观念,纵笔不加检束,就连"乔木世臣,笃故旧绅,亦相率袭取口头皮毛,求见容悦"③。"文界革命"指出了散文发展的未来路径,启蒙了"五四"一代的现代意识,以"革命"的叙述方式揭开了文学的现代序幕。

据钱玄同自己的回忆,十六岁时(1902年)初读《新民丛报》,"不仅提倡民权政治,鼓吹思想革新,而且隐隐含有排满之意"。这些言论令在"尊清"的意识形态中成长起来的钱玄同非常不快,甚

---

① 梁启超:《公车上书请变通科举折》,原载《知新报》(第五十五册),1898年6月,载《饮冰室文集之三》,《饮冰室合集》第一册,北京:中华书局,1989年,第21页。
② 胡适:《五十年来中国之文学》,载欧阳哲生编《胡适文集》第三册,北京:北京大学出版社,1998年,第252页。
③ 黄远庸:《新旧思想之冲突》,载《黄远生遗著》第一卷,台北:文海出版社影印上海1938年增订本,第120页。

至愤恨的撕毁过一本《仁学》。但是梁氏富含感情、华丽流畅的文辞,又引诱着他继续追溯着看了《新民丛报》之前的《清议报》,直到追看到1898—1899年阶段梁启超写《变法通议》等文章,确定梁氏是保皇、尊清的,方才替作者安心,替自己圆场:"我看了这种文章,真要五体投地,时时要将它高声朗诵的"①。陈独秀、胡适等均认为康梁是自己的启蒙老师,即使在批判康梁时、仍坦言康梁文章真正唤醒了他的"世界"观念:"吾辈少时,读八股、讲旧学,每疾视士大夫习欧文谈新学者,以为皆洋奴,名教所不容。后读康先生及其徒梁任公之文章,始恍然于域外之政教学术,璨然可观,茅塞顿开,觉昨非而今是","吾辈今日得稍有世界知识,其源泉乃康、梁二先生之赐"②。"文界革命"宣告了传统散文范式的崩塌,对"五四"一代产生了至关重要的启蒙作用。正如新文学已稳操胜券后对"文界革命"开创之功的肯定:

  谈到中国新文学运动,不应当忘却梁任公先生的开创之功,他在戊戌政变以后,便大胆地运用西洋文法定文章,极力输入日本和西洋的科学上和文化上的一切名词和术语,并把日文和西文的作风移植到中国文学,这在中国新文学运动的初期,可以说是一种启蒙的作用。③

  这一启蒙的影响是社会现代化、哲学现代化的双重作用,它的基石恰来自梁启超独一无二的文笔特色,也就是说梁启超"新文体"的文艺现代化对"五四"一代的文艺价值与审美的生成产生了

---

① 钱玄同:《三十年来我对于满清的态度》,原载《语丝》,1925年,第8期。
② 陈独秀:《驳康有为致总统总理书》,原载《新青年》,1916年10月(第2卷第2号)。
③ 高语罕:《参与陈独秀先生葬仪感言》,原载《大公报》,1942年6月4日。

直接的作用力。

"文界革命"含有思想革命的性质,指向"20世纪",指向有待开发的精神"新大陆",只有借助"文界革命"的"欧西文思",也就是西方精神思想的注入,赋予散文革新的意义,并给出了具体的方案:"欧西文思"不仅指西方思想文化,也指向欧式词汇、语法、逻辑思维方式等;"雄放隽快"既是文章的气势夺人,也表明了写作者的畅所欲言、直抒胸臆;以德富苏峰的《将来之日本》和"国民丛书"系列为范本,恰好和中国本土热烈的社会批评、文化批评相应和,散文的现代变革从议论文、杂文开始,现代散文的发生期也从这里开始。

二、文界"革命"与"凌迟":散文意识的觉醒与交锋

"文界革命"所提倡的"欧西文思"和"雄放隽快"对散文的表现形式、主题内容、社会功能和使命都做了明确的导向,并标榜为"革命"的先锋方式。它的启蒙现代性意义自不待言,但也引发了传统审美经验的放逐、审美现代性的缺失等问题。

"文界革命"开启了现代文学运动的先声,在《清议报》《新民丛报》的"自由书"中,对于散文书写的"自由"意志,梁启超有更具体的说明:

> 自惟东鳞西爪,竹头木屑,记之无补于天下,虽然可以自验其学识之进退,气力值消长也,因日记数条以自课焉。每有所触,应时援笔,无体例,无宗旨,无次序,或发论,或

125

讲学,或记事,或钞书,或用文言,或用俚语,惟意所之。①

这是梁启超《饮冰室自由书》的"叙言","自由书"可以说是"文界革命"书写实践的成果,不同于梁氏大量政论文的连篇累牍、喧嚣浮夸。"自由书"是在世界性目光中,比较中西文化、社会和历史,且篇幅短小精悍、无"体例"的束缚,主题丰富,"惟意所之"。

梁启超对"欧西文思"的引介基本经过日译文的中转,再加上自身的"意图谬见",以改造中国为出发点的解读西方思想,故而他的"文界革命"样本意在言辞清晰、开诚布公、直捣人心。基于这样的文体要求,他对严复以"达恉"为目的、以"信达雅"为标准的翻译西方著作的方式颇为不满,批评严复翻译的《原富》刻意模仿秦汉诸子散文笔调,"其文笔太务渊雅",不能够起到"播文明思想于国民"的功能。梁启超的批评意见反映了他对"文"的改革要求,反对"渊雅"、反对刻意模仿先秦文体,使文章古雅难解。梁氏强调文体的变化是"文明程度"使然,不可拘束于"文人结习",留恋于俪偶、声律、对仗等传统文笔技巧,孤芳自赏,而是要将写作实践和"播文明思想于国民"联系起来。这是知识分子的使命意识,也是散文走向现代的社会价值。

作为桐城文派的服膺者,严复译书的"信、达、雅"追求与桐城文家的"雅洁"的审美要求相互应和。对于梁启超的"太务渊雅"的意见,严复立即不客气的回敬:

> 窃以谓文辞者,载理想之羽翼,而以达情感之音声

---

① 梁启超:《自由书·叙言》,《饮冰室专集之二》,载《饮冰室合集》第七册,北京:中华书局,1989年,第1页。

也。是故理之精者不能载以粗犷之词,而情之正者不可达以鄙倍之气。……夫文界复何革命与有?……若徒为近俗之辞,以取便市井乡僻之不学,此于文界,乃所谓凌迟,非革命也。且不佞之所从事者,学理邃赜之书也,非以饷学僮而望其受益也,吾译正以待多读中国古书之人。……故曰:声之眇者不可同于众人之耳,形之美者不可混于世俗之目,辞之衍者不可同于庸夫之听。非不欲其喻诸人人也,势不可耳。①

很显然,严复对梁氏提倡的"文界革命"的目的、方式、途径都不认同。尽管在《国闻报馆附印说部缘起》中,严复已经开始鼓吹"近俗之辞"——白话的社会启蒙功用。但是在正式的著作中,严复认为著书立说是严肃的专业工作,而不是为了"市井乡僻之不学"、"饷学僮"。术有专攻、学有专长,这个观点本无不妥,只是在急于救亡图存、追求立竿见影的大时代面前,显得脆弱苍白。严复始终坚持的"载理想之羽翼,而以达情感之音声也"的"文辞",也就是用优美文辞呈现思想的博大精深,这是文学审美性所应具备的能力和内涵。事实上,梁启超等具有优异文学修养者绝非不明白优美文辞的深意,早在1897年《湖南时务学堂学约》中,梁启超有这样一段关于"传世之文"与"觉世之文"的著名解释:

  传曰:"言之无文,行之不远"。学者以觉天下为己任,则文未能舍弃也。传世之文,或务渊懿古茂,或务沉

---

① 严复:《与〈新民丛报〉论所译〈原富书〉》,载《严复集》第三册,北京:中华书局,1986年,第516页。

博绝丽,或务瑰奇奥诡,无之不可;觉世之文,则辞达而已矣,当以条理细备,词笔锐达为上,不必求工也。①

梁启超等维新人士并没有否认传统文学的审美性,只是搁置了传统视域中的辞章之学,看重启蒙的现代化而放逐了审美的现代化,全力鼓吹"觉世之文"。与此同时,严复的固执、保守代表了中国相当一部分知识分子作为精英者,无法忍受泯然于大众的主体意识。正所谓"声之眇者不可同于众人之耳,形之美者不可混于世俗之目,辞之衍者不可同于庸夫之听"。拒绝迎合大众、坚持认为"美"不混迹在世俗和庸众之中,不是大众化、不是喜闻乐见。这成为中国20世纪文学发展的稀世之音。在文学过度地和社会功用、政治价值捆绑在一起的20世纪,不得不说,严复等人的保守、固执有其珍贵的历史意义和现实意义。

尽管严复的《天演论》成为梁启超、胡适、鲁迅、毛泽东等几代人的阅读记忆,它的音韵铿锵、文辞优美、文风古雅引得桐城最后宗师吴汝纶激赏不已,在为其作序时赞为与"晚周诸子相上下",其古典散文书写实践也实现了他所追求的"载理想之羽翼,而以达情感之音声也"的优美呈现,但是随着"文界革命"、"文学革命"的激进步伐,"天演论"式的古典散文笔调很快被弃若敝履。王国维肯定了严复"造语"虽工整难得,但"不当者亦复不少"②。鲁迅直接批评严复的工作"没有什么意义","译得最费力,也令人看起来最吃

---

① 梁启超:《湖南时务学堂学约》,载《饮冰室文集之二》,《饮冰室合集》第一册,上海:中华书局,1989年,第27页。
② 王国维:《新学语之输入》,载金雅编《中国现代美学名家文丛·王国维卷》,杭州:浙江大学出版社,2009年,第6页。

力"①。黎锦熙也认为严复只是"卖弄几套舞文的手段,只要文章好,谁都办得了"②。严复的好文章因古文被摒弃而昙花一现,他对散文的古典审美的坚持,对散文通俗化、白话化可能带来的审美放逐保持着警惕,也说明了散文现代转换历程中难以解决的问题。

三、 散文理论现代转换的审美困境

散文的"革命"话语不仅引发了严复等传统散文服膺者的不满,也引发了在西方文论语境下的讨论。王国维、鲁迅等人均就散文的审美性与社会性的问题作了有益的探索。

梁启超赋予"革命"以新义,挟"革命"的话语权威驰骋在19世纪末20世纪初的中国思想文化领域,但也不断地在语言的囚笼里挣扎。在1902的《释革》中细分"改良"与"革命":

> "革"也者,含有英语之 Reform 与 Revolution 之二义。
>
> Reform 者,因其所固有而损益之以迁于善,如英国国会一千八百三十二年之 Revolution 是也。日本人译之曰改革、曰革新。Revolution 者,若转轮然,从根柢处掀翻之,而别造一新世界,如法国一千七百八十九年之 Revolution 是也,日本人译之曰革命。"革命"二字,非确译也。"革命"之名词,始见于中国者,其在(易)曰:"汤武革命,

---

① 鲁迅:《二心集·关于翻译的通信》,载《鲁迅全集》第四卷,北京:人民文学出版社,2005年,第379页。
② 黎锦熙:《国语运动史纲》,北京:商务印书馆,2011年,第45页。

顺乎天而应乎人。"其在(书)曰:"革殷受命。"皆指王朝易姓而言,是不足以当Revo(省文,下仿此)之意也。人群中一切有形无形之事物,无不有其Ref,亦无不有其Revo,不独政治上为然也。即以政治论,则有不必易姓而不得不谓之Revo者,亦有屡经易姓而仍不得谓之Revo者。今以革命译Revo,遂使天下士君子拘墟于字面,以为谈及此义,则必与现在王朝一人一姓为敌,因避之若将浼己。而彼凭权借势者,亦将曰是不利于我也,相与窒遏之、摧锄之,使一国不能顺应于世界大势以自存。若是者皆名不正言不顺之为害也。故吾今欲与海内识者纵论革义。……

于是近今泰西文明思想上所谓以仁易暴之Revolution,与中国前古野蛮争阋界所谓以暴易暴之革命,遂变为同一之名词,深入人人之脑中而不可拔。然则朝贵之忌之,流俗之骇之,仁人君子之忧之也亦宜。

新民子曰:革命者,天演界中不可逃避之公例也。凡物适于外境界者存,不适于外境界者灭,一存一灭之间,学者谓之淘汰。……

夫淘汰也,变革也,岂惟政治上为然耳,凡群治中一切万事万物莫不有焉。以日人之译名言之,则宗教有宗教之革命,道德有道德之革命,学术有学术之革命,文学有文学之革命,风俗有风俗之革命,产业有产业之革命。即今日中国新学小生之恒言,固有所谓经学革命,史学革命,文界革命,诗界革命,曲界革命,小说界革命,音乐界革命,文字革命等种种名词矣。若此者,岂尝与朝廷政府有毫发之关系,而皆不得不谓之革命。闻"革命"二字则

骇,而不知其本义实变革而已。革命可骇,则变革其亦可骇耶?呜呼,其亦不思而已!……①

梁启超这篇文章煞费苦心地解释"革命"和"变革",显然已经意识到被其得意引荐的"革命"一词,已经唤醒了国人的原始记忆和改朝换代的意识,这恰是倡议变法多年的梁启超最不愿意看到的结局。梁氏不得不费力地解释泰西"革命"是"以仁易暴",不同于国人理解的"以暴易暴"。这是梁启超在山雨欲来的国势前的忧惧,被后生批评为改良主义者的保守和迂腐。事实上,梁氏的忧惧并非全无道理,也不乏知音,九十年后李泽厚提出了"要改良,不要革命"的观点②,百年后丁帆认为"历史告诉了我们,启蒙一旦被'革命'所利用,就很可能产生'异化'!从而背叛人性与自由"③。梁启超政治上的保守,用宗教、道德、风俗、学术、文学等社会"革命"的话语方式获得策略性的转移,这也是他坚定不移地提倡"文界革命",并进一步扩展到"小说界革命"的原因之一。

从这个视角去理解,就会发现即便"文界革命"的激进步伐已经脱离了传统审美的文学机制,梁启超依然坚定不移地推行,因为:"文界革命"不仅仅是社会改造的工具、方法和途径,也是梁启超放弃政治"革命",仍试图继续执掌"革命"话语的策略需要。

但是"文界革命"的启蒙意识压抑了审美意识,连梁启超自己也深感到"每数月前之文,阅数月后读之,已自觉期期以为不可;况

---

① 梁启超:《释革》,原载《新民丛报》,1902年12月14日,《饮冰室文集之九》,《饮冰室合集》第一册,北京:中华书局,1989年,第40页。
② 李泽厚:《和平进化,复兴中华——谈"要改良不要革命"》,载《时报周刊》,1992年5月3—9日。
③ 丁帆:《谁以革命的名义绑架了法律、制度、自由与人性——评汉娜·阿伦特〈论革命〉》,载《学习博览》,2012年,第8期。

乃丙申、丁酉间之作，至今偶一检视，辄预作呕，否亦汗流浃背矣"①，这是"文界革命"引起国人倾慕一时后的尴尬境遇，讨论政治、社会等时代热点问题固然会成为一个阶段的压倒性话题、"期期以为不可"的热议，一旦时过境迁，这种美感淡薄、不尊重文学自身规律的文章瞬间成为明日黄花，走进了自己的困局。

这一审美困境，并不是一个全新的问题。从曹丕《典论》中提出"文章，经国之大业，不朽之盛事"，将文学地位拔高到国家层面，赐予了文学无上的神圣、崇高的地位后，国家利益、政权导向就成为"文章"的达摩克里斯之剑，"阐教翼道"就成为文章的神圣使命。尽管历朝历代都有过文学改革，基本都是以肃清"文胜质"的绮靡文风为主旨的。文学史中也不乏优美清新的骈文、游记，尤其是六朝文、晚明文都有一条潜在的抒发个人情怀的暗流独自流淌，但毕竟没有真正登上"文章"正统的地位。梁启超的"文界革命"与其说是文学的现代化，不如承认它思想文化的现代化，因此他强调文界革命的意义在于"国民性以何道而嗣续？以何道而传播？以何道发扬？则文学实传其薪火而管其枢机。明乎此义，然后知古人所谓文学为经国大业、不朽盛事者，殊非夸也"②。持这样观点的人绝非寥寥，恰恰相反，借助文学来贯彻启蒙事业几乎是晚清以来的重要策略，不仅黄遵宪、谭嗣同、梁启超、夏曾佑、裘廷梁等人深信不疑；"五四"一代的"文学革命"也如出一辙。"文学革命"不仅是"文学"的"革命"，更是"五四"时期反对旧道德、提倡新道德，反对旧文化，提倡新文化的社会整体格局变化的重要组成部分。不同于欧

---

① 梁启超：《〈饮冰室文集〉自序》，载《饮冰室合集》第一册，题为"原序"，北京：中华书局，1989年，第1页。
② 梁启超：《丽韩十家文钞序》，《饮冰室文集之三十二》，《饮冰室合集》第四册，北京：中华书局，1989年，第35页。

洲的启蒙运动以伏尔泰、卢梭、孟德斯鸠等哲学家为代表,中国本土的启蒙事业是从"文学"作为切入口的,正如鲁迅认为医学治病不治人,只有通过以文艺救国的途径唤醒国人灵魂。这既是中国现代启蒙之路的特殊性,也是它的局限性。

事实上,慷慨接力启蒙大旗的"戊戌"、"五四"两代人都非对文艺没有一丝眷恋。优良的传统文学修养,渗透到灵魂深处的古典情怀都蕴蓄在他们的集体无意识中。梁启超在1917年以后淡出政坛,渐倾心于对文学审美的关注,如他的《中国之美文及其历史》《中国韵文里头所表现的情感》等向传统诗文一再致意。事实上,主张改良的康梁辈、主张革命的"南社"诸君,都曾经邀约"相率戒诗",但最终以遗老自居、以诗词遣怀,成为"五四"时代犹疑的守望者。旧体诗词展现出作者优秀的文学修养和艺术能力,这样的情况也发生在陈独秀、鲁迅、周作人、郁达夫等人身上。

鲁迅尽管从涉及文艺之初就开始召唤"立意在反抗,旨归在动作"的摩罗诗人,但是清醒地意识到文学的"兴感怡悦"的基本质素:

> 由纯文学上言之,则以一切美术之本质,皆在使观听之人,为之兴感怡悦。文章为美术之一,质当亦然,与个人暨邦国之存,无所系属,实利离尽,究理弗存。[①]

这种"兴感怡悦"的审美效应,与个人、国家的利益无关,与一切实际功利"离尽"。在同时期的《儗播布美术意见书》中,鲁迅同样强调了审美的纯粹性:"言美术之目的者,为说至繁,而要以与人享乐为极臬极,惟于利用有无,有所抵午。主美者以为美术目的,

---

① 鲁迅:《摩罗诗力说》,载《鲁迅全集》第一卷,北京:人民文学出版社,2005年,第73页。

即在美术,其于他事,更无关系。诚言目的,此其正解。然主用者则以为美术必有利于世,傥其不尔,即不足存。顾实则美术诚谛,固在发扬真美,以娱人情,比其见利致用,乃不期之成果"[1]。在上述的思考中,可以发现鲁迅对于审美思考的成熟性,他强调了"美"与"他事"无关系,与"利用"向抵牾,但也承认了"美"是能够产生"见利致用"的作用,而且这种作用"乃不期之成果"。正如康德在哲学范畴中将"审美"划定出独自的领域,黑格尔认为"美是理念的感性显现",西方哲学家开辟和守护了美学的神圣领地。而这正是中国传统所缺失的部分,王国维斥之为"哲学家、美术家自忘其神圣之位置与独立之价值"[2]。

王国维的批评不是没有道理,但中国的哲学家、美术家们不是"自忘",而是不能忘情于社会关怀,不能逍遥于民族沦陷之外,他们带着强烈的入世之心、拯救之意,写下壮怀激烈的文字,期待文字的能量能够召唤民族的觉醒,这一文学乌托邦带来憧憬和遗患,王国维很早就发出尖锐的警告:

> 又观近数年之文学,亦不重文学自己之价值,而唯视为政治教育之手段,与哲学无异。如此者,其亵渎哲学与文学之神圣之罪,固不可逭,欲求其学说之有价值,安可得也![3]

---

[1] 鲁迅:《拟播布美术意见书》,载《鲁迅全集》第八卷,北京:人民文学出版社,2005年,第52页。

[2] 王国维:《论哲学家与美术家之天职》,载周锡山《王国维文学美学论著集》,太原:北岳文艺出版社,1987年,第35页。

[3] 王国维:《论近年之学术界》,载《王国维文学美学论著集》,太原:北岳文艺出版社,1987年,第24—25页。

王国维如同文学的守夜人,坚信"文学者,游戏的事业也",是对自己的"感情及所观察之事物而摹写之、咏叹之,以发泄所储蓄之势力"①。王国维和梁启超一样认为文学和一个民族的文化发达程度成比例,但是梁启超们以此为目标,汲汲于改造和实现目标;而王国维却坚信这不是"争存"的名山事业,不具有"经国新民"的功能,也无需承担这样的使命,它只是"游戏的事业"和"过剩精力"的发泄。排除了文学的功用,为中国文学释放了由来已久的重负,体现了审美的现代化。可惜的是这样的空谷足音被启蒙的现代化压抑和遮蔽。

散文是"经国新民"的事业这一观念,在"文界革命"时期挟带着传统的济世情怀与启蒙现代化的诉求而闪亮登场,即便鲁迅等"五四"一代在自我启蒙伊始就看到了"美术之文"的审美性与世用功利性的不可兼容;即便王国维等以生命的强烈体验来践行文学的审美纯度,但是自"文界革命"以来,散文的现代之旅越来越走向它的世用功能,它的审美性的再发现,要留给"五四"一代去解决。

第二节 辛亥革命时期散文理论的进一步廓清与选择

在19世纪与20世纪之交的中国启蒙时代,启蒙现代化与审美现代化是参差互见、相生相斥的。梁启超用"文界革命"的方式为散文选择了"革命"的未来形态,王国维则对现代审美孜孜以求,鲁迅等则在自我启蒙之初就感受到了审美与启蒙的双重困境。在

---

① 王国维:《文学小言》,载《王国维文学美学论著集》,太原:北岳文艺出版社,1987年,第108页。

"革新"与"祛旧"中探索的人们逐步对"阐教翼道"的散文正统做出完整、彻底的清理,对此时文学场域中极为风行的古文代表严复、林纾等人的散文做出颠覆性的评价。应该说"五四"时期不遗余力的对"桐城谬种"、"选学妖孽"等传统散文的批判,对现代散文源流的追溯等问题,并非是平地惊雷。事实上在现代散文发生期,上述观点就已生成,并有了较为广泛、稳定的传播。

颇有历史意味的是,对"桐城谬种"、"选学妖孽"的批判,对传统文学资源的再选择、对审美标准的再甄别,是通过章太炎等告别正统、对传统中异端的挖掘而开启的。不得不承认"现代性有时还会依靠最远古的思想模式来战胜最新的或较新的思想模式"①。章太炎的"复古"与"褪新"几乎是一体两面,对晚清以来的新旧对立、一元进化模式有极大的矫正作用。可以说散文的现代化不是孤绝的从旧到新,它与"古代"的辩证关系还有诸多可探讨之处,可引用鲁迅《墓碣文》一段况味:"于浩歌狂热之际中寒;于天上看见深渊。于一切眼中看见无所有;于无所希望中得救"②。

一、"文"的泛化与传统文论的解构

1906年,章太炎和革命人物宋教仁有段关于如何作"文章"的对话,宋说:"作文总不外乎有道理否,及文之佳好与否。前者可谓之文理,后者可谓之文辞。文理即论理学,文辞即日本所谓修辞学。专就此二者,循此二学之理法讲之,则亦可乎?"尽管章太炎也感觉到作文的方法"无善法可教","作文之善否不可以言喻,文无

---

① 伊夫·瓦岱:《文学与现代性》,田庆生译,北京:北京大学出版社,2001年,第25页。
② 鲁迅:《墓碣文》,载《鲁迅全集》第二卷,北京:人民文学出版社,2005年,第207页。

一定之法则也"。因此在宋教仁提出"文理"、"文辞"是文章的一体两面时,章太炎的回答是"此谓固然,但亦犹有未尽善者也"①。从现代眼光来看,宋教仁的这段话很周到:内容和形式兼善,有道理、有文辞,即是篇好文章。完全没有义理、考据、辞章之类的繁缛规约,道学气全无。"五四"前就出现这样清晰的"文章学"认知,且出自奔波的革命者之口,也可以管窥出"五四"前"文章学"已有了一种比较崭新的"概念":达到内容与形式的合理与适度即可,这是海外留学的青年学子中的"共识",可以算作"五四"一代的代际共识。

这段对话发生在章氏到日本主持《民报》后不久,尽管章太炎与宋教仁有良好的关系,但以章氏"放言高论,而不喜与人为同"②的个性,博览诸子、出入经史的学识,对"文"、尤其是"尽善之文"的解读,自然会别立新宗。章氏那段著名的对"文"的解释,把"文"的概念完全泛化了:

> 文学者,以有文字著于竹帛,故谓之文。论其法式,谓之文学。凡文理、文字、文辞,皆称文。言其采色发扬谓之彣,以作乐有阕,施之笔札谓之章。③

章太炎所谓的"文学"是包括文学与非文学的所有书面内容,所以他主张"榷论文学,以文字为准,不以彣彰为准"。由此可见,章氏"文学"是研究文字的"法式",更接近于"文字学";"文章"是有

---

① 宋教仁:《我之历史》(第四册),(宋渔父遗著),民国九年桃源三育乙种农石印本。沈云龙:《近代中国史料丛刊》第五十三辑,台北:文海出版社印行 1966—1973 年,第 35 页。该段内容可互见于汤志钧:《章太炎年谱长编》,北京:中华书局,1979 年,第 214—215 页。
② 钱基博:《现代中国文学史》,北京:商务印书馆,2011 年,第 92 页。
③ 章太炎:《国故论衡》,上海:上海古籍出版社,2011 年,第 49 页。

"采色发扬"的"文",更接近现代意义上的"文学"。章氏以"小学"立身,所以将所有"文"的问题全部先收纳到文字学的考察中,再进行下一步的细分,以确定其意义。既然所有著于竹帛者都是"文学",那么这种纯粹的文字的"物态"呈现就会出现"非意义的连贯"和"有意义的连贯",章太炎将之称为"无句读文"和"有句读文":"凡云文者,包络一切著于竹帛者而为言,故有成句读文,有不成句读文,兼此二事,通谓之文"①。所谓"无句读者"就是"谱、薄录、算草、地图四科",而"有句读文"可再分为"有韵"和"无韵"之文。辨文学应用或述文章源流,就必然从"句读文"的"有韵"或"无韵"来审定是骈文、还是散文。特将章氏的"文学"分类列表如下:

文学	无句读文		谱、薄录、算草、地图四科
	有句读文	有韵之文	赋颂、哀诔、箴铭、占繇、古今体诗、词曲六科
		无韵之文	学说、历史、公牍、典章、杂文、小说六体

可见,章氏所谓"文学"并不是现代意义上以审美作为专门对象的"文学"。当然他指出了属于文学与非文学的所有"文"的共性——语言性。文学是语言的艺术,首应明确其语言本质。但章氏刻意强调"世有精炼小学拙于文辞者,未有不知小学而可言文者也"②,凡有"说文"必先"解字",这个立论未免得鱼忘筌,不是文学审美性之核心要旨。严羽在《沧浪诗话》里有段妙言:"诗有别材,非关书也;诗有别趣,非关理也。"黑格尔亦言:"诗人的想象和一切其它艺术家的创作方式的区别既然在于诗人必须把他的意象(腹稿)体现于文字而且用语言传达出去。一般说来,只有在观念已实

---

① 章太炎:《国故论衡》,上海:上海古籍出版社,2011年,第52页。
② 章太炎:《文学说例》,载舒芜等编《近代文论选》下,北京:人民文学出版社,1981年,第403页。

际体现于语言的时候,诗才真正成其为诗"①。章太炎的这种"文学"必先有"学","文章"必先有"考据"的观念过于片面、机械,也违背了散文发展的自身规律,但是在当时的历史语境中,这一片面但深刻的观点有力地攻击了桐城散文不学、空疏的痼疾,对本土散文的正统性起到了极大的颠覆作用。"文"的过渡泛化解构了以唐宋文、桐城文为代表的散文正统的地位,当然也带来了"文学"不具有审美性和思想性、大而无当的问题。

事实上章氏"文学"分类,在当时就有不少异议。据许寿裳回忆,鲁迅曾不满老师的"文学"观,认为"先生诠释文学范围过于宽泛,把有句读的和无句读的悉数归入文学,其实文字和文学固当有分别的。"然而,鲁迅撰写《汉文学史纲》(1926年),还是以"自文字至文学"开篇,可见鲁迅与章太炎间的学术传承关系。将"小学"用得太广、太泛,确是章氏"文学"的一个问题,故而周作人意味深长地说"所以我以为章太炎先生对于中国的贡献,还是以文字音韵学的成绩为最大,超过一切之上的"②。

章氏"文学"既然是以语言文字主导,以此为据,"有句读文"的文体就各有定位,不必强求一种标准,其审美标准也就不必整齐划一。这样"文章",就从一般意义上的骈散之争,就变成了"大散文"概念:

> 吾今为一语曰:一切文辞,体裁各异;以激发感情为要者,箴铭、哀诔、诗赋、词曲、杂文、小说之类是也;以浚发思想为要者,学说是也;以确尽事状为要者,历史是也;

---

① 黑格尔:《美学》第三卷,朱光潜译,北京:商务印书馆,1981年,第62页。
② 周作人:《周作人回忆录》,长沙:湖南人民出版社,1982年,第205页。

以比类知原为要者,典章是也;以变俗致用为要者,公牍是也……其体各异,故其工拙亦因之而异……①

或激发感情、或浚发思想、或确尽事状,各种文体都有其特殊的追求。以语言文字学立论,"文章"的成立就"不得以兴会神旨为上"②,带来文学审美的被放逐。但是平等对待各类文体、尊重各种文体的内在逻辑,也为文体的多样性,新的文体的出现、发展提供了空间。由这个思路生发出的文体观念里,"诗文"独踞文坛正宗的合法性地位受到了挑战,"小说"也就不再难登大雅之堂,它和诗赋、词曲、杂文一样,"以激发感情为要",成为文学殿堂的一员。这与梁启超看重小说对人的"熏蒸刺提"的社会作用异曲同工,并且提供了更富学理性的阐释。其次,章氏从研究、学术的视角瞩目散文,此后周作人也视"美文"是论文中的一种。与此同时,诗歌、小说、散文之间的文体差异也被弥合,只要能够"激发感情"、"浚发思想"、"确尽事状",也就是现代意义上的抒情、议论、叙事,就具有了散文审美的自足性。因此,章太炎的弟子周作人在梳理新文学的散文成绩时,将废名的小说也纳入其中,认为诗的意境和语言的淬炼,加上小说的叙事、描写,可融会为"散文"的绝佳形态。这种散文概念的泛化,也可从章氏"文"概念的泛化中看到渊源关系。

二、 散文传统资源的再选择

从章太炎、刘师培等人的审美趣味来说,妙辞华章不是"文"的

---

① 章太炎:《文学论略》,载《国粹学报》,1906年,第12期。
② 章太炎:《国故论衡·文学》,上海:上海古籍出版社,2011年,第55页。

根本,所有修辞的问题最终归于语言文字的"字源学"意义上,那么就不存在传统意义的"散文"的经典性。"五四"以后对新文学源流的整理和追溯,尤其是鲁迅对魏晋风度的追慕、对《嵇康集》的考订,周作人对魏晋时期颜之推、陶渊明的推崇,周氏兄弟散文的炼字功力与师从章太炎的"小学"训练,都可以从散文发生期的审美选择中找到因缘关系。

从晋代的"文笔"说、"翰藻"说,一直到清代阮元的"文以耦俪为主"等,通过韵律、对仗、骈偶等修辞方式带来的汉语言文学的审美性,包括这个时期引入的西方"学说、文辞相异"的观念,与章太炎"只以芟彰为文,遂忘文字"的文学观念并不吻合。因此,刘师培在"文笔观"基础上部分地采用西方"纯文学"关照下文学之文、应用之文的"美术"与"征实"观念,来为骈文的文学性作辩护。而章太炎则在对整个中国古代文学的审美选择中,发前人所未见的将目光投射在《文选》之外的"魏晋文"上:

> 余以为持诵《文选》,不如取《三国志》《晋书》《宋书》《弘明集》《通典》观之,纵不能上窥九流,犹胜于滑泽者。……魏晋之文,大体皆埤于汉,独持论仿佛晚周。气体虽异,要其守己有度,伐人有序,和理在中,孚尹旁达,可以为百世师矣。①

对"魏晋文"的推崇和阐释伴随章太炎生命始终,在此后的《自述学术次第》中,章氏自言:"三十四岁以后,欲以清和流美自化。

---

① 章太炎:《国故论衡·论式》,上海:上海古籍出版社,2011年,第83、84页。

读三国两晋文辞,以为至美,由是体裁初变"①。此后在上海(1922年)、苏州(1935年)等地讲学中,多次提到"魏晋文"之深美可诵②。可见从1906年到东京、首次开坛讲学以来,章氏对"魏晋风度"和"魏晋文"的独特发现就流布在众弟子间,并以"国学大师"的话语效能对整个民国思想文化界产生持续的影响。不仅对周氏兄弟有关魏晋文章的追慕、探究和效仿有极大的启示性,对新文学散文的溯源、审美选择也有潜移默化的深远作用。

周氏兄弟无疑是新文学散文史上的两座高峰,二者对语言文字的把握能力都到了炉火纯青的地步。这既与二位的文学天分有关,也与他们多年在语言文字上的"淬炼"有极大的关系。章太炎在语言文字上的"小学"功力无疑给了周氏兄弟很多启示,兄弟二人都很有国学根柢,在东京听太炎讲《说文解字》,虽然对具体内容的回忆已经模糊,但是治学的方法、态度和趣味的"再启蒙"是显而易见的。周氏兄弟合作的《域外小说集》,缘起就是"我从前翻译小说,很受林琴南先生的影响;一九〇六年住东京以后,听章太炎先生的讲论,又发生多少变化,一九〇九年出版的《域外小说集》,正是那一时期的结果"③。其中的翻译风格,选词朴讷,用字古奥,采用了不少冷僻字,颇有乃师之风。

鲁迅的《汉文学史纲要》首章是"自文字至文章",以文字学为立论点探讨文学发源,这一考辨方式、治学理数,也是章氏小学所擅长。鲁迅的《中国小说史略》是该领域的开创性著作,辑录汉至

---

① 汤志钧:《章太炎年谱长编》,北京:中华书局,1979年,第461—462页。
② 章太炎:《国学十八篇》,收录了章氏在上海、苏州等地讲学记录,北京:中国华侨出版社,2013年。
③ 周作人:《〈点滴〉序》,1920年8月北大出版部,载张菊香、张铁荣编《周作人研究资料》(上册),天津:天津人民出版社,1986年,第302页。

隋之古小说36种,勾勒出非常清晰的古代小说发展脉络和类型。单就这种考镜源流、辨章学术的功力,挖掘异端、稽古视新的治学方略,深得章氏"国学"三昧。鲁迅对魏晋人物嵇康的兴趣更是达到不可思议的地步,在23年的时间里,反复、陆续校勘《嵇康集》十余次,有抄本三种,亲笔校勘本五种。名文《魏晋风度及文章与药及酒之关系》的俊逸超拔,将章太炎对魏晋文章的独特发现,阐释的如此通脱自然。这篇论文本身就是"散文"佳例:信手拈来、带露摘花,极具"魏晋风度",完全可以用章太炎最理想的文章样貌去评价:博而有约,文不掩质。刘半农曾评价鲁迅为"托尼学说,魏晋文章",在章太炎对魏晋文章的欣赏基础上,鲁迅又汲取了尼采的酒神式哲思,形成自己的独特风格。曹聚仁曾对鲁迅说:"季刚(黄侃,笔者按)的骈散文,只能算是形似魏晋文,你们兄弟俩的散文,才算是魏晋的神理"。鲁迅笑言:"我知道你并非故意捧我们的场的"[①]。新文学里的鲁迅卓绝于世,这不仅是天赋使然,也与他在文献上下过的苦功夫是分不开的,如《会稽郡故书杂录》《古小说钩沈》《唐宋传奇录》《小说旧闻钞》等,若没有这些辑录考辨的基础,就不会有《中国小说史略》的开宗立说,也不会有鲁迅白话小说的一字千金。可以说,"国学"专家鲁迅的治学方式和章太炎的师承关系是一个可以不断开拓的主题。

　　鲁迅本人的学术路数、审美选择,正是从这条考订之路开始的。在日本东京期间听章太炎关于《说文解字》研究的国学课程;章太炎幽居北京期间,也是鲁迅在文学革命前的苦闷期。他以钞录古碑自遣,反复研读章太炎的《文始》和《小学答问》,并多次将

[①] 章念驰:《章太炎·曹聚仁·鲁迅》,《曹聚仁先生纪念集》,见《上海文史资料选辑》第九十六辑,上海市政协文史资料编辑部,2000年,第92—100页。

《小学答问》赠给友人,将《文始》寄给周作人。章氏的《文始》和《小学答问》都是文字音韵学专著。周作人在鲁迅逝世后接受采访时曾说到"在文学方面,他对于旧的东西,很用过一番功夫",且认同"他的长处是在整理这一方面",指的是"古代各种碎文的搜集,古代小说的考证等"[1]。这一观点有极大的偏颇,但从另一个角度说明了深厚的国学积淀,给了鲁迅厚积薄发的思想与文采。鲁迅对用字遣词方面独有心得,这和他多年养成的文字学考辨能力、素养和方法是有密切关系的。鲁迅的散文,无论是杂文的庄谐并用、辛辣遒劲,还是抒情散文的意蕴精妙、瑰奇冷隽,在用字、炼字方面的能力,达到出神入化的地步。这与鲁迅所师承的文字学功底和方法,有着不可分割的关系。

小学训诂的国学素养,既淬炼了周氏兄弟的语言文字能力,也提供了其考辨学术的能力和方法,周作人散文的"杂学"模式,苍涩的文字表达,对草木虫鱼的趣味考证,对魏晋时期颜之推、陶渊明的审美选择,对晚明散文的再发现,对清儒笔记的再整理,为新文学散文发展寻找新的源头,这种推崇异端、别立源流的做派,与章太炎别具一格的问学策略、"以学为文"的审美选择,都有千丝万缕的关联。

三、"桐城谬种"的批判先声

辛亥革命前后,章太炎对在彼时文学场域中炙手可热的严复、林纾文章,提出了尖锐的批评:

---

[1] 周作人:《鲁迅先生噩耗到平,周作人谈鲁迅》,原载《大晚报》,1936年10月22日,载张菊香、张铁荣编《周作人年谱》,天津:天津人民出版社,2000年,第507页。

下流所抑,乃在严复、林纾之徒。复辞虽饬,气体比于制举,若将所谓曳行作姿者也!纾视复又弥下,辞无涓选,精采杂污;而更浸润唐人小说之风!夫欲物其体势,视若蔽尘,笑若龋齿,形若曲肩,自以为妍,而只益其丑也!与蒲松龄相次,自饰其辞而袛敬之曰:"此真司马迁、班固之言!"①

章太炎对严复、林纾的"刻急"之言,在当时称得上惊世骇俗。因为辛亥革命前后的中国文界,还处于严复、林纾等独占鳌头的时期。尽管在1906年刚刚抵达东京后,章太炎就写了《俱分进化论》来驳斥"进化论"的观点,但是"物竞天择"的观念毕竟在中国大地生根内化,成为民族的时代话语。1922年梁启超为《申报》五十年写纪念文章时,题目就是《五十年中国进化概论》,认为这50年的思想剧变,是四千年所未有,虽然流动的方向和结果还不明朗,但是"单论他由静而动的那点机势,谁也不能不说他是进化"②,可见"进化"成为中国自我选择的内驱力。然后20世纪初,章太炎就开始痛斥"进化论"、"伪文明",在近现代思想史上留下另一种声音。

对严复精心构建、文辞华美的《天演论》,桐城派文宗吴汝纶曾赞"骎骎与晚周诸子相上下",褒扬严复的文辞堪比先秦诸子。先秦诸子散文在历代文家的评价中几乎都是不可逾越的高峰;晚清学界又大兴诸子之学,所以用先秦诸子散文和严复的《天演论》作

---

① 章太炎:《与人论文书》(1910年),载汤志钧编《章太炎全集》第四册,上海:上海人民出版社,1986年,第168页。
② 梁启超:《五十年中国进化概论》(1923年),《饮冰室文集之三十九》,《饮冰室合集》第五册,北京:中华书局,1989年,第43页。

比,也就意味着严复的文章达到同期评价的最高峰。他那种"夏与畏日争,冬与严霜争,四时之内,飘风怒吹"的精思与华章,却被章太炎淡淡一句"辞虽饬"化解于无形,而且是"曳行作姿",也就是刻意修饰、故作姿态。章太炎对严复文章最致命的批评是"气体比于制举",也就是类同八股,这就把严复文章拖入了反面教材的行列。自甲午战败后,"八股"制举已成众矢之的,严复当年撰文《救亡决论》就是把中国的衰败归咎于八股取士上。到1902年废八股取士、1905年废除科举制度,"八股文"已成愚昧朽败的象征。一向被视为思想界先锋、文学界楷模的严复文章,居然被冠上类同八股的恶名,这不得不说是章太炎的"创举"。此后胡适、鲁迅等讥诮严复文章如"前清官僚戴着红顶子演说",也由此生发。

在章太炎的独见中,风靡一时的林译小说的品格,更是"下流"中"弥下"的了。首先,批评林纾的文辞未做任何筛选,反倒将各类"杂污"汇集。第二,这种"杂污"汇聚的情况造成了林纾文章的整体效果如同一个容貌丑陋、举止猥琐的女子,却不知自己的丑恶,反倒东施效颦般"自以为妍"。第三是章太炎最不能容忍的,就是林纾的不自量力。林文充其量只能与蒲松龄等的花狐鬼怪类小说家为伍。在文辞表达上,明明是"杂污"丑女,却自认为倾国倾城;在思想立意上,明明连九流十家中的末流都不配,却自不量力地把自己抬到司马迁、班固等文学正典的位分上。这个评价就把林纾以古文名世、并以古文的手法将西洋小说点染的宛媚动人的特点全部否定了,将当时文坛公认的"古文大师"林纾一下子归入不入流的写手行列。

所谓"精采杂污",是指林纾对传统语言中"隽语"、"佻巧语"的充分利用(比如"梁上君子"、"土馒头");对同时期口语的大胆启用(如"小宝贝"、"爸爸");对西方音译词、从日本转来的汉语借形词等新式词汇的不自觉使用(如"安琪儿"、"俱乐部"、"普通"、"程度"、"梦境甜蜜")等等。这种充满弹性、自由、流畅的语言样式,加之西洋故事的异域风情,阅览林译小说无疑是次愉快的阅读体验,因此林译小说受到新、旧两派人物的赞赏和青睐。林译小说的风靡是清末民初文学场域的一大景观。但在章太炎言必有据、字必有训、文必有法的严格限定下,这些使用文辞的方式必然超出了"彣彰"的法度,反倒显得藏污纳垢,污秽不堪了。与此相反,对林译小说的成功,林纾自己的归因,是认为西洋小说的文体结构与传统史传散文的经典《史记》、《汉书》等有同样的布局安排和人物塑造,其审美意蕴完全一致,只需要用"古文辞"的方式再现就可以了。

这种"误读"使得林纾的"翻译"充满了为传统散文张目的信念和信心。而这恰是章太炎所不能容忍的:以不足挂齿的末流来搔首弄姿,还要媲作夫人。对林纾的这种苛责,在章太炎避险东京时期,就已经通过章氏的讲学、论著等方式传布。此时的章太炎不仅以《民报》论战闻名于海内外,更以在《国粹学报》等刊物上发表的若干国学论文而享誉学界。因此,他对林纾的酷评极具杀伤力,严重影响了林纾在文学界的地位。这也最为林纾所忌恨。林氏本人也是木强多怒的刚烈性格,在北大教书期间,与桐城派姚永朴、姚永概等人多交游,言语间直斥章太炎为"庸妄钜子"、其门生为"庸妄之谬种",对章氏门徒批评桐城文派的做法非常愤慨:"其徒某某腾謗于京师,极力排娟姚氏、昌其师说,意可以口舌之力扰巇正宗……",并将这样的攻击性评价收录在自己的文集中[①]。由此双方骂战也就进一步升级公开化了。

[①] 林纾:《与姚叔节书》,原载《畏庐续集》,1916年出版,第16页,见《林琴南文集》,北京:中国书店,1985年,第216页。

桐城派以"义理、考据、辞章"立宗派,成为正统散文的"范式",但是"义理"的合法性,经过章太炎等多方考证、梁启超等新学申辩,已渐入颓唐。桐城派的"考据"功夫在朴学大师章太炎眼里仅是皮毛,是点缀在无用之文里的装饰,根本经不起查验。仅剩的"辞章",也被章氏耻笑为"不知小学而言文",且被朴学家用"小学"的方式一字一句的校验。比如桐城派的经典文集《古文辞类纂》,是姚鼐集毕生所学、所辑录的传统"散文"的精粹,也呈现了桐城派散文的审美趣味和审美选择,一直被奉为散文正典。但是朴学家们却从语言文字学的"字源"来考证"古文辞"的"辞"根本不具有合法性。姚鼐用"古文辞"这个概念来涵盖记事、抒情与说理的传统"散文",经朴学家的考证,其概念本身就用错了①。

　　如此"以拹撦为能,以饾饤为富,补缀以古子之断句,涂垩以《说文》之奇字"②的审定方式,把"疏证之法"施用在所有文章上,桐城文章所擅长的章法有度、朴素自然、意蕴含蓄的审美表达就完全没有施展的余地了,并且"学问"上的弱点被无限放大了。可以说,在"五四"前章太炎与林纾间的恶感、声讨已经白热化。

　　由此可见,新文学首先拿林纾来祭旗,其中一个不太被文学史关注到的细节是,新文化运动初期最活跃的几位均与章太炎有极深的渊源,按林纾的说法,皆是"庸妄之谬种"。"五四"诸君痛打落

---

① 据刘师培的考证:"词"在《说文》中解释为"词,意内而言外也。从司,从言"。"词章"、"词藻"等在古代皆为"词"而不作"辞"。古籍中"言辞"、"文辞"等上古也是写作"词"的。与此同时,"辞"的本义训为"狱讼"。《说文》"辛"部释为:"辞,讼也。"《易·系辞》解释"辞":"说也;辞本作词"。"词"和"辞"之所以会混淆,是由于"辞"与"词"字的籀文写法非常形近,秦、汉以后人们把"词"误写作"辞",所以才有"文辞"的写法。实际上"词"和"辞"两字在上古是各自独立、各有其意的字,没有通用、假借的关系。刘师培首先澄清了是"文词",而不是"文辞"。并以"文词"作为原点,通过"词"和"祠"的关系,推论出文学起源和巫祝的关系。刘师培:《中国中古文学史·论文杂记》,北京:人民文学出版社,1959年,第138—139页。

② 林纾:《与姚叔节书》,原载《畏庐续集》,1916年出版,第16页,见《林琴南文集》,北京:中国书店,1985年,第216页。

水狗,斥林纾为"桐城谬种"的典型,从双方的门派渊源来看,实在是用其人之道还治其人之身,奉还"谬种"之名,也是多年骂仗的结果。只是林纾没有料及这场在他看来"文人相轻"的门派之争,最终演化为新与旧的意义之争,并挟文学现代化之锋芒,将他与他所信奉的传统散文彻底归类为历史余孽。林纾首先写信给前清翰林、民国元老、北大校长蔡元培,很显然不希望和《新青年》继续发生正面冲突,而是试图借蔡元培的名望来制止这场冲突。在不能如愿的情况下,写《荆生》《妖梦》以泄其愤恨,但并没有将二文收录到《畏庐三集》中(1923年)①,可见林纾对这场升级了的论战毫无应对的能力和谋略,此后也保持了拘谨慎重的态度。林纾们以古文好歹算"艺术一种",来为"古文"申辩其存在合理性。对于古体散文所尊奉的"载道"也简化为"空言"二字一笔带过。以历史的"后见之明"来看,整个"正统"文学,在章太炎的考据论证下,庄严法相早已戳破。以桐城文章为代表的传统散文真正被褫夺"正统"封号,是新文学家们等门生晚辈,乘胜追击、戮力而为的结果。

第三节 《新青年》初期的散文理论的论争

上个世纪初激烈的启蒙话语,试图给予国人醍醐灌顶式的震慑和唤醒;幻想用似猛药、似刑罚的"熏蒸刺提"般效力,使民族面貌焕然一新。文学披上启蒙的战衣匆忙上阵,散文作为最直接的

---

① 林纾的《畏庐文集》(1912年)是他的散文在文坛最风行时出版的文集。《畏庐续集》(1916年)收录了大量林纾为桐城散文张目的论辩之文。《畏庐三集》(1923年)可谓"以血性为文章,不关学问"(高梦旦序语),收录了《答大学堂校长蔡鹤卿太史书》一文,昔日与"五四"诸君的论辩之文基本不录。

布道方式，它曾经的古典优雅和当下的汲汲争存，撕裂、扭曲了它稳定的范式。当"革命"话语涤荡了"文界"，当"魏晋文章"的"清和流美"的审美选择冲击了传统黄钟大吕式的审美，文章之美何处安放，如同世人彷徨于灵魂之无处安放。自梁启超用"文界革命"的方式为散文选择了"革命"的未来形态后，严复、王国维等人就提出了文学审美缺失的质疑。这个悬而未决的问题，在"文学革命"的征途中，也成为极具争议性的话题，争论的焦点首先集中在传统散文存在的合理性和现代散文的历史处境上，彼此的功能、性质的差别应如何厘清，是《新青年》初期散文理论论争的核心。

王国维在引入美学是哲学分支这一西方观念的基础上，明确了"美术之文"的概念，提出了"美术之文徒非慰藉人生之具，而宣布人生最深之意义之艺术也。一切学问，一切思想，皆以此为极点。人之感情惟由是而满足而超脱，人的行为惟由是而纯洁而高尚"[1]。他正视了美学价值的意义，给予审美无上崇高的地位。这里说的"美术"就是"艺术"的意思，清末民初时期多以"美术"指称"艺术"，鲁迅在《拟播布美术意见书》中即解释"美术"为"Art or fine art"，具体解释为"美术云者，即用思理以美化天物之谓。苟合于此，则无间外状若何，咸得谓之美术：如雕塑、绘画、文章、建筑、音乐皆是也"[2]。王国维、鲁迅等人对"美术文"的引荐，既没有对"文界革命"发生影响力，也没有对尚未发生的文学革命产生理论上的指导。

在辛亥革命前，刘师培、鲁迅、周作人等均对这一概念分歧做

---

[1] 王国维：《教育家之希尔利尔》，载《纪念王国维先生诞辰120周年学术论文集》，广州：广东教育出版社，1999年，第299页。
[2] 鲁迅：《儗播布美术意见书》，载《鲁迅全集》第八卷，北京：人民文学出版社，2005年，第51页。

过区分和解释。刘师培在引入西方文学观念的资源下,强调了文笔之分,将"纯文学"的概念设置在"骈文"的体系中。但是用西方文学理论对文学进行整体划分的工作,仍是"五四"诸君的未竟事业。除了鲁迅承认"美术文"的"兴感怡悦"的审美价值外,周作人在留日期间也对文学进行了有意识的分类,在比较欧美诸家文论之后,采纳了美国人宏德(Hunt)的方式,将文学分为"纯文章"和"杂文章"。"纯文章"包括"吟式诗"(可以吟诵的诗赋、词曲、传奇等韵文)和"读式诗"(说部之散文);"杂文章"指"其他书记论状诸属,自为一别,皆杂文章耳"①。林译小说的散文笔调使得"小说"渐入正统文学的审美视野,梁启超提出的"小说界革命"正式将"小说"纳入文学范畴,但上述情况只是把"小说"镶嵌入到传统"诗文"的体系中。周作人则跳脱出传统文学的分类范畴,重新划定了诗赋、词曲、传奇等"韵文",也就是将声律、对仗、骈偶等充满中国汉语言特色的修辞方式完整地保存在"纯文章"中。而传统"诗文"的文学划分方式中,"文"被分成了"说部之散文"的"纯文章"和"书记论状"类的"杂文章"。这样一来,"杂文章",尤其是指传统"诗文"系统中的各类散体文章,包括晚清场域中的各类杂文、评说、论辩等,就基本类同于现代文学意义上的"散文",而被周作人放置在非"纯文章"(纯文学)的序列中。这一简单的切换方式仍无法解决"散文"的身份问题。但是,也正是从这一无法立即落实的身份困境,也预示了更热烈的讨论的到来。

在本土"诗文"正统的场域内讨论文体划分,哪怕部分的引入西方文学观念,加入"小说"这一文体,区分"传世之文"与"觉世之

---

① 周作人编《论文章之意义暨其使命因及中国近时论文之失》,原载《河南》,1908年,第4—5期。载张枬、王忍之编《辛亥革命前十年间时论选集》第三卷,北京:三联书店,1977年,第327页。

文"的不同使命,重新估定骈、散之争中孰为"纯文学",甚至文言与白话孰能代表文学发展方向,都只是内部的、局部的调整,不会带来整个文学格局的变革。正如伊格尔顿认为"文学"的现代观念是19世纪才真正流行起来,其范畴缩小为"创造性的"、"想象性"的作品,而赋予其特殊的位置①。这种现代的理解"强调艺术活动的特殊性质——以艺术活动为达到'想象真理'的手段;二是强调艺术家是一种特殊的人"②。随着西方文学观念的移植,"五四"时代据此对传统文学的进行清理,瓦解了传统规范的合法性。

尽管这些难以计数的量变已经带来了文学场域的剧烈嬗变,但是只有重新厘定"文学"的范畴,才会发生质的变化。由此可见"文界革命"有它已然存在的"边界",而"文学革命"没有划定界限,或者说,它要重新划界,独立自足的现代散文空间由此生发。

在《新青年》早期有关散文的论争中,可以发现不同意见者均以西方文论作为"散文"内涵的理论依据,如对陈独秀在"应用文"、"美术文"划分中排斥传统散文的做法提出质疑的常乃德,也强调"改革文学,使应于世界之潮流,在今日诚不可缓"③。但是各方却得出了截然不同的结论。陈独秀在应付各方质疑的过程中,对"散文"的态度走上一条从"不居文学重要地位"到直接将其驱逐出文学队伍的激进道路。新文学的理论先行和仓促宣战也可见一斑。

---

① 特里·伊格尔顿:《当代西方文学理论》,王逢振译,北京:中国社会科学出版社,1988年,第38页。
② 雷蒙德·威廉斯:《文化与社会》,吴松江、张文定译,北京:北京大学出版社,1991年,第65页。
③ 常乃德:《书陈独秀〈古文与孔教〉》,原载《新青年》,1916年12月(第2卷第4号),载《独秀文存》第三卷,上海:亚东图书馆,1933年,第20—21页。

一、 西方文论话语中新旧散文观的"对话"

以西方文论作为重新划定中国文学文类的重要依据在清末民初时期已渐成波澜,王国维、刘师培、鲁迅、周作人、陈独秀等人对此多有思考。但是这种以西方文论为判定标准的切割方式,势必带来削足适履的中国文学解读,不得不通过纯杂、新旧等概念进一步加以阐释,并以新旧、纯杂作为文学优劣的区别。事实上,持上述观念者也很难始终如一。比如陈独秀本人的文学观也不是稳定的,常因时、因事而变。在同一期《青年杂志》上,一方面认为"现代欧洲文坛第一推重者,厥为剧本。诗与小说,退居二流……至若散文,素不居文学重要地位"[1]。又同时编发了"南社"诗人谢无量的长律《寄会稽山人八十四韵》,盛赞为"稀世之音"。胡适讥诮陈独秀这种又倡议废除古典,又"啧啧称誉"的矛盾行为[2]。事实上,中国的传统文化和现代转变的碰撞都在知识分子身上发生深刻的印记,傅斯年曾对胡适说:"我们的思想新、信仰新,我们在思想方面完全是西洋化了;但在安身立命之处,我们仍旧是传统的中国人",胡适也极为认同地说"孟真此论甚中肯"[3]。这不仅是"五四"诸君的思想状态,也是他们的话语资源。正如余英时指出:"('五四'时期)在思想界有影响力的人物,在他们反传统、反礼教之际首先便有意或无意地回到传统中非正统或反正统的源头上去寻找根

---

[1] 陈独秀:《现代欧洲文艺史谭》,原载《青年杂志》,1915年11月(第1卷第1号)。
[2] 胡适:《通信》,原载《新青年》,1916年10月(第2卷第2号)。
[3] 曹伯言:《胡适日记全编》第五册,1929年4月27日,合肥:安徽教育出版社,2001年,第404页。

据"①。现代散文与传统文化无法割裂的关联也可从中况味。

中国文学中的"诗文"正统模式在梁启超提出"小说界革命"(1902)后受到了一定的冲击,但"文界革命"的目的在于散文的改革,而不是地位的旁落。到陈独秀推崇戏剧、诗、小说时,散文的地位虽有一席之地,却已叨陪末座。

陈独秀对胡适的《文学改良刍议》提出的不同意见主要集中在"讲求文法之结构"和"须言之有物"上,尤其反对"言之有物",认为它和传统散文的"文以载道"并无差别。从陈独秀对"言之有物"的反对可以推导出他在这里定义的"文学"是非应用的审美追求:

> 鄙意欲救国文浮夸空泛之弊,只第六项"不作无病之呻吟"一语足矣。若专求"言之有物",其流弊将毋同于"文以载道"之说。以文学为手段、为器械,必附于他物以生存。窃以为文学之作品,与应用文字作用不同,其美感与伎俩。所谓文学、美术自身独立存在之价值,是否可以轻轻抹杀,岂无研究之余地?②

陈独秀反对胡适"言之有物"的建议,认为和"文以载道"属于同一概念。出于对传统阐教翼道文章的极力排挞,陈独秀强调文学与"应用文字"不同,有它自身的"美感与伎俩",有"独立存在之价值"。由此划定出无功利、非实用的"文学之文"。这种抑"应用之文"、扬"文学之文"的论断,与陈独秀在《文学革命论》中大力鼓

---

① 余英时:《"五四"运动与中国传统》,载《中国思想传统的现代诠释》,南京:江苏人民出版社,1998年,第375页。
② 陈独秀:《答胡适之〈文学革命〉》,原载《新青年》,1916年10月(第2卷第2号),载《独秀文存》第三卷,上海:亚东图书馆,1933年,第17—18页。

吹的国民、写实、社会的文学,有较大出入;与晚清以来各方一致提倡的废文言、倡白话的主张,也相互矛盾。

"美术文"与"应用文"谁能代表文学革命发展的方向,不但是新文学内部不断热议的话题,更是整个文学场域中争论的焦点。常乃德就敏锐地发现了陈独秀这一借鉴西方文学分类的方式无法自圆其说,撰文提出了自己的划分意见:"吾国于文学著作,通称文章。文者,对质而言;章者,经纬相交之谓:则其命名之含有美术意义可知。夷考上古文之一字,实专指美术之文而言。其他若说理之文谓之经,纪事之文谓之史,各有专称,不相混淆"[1],强调传统散文作为"美术文"的审美性的存在意义。既然陈独秀承认了"应用文"与"美术文"的差别,肯定了"美术文"独立存在的价值在于"美感"和"伎俩",而常乃德也以响应胡适文学改良为前提[2],推导出如下的文学体裁的划定:

> 若因改革之故而并废骈体及禁用古典,则期期以为不可。夫文体各别、其用不同。美术之文虽无直接之用,然其陶铸高尚之理想,引起美感之兴趣,亦何可少者。譬如高文典册、颂功扬德之文,以骈佳乎,抑以散佳乎,此一言决矣。[3]

---

[1] 常乃德:《书陈独秀〈古文与孔教〉》,原载《新青年》,1916年12月(第2卷第4号),载《独秀文存》第三卷,上海:亚东图书馆,1933年,第20—21页。

[2] 常乃德:《书陈独秀〈古文与孔教〉》,原载《新青年》,1916年12月(第2卷第4号)。在该文中提到:"胡先生以古文之敝,而倡改革说,是也"。载《独秀文存》第三卷,上海:亚东图书馆,1933年,第20—21页。

[3] 常乃德:《书陈独秀〈古文与孔教〉》,原载《新青年》,1916年12月(第2卷第4号),载《独秀文存》第三卷,上海:亚东图书馆,1933年,第20—21页。

既然"美术文"有它独立的存在价值,在新文学还没有诞生足以令人信服的散文作品之前,当然是传统文言中大量的经典文章,尤其是骈文,势必成为以"美感与伎俩"为划分标准的"美术文"的典型代表。常乃德以汉语的语言特色来力证骈文是"优美"的文学,认为"说理纪事之文,必当以白话行之,但不可施于美术之文耳"。也就是说白话文势在必行,但是"美文"不可以用白话。这与此后在新文学话语挤压下,林纾将"古文"归为"文艺中之一"的策略是一样的。肯定"美术文"的非实用、无功利性,由此就不能谴责骈文的"华而不实",也无法否定传统散文(古文)的艺术性。这一论争说明陈独秀等新文学家们可以引西方文论,强硬的将传统文学弃若敝履;别人也可以用舶来的文学观念为传统骈文、散文正名。

因此常乃德提出了"以文言表美术之文,以白话表使用之文"的审美与应用的划分,代表了自"文界革命"、白话文运动以来相当一部分人的观点。即便是鼓励、提倡白话文的梁启超、裘廷梁、严复等人,对文言散文的审美价值所在,都是深信不疑的,而这一时期的白话文创作的确很难让人信服是"美术文"。要把"美术文"和白话文放在一起,否认文言文和"美术文"的关系,这是现代散文理论要慎重解决的问题。陈独秀的回复如是:

> 文学美文之为美,却不在骈体与用典也。结构之佳,择词之丽(即俗语亦丽,非必骈与典也),文气之清新,表情之真切而动人,此四者,其为文学美文之要素乎?应用之文,以理为主;文学之文,以情为主。骈文用典,每易束

缚情性，牵强失真。①

陈独秀上次划定"美感"、"伎俩"为"美术文"的标准，显得过于简单，也容易被人抓住把柄。依照这个划分标准，常乃德指出了"高文典册"、"颂功扬德"的传统文章完全具备"美感"、"伎俩"的品质。陈独秀不得不第二次接招，强调"美术文"必须有结构、用词、风格、情感这四个标准，并由这个划分中的"情感"标准来否定骈文的审美艺术性："骈文用典，每易束缚情性，牵强失真"，从而再一次将骈文驱逐出"美术文"的序列。用一种标准来涵盖所用内容显然是有纰漏的，常乃德的回应是"文学美文虽不专在骈体与用典，然骈体与用典之文，不能谓为非美文也"②，只要善于使用，同样能够表达性情，骈偶、用典都只是表达方式、修辞技巧而已。这种见招拆招式的辩论，并没有对中国本土丰富多样的文学资源作学理性的耐心划分，而是以西方文论思想为依据，彻底推翻"文统"和"道统"的整体性，来构建改造国民性的系统工程，这必然会带来文学改造、散文文体划分的牵强和模糊。

曾毅的《与陈独秀书》③在表示欢迎文学革命的前提下，认为中西方文学都有"对扬庙廷，则宜庄重典雅。论响黎庶，则宜明白晓畅。要其贵于通达，以适时用。古今中外一也"，也强调了审美和

---

① 陈独秀：《答常乃德〈古文与孔教〉》，原载《新青年》，1916年12月（第2卷第4号），载《独秀文存》第三卷，上海：亚东图书馆，1933年，第24—25页。
② 陈独秀：《再答常乃德〈古文与孔教〉》，陈独秀对常乃德的第二次回复只谈了孔教和政体，没有回应文学的问题。载《独秀文存》第三卷，上海：亚东图书馆，1933年，第32、38—39页。
③ 曾毅：《与陈独秀书》，载《新青年》，1917年4月（第3卷第2号），载《中国新文学大系·文学论争集》，上海：上海良友图书印刷公司，1935年，第3页。

世用的差别。方孝岳的《我之改良文学观》[1]认为没有通用于一切国家的普泛标准,如果以西方的"美术"观念来衡量,一方面中国文学的既成事实将无从谈起,与中国两千多年的文学历史相排斥;另一方面"美术文"无法和开启民智的启蒙使命联系起来,也就与文学革命的初衷相背离。常乃德、曾毅、方孝岳等站在中国本土文学实际情况的立场上,以西方文论为划分依据,肯定了古典概念中的骈文和散文的文学价值,质疑了陈独秀在提倡"国民"、"社会"、"写实"的文学话语的同时,又设定了"美术文"为文学正宗的双重标准。

与此同时,在新文学内部,对这一问题也有不同的声音。刘半农对陈独秀宣布出局的"应用文",也做了一番仔细的检索:

> 新闻纸之通信(如普通纪事可用文字,描写人情风俗当用文学),政教实业之评论,(如发表意见用文字,推测其安危祸福用文学),官署之文牍告令(文牍告令,什九宜用文字而不宜用文学。钱君所指清代州县喜用滥恶之四六,以判婚姻讼事,与某处诰诫军人文,有"偶合之鸟"、"害群之马"、"血蚨"、"飞蝗"等字样,即是滥用文学之弊。然如普法之战,拿破仑三世致普鲁士维廉大帝之宣战书为"Sire my Brother, Not having been able to die in the midst of my troops, it only remains for me to place my sword in the hands of Your Majesty. I am Your Majesty's good brother, Napoleon."未尝不可视为希世奇文。维廉

---

[1] 方孝岳:《我之改良文学观》,原载《新青年》,1917年4月(第3卷第2号),载《中国新文学大系·文学论争集》,上海:上海良友图书印刷公司,1935年,第9页。

复书中"Regretting the circumstances under which we meet, I accept the sword of Your Majesty"之句,便觉黯然无色。故于适当之外,文牍中亦未尝绝对不可用文学也。)私人之日记信札(此二种均直用文字。然如游历时之日记,即不得不于有关系之处,涉及文学。至于信札,则不特前清幕府中所用四六滥调当废。即自命文士者所作小简派文学,亦大可不做。惟在必要时,如美儒富兰克令B.Franklin之与英议员司屈拉亨Strayan绝交,英儒约翰生S.Johnson之不愿受极司菲尔伯爵Lord Chesterfield之推誉,则不得不酌用文学工夫。)虽不能明定其属于文字范围,或文学范围,要惟得已则已。不滥用文学,以侵害文字,斯为近理耳。①

刘半农指出中国文学的实际情况是,本土传统中的、事实存在中的新闻体、政教评论、官署文牍、日记信札等"应用文"不能完全判定没有文学性。为了规避新文学与传统文学中的箴铭颂论奏说这些"应用文"的关联,刘半农煞费苦心地找出了拿破仑的外交辞令、富兰克林的绝交书等,来强调即便是在西洋文学中,应用文同样是有文学性的。面对西方文学观念的冲击,不得不利用西方文学理论来论证传统散文的存在意义。可见,文学革命的论争,不是简单的以新换旧。现代散文概念的形成,取决于各方自觉利用西方文论的程度和灵活性。

常乃德、曾毅、方孝岳、刘半农等使用西方文论、作品驳斥了陈

---

① 刘半农:《我之文学改良观》,原载《新青年》,1917年5月(第3卷第3号),载《中国新文学大系·建设理论集》,上海:上海良友图书印刷公司,1935年,第63页。

独秀"美术文"、"应用文"的二元式划分法。提出与其强调"白话"是新文学的基础,急功近利的变换表达形式;不如立足"美观"为文学基础,由此以"国语"为建设方向,建设现代"国语"语境下的文学散文。但是陈独秀并没有耐心去倾听不同方面的声音,也没有对各方建议作有限度的采纳,修正自己的观点,而是"绝对之是而不容他人之匡正"之决绝,就文章分类、散文文体的问题,做了更具有"革命"性、彻底性的清理:

> 鄙意文章分类,略为二种:一曰应用之文,一曰文学之文。应用之文,大别为评论、纪事二类。文学之文只有诗、词、小说、戏(无韵者)、曲(有韵者,传奇亦在此中)五种。五种之中尤以无韵之戏本及诗为最重要。①

这段话只承认了诗、词、小说、戏、曲这五类是"文学之文",而评论、纪事只是"应用之文",彻底把以"评论"、"纪事"为主体的"散文"驱逐出了文学的队伍。这是这场文学论争始料不及的结论。这一观点既激发了对散文文类的论争,如沈藻墀立即认为"应用之文"、"文学之文"的分类方式非常不妥,而应采用西方的分类方式:"论文 Exposition 描写 Desoription 记述 Narration 辩论 Argumentation 等类"②为散文新生的切入口。但是陈独秀把散文归入"应用之文",无甚文学性的观念仍获得了不少响应,如傅斯年也认为:"散文在文学上,没甚高的位置,不比小说、诗歌、戏剧",散文作为

---

① 陈独秀:《记者书》,原载《新青年》,1917 年 7 月(第 3 卷第 5 号),载《中国新文学大系·文学论争集》,上海:上海良友图书印刷公司,1935 年,第 19 页。
② 沈藻墀:《〈新青年〉记者书》,原载《新青年》,1917 年 7 月(第 3 卷第 5 号),载《中国新文学大系·文学论争集》,上海:上海良友图书印刷公司,1935 年,第 18 页。

文类存在的缘由是"日用必需,整年到头的做他;小则做一篇文,大则做一部书,都是他"①。也就是说"散文"只为应用,完全是文字表达的讨论,与文学性的关系愈发淡薄。

此前常乃德、刘半农等人的诸多建言,是考虑到中国本土文学中"散文"的丰富性和复杂性。纵观中国文学的叙述话语,《文赋》曾精致而优雅地描述散文各体的文学性:"碑披文以相质,诔缠绵而凄怆。铭博约而温润。箴顿挫而清壮。颂优游以彬蔚,论精微而朗畅。奏平彻以闲雅,说炜晔而谲狂"②。此后的各类文论如《文心雕龙》《文章辨体》《文体明辨》,各类选本如《文选》《古文辞类纂》《经史百家杂钞》,无不将各类赋、碑、诔、铭、箴、颂、论、说等散文文体作为文学的核心体裁。将它们驱逐出文学的行列,中国本土文学的丰富性、多样性也就不复存在。事实上中国传统中一直和世用、社会、政教发生紧密的联系,是社会整体教化的重要组成部分,也是传统知识分子文化教养中必须习得的技能,具有极为广泛的社会基础。

散文一旦被赶出文学殿堂,那么散文所具有的干预社会、介入政教的功能也就不复存在。文学如果只是纯粹的"辞章"、"艺术",那么中国文人骨子里的那种兼济天下与独善其身的地位和底气也就都没有了,文学也就无法进入到社会话语中心。诚如陈万雄所言:"尽管这批第一代中国近现代知识分子已经在政治上、思想上接受了西方的自由、民族和个人主义,但他们的心态并不是西方近现代的个体主义,而仍然是自屈原开始的中国传统的承续。在中国这一代近现代意义的知识分子身上所体现的,倒正是士大夫传

---

① 傅斯年:《怎样做白话文》,1918 年 12 月,载《中国新文学大系·建设理论集》,上海:上海良友图书印刷公司,1935 年,第 218 页。
② 陆机:《文赋》,载张少康《〈文赋〉集释》,北京:人民文学出版社,2002 年,第 99 页。

统光芒的最后耀照"①。从这个意义上说,以《新青年》为代表的文学革命很可能是中国文人最后一次以"文学"的主体方式独立自由地彰显风采、干预社会、再造文明。

二、"散文"观念的再修正

尽管陈独秀批评了胡适给朱经农的信中"新文学之要点有八事"中保留的"言之有物"一项,并以"美感"、"伎俩"来说明"文学之文"的纯粹性。此后又进一步升级为诗、词、小说、戏曲才是"文学","评论"、"纪事"是"应用之文",彻底把散文驱逐除了文学的行列。但是"五四"的历史中,陈独秀的政治热情,正是凭借评说、论辩等"散文"模式为"文学革命"张目的,其文战天下的激烈举措在当时的历史场域中可谓是无出其右。

更有意味的是,胡适并没有因为陈独秀反对"言之有物"而放弃该项,恰恰相反,在1917年正式刊登的《文学改良刍议》中,胡适将"言之有物"从第八项调到了第一项。胡适对文学改良八事多次提及,但每一次都对次序做了变更:

| 胡适写信给朱经农"新文学之要点有八事"。1916年8月19日,《中国新文学大系·建设理论集》第24页。 | 胡适《寄陈独秀》,《新青年》2卷2号,1916年10月。见《建设理论集》第32—33页;《胡适文集》第2集,第4—5页。 | 《文学改良刍议》"八不"《新青年》第2卷第5号,1917年1月1日;又载《留美学生季刊》春季第1号,1917年3月。见《胡适文集》第2集,第6—15页。 | 胡适《建设的文学革命论》,《新青年》4卷4号,1918年4月15日。见《建设理论集》第127页。另见《胡适文集》第2集,第44—57页。 |

---

① 陈万雄:《"五四"新文化的源流》,北京:三联书店,1997年,第184页。

续 表

(一)不用典。	(一)不用典。	(一)须言之有物。	不做"言之无物"的文字。
(二)不用陈套语。	(二)不用陈套语。	(二)不摹仿古人	二,不做"无病呻吟"的文字。
(三)不讲对仗。	(三)不讲对仗。(文当废骈,诗当废律)	(三)须讲求文法。	三、不用典。
(四)不避俗字俗语(不嫌以白话作诗词。)	(四)不避俗字俗语(不嫌以白话作诗词。)	(四)不作无病之呻吟	四,不用套语烂调。
(五)须讲求文法(以上为形式的方面。)	(五)须讲求文法(以上为形式的方面。)	(五)务去滥调套语。	五,不重对偶:——文须废骈,诗须废律。
(六)不作无病之呻吟	(六)不作无病之呻吟	(六)不用典。	六,不做不合文法的文字
(七)不摹仿古人。	(七)不摹仿古人,语语须有个我在。	(七)不讲对仗。	七,不摹仿古人。
(八)须言之有物。(以上为精神[内容]的方面。)	(八)须言之有物。(以上为精神上之革命也。)	(八)不避俗字俗语	八,不避俗话俗字。

对"八事"次序的变更说明了胡适对"文学改良"的路径和步骤的不断思考。在正式刊登的《文学改良刍议》中把"言之有物"放在首位,并言之凿凿的说:"吾所谓'物',非古人所谓'文以载道'之说也","'物'包括情感和思想"。胡适不但提倡"言之有物",并认为近世文学衰落的重要原因就在于"言之无物"、"文胜质":"近世文人沾沾于声调字句之间,既无高远之思想,又无真挚之情感,文学

163

之衰微,此其大因也。此文胜质之害,所谓言之无物者是也"①。胡适强调"言之有物"和"文以载道"不是一回事,但是论证的方式是传统文学的"文"、"质"关系,所用的案例是《诗·大序》、庄周之文、陶渊明杜甫诗歌、辛弃疾词和施耐庵小说。这一论证方式、过程和结论都是非常谨慎的,远不及以西方文论为参照的"文学革命论"来的激进、彻底。

相较于陈独秀对"言之有物"的异议,钱玄同最欣赏、赞同"八事"中的"不用典",认为"足祛千年来腐臭文学之积弊",作为"应用文"的新文学应当"老老实实讲话"②。在为《尝试集》作序时,钱玄同以古文字学、音韵学的修养,再次伸张"言文一致"的道理:"古人造字的时候,语言和文字,必定完全一致。因为文字本来是语言的记号,嘴里说这个声音,手下写的就是表这个声音的记号,断没有手下写的记号,和嘴里说的声音不相同的。拿"六书"里的"转注"来一看,很可以证明这个道理"③。由此主张尽废文言,从历史和学理的角度论证文学发展的趋势。由此点明《尝试集》是"白话文学"大背景下、"文学改良八事"的价值风向标。胡适即认为钱序"把应该用白话做文章的道理,说的很痛快彻底"④。

无论是"文学改良八事"的不断修改、申明,还是《尝试集》此后的多次删改、修订,我们可以发现新文学家们正是通过不断的自我叙述,完成了从"开风气"到历史合法性的建立。对于散文范式的现代建立,不仅仅是针对传统散文范式的"解放",而且是处于特殊

---

① 胡适:《文学改良刍议》,原载《新青年》,1917年1月(第2卷第5号)。
② 钱玄同:《寄陈独秀》,原载《新青年》,1917年3月(第3卷第1号)。
③ 钱玄同:《〈尝试集〉序》,载胡适《尝试集》,北京:人民文学出版社,2000年,第125页。
④ 胡适:《〈尝试集〉自序》,载胡适《尝试集》,北京:人民文学出版社,2000年,第135页。

历史张力下,追寻现代化的一种历史冲动:态度上的"改良"、"实验",表达方式上的浅白清晰,语言形式上的废文言、倡白话,交织在一起构成了新文学散文文体的最初构想。

这一构想投影在现代散文从传统散文中脱茧、自新的过程中,是一个复杂的技术过程,在"自我生成"的历史进程中极力实现"清晰化"的功能。正因为此,新文学运动领袖会不遗余力地清除其中的历史遗迹。陈独秀以文学价值独立为立意,把韩愈至桐城派的"文统"、"道统"一概否定,敏锐地意识到"旧文学与旧道德,有相依为命之势"①,看到了中国文学与思想文化之间互为因果的整体性,要立新就要破旧,要矫枉就要过正,新文学的命运是和新思想、新文化紧密联系在一起的。陈独秀将散文驱逐出文学行列的三分法随着《新青年》影响力的扩散效应而日趋深远,新文学作品的传播、中高等教育"国文"课程的推广、新文学史的撰写等多种途径使得新文学的观念进一步落到实处。中国传统散文一统天下的局面迅速终结,在晚清以来一度繁荣的散文创作也迅速凋零,"散文"的范围不断缩小、边界也越来越收缩到"纯文学"的领域。这不仅是观念的问题,而且是现代散文"场域空间"的划分逻辑,由此现代散文的合法性才能浮出历史地表。

新文学的散文意识始终和思想的革新紧密联系在一起,这是"五四"诸君从一开始就具有的共识。胡适在留学归国之际就谈到"散文"的传播与接受的问题:"应该用一种'一箭双雕'的方法,把'思想'和'文学'同时并教。例如教散文,与其用欧文的《见闻杂记》,或阿狄生的《文报选录》,不如用赫胥黎的《进化杂论》。……教长篇的文字,与其教麦考来的《约翰生行状》,不如教弥尔的《群

---

① 陈独秀:《答张护兰》,原载《新青年》,1917年5月(第3卷第3号)。

己权界论》"①。将清季严复等人所译的西学名著视为散文范文和思想读本的结合,并强调思想与散文发展的一体性。

但是新文学对于散文的发展格局一直存有争议,到胡适1922年写《五十年来中国之文学》②时,更明确地反对陈独秀这种一刀切的做法,反对"纯文学"和"杂文学"的区分。对五十年来文学发展的讨论顺序依次是:散文、诗歌和小说。尤其是对1872—1922这五十年来散文嬗变的考察,占据了该文的大半篇幅,考察了曾国藩、吴汝纶、严复、林纾、梁启超、章太炎、章士钊、黄远庸、李大钊、高一涵等人的文风变异、社会影响等多方面,一直承接到"这五年以来白话文学的成绩",在该文最末用极少的一段文字简要介绍了新文学的成就,也确实由于时间太短、太近,可拿出来谈的实绩并不多,新文学成绩的论述顺序是:新诗、短篇小说、白话散文、戏剧和长篇小说。这个顺序既有胡适首倡新诗的得意;也有鲁迅《狂人日记》等短篇小说体现了新文学的实绩;还有胡适身体力行的、"显而易见"的长篇议论文的进步;更提到了周作人等小品散文打破"美文不能用白话"的迷信。

《建设的文学革命论》中,胡适不但继续坚持"言之有物",并把这个句式换为"不做'言之无物'的文字",换句话说就是文学必须"言之有物",进一步强化了散文的干预社会、介入时代的功能。与之相应的,郑振铎的《插图本中国文学史》(1932)也认为散文"包罗着被骂为野狐禅等等的政论文学,策士文学,与新闻文学之类"③。

---

① 胡适:《归国杂感》,载欧阳哲生编《胡适文集》,第二册,北京:北京大学出版社,1998年,第472页。

② 胡适:《五十年来中国之文学》,载欧阳哲生编《胡适文集》,第三册,北京:北京大学出版社,1998年,第200—264页。

③ 郑振铎:《插图本中国文学史》,北平:朴社出版社,1932年,第8页。

对之前界定的过于狭隘的"纯文学"视域中的散文做了进一步的扩充。的确,剔除了"道"、"物",以"辞章"、"艺术"为唯一目的时,知识分子也就丧失了干预社会的能力。当散文不再是"志于道、据于德、依于仁、游于艺"的书写实践、完全进入到"艺"的追求层面时,文学被边缘化的现代命运也就不可避免。

三、新文学散文文体的确立

散文以布道的面貌进入近代中国历史舞台,披上启蒙的战衣仓促上阵。对于散文的新旧、纯杂、文白等重要理论问题,不同立场者都自觉采用西方文学理论来进行辩驳。对以西方文明为现代表征的回应,挖掘本土文学中的非正统、异端资源进行创造性转换,立足于散文主体性的独立和自足,期待启蒙现代化与审美现代化之间获得圆满的平衡,构成散文理论现代发生期的主体特征。

从散文理论的现代发生期视角来审视1921年周作人的《美文》及此后的不断修正,对于新文学文体理论的探索,可视为自发生期以来的阶段性总结:

> 外国文学里有一种所谓论文,其中大约可以分为两类。一批评的,是学术性的。二记述的,是艺术性的,又称作美文。这里边可以分为叙事与抒情,但也很多两者夹杂的。这种美文似乎在英语国民里最为发达,如中国所熟知的爱迭生、兰姆、欧文、霍桑诸人都做有很好的美文,近时高尔斯威西、吉欣、契斯透顿也是美文的好手。读好的论文,如读散文诗,因为它实在是诗与散文中间的桥。中国古文里的序,记与说等,也可以说是美文的一类。但在现

代的国语文学里,还不曾见有这类文章,治新文学的人为什么不去试试呢?……它的条件,同一切文学作品一样,只是真实简明便好。我们可以看了外国的模范做去,但是须用自己的文句与思想,不可去模仿它们。①

首先"美文"原属于"论文",中国古文中的"序"、"记"、"说"就是这种"美文",由此可见,在周作人对散文的期许中,古今中外皆有"美文",周氏借西方文学的强势,虚晃一枪,真正去鼓吹的还是"自己的文句和思想"。从《美文》(1921)到《中国新文学的源流》(1932)的摸索,再到《中国新文学大系·散文一集》的总结,周作人对散文文体的命名有过"论文"、"美文"、"随笔"、"笔记"、"小品文"等。《秉烛后谈·自己所能做的》(1937)宣布"我自己想做的工作是写笔记",把自己的"小文"称为"笔记"、"读书随笔"②。在《〈立春以前〉后记》中干脆把自己的作品称为"杂文":"我写的文章也已不少,内容杂得可以,所以只得以杂文自居"③,并撰写《杂文的路》来强调"杂文"是指思想和语言的"杂",也就是形式和内容的无定格、无定势。

从"美文"(1921)到"杂文"(1945),作为现代文学散文最重要的作家、理论家,周作人对现代散文的体认经过了一个漫长的变迁。在文学史的评价中,《故乡的野菜》《北京的茶食》《苦雨》《乌篷

---

① 周作人:《美文》,本篇最初发表于1921年6月8日《晨报》副刊,署名"子严",初收《谈虎集》上册。载钟叔河编《周作人散文全集》第二册,桂林:广西师范大学出版社,2009年,第356页。

② 周作人:《自己所能做的》,1937年6月1日刊于《宇宙风》第42期,署名"知堂",收入《秉烛后谈》。载钟叔河编《周作人散文全集》第七册,桂林:广西师范大学出版社,2009年,第696页。

③ 周作人:《〈立春以前〉后记》,1945年2月,收入《立春以前》,载钟叔河编《周作人散文全集》,第九册,桂林:广西师范大学出版社,2009年,第458页。

船》等状物抒情的散文被视为标准的"美文",但这一类散文在"知堂文集"中所占的比例非常少。事实上周作人对"美文"的概念使用甚少,取而代之的是"小品文"的盛行一时。但是周氏散文所呈现出的庞杂和丰富又很难用"小品"二字涵盖。时事短评、学术札记、清儒笔记杂抄、民俗及儿童文学等泛文化批评、翻译与评论等"胜业"在1922年后基本成为定型了的周氏散文的主体。周作人在多年的浸润与摸索后,最终称自己和自己的作品是"杂家"的"杂文"。而鲁迅的"杂文"概念出现的更早:

> 近几年来,所谓"杂文"的产生,比先前多……读者也多起来……其实"杂文"也不是现在的新货色,是"古已有之"的,凡有文章,倘若分类,都有类可归,如果编年,那就只按作成的年月,不管文体,各种都杂在一起,于是成了"杂"。分类有益于揣摩文章,编年有利于明白时势,倘要知人论世,是非看编年的文集不可的……①

的确,"古已有之"的散文并没有在断裂中成为遗响,而是在中西碰撞中进行了复杂、艰难的现代转换,正如温儒敏所言:"'五四'一代新文学作者大都是新旧文明过渡期的'中间物',他们的个人素养虽各有不同,但又都共同地与传统文化保持千丝万缕的联系,不管他们理性上是否反传统、逐新潮,在深层文化心理和审美情趣上都往往是不自觉地倾向传统"②。正是在这一语境中,中国现代散文的发生期并不是走向"纯文学"话语下的状物抒情叙事,它所

---

① 鲁迅:《且介亭杂文·序言》,1935年,载《鲁迅全集》,第六卷,北京:人民文学出版社,2005年,第3页。
② 温儒敏:《中国现代文学批评史教程》,北京:北京大学出版社,1993年,第24页。

展现出的驳杂也正是散文的生机与活力之所在。以"纯文学"的状物抒情叙事、篇幅短小等限定"现代散文"的范畴,势必将其逼入局促狭隘的空间内。

第三章　现代散文发生期多元主题下的精神建构

一切历史都是精神史,现代散文的发生可以说是中华民族精神史转变的镜像。正如海德格尔所言:"艺术的本性是诗。而诗的本性却是真理的建立"[①]。这里的"诗"并不是指单纯意义上的诗歌,而是能够把我们带入澄明之境的诗性的"思"。现代散文的诞生是通过对传统散文的尖锐否定,对旧道德、旧思想、旧文化的激烈抨击中喷涌而出的,表现出循环往复的亢奋状态。相对于传统散文所追求的人与宇宙的和谐,现代散文的新生表现为对"新的美学"的渴求,无论是对旧道德、旧思想、旧文化的叛逆,对传统散文文体样式的批判,还是对新道德、新思想、新文化的呼吁,这些新生的现代散文表现出发生期特有的狂热、率真、躁动的气息,常有非此即彼的极端化断语,充满了少年崇拜式的情绪。从"人的觉醒"到"人的崛起",表现出散文主体的强烈意识。

散文作为中国传统文学的重要主体,一直彰显着民族文学的特色。日本学者吉川幸次郎的《中国文章论》开篇即言:"在中国人的意识里,做文章——即把想用语言表达出来的东西用文字写下

[①] 海德格尔:《诗·语言·思》,彭富春译,北京:文化艺术出版社,1991年,第70页。

来——是人间诸生活中最重要的事情","文章作为人格的直接象征,在中国人的生活中,至少在以往的生活中,占有着极其重要的位置"①。作为中华民族重要的精神书写,传统散文蕴涵了人自洽于宇宙、悠游于自然的和谐关系,表现出"顺世和乐"的静雅气度;现代散文则更突出"我"的独立自觉,时时以"我"的主体意识作为一切对话的原点,或独见主张、或争天抗俗,构成了现代散文书写实践的底色。具体表现为个体的"真"、"自由"、"自性"的舒展,诞生了"争天抗俗"的摩罗精神,在"伪士当去"的"求真"意识下产生了"儒侠"、"复仇"和"破脚骨"等精神品质。在此基础上,也产生了"我"与世界的对话,表现出"为我主义"、"独善的个人主义"和"健全的个人主义"的多元主体意识。同时,现代散文的发生期既汲汲于现代追寻之旅,又流露出犹疑情绪和反思能力。这也是20世纪艺术潮流的中心特征之一,大诗人帕斯曾说:"关键不在于传统准则——包括浪漫派、象征派和印象派的变种和分支——被新奇的文明与文化准则所取代,而在于对'另一种'美的寻求,这是一种打破文学连续性的质变"②。散文发生期的现代质变不只是书写风貌、传播载体、阅读和接受以及理论的变革,更有其"另一种"精神内核的寻求和出现。

---

① 王水照、吴鸿春:《日本学者中国文章学论著选》,上海:上海古籍出版社,1994年,第259页。
② 奥克塔维奥·帕斯:《诗歌与现代性:决裂与汇合》,载《批评的激情》,赵振江译,昆明:云南人民出版社,1995年,第32页。

第一节　现代散文发生期的多元主题

借助报刊等现代媒介的传播途径发展起来的现代散文将散文的创作、传播、接受和影响从书斋扩展到整个社会,从"阐教翼道"转变为社会启蒙,显现了现代散文发生期的主题是批判旧道德、旧思想、旧文化,激扬新道德、新思想、新文化的价值重估、文明再造,从根本上改变了散文的主题思想、写作面貌和社会功能。贾平凹曾言:"一部中国散文史,严格讲是一部个性存亡史,一部情之失复史"[①]。发生期的散文主题可谓题材广阔、内容庞杂,带着"国民关注,闻者足兴"的气息,"思想草稿"的瞬间情绪涌现,呈现出"百科全书"式的广阔而驳杂的时代主题。曹聚仁甚至这样评价"五四"文学运动:"由'五四'运动带来文学革命的大潮流……弥天满地,都是新的旗帜,白话文代替古文站在散文的壁垒中了。就当时的情况来看,与其说是文学革命,还不如说散文运动较为妥切。代表文学的,只有幼稚的新诗,幼稚的翻译,谈不上什么创作;其他盈篇累牍的都是议论文字"[②]。从晚清时期沸议政事,打破传统散文"圣人之道"的主题;到清末民初阶段论"政"的革命话语;再到"五四"时期"论"社会、"论"人生。散文的主题在不断扩大、延伸,人生意义、男女恋爱、婚姻家庭、经济组织、社会结构等工业文明话语全方位覆盖了散文的现代主题。

[①] 贾平凹:《新时期散文创作》,载《闲人》,北京:作家出版社,1993年,第230页。
[②] 曹聚仁:《现代中国散文——在复旦大学讲演》,载曹聚仁《笔端》,北京:三联书店,2010年,第34页。

一、批判旧道德、旧思想、旧文化

痛陈时代危局、批判传统意识,"破旧"与"立新"并举是现代散文发生期的核心主题。

首先是对政治时局、中国的世界命运的焦虑和忧愤。如命名了"中华民国"的《中华民国解》一文中,章太炎沉痛写道:"今见中国各族分离,而蒙回之程度又不足以自立一国,岂有不入蒙回之地以占领之乎?俄既入蒙回,英必入藏,法必人滇粤,而汉人之土地亦将不保,直以内部瓜分之原因,而得外部瓜分之结果矣。夫保全领土于欧人则何利?必其可取直取而代之耳。安用是煦煦孑孑者为耶?诚知地大物博,非须臾所能撮拾,四分五裂之余,兵连不解,则军实匮而内乱生,其言保全,非为人道亦所以自完耳"①。章太炎在《记印度西婆耆王纪念会事》《五无论》等文章中对"同种"、"白人"等各方的帝国主义的侵略行径,均予以无情的揭露和抨击。认为"始创自由平等于己国之人,即实施最不自由平等于他国之人"的殖民政治;"至于帝国主义,则寝食不妄者常在劫杀,虽磨牙吮血,赤地千里,而以为理所当然"②。在《排满平议》《复仇是非论》等文章中抨击满清政府的昏聩无能造成的民族危机;在《印度中兴之望》《支那印度联合之法》等一系列文章中表达了同情、支持和联合弱小民族的意愿、对帝国主义的反抗精神。另外,秋瑾的《普及同胞檄稿》《警告我同胞》《光复军起义檄文》号召民众积极参加推翻

---

① 章太炎:《中华民国解》,原载《民报》,第15号,载汤志钧编《章太炎全集》第四册,上海:上海人民出版社,1986年,第261页。
② 章太炎:《记印度西婆耆王纪念会事》、《五无论》,原载《民报》,第13号、第16号,载汤志钧编《章太炎全集》第四册,上海:上海人民出版社,1986年,第356—357、429—442页。

清王朝的统治。另有柳亚子的《中国灭亡小史》、邹容的《革命军》、陈天华的《警世钟》《猛回头》《国民必读》《最近之方针》《中国革命史论》等一系列慷慨激扬的散文。这一带着强烈批判色彩的社会、政治主题一直延续,如陈独秀的《两团政治》:

> 中国人,上自大总统,下至挑粪桶,没有人不怕督军团,这是人人都知道的了;但是外交团比督军团还要利害。列位看看,前几天督军团在北京何等威风!只因为外交团小小的一个劝告,都吓得各鸟兽散。什么国会的弹劾,什么总统的命令,有这样利害吗?这叫做"中国之两团政治!"①

陈独秀在《甲寅》上发表的《爱国心与自觉心》;《每周评论》上发表的《你护的什么法?》、《和平的根本障碍》、《希望各国干涉》、《莫做傀儡》、《何人的命令》》等杂文抨击了国家政治和局势的朽败。

第二,有意识地对中国文化、体制等传统做统摄性的整理和评价,是现代散文发生期的时代命题。在传统中国社会体制中,习惯把一切政体问题最终归因到文化与学术上,即所谓"学为政本"。这样一来,政治制度的建设也成了知识分子自觉承担的责任。康有为的代表作《新学伪经考》和《孔子改制考》,就是从这个思路出发,"托古改制",以学论政。康氏论著的目的是用重塑原典的方式为"维新"的合法性和必要性鸣锣开道。其他如梁启超的《古议考

---

① 陈独秀:《两团政治》,载《独秀文存》卷一,上海:上海亚东图书馆,1922年,第1页。

察》《中国专制政治史论》《论专制政体有害于君主而无一利》《开明专制论》《中国思想变迁论》《中国法理学发达史论》,等等。对神圣不可侵犯的经典发出了根本性的质疑。虽然康有为极力保皇、提倡孔教,与之后"五四"的"打倒孔家店"背道而驰。但是由他所生发的对原典的质疑,其归途恰恰是走向"打倒孔家店"的结局:"然既谓孔子创学派与诸子创学派,同一动机,同一目的,同一手段,则已夷孔子于诸子之列。所谓'别黑白定一尊'之观念全然解放,导人以比较的研究"[1]。在今天看来稀松平常的观念,确是"五四""前史"中撬动整个文化体制的杠杆。清末民初辩驳得津津有味的今、古文之争,将两千多年传统文化所积淀形成的庄严法相戳破、撕裂,不仅引发了打破传统偶像的风气,其非正统的议论直接导致了"五四"的疑古辨伪的思维方式的发生[2],正可谓"从来如此,便对么?"

值得注意的是,在传统中寻找解决时代危机的答案,而不是凭借、依赖、全盘接受西方理论的"拯救",正是发端于散文发生期阶段。章太严几乎完成和发表了他最重要的代表作:在《民报》上发表了《俱分进化论》《无神论》《中华民国解》《社会通诠商兑》《五无论》《四惑论》等论战文章(1906—1908)。在《国粹学报》上发表《诸子学略说》《文学论略》《论语言文字之学》《新方言》《庄子解诂》等学术文章(1906—1910)。多收录进《国故论衡》,另修订《訄书》、出版《小学答问》《新方言》。

"五四"的激进步伐不会继续纠缠、停滞于维新与革命的辩驳

---

[1] 梁启超:《清代学术概论》"二十三",上海:上海古籍出版社,1998年,第80页。
[2] 《新学伪经考》辨"伪书",《孔子改制考》辨"伪史",是新文化运动"古史辨"所标榜的两大主题,顾颉刚:《论辨伪丛刊分编分集书》,载《古史辨》第一册,上海:上海古籍出版社,1981年,第23页。

中,"疑古辨伪"从方法、手段,演变为近于虚无主义的目标。疾风暴雨式的文学革命,往往无暇冷静思考与"五四"接壤的这片文化遗产,就急促地做出激进判断,或以为是"高妙的幻想",无益当世;或以为"既离民众,渐入颓唐"。对同时期存在的质疑之声,更是"必不容反对者有讨论之余地"、"不容他人之匡正"。在启蒙救亡的挣扎下,中国文化经历了一场核反应堆似的裂变,新旧文化的重组、变化,使得文化承担者也有复杂的反应。所谓"恨暴秦者不一定思六国",在特定历史时刻为特定目标而聚合的观念、人物,自有其合理逻辑和历史阐释。

第三,揭露、批判了以"奴性"为代表的国民劣根性、旧道德对人的拘禁。梁启超在《新民丛报》第 1 期的"本刊告白"中说:"中国之所以不振,由于国民公德缺乏、智慧不开;故本报专对此病而药治之,务采中西道德为德育之方针,光罗政学原理以为智学之本原"。对中国封建社会的君臣、父子、夫妇、兄弟、朋友等伦理道德惟有"私德"、没有"公德",形成"束身寡过主义"的衰败形势。在《新民说》《国民十大元气论》《独立论》《中国积弱溯源论》等文章中,如"衣主人之衣,食主人之食,言主人之言,事主人之事。依赖之外无思想,服从之外无性质,谄媚之外无笑语,奔走之外无事业,伺候之外无精神"[①]。思想的禁锢导致国人"辩难之辞不敢出于口","怀疑之念不敢萌于心"。因而他大力呼吁"必取数前年横暴浑浊之政体,破碎而齑粉之,使数千万如虎如狼如蝗如螟如蜮如蛆之官吏,失其社鼠城狐之凭籍……必取数千年腐败柔媚之学说,廓清而辞辟之,使数百万如蠹鱼如鹦鹉如水母如畜犬之学子,毋得摇

[①] 梁启超:《中国积弱溯源论》,《饮冰室文集之五》,《饮冰室合集》第一册,北京:中华书局,1989 年,第 12 页。

笔弄舌舞文嚼字为民贼之后援"①。并在此基础上痛陈时局的危亡、守旧派的顽固与虚伪、科举的弊端、教育的失败;以及早婚的危害、裹脚的陋习等。这种横扫一切的主题意识,在陈独秀身上有极明显的体现。他的代表作之一《偶像破坏论》充满了反传统、反权威的决绝,颇有"上帝死了"的气势。《一九一六》对"三纲五常"的强烈谴责。当然,他的作品常缺少条分缕析的精密和理性。另有吴虞的《家庭苦趣》《说孝》《吃人与礼教》。鲁迅主张的破坏不是"寇盗"式和"奴才"式的破坏,对旧道德、旧文化应"扫荡这些食人者,掀掉这筵席,毁坏这厨房"。在《随感录三十六》中开眼"于是乎中国人失了世界,却暂时仍要在这世界上住!——这便是我的大恐惧"②。对国民劣根性的批判成为"五四"文学的重要母题。

二、激扬新道德、新思想、新文化

"非变不足以图强"的变革意识,早在梁启超的《变法通议》中就已显现。深入打破了传统的"天不变道亦不变"的观念,指出"法者天下之公器也,变者天下之公理也。大地即通,万国蒸蒸,日趋于上,大势相迫,非可阙制。变亦变,不变亦变。变而变者,变之权操诸己,可以保国,可以保种,可以保教。不变而变者,变之权让诸人,束缚之,驰骤之"③。变革成为现代民族想象的重要途径。

首先,在变革以图强的基础上涌现一系列的突破传统意识的现

---

① 梁启超:《新民说》,《饮冰室专集之四》,《饮冰室合集》第六册,北京:中华书局,1989年,第1页。
② 鲁迅:《随感录·三十六》,载《鲁迅全集》第一卷,北京:人民文学出版社,2005年,第307页。
③ 梁启超:《变法通议·论不变法之害》,载《饮冰室文集之一》,《饮冰室合集》第一册,北京:中华书局,1989年,第2页。

代主题。尤其是通过向西方学习的途径探索,生发了一系列介绍西方社会政治学说、价值观念、伦理思想的政论散文。如梁启超在日本期间,通过《清议报》、《新民丛报》发表的《亚里士多德之政治学说》《卢梭学案》《法理学家孟德斯鸠之学说》《政治家伯伦知理之学说》《乐利主义泰斗边沁之学说》等等,广泛传播西方近代资产阶级国家的法理学说。再如胡适的《易卜生主义》《贞操问题》《我对于丧礼的改革》《新思潮的意义》《非个人主义的新生活》,等等。

第二,强调用"科学"与"理性"的方式重估价值、再造文明。如梁启超的《科学精神与东西方文化》《人生与科学》《改用太阳历刍议》。柳亚子的《民权主义,民族主义》。李大钊的《史学思想史》《论人种》《土地与农民》等。

对价值重估时,胡适认为两千年来的中国文化也就《文心雕龙》《史通》《文史通义》等七八部书称得上是"著作",其中包括章太炎的《国故论衡》,他赞许该书"古文学功夫很深,他又是很富于思想与组织力的,故他的著作在内容与形式两方面都能成'一家言'。"但是胡适的肯定,目的在于强调"历史的终结":"他的成绩只够替古文学做一个很光荣的下场","我们不能不说他及身而绝了"。此时的北京大学等诸多高等学府执教鞭者、在新文学家群体中,异常活跃者多有章氏门生,是否真的"及身而绝"尚未分明。胡适大力表彰章太炎的学问,显然是意图将新文学与传统划清界限,截断横流地树立"文学革命"的独立话语系统。但个人意志和实际情况是否能完全一致,又是另一种情况了。

就胡适本人而言,其治学途径一开始就是考据的方向,在留美的国文考试中以考证"规"、"矩"的出现先后顺序得了满分。在留美期间发表的学术文章如《诗三百篇言字解》《尔汝篇》《吾我篇》《诸子不出于王宫论》等,都是考据文章,构成了《中国哲学史大纲》

的雏形。章太炎的《新方言》《检论》是他留学期间最常用的参考书之一①。其中《诸子不出王宫论》是专为驳章太炎所作,"向国学界最高权威正面挑战的第一声"②。胡适"暴得大名"固然源于文学革命,但他能进北京大学任职,主要还是靠考据学问③。胡适所发起的"整理国故运动"④,"国故"二字也是来自章太炎的《国故论衡》。

经章太严改造后的朴学考证正好与现代学术的"实证方法"、"科学态度"不谋而合;将六经文献化,提升诸子学的地位,也与"五四""打倒孔家店"的思想暗合。章氏对及门弟子钱玄同、周氏兄弟等人的影响自不待言,对于整个"五四"的质疑精神提供了极大的文化资本和学术资源。用当时的北大学生毛子水的话说:"当时北京大学文史科学学生读书的风气,受章太炎先生学说的影响很大",并以在当时在北大学生中极有威望的傅斯年为例,"傅(孟真)先生最初亦是崇信章氏的一人"⑤。"五四"时代的影响不可能化约在这一些重要人物身上,但从他们的问学之路、由文学理念所生发的文学革命的方案来看,新旧转换之际的千丝万缕的关系仍有待进一步挖掘。

第三,在大力引荐西方学说观点的基础上,对本国的国民性建

---

① 曹伯言:《胡适留美日记》,民国六年四月日记中,胡适所开列了作为治学典范的七本书,章氏的《国故论衡》是作为俞樾之后的学术代表作。见曹伯言《胡适日记全编》,合肥:安徽教育出版社,2001年,第962、1012、1065、1119页。

② 余英时:《中国近代思想史上的胡适》,载《现代危机与思想人物》,北京:三联书店,2005年,第152页。

③ 胡颂平:《胡适之先生年谱长编初稿》,载据胡适晚年回忆,蔡元培是看到《诗三百篇言字解》后,聘他到北大教书的。台北:联经出版公司,1984年,第291页。

④ 顾颉刚:《古史辨·自序》,胡适是以《国故论衡》作为起点,发起"整理国故运动"的。关于这个师承关系,顾颉刚直言:"整理国故的呼声,倡始于太严先生,而上轨道的进行,则发轫于适之先生的具体计划。"见《古史辨》第一册,上海:上海古籍出版社,1981年,第78页。

⑤ 毛子水:《傅孟真先生传略》,载《师友记》,台北:传记文学出版社,1978年,第92页。

设问题提出了诸多意见。以"新民"为核心要义的"广民智、振民气"、"厉国耻"①主张喷薄而出。梁启超在《新民说》中强调"以新道德易民",认为国人缺乏"公德":"公德之大目的,既在利群,而万千条理即由是生焉"②。"我国民所最缺者,公德其一端也。公德者何?人群之所以为群,国家之所以为国,赖此德焉以成立者也"。

从"新民"开始,开启了现代公民责任意识的肇端。"人生与天地之间,各有责任。知责任者大丈夫之始也,行责任者大丈夫之终也"③。爱国不再仅是士大夫的情怀,更是一种公众责任。"群之于人也,国家之于国民也,其恩与父母同。盖无群无国,则无性命财产无所托,智慧能力无所附,而此身将不可以一日利于天地。故报群报国之义务,有血气者所同具也"④。指责对国家丧失信心、不负责任的"旁观者"、"看客"在历史转折关头只会在一旁指手画脚,"事之成也,则曰竖子成名;事之败也,则曰吾早料及。彼辈常自立于无可指责之地,何也?不办事,故无可指责;旁观,亦无可指责"⑤。一直到《新青年》、《每周评论》上持续不断对青年提出的使命意识。

第四,在诸多西方的观念学说中,"自由"一词有深刻丰富的哲学、政治学、社会学和法学的内涵。梁启超对"自由"的热衷和鼓

---

① 梁启超:《清议报一百册祝辞并论报馆之责任及本馆之经历》,载《饮冰室文集之六》,《饮冰室合集》第一册,北京:中华书局,1989年,第47页。
② 梁启超:《新民说·论公德》,载《饮冰室专集之四》,《饮冰室合集》第五册.北京:中华书局,1989年,第12页。
③ 梁启超:《呵旁观者文》,载《饮冰室文集之五》,《饮冰室合集》第一册,北京:中华书局,1989年,第69页。
④ 梁启超:《新民说·论公德》,载《饮冰室专集之四》,《饮冰室合集》第六册,北京:中华书局,1989年,第12页。
⑤ 梁启超:《呵旁观者文》,载《饮冰室文集之五》,《饮冰室合集》第一册,北京:中华书局,1989年,第69页。

吹,不同于严复以文化思想"搬运工"①的方式"呈现"异域文化的特质;而是将"自由"定性为普遍真理和世界公理,追认其为"物竞天择"的起跑线:人人"竞"自由,国国"争"自由,故而"放弃自由"是国家与个人溃败的"罪魁"。梁氏在给康有为的私人长信中,更多的体察到"自由"是"自治"与"自主",是不受"压制"和"束缚",是公民权利的基础②。而在公开发表的文章《放弃自由之罪》、《精神教育者:自由教育也》中,更强调"自由"的不可放弃的责任和义务;也是拯救国家的良方:"自由是也,自由者,精神发生之原力也。"

"自由"的意义早已溢出散文文体范畴,但无疑是冲溃了阐教翼道的古体散文最后的防线,传统散文尤其是桐城文家对主题思想的限定、对书写形式的严苛要求,都在"自由"这一主题思想下被解构。即使是传统散文中以个性、风骨、趣味见长的魏晋文、晚明

---

① 严复:《论世变之亟》(1895年)一文介绍了自由原则对西方立国的重要性,而中国文化"夫自由一言,真中国历古圣贤之所深畏,而从未尝立以为教者也",认为这是中西方最根本的差异。严复的这篇《论世变之亟》多被史家认为是最早引入"自由"概念的著作,既是振聋发聩的名篇;也是严复本人以言论进入中国思想史和文化史的首篇文章。但将镜头推入历史景深处,该文刊登于《直报》1895年2月4日至5日,《直报》创刊时间是同年1月26日,是天津的一份地方报纸,由德国人资助兴办。创刊之初,报纸的销量和影响力都非常有限。而在北洋水师学堂任职的严复,已蛰居天津15年,留英经历和良好的中英文素养使他的文章一出手就卓尔不凡。但严复当时的声名毕竟有限,《天演论》要到三年后才正式发表。在历史横截面中,严氏与《直报》对现代思想"自由"的解读,虽先得风气,但任何文本只有通过读者才具有意义,故尚未能立即获得历史在场的关注和认同。相比较而言,写作《饮冰室自由书》(1899年)的梁启超,已完成下列"立言"与"事功":任《时务报》主笔、撰《变法通议》的警世名篇、因变法败而亡日本等诸多社会、政治、文化活动。其人已名满天下、文震士林,积聚了足够的文化资本和象征资本。

② 梁启超:《致南海夫子大人书》,光绪二十六年四月一日(1900年)载丁文江、赵丰田《梁启超年谱长编》,上海:上海人民出版社,1983年,第234—238页。梁在给康的私人信件中,强调"自由"是一种"民权",即法国大革命所揭橥的"天赋人权",这也是康梁的分歧所在。康氏直言可开民智,但不可言民权,以法国大革命的激进与惨烈为反面教材,并认为这是梁启超在日本沾染的坏风气。梁氏首先澄清日本以及他本人对法国大革命的态度:日本是非常抵触法国大革命的;而梁氏本人则有同情和敬佩,认为整个欧洲民权的胜利都源自大革命。坚持认为"民权"、"自由"是最基本的人权。行文宛转恳切,自责自疚,一再回护康有为的师长尊严。

文等,仍在中国儒墨道法等大文化传统中的话语格局中。而"自由"观的引入不仅在文法、句法等行文上可以恣意书写,更在主题内容与思想观念上以西方思想文化为其主旨。比如世人常诟病梁公"纵笔不加检束"的杂芜,但其所"纵"的不仅是字数的不加限定、行文的汪洋恣意;更是从传统藩篱中刚刚跳脱出来的呼啸与驰骋,如脱缰野马、如冲决后的洪流。"自由"让心灵得到解放,才会有现代散文发生期的思想和语言的狂欢。郁达夫认为新文学运动最大成功在于"个人的发现",现代散文最大的特征是表现"个性",最重要的内容是寻到"散文的心"。笔者以为,惟有从"自由"出发,才能寻到"个人"、"个性"的航标。

第五,"平等"观的多元话语。自卢梭的《民约论》从日本引介入中国后,梁启超通过《卢梭学案》《论学术势力之左右世界》等文章大力宣扬鼓吹天赋人权和自由平等的观点。辛亥前后章士钊和严复从不同的政治立场和理论视角度辩驳了"平等"的观点①。在诸多对"平等"的认识中,章太炎的"平等"观显得卓尔不群,不是简单化约为"众生平等",而是承认、强调"差异"的前提下的"平等"。标示了现代散文发生期思想探索、精神质询的深刻轨迹。

章太炎《齐物论释》的思想核心是"不齐为齐"的万物平等观。在出入三教、比度中西的过程中,章太炎选择以佛学的法相宗解释"齐物论"作为自己思想体系的内核。以法相宗的"观自他一切平等"来诠释、汇通庄子的"齐物论",这也构成了章氏诸多复杂思想

---

① 章士钊:《读严几道〈民约平议〉》,针对严复对卢梭人权思想的指责,作出了严正的驳斥。严复的《民约评议》发表于梁启超所办的《庸言》杂志上,结合辛亥革命前的严复的《政治讲义》系统的批驳了卢梭的人权思想。章士钊首先承认历史上不存在自然状态的民约,并指出严复的指责是"无的放矢",章氏用进化论的观点对民约作出解释。《甲寅》创刊号,1914 年 5 月。见《章士钊文集》第三卷,上海:上海文汇出版社 2000 年,第 19—37 页。

的基石。章氏的《齐物论释》开宗明义：

> 齐物者，一往平等之谈，详其实义，非独等视有情，无所优劣，盖离言说相，离名字相，离心缘相，毕竟平等，乃合《齐物》之义。次即《般若》所云，字平等性，语平等性也。其文皆破名家之执，而亦兼空间相，如是乃得荡然无阂。[①]

章太炎强调不可使用一种标准取代万物的差异性，这不是因为慈悲心而对万物一视同仁，是根本上承认万物差异性的合法合理，差异性本身就是唯一的本体存在。由此，章太炎认为黑格尔的"事事皆合理，物物皆美善"无法与"齐物"相提并论。前者的终局目的是"齐"，后者"以人心不同，难为齐概"[②]。

"齐物"将人纳入到万物系统中，将"差异"视为平等的前提。汪晖以为章太炎对"齐物"的解释是对"平等"的解释："摆脱'言说

[①] 章太炎：《齐物论释》，载汤志钧编《章太炎全集》第六册，上海：上海人民出版社，1986年，第4页。《齐物论释（定本）》中此段略有出入，最后一句是"其文皆破名家之执，而即泯绝人法，兼空间相，如是乃得荡然无阂"，汤志钧：《章太炎全集》第六册，上海：上海人民出版社，1986年，第61页。

[②] 章太炎：《四惑论》，载汤志钧编《章太炎全集》第四册，上海：上海人民出版社，1986年，第443—457页。在写就《齐物论释》的这一年，章太炎在《教育今语杂志》上发表了带有国学"通史"气息的白话文章《中国文化的根源和近代学术的发达》，以老子作为中国哲学的起源，赞许老子"发明哲理"，"不信天帝鬼神与占验"。紧接着谈到"庄子"，可作为"齐物论释"的现代语言解读："庄子出来，就越发骏逸了。以前论理论事，都大不质验，老子是史官出身，所以专讲质验。以前看古来的帝王，都是圣人，老子看得穿他有私心。以前看万物都有个统系，老子看得出万物没有统系。及到庄子《齐物论》出来，真是件件看成平等。照这个法子做出去，就世界万物各得自在。……若人人解得老子的意，又把现在的人情参看参看，凭你盖世英雄，都不能牢笼得人。惟有平凡人倒可以成就一点事业。这就是世界合理大明的时候了。"章太炎：《中国文化的根源和近代学术的发达》，《教育今语杂志》第一册，1910年3月10日。收录于吴齐仁：《章太炎的白话文》，上海：泰东印书局1921年版影印本，第42—44页。

相'、'名字相'、'心缘相'亦即摆脱各种关于世界也关于我们自身的幻觉(或再现体系),这就是我所谓认识论的革命"[1]。由这个思路生发出去,章太炎非常警惕儒家的"已所不欲,勿施于人"的理念,它反过来就可以说"已所欲,施于人"。

这一承认"差别"下的"平等"主题在"五四"初期得到进一步的加强,演化为民众意识的提升、人道主义观念的传播。如李大钊的《黄昏时候的哭声》发出了"一家饱暖千家哭"的感慨。在《面包问题》中写道:"什么爱国咧,什么共和咧,什么改良咧,什么社会改造咧,口头上的话你们只管去说,吾侪小民,只是吃饭要紧"[2]。众生平等、男女平等观点在"五四"时期蔚为大观,如李大钊的《庶民的胜利》、蔡元培的《贫儿院与贫儿教育的关系》、陈独秀《欧洲七女杰》等,这些充满"与社会生活相呼应"[3]的杂感,反映了平等、博爱的精神。

第六,憧憬未来的"青春"和"希望"主题。如梁启超的《少年中国说》《说希望》;陈独秀的《敬告青年》;李大钊的《青春》《今》《今与古》(其一、其二)《新的!旧的!》《现在与将来》《时》《青年和老人》;高一涵的《共和国家和青年之自觉》;高语罕的《青年与国家之前途》《青年之敌》。无一例外地以"导师"形象"敬告青年"、"寄语青年"、"泣告青年"。大量对青年的寄语,重点不在"青春"本身,而是将个体"青春"和民族复兴重叠在一起,把民族、国家的复兴希望都寄托在青年身上,认为青年没有太多的传统积习,可以通过"辟

---

[1] 汪晖:《再问"什么的平等"?——齐物平等与"跨体系社会"》(下),载《文化纵横》,2011年12月刊。
[2] 李大钊:《面包问题》,《新生活》第8期。见《李大钊文集》(上),北京:人民出版社1984年,第614页。
[3] 李大钊:《俄罗斯文学与革命》,见《李大钊文集》(上),北京:人民出版社1984年,第581—582页。

人荒"的方式建构民族想象,凸显了"五四"一代视青年作为未来"国民"主体的强烈主观愿望。

第七,提倡新文明、新文化,如主张兴办新式学堂、女学、重幼教、办师范、译西书等。如孙中山的《中国的现代和未来》《三民主义与中国前途》《孙文学说》等融论辩与抒情与一体,经纬成文,气势纵横。朱执信的《论满洲虽欲立宪而不能》《开明专制》《神圣不可侵与偶像打破》《恢复秩序与创造秩序》。如秋瑾的《警告姊妹们》:"我的最亲爱的诸位姊妹呀,我虽是个没有大学问的人,却是个最热心去爱国、爱同胞的人。……唉!二万万的男子,是入了文明的新世界;我的二万万女同胞,还依然黑暗沉沦在十八层地域,一层也不想爬上来"[1]。周作人也曾以"吴萍云"为笔名发表《论不宜以花字为女子之代名词》批判女子"唯色足称"、"自认为玩具,日驰情于粉黛罗纨,断送其有用之光阴,造成一种不可思议之恶状,以博男子之欢笑"的文化陋习,鼓励"20世纪之女子,不尚妍丽,尚豪侠;不忧粗豪,而忧文弱"[2]。其他如柳亚子的《哀女界》《论女界之前途》等文章。

此外,此时出现了文艺类主题,如人物、山川、风情、民俗、自然等。如"传记"类如梁启超的《谭嗣同传》《三先生传》《祭六君子文》《罗兰夫人传》《意大利建国三杰传》,柳亚子的《呜呼吴范二烈士》《丹徒赵君传》《陈烈士勒生传》《吴江志士陶亚魂小传》《鉴湖女侠秋君墓碑》《周实丹烈士传》,章太炎的《赠大将军邹君墓表》(邹容),孙中山的《伦敦被难记》《黄花岗七十二烈士墓碑序》。另外黄

---

[1] 秋瑾:《警告姊妹们》,载《秋瑾集》,上海:上海古籍出版社1960年,第13—15页。
[2] 周作人:《论不宜以花字为女子之代名词》,原署名"吴萍云",《女子世界》第5期,1904年6月。见张菊香、张铁英编《周作人年谱》,天津:天津人民出版社2000年,第56页。

小配的《五月风声》记录了"辛亥革命"的前后,颇有"报告文学"的雏形。黄远生的《最近之秘密政闻》《弹劾案与新内阁》《枯窘可怜之政争》《借款里面之秘密》《外交总长宅中之茶会》等,通过记载翔实、脉络清晰的"通讯"报道,展示了民国初年的历史景象。"游记"类如梁启超的《夏威夷游记》《欧游心影录》,李大钊的《游碣石山杂记》《五峰游记》,胡适的《归国杂感》等。以及对这种文化、社会现象的"杂感",如胡适的《新生活》《差不多先生传》,刘半农的《"作揖主义"》,钱玄同的《随感录五一》对庸医的嘲弄。

破旧与立新是现代散文发生期多元主题的一体两面,它反映了这一时期的时代话题和知识分子的"介入"意识。正如萨义德所指出的,知识分子有着形而上的热情,受到正义与真理的感召,始终处于反抗不完美与权威的辩难中,始终带着雄辩、勇敢甚至愤怒的情绪:"知识分子的代表是在行动本身,依赖的是一种意识,一种怀疑、投注、不断献身于理性探究和道德判断的意识;……知道如何善用语言,知道何时以语言介入,是知识分子行动的两个必要特色"[①]。散文是知识分子思想最直接的文本载体,是其捍卫道德良知、精神超然独立的话语体现。精神属于内宇宙、内自然的范畴,追求自由、反抗束缚。散文是知识分子意志和创造力的凝聚,是作家整体人格和心灵的再现。

第二节 "争天抗俗"的"摩罗"精神

散文是精神解放的产物,是人类精神生命最直接的语言文学

---

① 爱德华·W.萨义德:《知识分子论》,单德兴译,北京:三联书店2002年,第23页。

形式。1907年留学日本的鲁迅写下了著名的《摩罗诗力说》,满怀激情地描述了被称为"摩罗诗派"的人们:

> 摩罗之言,假自天竺,此云天魔,欧人谓之撒旦,人本以目裴伦(G. Byron)。今则举一切诗人中,凡立意在反抗,指归在动作,而为世所不甚愉悦者悉入之……凡是群人,外状至异,各禀自国之特色,发为光华;而要其大归,则趣于一:大都不为顺世和乐之音,动吭一呼,闻者兴起,争天抗俗,而精神复深感后世人心,绵延至于无已。①

鲁迅在文学史的检索中,寻觅一种"立意在反抗,旨归在动作"的精神,这种以鲁迅为代表的不为顺世和乐之音、争天抗俗的"摩罗"精神,是中国现代文学的重要标杆,也是现代散文精神的重要内核。在对这一精神力量的溯源中,可以发现传统中的异端,可以发现无法根绝的门派与学派之争;可以从"颓丧的探索极限"里找到扬弃和解放。可以看到桐城文家谨慎和奋进;可以感受到梁启超的乐观和炽热;还有章太炎式的以生命践行学问理想、强烈"介入"世界的追问和质疑。这些新文学发生期颇具现代的精神资源,绝不仅仅是思想的启示、文学趣味的选择,更有人格精神的召唤,催生了现代中国史上第一批"精神界的战士",也就是中国文化的"摩罗"们。1990年获得诺贝尔文学奖的墨西哥诗人、散文家奥克塔维奥·帕斯在获奖感言上留下一段恳切的散文声音:"在传统与现代之间有一座桥梁。传统过如果孤立地存在,会僵化;现代如果孤立的存在,会挥发。二者如果融为一体,那么一个就会赋予另一

---

① 鲁迅:《摩罗诗力说》,载《鲁迅全集》第一卷,北京:人民文学出版社,2005年,第66页。

个以获利,而后者则会给它以重量和地心引力作为回报。决裂变成了和解"[1]。正是这种精神的贯穿、赓续,构成了中国现代文学重要的"精神谱系"。

从以章太炎为代表的对传统异端的挖掘,到钱玄同的"疑古玄同"、周氏兄弟对古小说、笔记、魏晋文学、晚明散文的再三致意,再到胡适发起的"整理国故"运动,重构中国的知识谱系。中国现代知识分子的精神建构绝不只是考证分析和理论建设,而是基于为故国招魂的梦想,在生命困厄、家国忧患中深刻的反思和领悟,具有强烈的生命体验,是将自身的生命精神形态全部献身于理性探究和道德判断的意识中。"复古"无法概括"摩罗"们对传统文化的重新审思;"国故"无法涵盖其对西学、新学的汲取和内化;"国故"与"欧化"并驾齐驱的思维方式也无法收纳尽他们改造朴学、重构传统、回应时代的奇异光芒。

郁达夫曾言:"'五四'运动的最大的成功,第一要算'个人'的发现"。"现代散文之最大特征,是每一个作家的每一篇散文里所表现的个性,比从前的任何散文都来得要强"[2]。个性的觉醒使得散文焕发了它前所未有的活力,文学不再以整体的形态显示力量,而是"王纲解纽"时代中,"个人的文学之尖端"。鲁迅更进一步认为不可消极坐等"王纲解纽",也不可为追逐"雍容"、"漂亮"、"缜密"的形式而放弃"挣扎和战斗"。鲁迅一生都以个性张扬作为创作的出发点。二周对散文精神的理解虽有差异,但都指向了"个性"、"自心"。这个"自"不是肉身的自我,而是指自由意志与独立

---

[1] 奥克塔维奥·帕斯:《寻找现在》,载《最充满智慧的诺贝尔获奖演说》,彭发胜编译,北京:中国对外翻译出版社,2009年,第190页。

[2] 郁达夫:《〈中国新文学大系·散文二集〉导言》,上海:上海良友图书印刷公司,1935年,第5页。

人格,也就是忠于自己的内心、孜孜以思,不懈地追求真理。这一"自心"、"自性"的意识源自其师章太炎,章氏将尼采的"超人"意识和王阳明的"心学"结合起来,形成了独特的"自心"说:"然所谓我见者,是自信,而非利己,犹有厚自尊贵之风,尼采所谓超人,庶几相近,排除生死,旁若无人,布衣麻鞋,径行独往"[①]。鲁迅也在此期间写就了《文化偏至论》,四次提到尼采的"超人"精神,强调这样的迥异于"庸众"的"大士天才",对抗"众数"。这一精神维度的形成不仅是吸纳西学的结果,更是在上下求索之中形成的思想原点,成为"五四"一代的集体无意识。

章太炎在考辨儒学、佛教、基督教、西方哲学等古今中外的诸多学说中,建立了"自贵其心"、"依自不依他"的现代"心学"体系。以"自心"、"自性"等源自佛学的概念,作为其思想体系的立论点。鼓吹佛教的华严宗、法相宗能够激发革命者的无畏精神,挽救民族渴慕物质、沦丧道德的时弊。尽管"自心"、"自性"有着强烈的宗教背景,但是章太炎的出发点和目的是以"以宗教发起信心,增进国民道德",建立一种纯净执著的信念意识和强烈深刻的个体意识。也正是基于此,在《俱分进化论》《四惑论》《齐物论释》等系列文章中,章太炎对公理、进化、唯物等观念一一产生了出自"自心"的质疑,批判了黑格尔的宇宙目的论,认为善、恶、苦、乐的进化是同步的,善在进化,恶也同步。进化论被指认为唯一历史合法模式后,个体的差别必然泯灭在单一的强势话语中。批驳了公理、专制、进化、自然"四惑"对个体的压制。这一系列的质询与西方社会对现代化的反思不谋而合,也确立了章太炎的民族独立、个人自主的精

[①] 章太炎:《答铁铮》,载汤志钧编《章太炎全集》第四册,上海:上海人民出版社,1986年,第374—375页。

神要求,并形成了去伪存真、峭拔冷隽的精神气质。

　　章太炎的精神气质和思维理数在二周、钱玄同等弟子身上均有深远的映射。中国现代文学始终瞩目于现实社会,但以鲁迅为代表的写作中,任何表达须返求"自心"、独立体验,方可再去验证外部世界;以周作人为代表的文章中,文学也以"自心"、"自己的园地"为旨趣。这种去伪存真、回真回俗的意志与情怀,孕育了现代散文的精神品格和审美趣味。

一、"伪士当去,迷信可存"

　　知识分子身上应体现一种"真"的精神,要勇于对现实和历史发出自己的声音。质疑精神、思考能力和独立人格是现代知识分子可贵的精神品质。诚如罗曼·罗兰在《精神独立宣言》所言:"起来! 让我们把精神从这些妥协、这些可耻的联盟以及这些变相的奴役中解放出来! 精神不是任何人的仆从。我们才是精神的仆从。我们生存着是为了传播它的光明、捍卫它的光明,把人类一切迷途的人们集合在它周围"[1]。精神的独立、自由是中国现代知识分子的徽记,是现代散文文体自觉的标志。

　　在对西方思想的考辨、接受中,鲁迅从"自心"、"自性"的自我意识出发,警惕于"伪士"对民族性的戕害。所谓"伪士",没有"确固之崇信","难见真的人",是"四千年履历"固化的虚文、伪饰。伪士既可在传统文化中卑怯阴柔,巧滑于利禄、粉饰于太平;也可在西方强势话语中无原则无底线的服膺于西方强权,甚至曲意迎合,

---

[1] 罗曼·罗兰:《精神独立宣言》,该文在《新青年》第7卷第1号上发表(1919年12月)。见《罗曼·罗兰文钞》,孙梁译,桂林:广西师范大学出版社,2004年,第120页。

正所谓"望进化者,其迷与求神仙无异"①。更难期望"伪士"能够以自由精神展开想象力和创造力,产生探索真理的动力和源泉。在《破恶声论》中,鲁迅认为"伪士"缺少古民那种体验神话、诗歌的"神思":"审谛万物,若无不有灵觉妙义焉。此即诗歌也,即美妙也,今世灵通神閟之士之归也"②。这一"神思"也是鲁迅所认为的西人探索科学真理的"源泉"。

鲁迅在留日期间作的《科学史教篇》《文化偏至论》和未完成的《破恶声论》中追问科学、人生、文化的溯源,批判诸多"拿来"的武事、兵事、兴业、立宪等救国论是舍本逐末,"眩惑"而失去根本,无法启发"性灵",呼唤"伪士当去,迷信可存,今日之急也"。不仅在遣词造句上与其师亦步亦趋,更在观念上保持一致。在鲁迅看来,"言非同西方之理弗道,事非合西方之术弗行,掊击旧物,惟恐不力,曰将以革前谬而图富强也"③。在梳理西方科学发展脉络时,鲁迅认为"知识"、"技术"并非科学首义:"该使举世惟知识之崇,人生必大归于枯寂,如是既久,则美上之感情漓,明敏之思想失,所谓科学,亦同趣于无有矣"④,对未知世界的探索精神才是科学的"真源"。基于此,鲁迅更看重"理想"、"灵感"等自由而不懈的精神对人类社会的推动作用。

鲁迅所质疑、所批判的是国人所理解、崇尚的物质文明。物质和众数虽然是19世纪西方文明的特质,但其发展的背景是西方社会抵抗帝制、教权而生成的另一种"偏至",并不能涵盖整个现代文

---

① 章太炎:《五无论》,1907年9月,载汤志钧编《章太炎全集》第四册,上海:上海人民出版社,1985年,第442页。
② 鲁迅:《破恶声论》,载《鲁迅全集》第八卷,北京:人民文学出版社,2005年,第25页。
③ 鲁迅:《文化偏至论》,载《鲁迅全集》第一卷,北京:人民文学出版社,2005年,第56页。
④ 鲁迅:《科学史教篇》,载《鲁迅全集》第一卷,北京:人民文学出版社,2005年,第35页。

明的根本。诚如亨廷顿对恒定、标准化价值观的质疑:"如果人们在历史上共有少数基本的价值和体制,这可能解释人类行为的某些永恒的东西,但却不能阐明或解释人类行为的变化所构成的历史"①。鲁迅警示国人若仅仅效仿、复制物质和众数的救国之路,必然带来信仰、理性的沦丧;所谓文明与发展,也就是无源之水、无本之木。因此鲁迅对现代的追求更看重精神内核,召唤西方的独立主体精神与本民族的"自心"相接洽,从而"外之既不后于世界之思潮,内之仍弗失固有之血脉"②。鲁迅把立国的根基放在"尊个性而张精神"的立人上,明确认定了主观精神"掊物质而张灵明"、"主观之心灵界"是在客观物质之上的。这种诞育了远古神话与宗教的朴素"神思",葆有着民族珍贵的生机和活力。《摩罗诗力说》中即赞成尼采所言的文明孕育于野蛮的观念:"盖文明之朕,故孕于蛮荒,野人狉獉其形,而隐曜即伏于内"③。正因为鲁迅神往这一朴素真实、生气勃勃的"灵明",才会和章太炎一样对正统文化对人的拘禁、奴化表示强烈的抗议,对旺盛的原始生命力投下青睐的一瞥。伊藤虎丸认为鲁迅更看重宗教所独有的精神纯度:"他比起既成的'教义',更重视作为产生宗教的人类的精神态度的'信仰'"④。这种信仰并不依傍于别邦或权威,而是来自"自心"、"自性",是一种心灵的真实状态。其途径是通过西方的镜像反观国人的"自心"、"自性",看到了包括启蒙者自身在内的诸多民族劣根性。

在新文化运动初期鲁迅自称"听将令"地写下自称要与时弊偕亡的杂文,如在《随感录·四十九》中写道:"进化的途中总须新陈

---

① 缪塞尔·亨廷顿:《文明的冲突与世界秩序的重建》,周琪等译,北京:新华出版社,1998年,第43页。
② 鲁迅:《文化偏至论》,载《鲁迅全集》第一卷,北京:人民文学出版社,2005年,第56页。
③ 鲁迅:《摩罗诗力说》,载《鲁迅全集》第一卷,北京:人民文学出版社,2005年,第64页。
④ 伊藤虎丸:《早期鲁迅的宗教观》,载《鲁迅研究月刊》,1989年,第11期。

代谢。所以新的应该欢天喜地的向前走去,这便是壮;旧的也应该欢天喜地的向前走去,这便是死;各各如此走去,便是'进化'的路,生物界正当开阔的路"①。但是鲁迅在情感体验上始终无法做到"欢天喜地"。恰恰相反,他始终"向黑暗里彷徨于无地"。和那些未曾深刻体验"异族轭下的不平之气,和被压迫民族的合辙之悲"②的青年之间,总有"相隔一个世纪"般的隔膜。却与嵇康、章太炎、叔本华、尼采、克尔凯郭尔、施蒂纳等争天抗俗、睥睨世间的斗士们产生天然的亲近感,形成意味深长的碰撞与融合。可见,鲁迅和章太炎一样,与站在"文明"及各种主义名下的新派知识分子,保持着刻意的距离。"表现的深切和格式的特别"来自于鲁迅灵魂深处的"否定"和"抗议":"有我所不乐意的在天堂里,我不愿去;有我所不乐意的在地狱里,我不愿去;有我所不乐意的在你们将来的黄金世界里,我不愿去"③。

1908年,周作人在"八人小班"听课过程中,撰写了《论文章之意义暨其使命因及中国近时论文之失》《哀鸿篇》,与同时期鲁迅的《摩罗诗力说》《文化偏至论》步调一致、主旨呼应、措辞神似。前文强调"国魂"、"立国之精神"是民族凝聚力之所在。周作人将"国民精神"寄托在文学上,把语言文字作为国民的"心声"、"心画"。"言为心声"源自庄子学说,在近代的发扬光大莫过于章太炎的鼓吹。这种师承关系可见一斑。

正是基于"国民精神"的文学塑造,必须落实到文学的真实自然的表达中。《哀鸿篇》写道:"国民文章之不同,盖以有重因复果,

---

① 鲁迅:《随感录·四十九》,载《新青年》,1919年2月(第6卷第2号),载《鲁迅全集》第一卷,北京:人民文学出版社,2005年,第354页。
② 鲁迅:《坟·杂忆》,载《鲁迅全集》第一卷,北京:人民文学出版社,2005年,第236页。
③ 鲁迅:《影的告别》,载《鲁迅全集》第二卷,北京:人民文学出版社,2005年,第169页。

错综其中，而为之大畛者也。治文史者，梳理一国之艺文，将推见本始，得其窾奥，则于国民情形，必致意焉。良以人生之与文章，有密驸之谊，而国民之特色殊采，亦即由此得见"①。这里周作人谈到梳理文艺须"推见本始"的问题。在文学源流的考辨工作中，章太炎推及到"有文字著于竹帛"而置换了"文以载道"的主题。鲁迅将原始的旺盛生命力、自由求索精神视为文学的原动力。而周作人将文学"本始"引到更宽泛的领域：不满于近代欧美本位主义，挖掘西方文明的源头——希腊文明，以及印度、日本文学，作为域外文学的整体而广泛的资源。将新文学的源流引向古代文学中异端性的晚明"性灵"文学，并且将文学艺术和"国民情形"紧密结合起来：吴越风俗、民谣和方言调查。自1925年宣布"文学小店"关门后，周作人翻阅大量笔记，对日常、民俗等方面的记载进行了披沙拣金式的名物考证，以章门弟子擅长的考据能力，结合自身那种舒缓流畅的笔调，形成跳脱出"美文"格局的诸多杂文，努力实现"文"与"学"的融合，一反以往文人"妄谈般若"的高谈阔论，也不再以文辞动人作为书写的目标。这一点正与章太炎一直批判的文辞眩目、哗众取宠的态度越来越趋于一致。章氏认为"民族种姓"的根源在于：

> 仆以为民族主义如稼穑然，要以典籍所载人物、制度、地理、风俗之类为灌溉，则未然以兴矣。不然，徒知主义之可贵，而不知民族之可爱；吾恐其渐就萎黄也。②

---

① 周作人：《哀鸿篇》，载陈子善等编《周作人集外文》（上），海南：国际新闻出版中心，1995年，第64页。
② 章太炎：《答铁铮》1907年，载汤志钧编《章太炎全集》第四册，上海：上海人民出版社，1985年，第371页。

这段话不仅能够窥见章太炎对民族种姓的良苦用心,甚至可以追溯到明代遗民顾炎武的反思和人生实践。周作人可以说是深谙此道,将文学艺术和"国民情形"紧密勾连,徐徐地彰显民族的"特色殊采",可以说是周作人一生的"胜业"。"落水"后的周作人仍向民间力量再三致意,若太炎师地下有知,绝不会引为同调。但是,从对正统文化的弃绝、对异端文化的挖掘整理、对民间原始力量的重视和期许等思路上看,章太炎与"五四"诸君有众多应和。

二、 儒侠·复仇·破脚骨

"摩罗"们"不为顺世和乐之音,动吭一呼,闻者兴起,争天抗俗"的精神气质中,有浓烈的异端特质和复仇精神。"复仇"、"儒侠"、"破脚骨"式的发扬蹈厉,既有传统"士"精神的现代转换,也有个人主体意识的强烈舒展。

章太炎的"否定"、"抗议"思维惯性,使他不愿意附和众论。始终以"排众议"、"慕独行"的"他者"面目出现,对潮流所称道的观点总会发出不一样的声音。时论批评秦代暴政,章太炎却认为"人主独贵者,其政平。不独贵,则阶级起。……(秦皇)虽独制,必以持法为齐"[1]。时论激扬汉代党锢,章太炎却批评"党人之口,变乱黑白……率在危言激论,而亦藉文学以自华"[2],并斥责儒家"以富贵利禄为心",讥讽老子的畏怯。时人倡言废科举、兴学校,而章太炎

---

[1] 章太炎:《秦政记》,载汤志钧编《章太炎全集》第四册,上海:上海人民出版社,1985年,第71—72页。
[2] 章太炎:《箴新党论》,原载《民报》,1906年12月(第10号),原载汤志钧编《章太炎政论选集(上册)》,北京:中华书局,1977年,第337页。

却提倡学在民间,"学术文史,在草野则理,在官府则衰"①。不喜与人同,既是章氏的精神气质,也几乎成为他的思维定势。

周作人曾屡次盛赞章太炎"真真是懂得东方情事者",在著名的《中国新文学的源流》中说:"在很早以前,章太炎先生便做这样的主张,他总是劝人不要依赖学问吃饭,那时是为了反对满清,加入专以学问为生,则只有为满清做官,而那样则必失去研究学问的自由。到现在我觉得这种主张还可适用。单依文学为谋生之具,这样的人如加多起来,势必制成文学的堕落"②。除了对传统文化中的异端进行不断挖掘外,对已被国人普遍认同的进化论、共和、科学万能、物质文明等"公理"也提出了质疑。这些观点确有立论的学理依据,但是章氏的"好盛气攻辩"、"放言高论,而不喜与人为同"③的精神气质也毕露无遗。在《复仇是非论》中颂扬不掺杂任何功利色彩的"复仇"意识,认为这一"纯白之心"构成的"复仇"精神是民族主义革命的最高理想道德:

> 人苟纯以复仇为心,其洁白终远胜于谋利。今有负气忿事愿吾党与彼党俱仆此至洁白者,愿吾党胜而彼党败,此洁与污参半者也。于一胜一败之余,复求吾党之得而彼党之失者,此最为污垢者也……故知一言利益,非特染其纯白之心,而于义亦不成立矣。④

---

① 章太炎:《说林(下)》,载汤志钧编《章太炎全集》第四册,上海:上海人民出版社,1985年,第120页。
② 周作人:《中国新文学的源流》,载《周作人自编集》,北京:北京十月文艺出版社,2011年,第10页。
③ 钱基博:《现代中国文学史》,北京:商务印书馆,2011年,第92页。
④ 章太炎:《复仇是非论》,载汤志钧编《章太炎全集》第四册,上海:上海人民出版社,1985年,第273页。

章太炎用"复仇"概括种族革命,并强化为一种道德良知的信仰。这已经超越了单纯的政治行为,而带着康德式的道德自律的气息。章太炎所鼓吹的"驱除鞑虏"的复仇观点和孙中山倡行的"民族主义"产生了裂隙。在章太炎看来,只有不关涉任何得失、成败,同归于尽的"复仇"才是最纯洁的革命,带有章氏特有的自尊心和道德感。这一论调显然在革命党人中也不合时宜,但是章太炎不与俗同的精神意志绝不止于文本的叙述,而是时刻践行在他的生命中。在革命党内部,章太炎时常与孙中山意见相左,不服膺于"领袖"意识,对孙中山、蔡元培等人皆有不屑的评论。辛亥革命后,只身入京、公开斥骂袁世凯、大闹总统府,完全置生死于度外。

章太炎一直追慕"儒侠"慷慨赴死的精神,一生三次修订《訄书》[1],对其中结构、篇章、内容作了大量删改,既反映了他的思想变化,也折射了时代和社会的变迁。但他始终保留《儒侠》一文,并在三次修订中不断提高对"儒侠"精神的评价。在初刻本中辨析"儒侠"源流时,为没有历史记载的"儒侠"正名,认为不在九流十家的侠者恰是国家栋梁,"天下有亟事,非侠士无足属";在《訄书》重订本中鼓吹刺杀行为是"在乱世则辅民,当治世则辅法"的高洁行为;在《检论》中进一步把盗跖、伯夷和西方无政府主义相比对,赞扬了侠客的"见利思义、见危授命"的道德精神[2]。章氏言论中有许多迂阔的空想、陈腐的辩驳、偏狭的执着,但他的初衷是希望用侠客的刚毅勇猛来拯救儒家文化影响下懦弱卑怯的民族痼疾。

---

[1] "訄",逼迫也,意为"逼迫人有所为",用章太炎自己的解释就是"逑鞠迫言"。汤志钧:《章太炎全集》第三册收录了《訄书》初刻本(1900年左右)、《訄书》重订本(1904年)、《检论》(1914年)。

[2] 章太炎:《儒侠》,载汤志钧编《章太炎全集》第三册,上海:上海人民出版社,1985年,第11、141、438—442页。

鲁迅的一生都在和民族奴性作不懈的斗争,带有"受施必复"的复仇意识。姑且不论他的《故事新编》中"眉间尺"、"黑衣人"的复仇,对钉杀"人之子"的"庸众"的复仇;早在1908年《摩罗诗力说》中所介绍的拜伦、雪莱,以及波兰、匈牙利等国诗人皆以民族复仇为志:"以受自或人之怨毒,举而报之全群,利剑轻舟,无间人神,所向无不抗战。盖复仇一事,独贯注其全精神矣"①。此后倾注鲁迅半生心血的杂文始终缠绕着决绝的复仇气氛,可谓"受自或人之怨毒"、"报之全群"。在《坟·杂忆》的表达与章太炎的态度异曲同工:

> 我总觉得复仇是不足为奇的,虽然也不想诬无抵抗主义者为无人格。但有时也想:报复,谁来裁判,怎能公平呢?便又立刻回答:自己裁判,自己执行;既没有上帝来主持,人便不妨以目偿头,也不妨以头偿目。②

章太炎从庄子的"以不齐为齐"的哲学观出发,否定了"文明"与"野蛮"、"进步"与"落后"的优劣观,对国人亦步亦趋的追逐"文明"与"进步"表示极大的质疑和不屑。鲁迅的复仇情绪中总带着同归于尽的"纯白之心"的意识,如同一个来自旧世界的复仇者,矗立于黑暗的闸门,不计后果与成败,以"与汝偕亡"的决绝态度抗争到底。

相比较鲁迅悲怆而决绝的复仇意识,周作人却在留日期间写下了《哀侠》,从游侠之风的消长中看"风俗之凉朴"、"人心之厚薄"

---

① 鲁迅:《摩罗诗力说》,载《鲁迅全集》第一卷,北京:人民文学出版社,2005年,第95页。
② 鲁迅:《坟·杂忆》,载《鲁迅全集》第一卷,北京:人民文学出版社,2005年,第223页。

与"国家之隆替"。周作人同样认为"报复主义"是"为国家所必需"[①],却不像章师那样将国家命运寄希望于儒侠的舍生取义,也不像其兄如入"无人之阵"的复仇意识,周作人更多的是哀叹游侠的勇猛之心、民间的刚健之气都已衰亡,人心如死灰、民间了无生气、国家奄奄一息。民国后,周作人谈"破脚骨"精神,自言自己有"不可拔除的浙东性"[②],尽管周作人倾慕王季重、张宗子、俞曲园等"飘逸"型的文章,但是却自觉地继承者"深刻"一派的传统,这种"不可拔除的浙东性",既是"地方与文艺"的熏染,更有章师的影响。在《我的负债》(1925年)中,依然提到"大部分却是在喜欢讲放肆的话——便是一点所谓章疯子的疯气"。此后周作人在民俗文化、各类杂学中"披沙拣金",希望借此"订正"自己的思想,为民族精神、力量的恢复寻找药方。对原始活力和民间生机寄以希望,贯穿了周作人文学道路始终。

第三节 "我"和世界的对话

哈贝马斯认为现代化方案的标志是"主体自由"的实现。尽管"个性"、"自我"意识自觉和理论主张,可以追溯到晚清梁启超的"人人竞自由",辛亥革命时期章太炎的"自心"、"自性",但是明确提出个体解放与自主的观点,还是在"五四"时代。这是中国现代知识分子的"创世纪","人的文学"构建了新文学的核心话语。对

[①] 周作人:《哀侠》,载陈子善、张铁荣编《周作人集外文》,海南:国际新闻出版中心,1995年,第99—101页。
[②] 周作人:《雨天的书·自序二》,1925年11月13日,石家庄:河北教育出版社,2002年,第3页。

于这一问题的挖掘成为"五四"启蒙运动的重要事业,体现了一个时代的思想成果。落实到现代散文的发生发展中,"处处不忘有一个我"、"表现自我"成为新文学散文理论与创作的重要标志。

也正是在"我"、"个性"的强烈主体彰显中,激荡起了"五四"一代与世界的对话格局,并修正了晚清以来在进化论统辖下中国贫弱的自动站队,选择性的吸收了柏格森、倭铿等西方现代反思的理论学说,放大了其理论中主体能动性的积极作用,从而将民族想象构建在乐观的"创造进化论"之上。由此在"五四"一代知识分子的"我"的崛起中,在与"世界"的积极、乐观对话中,可以看见启蒙与审美在散文这一载体中的激荡与冲突。

一、从"我"的觉醒到"我"的崛起

传统散文规范着人和宇宙的关系,而现代散文则闪耀着"我"与世界对话的光芒。散文不像小说那样可以依傍情节和人物,也不像诗歌那样可以凭借节奏、韵律和意象,它是人类精神最自由、独立、朴素的呈现。鲁迅所译的厨川白村在《出了象牙之塔》开篇就是"自己表现",认为散文最重要的特质就是"作者将自己的个人底人格的色采,浓厚地表现出来","作自己告白的文学"[①]。可以说精神的宽度、高度和深度,决定了散文的质量。精神性的丰富和多样,是散文坚韧不拔的语言现象,也是现代散文文体存在的意义。

散文创作中现代自我意识的生发可以追溯到梁启超一代。1899年12月,在流亡日本一年多后,梁启超开启了新大陆之旅,在

---

① 厨川白村:《出了象牙之塔》,鲁迅译,载《鲁迅译文全集》第二卷,福州:福建教育出版社,2008年,第303、306页。

不时出现"风益恶、涛声打船如巨鼙雷,浪花如雪山脉千百起伏,激水达桅杪,船如钻行海心者然,忽焉窗户玻璃片为冲浪击碎,水喷射入数斗,床毡衣服书籍俱湿"的艰苦行旅中,梁氏写下了带着强烈生命体验的《夏威夷游记》(1899),在这篇名文中,梁氏回顾了自己近三十年的人生际遇:

> 余生九年,乃始游他县;生十七年,乃始游他省,犹了了然无大志,梦梦然不知有天下事。余盖完全无缺不带杂质之乡人也。曾几何时,为19世纪世界大风潮之势力所簸荡、所冲激、所驱遣,乃使我不得不为国人焉,浸假将使我不得不为世界人焉。是岂十年前熊子谷中一童子所及料也。虽然,既生于此国,义固不可不为国人;既生于此世界,义固不可不为世界人。

从"乡人"—"国人"—"世界人"的自我期许中,中国知识分子开启了一场现代中国意义上的"文明边缘的知识分子"的精神旅程。正如萨义德所言"流亡的知识分子回应的不是惯常的逻辑,而是大胆无畏;代表着改变、前进,而不是固步自封"[1]。从"文界革命"提倡"惟意所之"的创作方式;到辛亥革命前后"文"的概念的泛化,从而打破正统散文的写作禁忌;再到"文学革命"中对"美术文"、"应用文"的辨析、对"言之有物"的散文主题的争论,中国散文益发凸显了它的启蒙现代性。在文体解放的同时,实现主体的解放,"处处不忘有一个我"不仅在技巧形式和语言形式上无所禁忌,更要在思想感情上有"我"。从晚清的"个人的发现"到"五四""个

---

[1] 爱德华·W.萨义德:《知识分子论》,单德兴译,北京:三联书店,2002年,第57页。

人的崛起",这是中国现代散文发生期的重要特质。诚如郁达夫在总结新文学散文成就时认为现代散文的最大特征就是"每一个作家的每一篇散文里所表现的个性",从"我"出发,构建"我"和世界的对话关系,随物赋形、展露性情。借丹尼尔·贝尔的《资本主义文化矛盾》的说法,新生的现代散文所蕴涵的"五四"精神构建了一个独立于政治经济之外的文化领域,以"自我表达和自我满足"[1]为核心,形成了以"我"为本位的支配关系。

纵观现代散文发生期的"我"的"发现"、"觉醒"与"崛起",有"精神界的战士"式的个性主义,有唯我主义的独尊,有健全的个人主义的理性意识,有"独善的个人主义"的超脱,构成了"人的文学"的主旨下散文主体的异质性。

1."为我主义"

《青年杂志》的发刊词《敬告青年》的首义就是"自主的而非奴隶的",强调"人的解放"就是"脱离夫奴隶之羁绊,以完其自主自由之人格之谓也"[2],奠定了文学主体的基础,为"人的文学"的产生理论的基石。在新文学的酝酿期,"我"的意识处处可见,李亦民、易白沙、高一涵等人不断的宣扬着"为我主义"的思想。如李亦民的《人生唯一之目的》介绍西方唯物哲学,提倡"为我主义"的人学思想[3]。易白沙的《我》阐释"我"的命名来源,强调"救国必先有我"的思想[4]。高一涵的《乐利主义与人生》将功利主义解释为"乐利主

---

[1] 丹尼尔·贝尔:《资本主义文化矛盾》,严蓓雯译,南京:江苏人民出版社,2012年,1978年再版前言第8页。
[2] 陈独秀:《敬告青年》,原载《新青年》,1915年9月(第1卷第1号)。
[3] 李亦民:《人生唯一之目的》,原载《新青年》,1915年10月(第1卷第2号)。
[4] 易白沙:《我》,原载《新青年》,1916年1月(第1卷第5号)。

义",抨击了禁欲、绝圣弃智等传统观念①。陈独秀的《人生真义》将个人的幸福推及到社会的幸福。皆以最大多数人的最大幸福解释新的人生观,鼓吹个人主义的合理性。"我"自晚清出现,到"五四"时期已成为高高飘扬的旗帜,拆解了以家庭、家族、地缘为信仰共同体的传统中国社会。梁启超在《欧游心影录》(1919)里认为"国民树立的根本义,在发展个性。《中庸》里头有句话说得最好:'唯天下至诚唯能尽其性。'我们就借来起一个名叫做'尽性主义'。这尽性主义,是要把各人的天赋良能,发挥到十分圆满"②。胡适也在此后回忆新文学初期的"个人解放"的热潮:"《新青年》的一班朋友在当年提倡这种淡薄平实的'个人主义的人间本位',也颇能引起一班青年男女向上的热情,造成一个可以称为'个人解放'的时代"③。胡适的回忆绝不止是"戏台里叫好",《新青年》所疾呼的"个人主义"俨然成为青年认知系统中的"常识",远在湘江之畔,青年毛泽东这样写道:

> 吾于伦理学上有二主张。一曰个人主义,一切之生活动作所以成全个人,一切之道德所以成全个人,表同情于他人,为他人谋幸福,非以为人,乃以为己……故个人、社会、国家皆个人也,宇宙亦一个人也。故谓世无团体,只有个人,亦无不可。④

---

① 高一涵:《乐利主义与人生》,原载《新青年》,1916年9月(第2卷第1号)。
② 梁启超:《欧游心影录》,《专集之二十三》,《饮冰室合集》第四册,北京:中华书局,1988年,第24页。
③ 胡适:《中国新文学运动小史》,载欧阳哲生编《胡适文集》第一册,北京:北京大学出版社,1998年,第137页。
④ 毛泽东:《伦理学原理批注》,载《毛泽东早期文稿》,长沙:湖南出版社,1990年,第153页。

可见"个人主义"已经成为"五四"青年最崇尚的价值观。不仅国家、社会的价值体系从"家天下"转变为"个人"为本位,"利他"的溯源也是"为己"。这一理念在"五四"时期深入人心,延伸到文学创作中就是"处处不忘有一个我"的主体的强烈抒发。刘半农在《我之文学改良观》中提出了文学改良、尤其是散文改良的三种方法,其中"破除迷信",打破传统散文创作禁忌的方式是:

> 常谓吾辈做事,当处处不忘有一个我。作文亦然。如不顾自己,只是学者古人,便是古人的子孙;如学今人,便是今人的奴隶。若欲不做他人之子孙与奴隶,非从破除迷信做起不可。此破除迷信四字,似与胡君第二项"不摹仿古人"之说相同,其实却较胡君更进一层。胡君仅谓古人之文不当摹仿,余则谓非将古人作文之死格式推翻,新文学绝不能脱离老文学之窠臼。古人所作论文,大概都死守"起承转合"四字,与八股家"乌龟头"、"蝴蝶夹"等名词,同一牢不可破。故学究授人作文,偶见新翻花样之课卷,必大声呵斥,斥为不合章法,不知言为心、文为言之代表。吾辈心灵所至,尽可随意发挥,万不宜以至灵活之一物,受至此无谓之死格式之束缚。[①]

刘半农吸收了胡适的"不摹仿古人"的文学改良建议,进一步提出"推翻古人的死格式",一切文学创作均为"心灵所至,尽可随意发挥",宣告了创作主体的解放。这与傅斯年的"欧化"、"处处留心说话"的散文表达方式的改革,共同提出了散文主题与形式的现

---

① 刘半农:《我之文学改良观》,原载《新青年》,1917年5月(第3卷第3号)。

代路径和任务。

2."健全的个人主义"

在清末民初洋溢着乐观奋进的"个人"、"进化"思潮中,杜亚泉、章太炎等对以物质万能、个人独尊、进化即进步的观念表现出极大的忧虑:这既标志着中国传统价值的崩盘,也意味着国人奋起直追时有可能释放出的人性魔鬼。由此胡适以易卜生主义为号召,宣扬心智成熟、思想独立的"健全的个人主义",在《非个人主义的新生活》中特地区分了"假的个人主义"和"真的个人主义",批判了一昧利己、自私自利的"假的个人主义",而推崇"真的个人主义",即个性主义(individuality):

> 一是独立思想,不肯把别人的耳朵当耳朵,不肯把别人的眼睛当眼睛,不肯把别人的脑力当自己的脑力。二是个人对于自己思想信仰的结果要负完全责任,不怕权威,不怕监禁杀身,只认得真理,不认得个人的利害。

与此同时,胡适点名批评了信奉"新村主义"的隐逸避世的"独善的个人主义"①。可见在新文学发生伊始,个性主义、唯我主义、独善的个人主义、理性的个人主义等诸多观念凸显了主体的丰富内涵。在此基础上,1918年,周作人发表了奠定其一生作品思想基础的重要文章《人的文学》,提出"人道主义为本,对于人生诸问题,加以记录研究的文字,便谓之人的文学",新文学的使命就是表现

---

① 胡适:《非个人主义的新生活》,载欧阳哲生编《胡适文集》第二册,北京:北京大学出版社,1998年,第564—565页。

"灵肉一致"的人性的文学。在此后的《平民的文学》《文艺的讨论》《一封反对新文化的信》《新文学的要求》《文艺上的宽容》等一系列文章中进一步强化了"文艺以自己表现为主体,以感染他人为作用,是个人的而亦为人类的,所以文艺的条件是自己表现"[①]。散文主体的凸显是现代散文文体确立的基石,是散文理论的现代生成。胡适所肯定的不盲从权威、不追随大众的"健全的个人主义"赋予了知识分子自身的天职和本质,正是萨义德所坚持的"执意不隶属于这些权威"的"局外人"的角色[②]。

散文理论的现代建构从一开始就深刻地意识到了自身的独特价值,这也就不难理解鲁迅的进击与周作人的退守都缘于这样一种自觉,无论在何种立场上,都为了使自己的声音更纯粹,以旁观者的冷静和客观,实现散文主体的独立自主。可以说,现代散文的文体独立的生成,来自于"洞察谎言和意识形态的人、将固有思想做相对考虑并降低其价值的人、瓦解世界观的人"[③],能够极具个性的、自我表现的,在自己做主的领域里自由的言说。

不同于晚清时期寥若星辰的几个代表人物的"自解放"、"自性","五四"一代是以整体面貌中充满异质性的"个性主义"、"自我表现",彰显了丰富立体的主体意识,由此生发了文化批评、社会批评为旨归的自律性要求,这是现代散文发生期完成的重要标志。

二、"新"青年的"创造进化论"

20世纪初的世界,无论是中国还是西方,都面临着"重新估定

---

① 周作人:《文艺上的宽容》,载《自己的园地》,北京:晨报社,1923年5月。
② 爱德华·W.萨义德:《知识分子·序言》,单德兴译,北京:三联书店,2002年,第7页。
③ 齐格蒙特·鲍曼:《生活在碎片之中》,郁建兴等译,上海:学林出版社,2002年,第267—268页。

一切价值"的时代命题。晚清以来中国一直渴慕、追随、效仿西方文明,而此时欧战的惨痛教训使得西人对自身的社会文化做了深刻反思,出现了马克思主义的社会革命要求和反思现代性等多种思潮。操控自然、追求效益,自信于系统化的理智运用等理性思维模式受到巨大的质疑。尼采的"重新估定一切价值"成为反省现代性的宣言书;柏格森、倭铿的生命哲学等理论风靡一时。新文化运动的主将们在思想的根本取向上,没有真正涉及到反思现代性的本质,而是选择了生命哲学中对能动性和创造性的解读,形成了乐观的"创造进化论"。对西方反思现代性思潮的认知、理解和回应,反映了中国知识分子的反思和选择,也折射了中国现代散文发生期所具有的宽度与深度。

任何一种单向度的现代性定义都是不全面、不稳定的,而现代性本身所具有的矛盾性也无法阐释穷尽①。作为现代性核心话语的"启蒙",在晚清以来的中国文化场域中成为最显赫的时代话语和价值取向,基本被构建为"元叙述"而一统天下。但是"启蒙"本身就有复杂性和多样性,周策纵的《"五四"运动史》、余英时的《"五四"新论——既非文艺复兴,亦非启蒙运动》等研究均强调了"五

---

① 安东尼·吉登斯的《自反性现代化》、齐格蒙特·鲍曼的《现代性与矛盾性》、马太·卡林内斯库的《现代性的五副面孔》、伊夫·瓦岱的《文学与现代性》等著作均对现代性的异质性做了深入的探讨。南帆的《20世纪中国文学批评99词》中对"现代性"做了集中的阐释:"在当代思想界,'现代性'已经成为人们反思人类历史变迁和思想嬗变的关键词。尽管人们对'现代性'的理解与界定莫衷一是、众声喧哗,但从总体上看,'现代性'一词还是具有相对稳定的含义:'它首先意指在后封建的欧洲所建立而在20世纪日益成为具有世界历史性影响的行为制度与模式。现代性大略等于工业化的世界。'吉登斯的这一界定与韦伯、舍勒、哈贝马斯等人的阐释大同小异。从文艺复兴到启蒙运动和工业革命,现代性体现为神学世界观的衰微,人的主体性的张扬,政治、经济、文化等层面的理性化以及市民伦理与现代民族国家的形成。'现代性'的概念还包含着另一种向度,即指浪漫主义运动以来知识分子对工业化和理性化的持续怀疑和批判。"见南帆著,《20世纪中国文学批评99词》,杭州:浙江文艺出版社2003年,第230页。

四"启蒙运动的"多样性和多层面"[①]。霍克海默和阿多尔诺甚至认为"启蒙精神为了效力于现存制度而疯狂欺骗群众",可见"启蒙"和"欺骗"之间并非是截然不同的两种话语,反而可以相互转换。启蒙的确是中国文学现代转变的巨大推动力,但不得不说,启蒙既催发了中国现代文学,也压抑了中国现代文学。新文学家们对启蒙本身的反思首先表现为引用了尼采、柏格森、倭铿等人的言论,但是这一引用更多的是借欧西文思获得更充足的话语权。不管初衷如何,新文学家们多多少少对欧洲的反思现代作出了解释和回应。

事实上,早在新文化运动孕育期,中国知识分子就对反思现代性有较为深入的研究。鲁迅在1907—1908年期间作的《科学史教篇》《文化偏至论》和未完成的《破恶声论》中追问科学、人生、文化的溯源,批评武事、兵事、兴业、立宪等救国论是舍本逐末,"眩惑"而失去根本,无法启发"性灵"。在梳理西方科学发展脉络时,鲁迅认为"知识"、"技术"并非科学首义,而探寻宇宙未知世界的探索精神才是科学的"真源";"理想"、"灵感"才是科学发展的动力。鲁迅警告国人若仅效仿、复制物质和众数的救国之路,必然带来信仰、理性的沦丧;所谓文明与发展,也就是无源之水、无本之木。创刊于1915年的《甲寅》月刊也多以柏格森等人的生命哲学作为激发国人热情和能动性的重要理论依据。章士钊的《倭铿人生学大意》介绍倭铿、柏格森的学说,并赞扬其对待人生的认真态度:"人生有表有里,惟理为真,彼求此真,于物界绝少言说,实则当时之所亟求解决者,唯一人生问题耳"[②]。李大钊的《介绍哲人尼杰》期盼尼采

[①] 余英时:《"五四"新论——既非文艺复兴,亦非启蒙运动》,台北:联经出版事业公司,1997年,第17页。
[②] 章士钊:《倭铿人生学大意》,载《章士钊全集》第三卷,上海:文汇出版社,2000年,第635页。

的批判精神"尤足以鼓舞青年之精神,奋发国民之勇气"①。《厌世心与自觉心》劝慰陈独秀不要因"二次革命"的失败而心灰意冷:"故吾人不得自画于消极之宿命说,以尼精神之奋进。须本自由意志之理,进而努力,发展向上,以易其境,俾得适于所志,则 Henri Bergson(柏格森)氏之'创造进化论'矣"②。尽管柏格森等人的反思是基于对现代转变的警惕,但是大部分接受"创造进化论"的中国知识分子,更愿意选择在"进化"原理描述下几近宿命的世界格局中,这一理论中的能动、积极的人为因素。

《青年杂志》创刊号的名文《敬告青年》也是以尼采、柏格森、倭铿等诸多对现代性进行反思的西方哲学理论为立论依据。号召青年的"六义"之首是"自主的而非奴隶的",其理由是:"德国大哲尼采别道德为二类:有独立心而勇敢者曰贵族道德,谦逊而服从者曰奴隶道德"。阐释第二条"进步的而非保守"时说道:"人生如逆水行舟,不进则退,中国之恒言也。自宇宙之根本大法言之,森罗万象,无日不在演进之途,万无保守现状之理;特以俗见拘牵,谓有二境,此法兰西当代大哲柏格森(H. Bergson)之'创造进化论'(L. Evolution Creatrice)所以风靡一世也"③。尽管"敬告青年"的目的不在反思现代性,但是毕竟关注到了西方的这一思潮的变迁,在此后的《当代二大科学家之思想》(1916 年)一文中,更明确介绍了柏格森的"创造进化论"是"肯定人间意志之自由",是"欧洲最近之思潮

---

① 李大钊:《介绍哲人尼杰》,载《李大钊文集》(上),北京:人民出版社,1984 年,第 189 页。
② 李大钊:《厌世心与自觉心》,载《李大钊文集》(上),北京:人民出版社,1984 年,第 148 页。
③ 陈独秀:《敬告青年》,原载《青年杂志》,1915 年 9 月(第 1 卷第 1 号)。

也"①。在《驳康有为致总统总理书》《再质问〈东方〉杂志记者》等文中,陈独秀都引生命哲学作为驳斥对方的重要依据。当然,陈独秀认为此说不适用于中国国情:"惟其自身则不满其说,更不欲此时之中国人盛从其说也(以中国人之科学及物质文明过不发达故)"②。可以说陈独秀对生命哲学的宣扬带有断章取义的意味——抽取、宣扬了生命哲学中的积极面。这一点在皈依于柏格森学说的章士钊、张君劢等人身上也有鲜明的体现,反映了"五四"一代人对西方反思现代性的思潮所做的选择性接受。对创造式进化论的推崇暗含了处于"进化"方阵的落后方、弱势方的中国有了变更处境和地位的可能性,这也是"五四"诸君激赏"创造进化论"的重要动力和历史冲动。

《新青年》时期的李大钊仍以生命哲学作为其创作的重要理论依据,相继发表了《"晨钟"之使命》《青春》《今》《新纪元》等充满激情的散文,不断借用柏格森的时间、意识、"直觉"、"生命"、"动力"、"生命的冲动与创造"等概念作为文章的理论支撑点,形成充满召唤力的文章意蕴。例如《今》这篇充满哲思和激情的名文:

> 吾人投一石子于时代潮流里面,所激起的波澜声响,都向永远流动传播,不能消灭。屈原的"离骚",永远使人人感泣。打击林肯头颅的枪声,呼应于永远的时间与空间。一时代的变动,绝不消失,仍遗留于次一时代,这样

---

① 陈独秀:《当代二大科学家之思想》,载《独秀文存》卷一,上海:上海亚东图书馆,1922年,第63页。
② 陈独秀:《答俞颂华〈宗教与孔子〉》,载《独秀文存》卷三,上海:上海亚东图书馆,1922年,第62页。

传演,至于无穷,在世界中有一贯相联的永远性。昨日的事件与今日的事件,合构成数个复杂事件。此数个复杂事件与明日的数个复杂事件,更合构成数个复杂事件。势力结合势力,问题牵起问题。无限的"过去"都以"现在"为归宿,无限的"未来"都以"现在"为渊源。"过去""未来"的中间全仗有"现在"以成其连续,以成其永远,以成其无始无终的大实在。一掣现在的铃,无限的过去未来皆遥相呼应。这就是过去未来皆是现在的道理。这就是"今"最可宝贵的道理。

……

热心复古的人,开口闭口都是说"现在"的境象若何黑暗,若何卑污,罪恶若何深重,祸患若何剧烈。要晓得"现在"的境象倘若真是这样黑暗,这样卑污,罪恶这样深重,祸患这样剧烈,也都是"过去"所遗留的宿孽,断断不是"现在"造的。全归咎于"现在"是断断不能受的。要想改变他,但当努力以创造将来,不当努力以回复"过去"。

照这个道理讲起来,大实在的瀑流永远由无始的实在向无终的实在奔流。吾人的"我",吾人的生命,也永远合所有生活上的潮流,随着大实在的奔流,以为扩大,以为继续,以为进转,以为发展。故实在即动力,生命即流转。

……

吾人在世,不可厌"今"而徒回思"过去",梦想"将来",以耗误"现在"的努力。又不可以"今"境自足,毫不拿出"现在"的努力,谋"将来"的发展。宜善用"今",以努力为"将来"之创造。由"今"所造的功德罪孽,永久不灭。

古人生本务,在随实在之进行,为后人造大功德,供永远的"我"享受,扩张,传袭,至无穷极,以达"宇宙即我,我即宇宙"之究竟。①

在李大钊大胆、生动、充满美感的哲学叙述中,人类依靠普遍知性无法预知生命的全部,生命、自我的存在实现了"持续时间",通过意识、内省去感知这一动态的流动。这无疑充满了柏格森生命哲学的气息,颠覆了"科学"的救世主地位;并进一步的凸显出生命意识是一种可干预、调整和创造现实的积极入世力量。该文后被收入到《白话文范》中,也反映了国人对源自于反省现代性的生命哲学的中国式理解和接受。

1919年元旦,李大钊写下激情洋溢的《新纪元》一文,开篇即言:"看呵,从前讲天演进化的,都说是优胜劣汰、弱肉强食,你们应该牺牲弱者的生存幸福,造成你们优胜的地位;你们应该当强者去食人,不要当弱者,当人家的肉。从今以后都晓得这话大错。知道生物的进化,不是靠竞争力,乃是靠互助。人类若是想求生存,想享幸福,应该互相友爱,不该仗着强力互相残杀"。同年二月,鲁迅发表的《随感录·四十九》中也谈到:"进化的途中总须新陈代谢。所以新的应该欢天喜地的向前走去,这便是壮;旧的也应该欢天喜地的向前走去,这便是死;各各如此走去,便是'进化'的路,生物界正当开阔的路"②。李大钊和鲁迅对"进化"解读都洋溢着乐观情绪,但出发点完全不一样。李大钊的欢欣是不必再作卑微的牺牲

---

① 李大钊:《今》,原载《新青年》,1918年4月(第4卷第4号),载《李大钊文集》(上),北京:人民出版社,1984年,第532—535页。
② 鲁迅:《随感录·四十九》,原载《新青年》,1919年2月(第6卷第2号),载《鲁迅全集》第一卷,北京:人民文学出版社,2005年,第354页。

者;而鲁迅的立论更多的是强调进化是一种必然规律,因此传统的、旧的"也应该欢天喜地的向前走去"。这一言论和鲁迅留日期间对于"进化"的犹疑和困惑不可同日而语,可见彼时的中国,在"五四"话语裹挟下,以"运动"的方式释放出的燥热盲动的气息。柏格森的《创造的进化》否认了进化的机械过程,他用诗意的方式阐述"直觉"构建的生命力的冲动和精力,才是进化的动力。这一思想理论的中国散播,使国人一定程度的摆脱了"优胜劣汰"、"弱肉强食"中被动、无助的心理暗示,获得了乐观的"互助"式进化模式。

梁启超"自由书"的时代是彻底摆脱"天朝大国"虚骄心态,选择以西方文明作为价值标准的时代。而"五四"一代所力行的新文化运动,不仅赓续了对现代化的追求,也是摆脱盲目崇拜西方的心态,重新估定价值、实现民族觉醒的时代。与此同时,20世纪初的中西方都面临着"重新估定一切价值"的时代命题。以赛亚·柏林认为:"浪漫主义的重要性在于它是近代史上规模最大的一场运动,改变了西方世界的生活和思想。对我而言,它是发生在西方意识领域里最伟大的一次转折。发生在19、20世纪历史进程中的其他转折都不及浪漫主义重要,而且他们都受到浪漫主义深刻的影响"[1]。以赛亚·柏林所说的"浪漫主义"是指一战后欧洲对理性主义的反省,将问题的症结归因为理性对人性的禁锢,崇扬情感、意志与信仰。当国弱民穷的中国奋力追赶西方现代文明时,欧人对现代、理性开始反省和清理,并对西方现代性思潮产生了深远的影响。新文化运动对欧洲的反思现代性思潮的关注、接受、回应,

---

[1] 以赛亚·柏林:《浪漫主义的根源》,亨利·哈代编,吕梁等译,南京:译林出版社,2008年,第9—10页。

其文本形式直接体现为议论性散文的多元主题。或者说,中国散文的现代发生期适逢一战后欧洲反思现代性的浪潮,在对西方理论的价值重估和生命哲学的误读中形成了中国本土的"创造进化论"的乐观立场和历史动力,进一步说明了散文现代转变过程中的中国语境和民族想象。

第四章 现代散文发生期的语言模式考察

语言是文学的家园、思维的外衣,现代散文要成就自己的文体意义,除了在思想立意上须跳脱传统窠臼,还要呈现语言形貌的独特性。这不仅是散文现代化的技术路径,也是现代散文发生期的重要内容,更是区分传统散文和现代散文的最鲜明的标志。正如洪堡特所坚信的"事实上,散文若要走上一条更发达的道路,攀上发展的顶峰,就需要拥有一种能够更深刻地触动心灵的手段,需要上升为一种崇高的言语"[①]。这种"崇高的言语"既脱离了传统文言的窠臼,也不同于日用的白话,而是指向民族想象的现代语言。正是基于此,林庚认为"国语"的介入,才"真正的代替了文言,而成为一切中国人的文字,这启蒙运动开始在新文字与新文化上,终于影响到了新文学"[②]。杨洪承也认为:"语言本身的双重性,正是语言符号的具象性所表现的自身张力。它不只是使用者的工具,还包容着其他因素。新文学伊始的语言革命,它与晚清的白话文运动的联系和区别,恰恰表现为语言的张力得到充分的注意,而获得了一种新历史叙述的可能,一种适应于国民普遍社会政治文化心理

[①] 威廉·冯·洪堡特:《诗歌和散文》,载《论人类语言结构的差异及其对人类精神发展的影响》,姚小平译,北京:商务印书馆,1999年,第229页。

[②] 林庚:《新文学略说》,潘建国整理,载《中国现代文学研究丛刊》,2011年,第1期。

需求的文学自觉"①。这也可以解释为什么胡适的语言主张在美国留学生圈中没有多少响应,而在国内却引发轩然大波。文体的解放对于散文理论的生发有着至关重要的作用,诚如胡适在《谈新诗》中论述的文学革命中形式与内容的先后关系:

> 新文学的语言是白话的,新文学的文体是自由的,是不拘格律的。初看起来,这都是"文的形式"一方面的问题,算不得重要。却不知道形式和内容有密切的关系。形式上的束缚,使精神不能自由发展,使良好的内容不能充分表现,若想有一种新内容和新精神,不能不先打破那些束缚精神的枷锁镣铐。②

白话文运动的兴盛意味着传统格律和音韵的被打破,也就放逐了传统诗歌和骈文的正统性、合法性。剩下来在传统中非韵、非骈的部分,被要求全盘移植到以白话文为"范式"的中国现代文学中。它属于文学革命的任务之一,甚至成为划分新、旧文学的标准。胡适将之标示为文言文和白话文、死文学与活文学的区分。然而白话程度越高是否就等同于文学价值越高? 这一"错位"判断一直贯穿在新文学与传统文学的历史评价中。

在文学革命的纲领性表达《文学改良刍议》中,胡适比较慎重地提出"八事",是针对当时文坛现状的存在问题,尚未提出白话文作为文学书写的唯一工具的主张,且对诗文为主体的文学形式问

---

① 杨洪承:《新文学的诞生与"革命"话语——中国新文学发生期的一种政治文化的阐释》,载《南京师大学报(社会科学版)》,2002年,第1期。
② 胡适:《谈新诗》,载欧阳哲生编《胡适文集》第二册,北京:北京大学出版社,1998年,第134页。

题,也是以"改良"之"刍议"的谦和口吻,提出建议与参考。对传统诗歌和散文提出了不用典、不对仗、不陈词滥调等规劝,这种规劝在西学传播已经相当深入的文化界,在新思想、新观念经报刊杂志广泛灌输于市民读者之际,能够获得极大的认同。当时的文学界经严复、林纾等将文言自如运用到"西学为用"的广泛表达,梁启超用"新文体"彰显出中学不能为体的思想境界,章太炎等以挖掘本土异端、质疑欧化的方式重构传统,章士钊等以欧式词汇语法和推理方式写就的逻辑文等等,文学改良已接近它的历史最大值,是否有进一步的可能和空间,仍是历史未知数。从《文学改良刍议》到《文学革命论》、再到除旧立新的现代文学建设,"五四"一代用舍我其谁的激进和再造文明的勇气,立意于"一鞭子就把人们的眼珠子打出火来",演绎为一场文化的拆除与重建运动,所留下的诸多历史遗产中,最鲜明的表现莫过于白话文的独尊。胡适在《建设的文学革命论》一文中,明确将两千多年所使用的文言表达形式定性为"没有价值的死文学",由此提出了著名的主张:

> 我的《建设新文学论》的唯一宗旨只有十个大字:"国语的文学,文学的国语。"我们所提倡的文学革命,只是要替中国创造一种国语的文学。有了国语的文学,方才可有文学的国语。有了文学的国语,我们的国语才可算得真正国语。国语没有文学,便没有生命,便没有价值,便不能成立,便不能发达。这是我这一篇文字的大旨。[①]

---

① 胡适:《建设的文学革命论》,载胡适《中国新文学大系·建设理论集》,上海:上海良友图书印刷公司,1935年,第128页。

该文的发表于 1918 年 4 月《新青年》第 4 卷 4 号,也正是从这一年起,《新青年》全部改用白话,以实践力证"白话"作为绝对的思想载体的可行性。胡适的这篇《建设的文学革命论》,以《水浒》《红楼梦》《儒林外史》等小说作为白话文学的正宗和样本,以意大利、英国等国表音语言体系的发展情况作为言文合一的合法性证明。大众话语和精英话语的差别成为生死形态的"进化"差别,表音语言体系和表意语音体系的巨大差异变成优劣的差别。这一白话为"活"、文言为"死"的观念,在新文学内部一直有不同的声音。钱玄同以"汉字当废"为前提,一直致力于汉字简化、注音的工作。胡适的"白话"主张虽承认个别文言词的征用①,但是钱玄同为《尝试集》作序时主张尽废文言,仍得到胡适的赞同,并声称会根据钱玄同的倡议而弃绝文言。然而在周作人的"国语"主张里,从未强调文章语言的"纯洁性",相反,俗语、俚语、方言、欧化语皆可入文,这与当年梁启超"新文体"的特征何其相似。只不过,梁氏"新文体"是以各式新词、俗语入文言,周作人则是以各式文言、欧语入白话。二者的博采众长,均成就了他们的文章特色,细品味之,略能窥探到梁氏"新文体"以旧格局广纳新酒的急切、铺陈了极多的新名词;而周作人在白话散文里点染些博览旧学、徜徉风物的笔调,如给文章加色、加香,反倒多了些从容气韵。他们的创作实绩也反证了单一语言形式的苍白脆弱,任何语言艺术,惟有枝叶扶疏,才显生机活力。

在"五四"诸君提出白话文学正宗之前,严肃重要的著作用文言,记载日用轻松、琐碎的故事用白话的方式已经存在中国千年,

---

① 胡适:《〈中国新文学大系·建设理论集〉导言》,上海:上海良友图书印刷公司,1935 年,第 23 页。

也就是"言文分离"现象。文言的稳定性使其一方面超越方言的地域限制而广泛通行,另一方面脱离口语的时空限制而适用久远。"五四"前的"白话"基本是日用性的、娱乐性的,不具备承担严肃主题的语言功能。用胡适的话来说:"旧小说的白话实在太简单了,在实际应用上,大家早已感觉有改变的必要了"[1]。以白话为正宗,更是一场白话文的改造运动,要将鄙陋的白话文改造为堂皇、正式的现代国家语言。晚清以来尽量让古文通顺清晰、尽可能地引用或创造新词汇以容纳新思想,尽可能地让语序和欧式语法衔接,文言文的三十年改造,可以说努力地适应时代变革。一旦以白话为正宗,意味着宣布这场改造运动的彻底失败,并且要另起炉灶。出于文化领导权、文学话语建构等多方面因素的考虑,新文学家们既要和近代以来的文言改造划清界限,也要和晚清白话文撇清关系。这里存在一个"五四"初期被故意遮蔽的事实:白话文运动可以促使散文在内的中国文学立即转换面貌,却无法使其立即获得相应的文学地位和审美品质。

"五四"文学对清末以来白话文运动和文言文改造的批判,换一个角度看,能使我们更多地了解民族语言的状态。可以说,现代文学语言的形成,与白话文、"20世纪末的文言"以及西学传播中产生的新词有紧密的关系。正如意大利汉学家马西尼将新文学的白话语言称为"新式国语化的白话",并认为它"不仅仅是'五四'运动革命的结果,而且实际上还是几种不同风格的语言(白话、文言,等等)和地方方言的汇合"[2]。

---

[1] 胡适:《〈中国新文学大系·建设理论集〉导言》,上海:上海良友图书印刷公司,1935年,第24页。
[2] 马西尼:《现代汉语词汇的形成:19世纪汉语外来词研究》,黄河清译,上海:汉语大辞典出版社,1997年,第142—143页。

就本论文的研究范畴,现代散文的成就,很大程度上也是汉语文学语言现代化的成果体现,它虽被描述为新文化运动以后的白话为正宗的产物,但传统文言在19世纪后期已经有了极大的变化,严复利用传统文言创制了西学词汇、连接中西思想;林纾将古体散文语言运用得更加通顺自如;梁启超以不可束缚的激情笔墨,大量引入日本维新后的新词汇、新思想,形成了极具魔力的"新文体";可以说,在新文学诞生之前,不断变革的中国散文语言并非不具有表现力。而在新文学中最具有语言表现力的散文家,如鲁迅、周作人,其作品无不是文白夹杂。鲁迅甚至认为自己是只能写"文白夹杂"、"不文不白"散文的人。尽管他谦称为"中间物",从语言这个角度来看,如果没有这一文白夹杂的"格式的特别",也就形成不了鲁迅散文的表现力。鲁迅将《坟》这一"古文和白话文合成的杂集"的出版,称为"不幸"、"毒害"若干读者;对自身的语言及其所承载世界,有"览遗籍以慷慨,献兹文而凄伤"的彷徨。也正可以说明一步到位完成白话文的建设与完善,远非人力所及;白话文应该怎么建设,也非一份纲领、一个口号即能完成。周作人的《国语改造意见》即否定了纯白话、口语作为国语的设想:"现代国语须是合古今中外的分子融合而成的一种中国语",其建设内容是"就通用的普通语上加以改造"、"采纳古语"、"采纳方言"、"采纳新名词"①。此后周作人不断强调"理想的国语"是一种"五族共和":"以白话(即口语)为基本,加入古文、方言及外来语,组织适宜,具有论理之精密与艺术之美"②。

---

① 周作人:《国语改造的意见》,原载《东方杂志》,1922年8月10日(19卷17号),见《艺术与生活》,张菊香、张铁荣编《周作人年谱》,天津:天津人民出版社,2000年,第212页。
② 周作人:《理想的国语——致玄同》,原载《京报副刊·国语周刊》,1925年9月6日(13),见张菊香、张铁荣编《周作人年谱》,天津:天津人民出版社,2000年,第293页。

在界定现代散文的语言特质之前,需要说明"语言"这一大概念所指向的晚清以来的"国语运动",它与新文学的"白话文学"既有交集,又有各自的发展。如果不把目光仅仅收束在新文学的白话语言上,可以发现,晚清以来的"国语运动"渐成波澜,到"文学革命"期间,融合、迸发,"双潮合一",才有"文学的国语,国语的文学"的国家民族想象:

> 民国八年(1919)会员(国语研究会,笔者按)会员增加至九千八百余人。于是本会底"国语统一""言文一致"运动和《新青年》底"文学革命"运动完全合作了,这是要大书特书的一件事。那时"国语统一"和"文学革命"两大潮流,在主张上既有"言文一致"的"白话文学"做了一个有力的媒介,而联合运动底大大纛"国语的文学,文学的国语"已打出来了;在人的关系上,则北京大学校长蔡元培,就是这会的会长,其间自然发生声气应求的作用:于是这两大潮流合而为一,于是轰腾澎湃愈不可遏。①

这一"双潮合一"的洪流,与一个月以后的"五四"运动联系起来,社会影响力陡增:许多日报的副刊都取消了旧式滥调的诗文或优伶娼妓的消息,改登新文艺和国语译著,最明显的改版是《时事新报·学灯》《民国日报·觉悟》《晨报副刊》等。教育界传统文言为主的"国文"课也较为迅速的改为白话为主的"国语"课。从短时期来看,取得官方和社会认可的是"白话文"全盘接收文言文地盘,获得了阶段性的胜利。但"文学的国语、国语的文学",仍是一项未

---

① 黎锦熙:《国语运动史纲》,北京:商务印书馆,2011年,第136页。

完成的系统工程。现代散文语言的特质，仍有待建设。本章的工作是梳理"国语运动"背景下现代散文语言的形成。

第一节 "国语运动"的现代意义

　　语言是"存在的家"，这里说的语言，绝非日常、日用语言，而是特指沉默无言、却有存在感的、诗性的"召唤"的语言。这种内心独白气质的语言，在中国传统"士"群体中，无疑是以"文言"的方式存在的，是中国"士"群体的精神栖息地。不仅如此，传统文言及文字，对于民族融合与认同、向心力的维系、文化的发扬等深远功效，无法用语言一一表达。正应了林纾的那句"吾识其理，乃不能道其所以然"。在传统农业社会中，文字为极少数非生产者所包办，并且服务的周到细致。如此高功效的语言文字，即便面临南北朝五百年分治，宋朝时期北方少数民族大举入侵，满人入关建立清王朝等，都没有出现废除、灭绝的情况。可以说遭遇彼时历史境遇中的异族统治，汉民族的文化自信并未丧失。这也是两千多年中国"士"群体甘心作"文言"之前驱、执着顽固的基本原因。但是清末帝国主义的入侵，不仅是船坚炮利的军事征服，更是文化、制度、文明的征服，中国从农业社会被强行纳入工业社会的凶猛进程中。"士"群体不得不从强国保种、提高识字效率、广开民智的角度，大力推广提倡民族共同语。"言文一致"的路径首先是从文言尽量向口头语言靠拢开始，而不是以口语取代文言开始，这一观点是晚清知识界的共识。

一、"国语运动"主旨的转换

"国语运动"的主旨从最初以文言为主体逐步转换为以白话为主体,和在同一文学场域中兴起的、用于社会启蒙的白话文运动逐渐合流,使民族共同语的建构从最初的"浅近文言"的设想转换为以白话为主体的民族共同语。"国语运动"肇始于晚清,彼时文言文与白话文基本相安无事:严肃重要的著作用文言、日用轻松的事情用白话。而对言文不一致的问题提出质疑,并不是出于语言本身发展的考虑,而是文化危机下的被迫响应。最早提出这一质疑的是黄遵宪,早年即有"我手写我口"[①]的倡议,并在《日本国志》中介绍了西方言文一致而中国言文不一致的现象:"余闻罗马古时仅用腊丁语,各国以语言殊异,病其难用。……盖语言与文字离,则通文者少;语言与文字合,则通文者多,其势然也。……泰西论者谓五部洲中以中国文字为最古,学中国文字为最难,亦谓语言文字之不相合也"[②]。言文分离或一致本属于各国的语言积习,但在清末的民族危机下,成为一种优劣之别。此后裘廷梁的《论白话为维新之本》,顾名思义,也是为"维新"而白话,白话的"应用"直接和"实学"挂钩。裘廷梁举出的推广白话的八大好处,其立足点始终是"兴实学"和"兴民",所以中文也好、西文也好,不管横写竖写,"为用同";白话与文言繁简不同,也是"为用同";既然只求"迅速",也就不求"精粗"了。而"文言之美"在民族危机面前,就是"非真美

---

① 黄遵宪:《杂感》(1868 年),收入《人境庐诗草》,载吴振清等编《黄遵宪集》(上卷),天津:天津人民出版社,2003 年,第 85 页。

② 黄遵宪:《日本国志》"卷三十三·学术(二)",见光绪二十四年浙江书局重刊(影印本),第 7 页。

也"的多余物。由此得出了"愚天下之具,莫文言若;智天下之具,莫白话若"的结论①。这是从语言的工具性来说明文言与白话的对抗性,并没有否认文言之美,恰恰相反,裘廷梁痛斥文言的前提就是它过于繁缛苛刻的形式,耗费了国人的智力和精力,从而没有多余的时间去从事实业。与此同时,对文章艺术形式上有较高要求,一直坚信言之无文、行之不远的严复,在《国闻报馆附印说部缘起》一文中,针对口语和书面语不同的效能,承认"若其书之所陈,与口说之语言相近者,则其书亦传。若其书与口说之语言相远者,则其书不传"②,越接近口语,越便利传播,严复对于"白话报"应采用什么样的传播策略,是相当清楚的。

由上可知,晚清白话文的推广,与文言文并行不悖,其原因不完全是"五四"诸君指责的那样:"我们"和"你们"、士绅和民众的阶级划分;而是应用文和美术文的分别,是器用和艺术的区别。当然,对于言文分离的现象,知识精英群体并非只有倨傲和保守,而是试图弥合言、文的鸿沟,尤其是借助翻译西学、建构新学的过程中,让语言变得更加实用通顺,适宜承载中国的现代化进程,一直是近代知识分子积极践行的事业。民族国家想像表现在诸多方面,其中一条就是国家民族共同语的建设。语言学家认为"现代共同语"是工业革命的产物,与"民族国家"的现代国家形式的出现密切关联。尽管在传统中国的不同历史阶段有"雅言"、"通语"、"官话"等口头语的通用语言,但这些行政范畴内的语言既没有完备成熟的固定标准,也没有以国家形式颁布、推广全国,更没有真正实

---

① 裘廷梁:《论白话为维新之本》,原载《无锡白话报》,载舒芜编《中国近代文论选》,北京:人民文学出版社,1959年,第178、180页。
② 严复:《国闻报馆附印说部缘起》,载舒芜编《中国近代文论选》,北京:人民文学出版社,1959年,第198页。

现全国性的统一。近代以来的白话文推广、白话报的蔚然成风,其主要目的是普及教育、开启民智。尚未明确提出"民族共同语"的建设问题;但这一努力使书面语言向口头语言靠拢的趋势,最终导向有关于文、言统一,形成稳定标准的要求。民族共同语——"国语",也就呼之欲出了。首次引用和提出"国语"概念者,恰恰是"五四"诸君戮力清除的"桐城谬种"之最后宗师吴汝纶。

吴汝纶积极推广"国语统一"和倡废除科举,尤其有首倡"国语统一"之功。著名语言学家、语言文字改革家黎锦熙说:"(吴汝纶)以桐城派古文老将的资望,很热烈地宣传这种字母(王照的《官话合声字母》,笔者按),自然影响很大。他宣传的理由,却是'国语统一'。'国语统一'这个口号可以说是由吴汝纶叫出来的"[①]。吴汝纶1902年在日本考察期间,目睹了明治维新后日本的民族共同语推广的良好效果,日人也将这一点作为维新成功的助力因素推荐给吴氏。吴汝纶深感于日本教育普及和语言统一的功效,在留学生中宣传王照的《官话合声字母》,普及字、音合一。回国后即上书建言用北京官话"使天下语音一律"[②],大力主张白话的普及和推广。吴汝纶是国语运动早期的重要推广者,对日后的文学革命运动提供了思路和方向。

近代以来对国家民族身份认同的要求,使"国语运动"愈发全面深入,除了白话文的推广、白话报的风行等大众启蒙,更增添了汉字简化、标准音和注音方法等具体内容。卢戆章用厦门话写成的切音字专著《一目了然初阶》(1892年);王照模仿日本片假名,用汉字部分结构做成《官话合声字母》(1900年);劳乃宣在王照音书

[①] 黎锦熙:《国语运动史纲》,北京:商务印书馆,2011年,第101页。
[②] 吴汝纶:《上张管学书》,载《清末文字改革文集》,北京:文字改革出版社,1958年,第29页。

基础上做成的《简字全谱》(1907年);均在预设了标准音以后,设计出了易读易记易标识的注音符号,并在积极的推广中不断改良。但是到底以谁作为"标准音"和标准注音符号,一直是争论不休的问题。1908—1910年,巴黎留学生在主办的《新世纪》刊物中鼓吹废除汉字汉语,改用"万国新语"(Espertanto,世界语)。章太炎特撰《驳中国用万国新语说》一文以批驳汉字当废的论调,并对当时各自推广的切音运动提出异议,从方言和古语研究的学理立场,认为"切音之用,只在笺识字端,令本音画然可晓,非废本字而以切音代之"。并从古文篆籀的简省之形中,拟定了切音字的另一套方案——"纽文"和"韵文"[①]。1912年,民国教育部成立了读音统一会,经过一年多的多次研讨、争论,最终采用了章太炎的"纽文"、"韵文"作为记音符号,国语标准音和注音的问题得到了初步的确定,并于1918年正式公布、在全国推广。1920年后小学国文课本一律改为白话文的"国语课",并采用了注音字母注音。"国语运动"历经半个世纪的艰辛摸索,初见成效。

笔者梳理上述切音运动、国语推广历史,意在说明"白话文"虽在"五四"后通行于全国,但不完全是文学革命的胜利果实,甚至可以反过来说它是新文学运动的背景、基础。胡适在《〈中国新文学大系·建设理论集〉导言》《小航文存序》等文章中多次肯定卢戆章、劳乃宣、王照、吴汝纶等"先进的人"试图使"天下语言一律"的见识和努力。"国语"和"新文学"虽不能生硬地切割为先有"国语",再有"文学",但"国语的文学"的前提是:"国语"的孕育和发展,再有文学革命使其丰富成熟,才实现了"文学的国语"。这一点

[①] 章太炎:《驳中国用万国新语说》,载汤志钧编《章太炎全集》第四册,上海:上海人民出版社,1985年,第337—352页。

也可以在周作人的《〈散文一集〉导言》的一段"美文"因缘的陈述中获得进一步的印证:"民国六年以至八年文学革命的风潮勃兴,渐以奠定新文学的基础,白话被认为国语了,文学是应当'国语的'了"。从"白话被认为国语了"这句话的潜台词里,可以推测在"国语"兴起之初,并不是以"白话"作为国语底本;晚清以来"国语"运动的最初构想是以浅近文言为基础的。当然,"国语运动"一开始就抱着"天下语言一律"的宗旨,这个出发点和终极目标,最终使"国语"运动,在诸多先行者的积极实践下、在新文学家们的自觉规划下,一步步皈依"白话",最终形成以白话为主体的现代"国语"。

在以文言为主体的"国语运动"刚刚兴起的同时,"白话文运动"也在同一个文学场域中兴起。虽不直接指向散文语言的变革,但它所推崇的"崇白话"作为民族共同语的预设,为现代散文语言的新生打下坚实的基础。这一时期的白话报蔚然成风,胡全章在谭彼岸、蔡乐苏、陈万雄等人的研究基础上统计清末民初(1897—1918)期间存世的白话报刊总数在 370 种以上,另有 50 余种大报的白话附张、专栏、或刊载白话文稿;还有 50 余种未申明是"白话报",但语言通俗的女报、浅说报、蒙学报等。且"白话报"不仅繁荣于京、沪等中心城市、东部地区,已遍布全国各省、多个地区、多个民族[①]。

晚清白话报的兴起是社会生态和历史发展的结果,有意思的是,大量鼓吹白话优点的名文都是用文言书写的,如裘廷梁著名的《论白话为维新之本》、严复的《国闻报馆附印说部缘起》、《申报》的"新闻体"等等。尽管主流散文的书写还没有白话化,但是早期的

---

① 胡全章:《清末民初白话报刊研究》,北京:中国社会科学出版社,2011 年,第 59—109 页。

尝试已为现代散文的形成开启通途,为现代散文的孕育不仅提供了平台,也培养了后继者与创新者。裘廷梁、严复、陈独秀等人皆是白话报的积极推行人,胡适、周作人等皆是投稿人。陈独秀创办了《安徽俗话报》,发刊词《开办〈安徽俗话报〉的缘起》用的是白话:

> 教书的人看了,也可以学些教书的巧妙法子。种田的看了,也可以知道各处年成好歹。做手艺的看了,也可以学些新鲜手艺。做生意的看了,也可以晓得各处的行情。做官的看了,也可以明白各地的利弊。当兵的看了,也可以知道各处的虚实。女人孩子们看了,也可以多认些字,学点文法,还看些有趣的小说,学些好听的歌儿。就是有钱的人,一件事都不想做,躺在鸦片烟灯上,拿一本这俗话报,看看里边的小说、戏曲和各样笑话儿,也着实可以消遣。做小生意的人,为了衣食儿女,白天里东奔西走,忙了一天,晚上闲空的时候,买一本这俗话报看看,倒也开心,比到那庙里听书、烟馆里吃烟,要好得多了。

这段心平气和、苦口婆心的白话文,远没有陈独秀用文言所写的《文学革命论》观点锋锐、语言犀利。也可见文言与白话,本身没有优劣之别。面向大众、开启民智可以用简单清楚的白话,但严肃深刻的思想著作用文言,是近代以来知识分子思维方式的自觉选择。就文言文作为思想载体和其表达工具而言,"五四"诸君与所批驳的保守派,几乎是趋同的。尽管陈独秀、胡适等都做过白话报的编辑工作,但是《文学改良刍议》《文学革命论》等都是用文言写作的,正如周作人强调的"思想革命"比"语言革命"更重要的意义:"譬如有一篇提倡'皇帝回任'的白话文,和一篇'非复辟'的古文放在一处,我们说哪边好?"①

从文学本体来说,"文学"一词如果仅限文学艺术,它是通过"语言"这一唯一媒介来展现其特殊性的。如果思想的边界淹没了审美的边界,那么它的"文学"面目就变得模糊可疑。尽管"文学革命"更多的是借"文学"的渠道打了一场思想革命的战争,但是启蒙时代可振臂高呼,学院式的研究则要回到"文学"本体进行条分缕析。黎锦熙曾哂笑《新青年》鼓吹白话文学为正宗,却一直用文言来著书立说:"这时《新青年》虽极力提倡'文学革命',但讨论这问题本身的论文和通信等等,也还没有放胆用'以身作则'的白话文;……说是这么说,做却还是做的古文,和反对者一致"②。"五四"诸君中最早在《新青年》中倡议使用白话文的是文字学研究出身的钱玄同,早在1917年致信陈独秀:

> 我们既然绝对主张用白话体做文章,则自己在《新青年》里面做的,便应该渐渐的改用白话。我从这书通信起,以后或撰文,或通信,一概用白话,就和适之先生做《尝试集》一样的意思。并且还要请先生、胡适之先生和刘半农先生,都来尝试尝试。此外别位在《新青年》里面撰文的先生,和国中赞成做白话文文章的先生们,若是大家都肯"尝试",那么必定"成功"。"自古无"的,"自今"以后,一定会"有"。不知道先生们的高见赞成不赞成。③

---

① 周作人:《思想革命》,载钟叔河编《周作人散文全集》第二册,桂林:广西师范大学出版社,2009年,第132页。
② 黎锦熙:《国语运动史纲》,北京:商务印书馆,2011年,第135页。
③ 钱玄同:《〈新青年〉改用左行横式的提议》,原载《新青年》,1917年8月(第3卷第6号),载《钱玄同文集》第一卷,北京:中国人民大学出版社,2000年,第40页。

钱玄同的这段话呼吁《新青年》同仁做"白话文文章",包括通信、撰文,并以《尝试集》作比,将"文章"与"诗歌"的白话化作为文学革命重要的领域。的确,"诗文"是中国文学传统的正宗,但自梁启超开"小说群治"说以后,小说除娱情功能外,更肩负了启蒙的重责。胡适的白话文学正宗观,又将小说的审美地位抬到了前所未有的历史高地。这种别立新宗的做法,渐争得一席之地。但新文学要确立自己独尊的文学地位,必须对事实上的中国文学正宗——"诗"和"文"做最彻底的清理,所以胡适的《尝试集》有极大的勇气和风险,饱受传统文坛中人与多有欧美留学背景的"学衡派"的两面夹击。钱玄同所号召的文章"一概用白话",连激进的陈独秀都犹豫再三,回复为"改用白话一层,似不必勉强一致"。此时白话报已在全国流行多年,清末民初小说更是精芜并存的热闹一时,但代表官方话语的各类公函仍热衷用骈文格式,代表最流行"新学"启蒙的散文仍用文言形式。即使是《新青年》的"文学革命论"也是用传统文学中最重要的文体"论"和"议"的形式表达的[①]。全力支持《新青年》和"国语"运动的蔡元培在北京女子高等师范演说时"断定白话派一定占优胜",预言"将来应用文一定全用白话",但这是"应用文"的全白话,"美术文或者有一部分仍用文言"。

蔡元培一直担任"读音统一会"(1913)、"国语研究会"(1916)的会长,这两个团体,以及后来的"国语统一筹备会"都是由政府组织,由蔡元培、吴稚晖等深孚众望、持衡新旧两派的元老领衔。但前两个会成员中,新文学诸君无一人参加"读音统一会",也未列于"国语研究会"发起的八十五人中。可考的是胡适于1917年底从

---

① 陈独秀的《文学革命论》从文体学上来说是"论",在《古文辞类纂》十三种文体的格局中,首要的文体就是"论"类。胡适的《文学改良刍议》是"议",也属于"论"中的一种。且两篇文章都是用文言文的形式写成的。

美国寄来申请加入该会的明信片[①],《新青年》第3卷1号上刊载过"国语研究会"的《暂定章程》。但民国"国语运动"前期和新文学的白话要求,并没有交集,或者说早期的"国语"目标并不是白话。蔡元培在北京女子师范的演说虽大力肯定了白话的"应用"意义,但"白话"是不是就等同于"国语",与新青年诸君的认识还是有差异的。直到1919年的"国语统一筹备会"时,官方指派者有黎锦熙、陈懋治等人,胡适、钱玄同、刘半农、周作人等新文学人物都是以学校推荐的身份加入这一官方色彩的团体[②]。以白话为主体的"国语"的观念才开始逐步稳固下来。这一重要的变迁在新文学的话语建构却被遮蔽了:

中国的国语早已写定了,又早已传播很远了,又早已产生了许多第一流的活文学。……然而还不曾得全国的公认,国语的文学也还不曾得大家的公认。这是因为什么缘故呢?这里面有两个大原因:一是科举没有废止,一是没有一种有意的国语主张。[③]

事实上,"有意的国语主张"在清末吴汝纶时就已经开始,当时的书面通用语言是经"新学"改造后的文言文,以此构成了"国语"的重要组成部分。而截断横流的新文学以"白话为正宗"的方向,彻底改变了"国语"的主体成分和发展方向。当然,新文学也面临着"白话"为国语后的问题:既要面向大众,又不能盲从大众;"我

---

① 黎锦熙:《国语运动史纲》,北京:商务印书馆,2011年,第134页。
② 黎锦熙:《国语运动史纲》,北京:商务印书馆,2011年,第121—172页。
③ 胡适:《五十年来中国之文学》,载欧阳哲生编《胡适文集》第二册,北京:北京大学出版社,1998年,第252页。

们"与"你们"如何融合的问题。单就"国语"这一庞大系统工程来说,能否实行"话怎么说就怎么说",这种口语实录式的语言路径是否能够创造"文学的国语",仍然是一个棘手的问题。

二、"国语"与"话怎么说就怎么说"

索绪尔认为:"语言和文字是两种不同的符号系统,后者唯一的存在理由是在于表现前者"[①]。认为语言的逻辑关系是口头语言在书面语言之前,或者说书面语言呈现口头语言。尽管这一观点更多的是一种历史生成的逻辑,不能囊括现代汉语发展的原貌,语言和文字间也不存在绝对稳定的依赖关系。但是它仍然对"演说"、"书信"等口头语言对现代汉语言的生成作用给予了足够的理论支持。洪堡特更进一步认为"那些能读会写的中国人在说话甚至思维的时候,脑海里中也出现了字符"[②]。亚里士多德认为"言语是心境的符号,文字是言语的符号"。从"心境"产生的直接的语言形式是"言语",它的有效形式之一就是演说。这也是书面语言和口头语言能够产生交汇的基础。黄遵宪曾提出"我手写我口"的主张,胡适、傅斯年等也认为白话文就是话怎么说就怎么写。这里有一个前提,"我口"里说了什么,"话"是怎么说的。只有找到这个本源,才能确定依此记录的纸质文本的有效性,也才能据此推断"五四"一代是怎样努力的将"话怎么说"变成"怎么写"。我们已经没有办法找到"五四"前后的人们的说话的"原声",但是他们的演说、书信中多少保存了他们无需刻意修饰的话语原貌。

[①] 索绪尔:《普通语言学教程》,高名凯译,北京:商务印书馆,1980年,第47页。
[②] 洪堡特:《论语法形式的通性以及汉语的特性》,载《洪堡特语言哲学文集》,姚小平译注,长沙:湖南教育出版社,2001年,第171页。

1. 演说与"有声的中国"

韦勒克曾言:"每一件文学作品首先是一个声音的系列,从这个声音的系列再生出意义",认为所有的散文都含有某种节奏,这些手法"显然具有漫长的历史,深受拉丁语演说散文的影响"[1],认为散文的发展和演说密不可分。1927年2月,鲁迅在香港发表了《无声的中国》的演说,重提十年前的"文学革命",用战士的决绝断言:"我们此后实在只有两条路:一是抱着古文而死掉,一是舍掉古文而生存。"鲁迅把这一抉择比喻为"无声的中国"和"有声的中国"的对决。古文写作是"所有的声音,都是过去的,都就是只等于零的",惟有"大胆地说话,勇敢地进行,忘掉了一切利害,推开了古人,将自己的真心的话发表出来",才能催生出"有声的中国"[2]。所谓"有声的中国",就是"用活着的白话,将自己的思想,感情直白地说出来"。尽管鲁迅的叙述中有相当多的民族象征意味,但从"声音"的角度思考文言白话的对决,探讨散文的变革,是一次意义和趣味的探索。尽管"五四"以来一直强调"话怎么说就怎么说",但是研究者在材料采用上仍乐于"立字为据",而很少去追问"话怎么说",也很少将"有声"落到实处。晚清以来著名的"演说"尽管有一定的耗损和修改,但都以"白纸黑字"的方式记录在案。可以说"演说"见证了"话怎么说就怎么说"的国语演变的生态和文章变革的形态,充满了"在场"的时效性,是现代散文新生的一种形态表现。

---

[1] 韦勒克、沃伦:《文学理论》,刘向愚等译,南京:江苏教育出版社,2005年,第175—184页。
[2] 鲁迅:《无声的中国》,载《鲁迅全集》第四卷,北京:人民文学出版社,1981年,第11—15页。

"演说"虽兴自西方,却在晚清时期大热于中国,梁启超、孙中山、秋瑾、宋教仁、章太炎等,无论口才、音量、表现力如何,都愿意通过演说的方式,传达思想精神、感召听众。梁启超所提出的"传播文明三利器"就是学校、报章和演说。通过这些"公共交往"行为,现代散文获得发生、发展与传播的独立空间。傅斯年在《怎样做白话文》中认为留心"说话"是现代散文发展的重要途径,并认为"现代的模范解论文,十之七八是演说的稿子"①。"新文化运动"中,陈独秀、李大钊、胡适、鲁迅、周作人等也有很多演说的经历,这些为演说所准备的演说稿,也很自然地成为文章,并登在相关的报刊上。正像民国时的很多小说是先连载于报刊再出版,很多著名的"文章"也是先演说、再发表。考虑到这是口头的表述,既要有观点,更要顾及到"话怎么说"、文章就要"怎么写"。另外,晚清的上述演说基本面向留学生,而"五四"的演说基本在高校青年中传播。说者与听者都是有一定文化修养、代表了同时代知识分子的公共空间的语境。有关这一点,章太炎、胡适为代表的两代人的"演说",直接影响了现代散文叙述模式的确立。

章太炎多被后人视为保守复古派,书面文字古奥晦涩,可是带着光复革命的热情,首次在东京欢迎会上的演说,既是光复会的盛事,也是民国前知识分子口语的最真实面貌。

1906年7月15日,在日华人(主要是青年留学生)为因"《苏报》案"而拘禁三年的章太炎开了一次盛大的欢迎会,"至者二千人,时方雨,款门者众,不得遽入,咸植立雨中,无惰容"②。这里要

---

① 傅斯年:《怎样做白话文》,原载《新潮》,1919年2月1日(第1卷第2号)。
② 汤志钧:《章太炎年谱长编》,北京:中华书局,1979年,第211页。

延伸说明一下"二千人"的问题①,这个规模在异域异地,是非常惊人的,试想"'五四'运动"当天在天安门广场聚集的学生也就3000余人。1905年清廷废除科举,学子多转留学途径,加上"日俄战争"日本获胜,前往日本留学的中国人达到历史顶峰。据实藤惠秀《中国人留学日本史》的统计,到1906年,在日留学华人达到8000人,舒新城评价为"实为任何时期与任何留学国所未有者",成为辛亥革命及此后的中国现代历史的一股无法忽视的社会力量②。当然,"二千人"的规模出现在《民报》报道中,不免有自我宣传的意味。无法否认的是《民报》当时的报道和章氏自己的回忆,都说明这次欢迎会人数不少于千人,为欢迎章太炎而聚集,章氏在青年学子中的影响力可见一斑。学者李泽彰曾分析"新文化运动"的展开方式是"以著名学者为领袖,以全国学生为中心"③,可见在这一新格局的建立,"学生"构成了接受的主体。宽泛的说,新文学的诞生、散文的现代转变,与新式教育培养出的学生、教员和编辑息息相关。对于新一代知识青年来说,打破传统、血缘、宗法的联系,在新知识、新教育的基础上建立经验联系,构成了新文学最稳定的接受、传播和创造基础,用傅斯年的话来说:"我们是由于觉悟而结合

---

① 章太炎的记忆是来了七千人,自订年谱对这次欢迎会也做了详细记录:"余抵东京,同志迎于锦辉馆。来观者七千人,或著屋檐上。"后许寿裳著《章炳麟》写到日本东京欢迎时,文字与这段基本一致,应该是完全使用了这段材料。当然,许寿裳是历史见证人,对会场的热烈气氛是印象非常深刻的。许寿裳:《章炳麟》,重庆:胜利出版社1946年版,第46页。章太炎在数字问题上有一定的夸张性。比如在同年的12月2日举行《民报》一周年庆,宋教仁的记录是"来者千余人";章太炎的记录是"观者万人"。汤志钧:《章太炎年谱长编》,北京:中华书局1979年版,第208页、228页。1906年在日本留学的华裔学生顶峰期的数量固然有8000人左右,但不完全聚集在东京,且不完全参与同盟会及相关活动,综上因素,章太炎的欢迎会人数,取汤志钧《年谱长编》所录人数2000人为准。

② 张海鹏:《中国留日学生与祖国的历史命运》,北京:中国社会科学出版社,1996年,第6页。

③ 李泽彰:《三十五年来中国之出版业》,载张静庐辑注《中国现代出版史料》,丁编(下卷),北京:中华书局,1959年,第387页。

的……我以为最纯粹、最精密、最能长久的感情,是在知识上建设的感情,比着宗教或戚属的感情纯粹得多"①。

参加欢迎会的留学生,都抱着来看"革命伟人、中国救星"②的目的济济于会场。连章太严自己都没有料到"吾道不孤"。在这次欢迎会的演说中,章氏说到自己在甲午以来排满复汉的念头为世人抵制,被斥为"疯癫"。《苏报》案前后,被视为"活古董",遂于狱中研佛。今日见到如此场面,排满复汉已是人心所向,章太炎慨言:

> 独有兄弟却承认我有疯癫,我是有神经病。……大凡非常可怪的议论,不是神经病,断不能想,就能想也不敢说。说了以后,遇着艰难困苦的时候,不是神经病,断不能百折不回,孤行己意。所以古来有大学问成大事业的,必得有神经病才能做到。……也愿诸位同志,人人个个,都有一两分的神经病。……兄弟在这艰难困苦的盘涡里头,任你甚么毒剂,这神经病总治不好。

章太炎不以"疯癫"为忤,反倒自认"疯癫",极为发人深省。其人格的独立、性格的执着、精神的坚韧,无疑令后学敬仰并效仿。作为现场亲历者的许寿裳将这次"亲接音容、幸蒙受记"的演说比作震慑心魄的"狮子吼"。正如福柯在《疯癫与文明》里所提到"尊敬疯癫并不是要把它解释成不由自主的、不可避免的突发疾病,而是承认这个人类真相的最低界限"③。"章疯子"留给中国现代史一个说不尽的意象话题。在"疯癫"与理性,被观看者与观看者之间,

---

① 傅斯年:《新潮社之回顾与前瞻》,原载《新潮》,1919年10月(第2卷第1期)。
② 许寿裳:《章炳麟》,重庆:胜利出版社,1946年,第46页。
③ 福柯:《疯癫与文明》,刘北成、杨远婴译,北京:三联书店,1999年,第64、73页。

章氏的思想、性格与气质的决然独立,是"沙聚之塔"里珍贵的遗存。不断有学者对"章疯子"与现代文学第一部白话小说《狂人日记》之间的因缘、与鲁迅文学的精神气质之间做过深入的解读。

章太炎的论学之文,往往古奥难解。但是这篇"演说辞"——目前辑录到的章太炎最早的白话文材料,却自然平易、生动恳切,全文发表在同期《民报》上。值得一提的是,同时期在日本畅行的《新民丛报》,还没有刊载过如此坦荡自如的白话叙述方式的"散文"。这篇"演说辞"既是"报章体"的一个绝好案例;也是白话散文的早期形式。在内容对中国文化的价值,做了充分的肯定:

> 不是要人尊信孔教,而是要人爱惜我们汉种的历史。这个历史,是就广义说的,其中可以分为三项:一是语言文字,二是典章制度,三是人物事迹。近来有一种欧化主义的人,总说中国人比西洋人所差甚远,所以自甘暴弃,说中国必定灭亡,黄种必定剿绝。因为他不晓得中国的长处,见得别无可爱,就把爱国爱种的心,一日衰薄一日。若他晓得,我想就是全无心肝的人,那爱国那种的心,必定风发泉涌,不可遏抑的。兄弟这话,并不像做《格致古微》的人,将中国同欧洲的事,牵强附会起来;又不像公羊学派的人,说甚么"三世"就是进化,"九旨"就是进夷狄为中国,去仰攀欧洲最浅最陋的学说。[①]

这种强调本国文化、挖掘传统文化资源的论调,对在东京留学

---

① 章太炎:《东京留学生欢迎会演说辞》,1906年7月(原载《民报》第六号),载汤志钧《章太炎年谱长编》,北京:中华书局,1979年,第212—213页。

时期的"五四"诸人产生了深远的影响。此后章氏任《民报》主编的(1906—1908),"以宗教发起信心,增进国民道德;以国粹激励种性,增进爱国热肠"为主旨。发表了系列与该"演说辞"风格接近的相关文章。这些战斗的文章,一直被鲁迅称许为"所向披靡,令人神旺"。周作人在新文学发展初期就谈及章太炎对他们兄弟二人的影响:"我们生活的传奇时代——青年时期——很受了本国的革命思想的冲激;我们现在虽然几乎忘却了《民报》上的文章,但那种同情于'被侮辱与被损害'的人与民族的心情,却已经沁进精神里去:我们当时希望波兰及东欧诸小国的复兴,实在不下于章先生的期望印度。直到现在,这种影响大约还很深"①。

相比较而言,胡适对于"话怎么说就怎么说"更有心得体会。在美国留学七年,胡适领受了"演说"在美国政治经济、社会生活中的重要作用。据《藏晖室札记》记载,1915年5月10日胡适"初次做临时演说",讲述英文的"大同主义之我见",二十五分钟的演说很成功,主席赞为"彼平生所闻最佳演说之一"②。这次演说的成功给了胡适极大的鼓舞,此后胡适经常参加演说活动,通过演说练就了语言的流畅、思想的清晰、观点的罗列等。试看胡适此后的各类文章,多有这种总论、分论一、分论二、分论三……在每一个分论点中摆出正反两种事实,来论证观点;最终实现总论的无懈可击。这一模式当今学者都非常熟悉,几乎是学术论文写作的不二法门。它的中国化肇始者正是熟练掌握英文、长期濡染演说风的胡适。

正如语言哲学家洪堡特曾谈到对原生态语言的影响:"倘若有

---

① 周作人:《〈现代小说译丛〉序言》,上海:商务印书馆,1922年,见张菊香、张铁荣编《周作人研究资料》(上册),天津人民出版社,1986年,第304页。

② 胡适:《藏晖室札记》,见曹伯言编《胡适日记全编》第一册,合肥:安徽教育出版社,2001年,第272页。

一个人成功地接受了其他语言的教育,学习并掌握了一种不甚完善的语言,那么,他通过这样做就会产生一种有异于该语言的作用,从而把一种完全不同的观点带入这一语言。一方面,语言被从它自身的圈子里强拽出来;另一方面,由于一切理解行为都是客观与主观的综合,便有另一些东西被塞入了语言,更不必说有些东西是一种语言无法造就的"[1]。对英文的这种"演说"方式的引用,使得胡适的文章获得了现代文体学的特征。《文学改良刍议》是文学革命的号角,它新鲜、清晰、直接的论证方式,迥异于"漫说"式、注解式、线性表达、不时掺杂文人感慨的传统"论学之文"。它本身就极具形式意义,是一份考证清晰、全面、完整的"改良方案",又谦卑地注上"刍议"的标题,对信奉传统文章形式的文界诸老、青年学子均有强烈的震撼效果。

不时有学人讥讽胡适学问浅显,从国家"导师"的自我期许和"文学改良"的传播效果来看,胡适只有把观点表达得足够简明易懂,才能获得全民的认知度。梁漱溟曾说:"他(胡适)的才能是擅长写文章,讲演浅而明,对社会很有启发性"[2]。从胡适留美期间多次的成功经验来看,"演说"既预示了胡适拥有来自西方的先进方式,也善于将这一方式运用自如,"说"得清楚明白、"说"得震撼人心。梁实秋曾盛赞胡适的演讲有"丘吉尔风度",可用胡适50年代在台湾的演说情况作为参考:"那样强有力又有煽动性的谈话,教人眼花缭乱,既亲切,又新奇","情绪紧随着他挥舞的'魔棒',如迷如痴","直听得人人心惊肉跳,热血沸腾",会场上有人喊出"我们

---

[1] 洪堡特:《论语法形式的产生及其对观念发展的影响》,载《洪堡特语言哲学文集》,姚小平译注,长沙:湖南教育出版社,2001年,第35—36页。
[2] 梁漱溟口述:《略谈胡适之》,载颜振吾编《胡适研究丛录》,北京:三联书店,1989年,第1页。

需要胡先生领导我们"的口号,"有似一座快要爆发的火山"①。这种清晰、直白、有力的演说风格也是胡适文章语言的形貌特征。他会不自觉地使用"演说"的思维方式来著书立说,这使现代汉语书面表达有了较为稳定的语法和结构,另一方面因"演说"的口语化追求而缓解了现代散文发生期过度"欧化"的问题。英语书面语中的那种冗长、繁复的主语从句、宾语从句、表语从句、同位语从句、定语从句、状语从句等缠绕的形式,因"演说"而得以省略、减免。胡适的演说稿基本能够直接成为条目清晰的著作,比如1918年3月15日在北京大学的演说《论短篇小说》,后发表于《新青年》第4卷第5号。1918年9月在北京女子师范学校演说《美国的妇人》,后发表与《新青年》第5卷第3号。1919年春所讲演的《实验主义》,后发表于《新青年》第6卷第4号②。

　　胡适擅长演说,将"演说"非常自然转化为"文章","口头表达"直接呈现为"书面文本",并在这一过程中逐步摸索出"国语"的语用标准化。相比较而言,周作人就不是一位有口才和表现力的演说者,浙东方音、声音细小,使得周作人的"课堂效果"、"演说气氛"都乏善可陈。据梁实秋回忆"由于周先生语声过低,乡音太重,听众不易了解,讲演不算成功。幸而他有讲稿随即发表"③。当时,"国语"还没有法定的标准音,高校教师上课还没有被考核"课堂效果","演说"基本可以按照讲义诵读的民国时代,周作人认认真真

---

① 万隽:《胡适去台后的几个侧影》,载颜振吾编《胡适研究丛录》,北京:三联书店,1989年,第71—74页。
② 胡适:《胡适文集》第二册,欧阳哲生编,北京:北京大学出版社,1998年,第104、208、409页。另外《胡适文集》第十二册是胡适"演讲集"的专集,收录了胡适1918—1961年129篇演讲稿。
③ 梁实秋:《忆周作人先生》,载《梁实秋文集》第三集,北京:中国广播电视出版社,1989年,第353页。

241

地做了不少次"演说",他的演说基本是将"书面文本"进一步口语化,使听者能逐渐明了其大意。因此他的"演说稿"本身就是不错的"文章",同时注意融入了娓娓道来的叙述风格。即便周作人本人不善于"说",也要让文章"说"得亲切周详。他的《日本近三十年小说之发达》原是1918年4月19日北京大学文科研究所的讲演,后连载于1918年5月20—6月1日的《北京大学日刊》中。《新村的精神》是1919年11月7日在天津新书学堂为学术讲演会所作。《新文学的要求》是1920年1月6日北平少年会的讲演稿,后载于8日的《晨报副刊》、10日的《民国日报·觉悟》和20日的《时事新报·学灯》,可见影响力的逐步扩散。《新村的理想与实际》是1920年6月19日北平青年会为社会实进会的演说,后几日刊载在《晨报副刊》和《时事新报·学灯》上。《文学上的俄国与中国》是1920年11月在北京师范学院、协和医学校的演说,后几日发表在《晨报副刊》《新青年》《民国日报·觉悟》上。《圣书与中国文学》是1920年11月20日在燕京大学文学会的演说,1921年1月10日刊载于《小说月报》第12卷第1号。《女子与文学》是1922年5月30日在北京女子高等师范学校学生自治会的演说,稿载6月3日《晨报副镌》和6月7日《民国日报·妇女评论》。《论小诗》原是1922年燕京大学文学会的演说,因身体不适未讲,文章后发表在《晨报副镌》和《民国日报·觉悟》上。《日本的小诗》是1923年3月3日在清华大学的演说,后发表与4月3日至5日的《晨报副镌》和《诗》第2卷第1期。著名的《中国新文学的源流》更是周作人在辅仁大学的讲课稿。

演说既有在场的意义,又有"文章学"的意义。其要义是现代散文"留心说话"的实践方式。周作人认为众多白话报的白话文章是将文言"翻译"成白话,书面语言和口头语言经过刻意的转换。

而现代散文的语言质素在于无需进行言、文转换,而直接成为文章的基础。这也是傅斯年所强调的"留心说话",是"练习作文的绝好机会","制作白话文的利器"。正是通过"口语"和书面语的自如转换,传统散文的文言表达方式被替换,散文语言的口语化得到顺利的实现。

2. "书信"中文言与白话的选择

"演说"是在公共空间的一次有声语言的传播,必然具有一定的严肃性和直白性,少了些"活泼泼的趣味"。"书信"常有任意而谈的余裕。正如周作人认为:"日记与尺牍是文学中特别有趣味的东西,因为比别的文章更鲜明的表出作者的个性。诗文小说戏曲都是做给第三者看的,所以艺术虽然更加精炼,也就多有一点做作的痕迹。信札只是写给第二个人……自然是更真实更天然了"①。傅斯年、厨川白村、周作人都强调了散文的"谈话风"的从容自由的特质。傅斯年强调白话文通过"留心说话"所形成的"自然"、"活泼泼的趣味"。鲁迅所译的厨川白村《出了象牙之塔》专门提到散文的行文方式:"如果是冬天,便坐在暖炉旁边的安乐椅子上;倘在夏天,则披浴衣,啜苦茗,随随便便,和好友任心闲话,将这些话照样地移在纸上的东西,就是 essay"②。周作人对《语丝》刊物的设想也是"可以随便说话"③。当然书信相对私密,它的边界比较模糊,个人信件无法等同于文学作品,但是《报任安书》《与山巨源绝交书》

---

① 周作人:《日记与尺牍》,1925 年 3 月,载钟叔河《周作人散文全集》第四册,桂林:广西师范大学出版社,2009 年,第 90 页。
② 厨川白村:《出了象牙之塔》,鲁迅译,载《鲁迅译文全集》第二卷,福州:福建教育出版社,2008 年,第 305 页。
③ 周作人:《答伏园"语丝"的文体》,载钟叔河《周作人散文全集》第四册,桂林:广西师范大学出版社,2009 年,第 337 页。

《曾国藩家书》《与妻书》《傅雷家书》《两地书》等皆是传世之作,都是亲友间的带有强烈"谈话"特色的佳作。

因此,可通过"戊戌"和"五四"两代在书信中的语言的基本状态,梳理"国语"——现代散文语言形成的过程性。晚清以来,书信的语言基本仍是文言文,如吴汝纶、严复、林纾的各类信件都是文言文写成,林纾的激愤和不满首先是从信件中表达的,而他又不惮于将痛斥章太炎为"庸妄巨子"、章门弟子为"庸妄"之"谬种"的言论收入《畏庐文集》中。严复在给熊纯如的信中,对林纾《致蔡鹤卿太史书》等一系列"召闹取怒"的行为甚为不屑:"须知此事全属天演,革命时代,学说万千,然而施之人间,优者自存,劣者自败,虽千陈独秀、万胡适、钱玄同,岂能劫其柄,则亦如春鸟秋虫,听其自鸣自止耳!林琴南辈与之校论,亦可笑也!"[①]这段超然物外的表达充满了文言之美能够被再发现的信心。

胡适曾将板桥家书、曾国藩家书列入白话文学中。从语言形式来看,仍然是通顺清晰的文言文,而不是"白话文学"。胡适亲睐的原因,更多是这些"家信"的亲切、真诚、自如的家常化笔调。从语言运用的角度看,梁启超的"家信"既没有宣传"新民"的铺天盖地、也没有骋才使气的洋洋洒洒。梁启超一生多次流亡、出访,有数封家信写给妻子儿女,即便长女令娴已为人母,梁启超仍亲昵地称之为"宝贝"。梁思成被车撞倒,抢救时的坚强,被梁在家信中一再称许。林长民猝然离世,梁致信林徽因称"女儿"……梁的性情之宽厚慈祥跃然纸上。以梁的晚清、"五四"后的两段家信为例,说明语言的变迁。1900年梁启超在檀香山,遇到对其倾心的何惠珍,

---

[①] 严复:《与熊纯如书·八十三》,载《严复集》第三册,北京:中华书局,1986年,第699页。

特写信向妻子说明心志：

> 虽近年以来，风云气多，儿女情少，然见其事、闻其言，觉得心中时时刻刻有此人，不知何故。……余归寓后，愈益思念惠珍，由敬重之心，生出爱恋之念来，几于不能自制也。酒阑人散，终夕不能成寐，心头小鹿，忽上忽落。自古生平二十八年，未有如此可笑之事者。今已五更矣，起提笔详记其事，以告我所爱之蕙仙，不知蕙仙闻此将笑我乎？抑恼我乎？吾意蕙仙不笑我、不恼我，亦将以我敬爱惠珍之心而敬爱之也。①

梁启超决意退出政坛，于1918—1919年游历欧洲，并著《欧游心影录》，其中"楔子"一段写得非常漂亮，在下文"白话文范"中有详细讨论。旅欧期间，梁氏不时寄给家人信件、明信片等，取一段为例：

> 九月五日晨时披衣起观日出，彩霞层叠，变化无联，少焉一线金光，生于云头，若滚边然，次则大金轮捧出矣。倒射诸雪峰，雪尖绀红，其下深碧，白云满湖，徐徐而散，壮观又与海上别也。②

到1922年，梁启超的家信已经完全口语化了。如给梁思成写张君劢阻拦他病中演讲一事："（张君劢）仓皇跑到该校，硬将我从

---

① 丁文江、赵丰田：《梁启超年谱长编》，上海：上海人民出版社，1983年，第251—252页。
② 丁文江、赵丰田：《梁启超年谱长编》，上海：上海人民出版社，1983年，第887页。

讲坛上拉下,痛哭流涕,要我停止讲演一星期"①。但在比较正式的信件中,仍然使用文言文。不只是梁启超,鲁迅在新文学早期的信件中,除了写给钱玄同的信用纯白话口语之外,其他信件,包括写给周作人、许寿裳的信件,仍用文言。这个现象可以用闻一多在清华大学读书期间(1916—1922)家信的变化来说明,1916年闻一多写给父母的信中措辞为"北方今岁甚燠,雨雪亦甚稀,近数十年来所罕见者也"。到1920年写给驷弟的信中已经如此:"(驷弟)常写信来。我事忙,不能常写信。写信很可以用白话,并且告诉我你求学的心得。白话文现在已经通行了,我赞成"②。信件的接受对象基本决定了书写形式,家信、收件人是年轻人、挚友,往往写信者会无忌惮地使用白话,坦诚朴素之意尽显;公函、收件人是长辈、尊者,写信人基本仍使用文言。可见,"白话"是"五四"青年们的代际共识和书写时尚。

以文学创作的方式写信,或者说用"写信"的方式写就"美文",其开启者是周作人在西山养病期间的六封《山中杂信》(1921年),这段"长闲逸豫"的颓唐期,"清早和黄昏时候的清澈的磬声,仿佛催促我们无所信仰、无所归依的人,拣定一条道路精进向前。"碧云寺的和尚、买汽水的人、出奇多的苍蝇、对遛鸟者、吃醉虾产生的厌恶和文化批评等等皆娓娓道来,英国诗歌、日本俳句、乾隆御制诗、佛经等皆徐徐入景。这六封断断续续的散文,将叙事、抒情、思辨、博物皆融合在一起,代表周作人风格的"美文"形态呼之欲出,也可视为周作人从"新青年"的社会批评、议论性散文过渡到叙事、抒情散文的航标,代表了新文学的现代语言从不断摸索到自如运用的

---

① 丁文江、赵丰田:《梁启超年谱长编》,上海:上海人民出版社,1983年,第968页。
② 高真:《闻一多书信选辑(1916—1922)》,载《新文学史料》,1983年,第3期。

阶段的开启。

第二节　散文语言现代化的路径：多元聚合

日本著名学者吉川幸次郎在《中国散文论》的自序中指出："借助修辞而达到高层次的语言,是中国文学史上的最显著事实。这一情况使得中国过去的文学在世界文学史上具有重大而且恐怕也是珍贵的意义"[1]。中国散文的现代转变如果脱离对其语言的探究,就失去了评价文学主体的重要依据。语言变化的真正推动力往往不是来自其内部,而是来自深刻的社会变动,正如索绪尔所言："如果民族的状况中猝然发生某种外部骚动,加速了语言的发展,那只是因为语言恢复了它的自由状态,继续它的合乎规律的进程"[2]。散文无疑是近代变革中表达思想、传播观念、抒发意绪的最便捷途径,是知识分子最具人格性的书写方式。新思想需要有新的容器来承载,严复、林纾、梁启超、章太炎等人的散文语言,以多种途径尝试了语言革新,呈现了过渡时代的语言风貌。正如范培松的《中国散文史》中所指出的："在'五四'白话散文诞生之前,对传统散文有所突破和革新的也绝非梁氏一家,严复、林纾改良的桐城文章和章炳麟的述学文,也具有现代白话散文的雏形特质。他们打破了八股文和桐城文一统天下的局面,正是从他们的身上,我们可以听到白话散文这一'胎儿'在母腹中躁动的声音"[3]。语言的

---

[1] 王水照、吴鸿春:《日本学者中国文章学论著选》,上海:上海古籍出版社,1994年,第2期。

[2] 索绪尔:《普通语言学教程》,高名凯译,北京:商务印书馆,1980年,第210页。

[3] 范培松:《中国散文史》(上),南京:江苏教育出版社,2008年,第12页。

变革不是一蹴而就,在"器"、"用"之间如何寻找合适的途径,"五四"之前,先行者们已做了积极、有益的尝试。胡适在《国语运动与文学》(1921)中倡导"文学这个东西,要有长时间的研究,不是几个星期所能弄得好的。诸位同学！我很希望诸位,各自养成文学的兴趣,具有文学的精神；最好,多做文学的作品,都成个文学家。要不然,至少也要能够赏识自然的美,文学的美,然后当国语教员,方得游刃有余"[①]。胡适"尝试"新诗,毁誉参半地树立了"新诗"一体。严复、林纾、梁启超、章太炎等尝试散文的革新,以失败者、先行者的形象矗立在现代散文新生的路标上。他们在"新文化运动"之前作为"先锋"的语言实践,曾引领民族的现代想象,却被持"进化"观点的"五四"一代视为历史沉渣,这不得不说是历史悖论。

一、 传统散文的断裂

严复的《天演论》一出,桐城宗师吴汝纶盛赞其文"骎骎欤晚周诸子相上下",认为严复不仅传递了"物竞天择、适者生存"的重大理念,更成功的化用了先秦诸子散文的文学魅力。严复有极深的西学背景,这使他的文章在西方语法结构、词汇语句、逻辑思维的影响下,获得一种崭新的生机。这种漂亮缜密、铿锵有韵的文言散文,成为尚未登上历史舞台的"五四"一代们争相效仿的对象。试看陈独秀《文学革命论》等以西方文学观念为范式,完全是文言笔调、骈散结合、对仗严整的传统散文样式,隐约可见当年《天演论》的雄浑气概。但严复一直拒绝将他的工作视为"译",而称之为"达

[①] 胡适:《国语运动与文学》,载欧阳哲生编《胡适文集》第八册,北京:北京大学出版社,1998年,第131页。

恉",将西方原著熔裁为中国式秦汉散文,这的确非常符合当时的社会接受。在具体的语言表现上,严复多选用秦汉典籍中的文字、典故来译写西学著作,如对"自由"一词的反复甄选,就充满了中国式思考。

在严复崭露头角的《论世变之亟》中指出了"自由"在西方话语中是天赋人权的基石;此后翻译《原富》时也频繁使用"自由"一词,但严复很快就放弃了使用"自由"一词,而称"liberty"为"自繇"、"群己权界"等。在翻译约翰·斯图亚特·密尔名著《论自由》时,严复的手稿原名为《自繇释义》,全书都将"liberty"译为"自繇"。"繇"、"由"二字古代通用,但"繇"字右边是"系",按《说文解字》的解释"系,约束也",故而"自繇"既有"自由"的意味,又有一定的拘束性。按照严复本人的解释,"自繇"定名于《大学》中的"絜矩"("絜"就是用绳围量,引为约束),有约束规范之意。1903年正式出版该书时,起名为《群己权界论》。此时梁启超的《饮冰室自由书》早以闻名海内外,而严复担心喜新者借西方"自由"而恣意妄为,出现"多少罪恶假汝之名"的恶果。苦心孤诣的将"liberty"指认为"自繇",将该书定名为《群己权界论》,强调"人得自繇,而必以他人之自繇为界"的界限。严复刻意拒绝的"自由",也多少获得了社会接受,如周作人1907年的《红星佚史·序》中有"泰西诗多私人制作,主美,故能出自繇之意,舒其文心"[1]的判断,也可窥见"五四"一代的自我启蒙里,严复作为思想导师的隐含意义。严复的《天演论》几乎是胡适、鲁迅、周作人等"五四"一代出国前影响最深的书籍之一,是中国近代思想转变的"圣经"。鲁迅在《二心集·关于翻译的通信》谈到读

---

[1] 周作人:《红星佚史·序》,上海:商务印书馆,1907年11月,载张菊香、张铁荣编《周作人研究资料》(上),天津:天津人民出版社,1986年,第301页。

严复著作的感受时说"连字的平仄也都留心",读起来"音调铿锵"。而鲁迅自己的创作也有"好讲声调的弊病"①,这点夫子自道多少可以看见当年严复文章铿锵有韵的影子。

严复坚持认为自己经过"旬月踯躅"寻找到的"所指",能够实现中国文化中的"能指"。如"世纪"已经成为梁氏最热衷讨论的关键词时,严复仍坚持"稘"作为"century"的所指。"bank"确实与中国现存的"票号"、"银号"、"兑局"不完全一致,严复选用了"钞店"。在"经济学"、"理财学"、"平准学"、"计学"等词语中选择了"计学"作为"economics"的称谓。即便"计学"已是自我作古的冷僻用法,但严复又把"计学"的书名转而成为《原富》,而放弃相对容易理解的"计学",理由是:"'计学'西名'叶科诺密';'叶科'此言'家','诺密'为聂摩之转,此言'治'、言'计';则其义始于治家,引而申之,为凡料量、经纪、撙节、出纳之事;扩而充之,为邦国天下生食用之经。盖其训之所包至众,故日本译之以'经济',中国译之以'理财'。顾必求吻合,则经济既嫌太廓,而理财又嫌ово陋。自我作古,乃以'计学'当之;虽计之为义,不止于地官之所掌,平准之所书;然考往籍'会计'、'计相'、'计偕'诸语,与常俗'国计'、'家计'之称,似与希腊之聂摩,较为有合! 故《原富》者,'计学'之书也。……而非讲计学者之正法也"。这段对"经济"一词的英文原词的中国式训诂,实在不伦不类。再落实到中文字面意思来说,汉语虽是单音字,但双音词的出现弥补了单音字的过于简要、一字多义、一字多用的问题。随着西学东渐,更多的新双音词产生、或由日本转入,并被广泛使用。但严复有意拒绝使用这种更加清晰明了的办法,坚持采

---

① 鲁迅:《致周作人》,1921年9月8日,载《鲁迅全集》第十一卷,北京:人民文学出版社,2005年,第420页。

用类似于先秦文的单音字的方式,或者直接使用先秦词汇:

《原富》原文	严复翻译	通常译词
Corporation	联	公司、社团
Century	稘	世纪
Woolen coat	罽	毛衣
Workman	赁工	工人
Monopoly	辜榷(出于《汉书》)	垄断

兹录《原富》一段说明:

> 民有相资之用,邦乃大和。今夫生于文明之国,而身为赁工之佣,亦贫且贱矣。顾观其一身一室之所有,为计其所仰给之人,则百千万亿犹未尽也。闻着疑吾言乎?则先即其一罽而论之,出毛布者首羊,羊有牧者,毛有剪者,既剪而连涑、而梳、而染、而纺、而织、而碾、而缝,而后成罽。是独指至切者言之,其所待者固已众矣,然所待者又有所待也。①

严复用单音字以保持行文的骈散格局。而这个时期的文本尚未使用标点,都是依靠虚词来完成句子的转折、停顿、连贯。但严复对虚词的使用过多,形成了"既剪而连涑而梳而染而纺而织而碾而缝而后成罽"的缠绕形式;"其所待者固已众矣然所待者又有所待也"句的繁杂枝蔓,令人费解。尽管无论是从编目的定名、内容的整合、文辞的选用上,《原富》都尽量去接近传统中国文化里的

---

① 严复:《原富》,北京:商务印书馆,1981年,第9页。本文《原富》内容均选自此版本。

《食货志》《盐铁论》，连吴汝纶这样耻于利的君子也申明："然而不痛改讳言利之习，不力破重农抑商之故见，则财且遗弃于不知，……以利为讳，则无理财之学"①。但传统文化的治国理念与现代财富主张毕竟是两回事。严复用繁杂纠缠的句式、歧义丛生的单字组建骈散结合的先秦诸子式散文腔调，可谓费尽心力，但是否实现他所秉持的"载理想之羽翼，而以达情感之音声也"②的愿望呢？愿望和效果显然没有同步，到译述《群己权界论》时，广征博引《大学》、柳宗元诗文等典籍，来说明为何不用"自由"一词，而用"自繇"，理由和选择都带着严复式的偏执和尚古。王国维以历史上佛经翻译无法全用先秦词汇为例，批驳严复的先秦文辞足以翻译西学的观点：

> 严氏造语之工者固多，而其不当者亦复不少，兹笔其最著者，如 Evolution 之为"天演"也，Sympathy 之为"善相感"也。而天演之于进化，善相感之于同情，其对 Evolution 与 Sympathy 之本义，孰得孰失，孰明孰昧，凡稍有外国语之知识者，宁俟终朝而决哉！③

王国维认为这不仅仅是中西词汇是否一一对应、完全耦合的问题，更在于"国民之性质各有所特长，其思想所造之处各异故"，因此"事物之无名者，实不便于吾人之思索，故我国学术而欲进步乎，则虽在闭关独立之时代犹不得不造新名，况西洋之学术骎骎入

---

① 吴汝纶：《原富·序》，北京：商务印书馆，1981年，第1页。
② 严复：《与〈新民丛报〉论所译〈原富〉》，载《严复集》第三册，北京：中华书局，1986年，第515页。
③ 王国维：《新学语之输入》，载金雅编《中国现代美学名家文丛·王国维卷》，杭州：浙江大学出版社，2009年，第6页。

中国,则言语之不足用固自然之势也"①。

王国维从学术发展的深度、容量的视角,否定了严复一味尚古的文辞选择,与梁启超所看重的学术思想传播应具有广度、普泛性的立场,殊途同归。鲁迅认为:"现在严译的书都出版了,虽然没有什么意义,但他所用的工夫,却从中可以查考。据我所记得,译得最费力,也令人看起来最吃力的,是《穆勒名学》和《群己权界论》的一部作者自序,其次就是这论,后来不知怎地又改称为《权界》,连书名也很费解了。最好懂的自然是《天演论》"②。随着现代化进程的深入,学科划分的细化,严复的这一"达恉"式语言方式也渐受诟病,因为它更多的是为了迎合文章的优雅,而不求忠实于原著。故而黎锦熙批评其翻译只是"在不能彻底了解之处卖弄几套舞文的手段,只要文章好,谁都办得了"③,说明了"五四"后对引入西方语言作了重新定位,也反映了严复的散文语言特质更多的是遵循传统散文的特点,必然面临着散文现代化过程中遭遇摒弃的尴尬境遇。

二、"新派"古文:日常语言的大量融入

在"文界革命"、"小说界革命"大热的历史场域里,时人对林译小说的认知,也是从"古文"入手的:"竟以桐城文笔大译小说"④,也

---

① 金雅:《中国现代美学名家文丛·王国维卷》,杭州:浙江大学出版社,2009年,第5—6页。

② 鲁迅:《二心集·关于翻译的通信》,载《鲁迅全集》第四卷,北京:人民文学出版社,2005年,第379页。

③ 黎锦熙:《国语运动史纲》,北京:商务印书馆,2011年,第45页。

④ 舒芜:《〈论文偶记〉〈初月楼古文绪论〉〈春觉斋论文〉校点后记》,载《书与现实》,北京:三联书店,2006年,第111页。

就是说被大众阅读视为"桐城散文"的范作。书商的广告如是介绍:"洵为小说中当行之品,非寻常小说所可同日语也",其精妙之处在于:"文法之妙、情节之奇,尤出人意表。加以译笔甚佳,阅之非独豁人心目"①。阅读者的体会是:"灯下听雨,阅西小说《英孝子火山报仇录》……此书情事既佳,文笔渊雅激昂,尤可歌可泣。……畏庐得力于《史记》,故行文悉中义法"②。林译小说显然是清末民初读者们的愉快阅读经历,它的魔力令传统士林"老派"和接受新学、有留洋经历的"新派"都获得了阅读的享受感。胡适也认为林纾的"古文的应用,自司马迁以来,从没有这种大的成绩"③。多年后胡适承认自己"叙事文受了林琴南的影响。林琴南翻译小说我总看了上百部"④。周作人近于克制的说:"我们几乎都因林译才知道外国有小说,引起一点对于外国文学的兴味"⑤。此外,郭沫若、巴金、钱钟书、庐隐、冰心等均深受其影响。可以说,"五四"一代几乎没有人不曾读过林译小说。30年代甚至有这样的

---

① 1899年2月林纾笔述的《巴黎茶花女遗事》以"畏庐藏版"在福州正式印行,不到三个月,在上海的昌言报馆即发布重印广告。其传播速度之快,即在今天亦可称道。四月二十四日(6月2日),该馆再于《中外日报》头版广而告之。

② 恽毓鼎:《恽毓鼎澄斋日记》,光绪三十二年六月廿三日(1906年),史晓风整理,杭州:浙江古籍出版社,2004年。

③ 胡适:《五十年来中国之文学》,载欧阳哲生《胡适文集》第三册,北京:北京大学出版社,1998年,第212页。

④ 胡颂平:《胡适之先生晚年谈话录》,北京:中国友谊出版公司,1993年,第280页。

⑤ 周作人:《关于林琴南》,1935年12月,《周作人文选·散文》,北京:群众出版社1999年版,第235页。周作人在《鲁迅与清末文坛》等回忆文章中,详论过林纾对鲁迅和他的影响:"虽然梁任公的《新小说》是新出的,也喜欢它的科学小说,但是却更佩服林琴南的古文所翻译的作品。"日本留学期间是周氏兄弟对林译小说最有热情的时期:"对林译小说有那么的热心,只要他印出一部,来到东京,便一定跑到神田的中国书林,去把它买来,看过之后鲁迅还拿到钉书店去,改装硬纸板书面,背脊用的是青灰洋布"。林译小说还直接促成了他们翻译西方小说。1907年11月商务印书馆出版的周作人翻译的《红星佚史》,就是他们在林译小说感染下的尝试。鲁迅博物馆等:《鲁迅回忆录》(中卷),北京:北京出版社,1999年,第842—853页。

观点:"中国的旧文学当以林氏为终点,新文学当以林氏为起点"①。

林纾的"文章"何以成为新文学的津梁呢?林译小说的魅力在于他清顺、自如的"文章"笔调。严复的"文章"笔调是在精研先秦散文、反思佛经翻译、融通西学、精读西文等综合背景下展现出的渊雅古奥,可谓"化境"。胡适有很形象的比喻:"严复用古文译书,正如前清官僚戴着红顶子演说,很能抬高译书的声价,故能使当日古文大家认为'与晚周诸子相上下'"②。而对洋文一窍不通的林纾,则全凭传统文人的生花妙笔,"造境"一时。良好的古文修养和优秀的艺术天赋,使得林译小说跳脱出桐城文章的刻板堂皇,表现为溢出桐城义法的自由活泼,对此钱钟书先生有精妙的分析:

> 林纾译书所用文体是他心目中认为较通俗、较随便、富于弹性的文言。它虽然保留若干"古文"成分,但比"古文"自由得多:在词汇和句法上,规矩不严密,收容量很宽大。因此,"古文"里绝不容许的文言"隽语"、"佻巧语"像"梁上君子"、"五朵云"、"土馒头"、'夜度娘'等形形色色地出现了。口语像"小宝贝"、"爸爸"、"天杀之伯林伯"等也经常掺进去了。流行的外来新名词——林纾自己所谓"一见之字里行间便觉不韵"的"东人新名词"——像"普通"、"程度"、"热度"、"幸福"、"社会"、"个人"、"团体"、"脑筋"、"脑球"、"脑气"、"反动之力"、"梦境甜蜜"、"活泼之精神"等应有尽有了。还沾染当时的译音习气,"马

---

① 寒光:《林琴南》,上海:中华书局,1935年,第220页。
② 胡适:《五十年来中国之文学》,载欧阳哲生编《胡适文集》第三册,北京:北京大学出版社,1998年,第212页。

丹"、"密斯脱"、"安琪儿"、"苦力"、"俱乐部"之类不用说，甚至毫不必要地来一个"列底（尊闺门之称也）"，或者"此所谓'德武忙'耳（犹华言为朋友尽力也）。意想不到的是，译文里包含很大的"欧化"成分。①

尽管在林纾自己的散文理论研究专著中，痛批袁中郎"香奁之体为古文"②，并且禁用"鄙俗语"、"凡贱语"、"委巷小家子之言"和由日本转译、借形的现代词汇"东人新名词"，但作为小说翻译家的林纾在自己的译作中却用词随性、幽默风趣、宛媚动人，确有"小说家语"气息。对"旧瓶效应"的自如运用，"因文见道"、讲求"义法"，以及流畅秀丽的"唐宋文"式译笔。在翻译西洋小说的序跋中，总不忘强调西洋小说与传统古文的"义法"相通，自己更是借助起承转合之法布置全局、镕裁得体。不仅将传统散文之美淋漓尽显，还将古文并不擅长的幽默、情韵表现得生动传神。传统散文到林纾手中变得更加"清顺"、"流丽"，既彰显了传统散文的美韵魅力、使其开辟了"新的殖民地"（胡适语），又构建了传统散文现代转化的津梁，使雅俗之间、古典散文与西洋小说之间、传统文学与文学现代化之间有了嬗变的机缘。

林纾一直将他的创作和翻译都视为传统散文创作，自视为古文大家。所以在那封著名的《致蔡鹤卿太史书》信里，林纾也未曾提到"小说"二字："弟不解西文，积十九年之笔述，成译著一百三十

---

① 钱钟书：《林纾的翻译》，钱钟书等《林纾的翻译》，北京：商务印书馆，1981年，第39—40页。
② 林纾：《〈论文偶记〉〈初月楼古文绪论〉〈春觉斋论文〉》，舒芜校点，北京：人民文学出版社，1959年，第100页。

三种"①。这多少有些古文家的矜骄,但他确实使得散文语言不再拘泥于传统"辞章",而获得了更自由、广泛、通顺的创作语境。试以他的散文创作和小说翻译为例。

林纾的散文创作,以状物写理趣的《湖之鱼》为例:

> 林子啜茗于湖滨之肆,丛柳蔽窗,湖水皆黯碧若染,小鱼百数来会其下。戏嚼豆脯唾之,群鱼争喋,然随喋随逝,继而存者三四鱼焉;再唾之,坠缀蒍草之上,不食矣。始谓鱼之逝者,皆饱也。寻丈之外,水纹攒动,争喋他物如故。余方悟钓者之将下钩,必先投食以引之,鱼图食而并吞钩;久乃知凡下食者皆将有钩矣。然则名利之薮独无钩乎?不及其盛下食之时而去之,其能脱钩而逝者,几何也?②

另取其最富盛名的《巴黎茶花女遗事》中的一段,这段描述亚猛和马克(茶花女)郊游的良辰美景、赏心悦事,可谓情景并茂,栩栩动人:

> 店据小岗,而门下临苍碧小畦,中间以秾花。左望长桥横亘,直出林表;右望则苍山如屏,葱翠欲滴。山下长河一道,直驶桥外,水平无波,莹洁作玉色。背望则斜阳反迫,村舍红瓦,粼粼咸闪异光。远望而巴黎城郭,在半

---

① 林纾:《致蔡鹤卿太史书》(1919年),载《中国新文学大系·建设理论集》,上海:上海良友图书印刷公司,1935年,第171页。
② 林纾:《畏庐文集》(1910年),载《林琴南文集》,北京:中国书店,1985年,第2页。

257

云半雾中矣。配唐曰:"对此景象,令人欲饱。"余私计马克在巴黎,余几不能专享其美,今日屏迹郊坰,丽质相对,一生为不负矣。余此时视马克,已非莺花中人,以为至贞至洁一好女子。且将其已往之事,洒为微烟轻尘,销匿无迹,过此丽情,均折叠为云片,弥积弥厚,须令化为五彩缥云,余心始悦。是时三人乃沿水而行,至一处,见小楼两楹,矗然水际,楼阴入水,做幽碧之色,铁阑一道,阑内细草如毡,楼外杂树蒙密,老翠交檐,景物闲蒨可玩,苍藤蔓生,沿阶及壁。余知此中幽阒无人,请马克移家居此,日行林际,倦憩草上,人间之乐当无逾此。①

上述二文都作于林纾文学创作最为洒脱、心态最轻松的时期,宛媚动人、风流诙谐,全不似之后以古文大家身份撰写的《春觉斋论文》那样刻板生硬。看林纾最知名时期的文章,《巴黎茶花女遗事》这段恬淡深远中的款款情深,意境浑成。《湖之鱼》写群鱼争喋的精到传神,都是清劲宛媚的性情人语。传统文论中(包括林纾自己的文论)所禁忌的语录文辞、六朝俳语、汉赋词汇、独抒性灵的隽语皆点染成趣,大量俗语、凡语等日常语言的随意撷取,既增强了"文章"的可读性,又使得散文的语言变得丰富、充满表现力。

三、"新文体":新思想与新词汇

作为散文新旧转变的临界点,"新文体"散文弃绝了传统的体例范式,"或发论"、"或讲学"、"或记事"、"或钞书"的多种形式,文

---

① 林纾、王寿昌:《巴黎茶花女遗事》,北京:商务印书馆,1981年,第46页。

言、俚语、西方词汇的任意选用,散文的艺术性与实用性在梁启超手中变得异常自如。事实上,对于极具表现力,并影响中国几代人的"新文体","五四"一代较难提出彻底的否定[①]。尽管"五四"以后的散文发展变得更加多元和丰美,但后人很难再有梁启超那种元气淋漓、喷薄呼啸的气质。笔者认为原因有二:一是"五四"新文学家们虽多有留洋经历,但都不像梁氏这样身经政变亡国、生死考验,多是在相对较为安定的书斋里、有较为充足的时间和积淀去融汇古今中外,做出理性的、趣味的、质疑的、飘逸的现代美文;二是"五四"散文家们很少像梁启超那样把丰沛的情感、烂漫的思绪以"喷薄"的方式表达在纸面上。梁启超的"新文体"与"五四"散文比起来,明显的粗疏、放任,但也只有在乱世流离之中、天崩地裂之际,才能形成这种气象和情怀。先行者的不足,在所难免,而梁氏以人生和世事之剧变所秉笔呈现的"新文体",远超过一般意义上的"读万卷书,行万里路"。

无论是思想方式、主题内容、书写形式、词汇语法,梁氏均心无挂碍、任意而谈。万变不离其宗的是救亡与启蒙的主题。古人云:"道不变天亦不变",经欧风美雨洗礼的梁氏文章,在对现代思潮的理解与接受中,选择了"自由"。"道"已变,传统文章的范式意义也就不存在了。"纵笔所至",思想与语言的狂欢开始了。时人无不

[①] 真心:《关于新文学的两个问答》,原载《大公报(长沙)》,1920年1月16日载吴元康《胡适史料补阙》,载《民国档案》,2006年,第4期。该文是长沙《大公报》记者转引北京大学李涤君教授的话来采访胡适,李的大意是自梁启超的《新民丛报》以来,报刊体的文章已经通行二十多年,完全够用了。和胡适等鼓吹的白话文相比,只是少用助词。现在的白话文学,只是补上几个助词,实在是多此一举。胡适承认"这个问题,比较的大,比较的难得答",继而说,近年来思想更细密、事务更繁忙,故而梁启超的文章形式也不够用了。于是有了章士钊的"逻辑文",相似写法的还有高一涵、李大钊等。但章派文章的坏处是"不是人人能做的"、"要看很明白也不容易","所以我们不能不提倡白话文学了"。胡适的回答比较勉强,甚至说:"照表面上看,现在流行的白话文,和浅近的报馆文,没有多大的分别。"

领略了这份万斛泉涌、不择地而出的新散文的风采。《少年中国说》、《过渡时代论》、《说希望》便是"新文体"的代表作。夏晓虹先生认为梁启超的散文特点是"杂而不杂","'杂'是指其内容的丰富、形式的多样,'不杂'是指其题旨的集中"①。"新文体"对近代以来的思想、语言新变和传统文学中的优势精华都加以灵活运用,令旧派和新派人物都能接受、受其感召,以至纷纷效仿。兹以《过渡时代》(1901年)一段为例:

> 过渡时代者,希望之涌泉也,人间世所最难遇而可贵者也。有进步则有过渡,无过渡亦无进步。其在过渡以前,止于此岸,动机未发,其永静性何时始改,所难料也;其在过渡以后,达于彼岸,踌躇满志,其有余勇可贾与否,亦难料也。惟当过渡时代,则如鲲鹏图南,九万里而一息;江汉赴海,百千折以朝宗;大风泱泱,前途堂堂;生气郁苍,雄心矞皇。其现在之势力圈,矢贯七札,气吞万牛,谁能御之?其将来之目的地,黄金世界,荼锦生涯,谁能限之?故过渡时代者,实千古英雄豪杰之大舞台也,多少民族由死而生、由剥而复、由奴而主、由瘠而肥所必由之路也。美哉过渡时代乎!②

像"进步"、"过渡"、"时代"、"目的"、"舞台"、"民族"等日本"借形词"的使用;大段的新颖的比喻、排比、对仗、反问、倒装、跳行,文

---

① 夏晓虹:《觉世与传世——梁启超的文学道路》,北京:中华书局,2006年,第142页。
② 梁启超:《过渡时代》,见《饮冰室文集之六》,《饮冰室合集》第一册,北京:中华书局,1989年,第27页。

俚相杂,模仿日文语法的倒装句等,像"有进步则有过渡,无过渡亦无进步"这样的推理方式,"多少民族由死而生、由剥而复、由奴而主、由瘠而肥所必由之路也"新旧词汇兼用、中西语法兼容、对比互文的方式,既气势雄伟又生气淋漓,让读者无形中获得新思想的感召。黄遵宪赞曰:"惊心动魄、一字千金,人人笔下所无,却为人人意中所有,虽铁石人亦应感动。从古至今文字之力之大,无过于此者"[1]。梁的弟子吴其昌将其文与谭嗣同、夏曾佑、章太炎、严复的文章比较后说:"以饱带感情之笔,写流利畅达之文。洋洋万言、雅俗共赏。读时则摄魂忘疲,读竟或怒发冲冠,或热泪湿纸,此非阿谀,唯有梁启超之文如此耳"[2]。其实对之持否定意见的严复,也认为:"至于任公妙才,下笔不能自休……其笔端又有魔力,足以动人。主暗杀,则人因之而偶然暗杀矣;主破坏,则人又群然争为破坏矣。敢为非常可喜之论,而不知其种祸无穷"[3],认为新文体的鼓动性直接导致清廷覆灭。无论持何种态度评判"新文体",它所带来的"自解放"的思想自由、言论自由、情感自由,以及散文文体的自由,的确为国人解开了心灵枷锁,既为现代散文的发生提供了独立空间,也是现代散文发生期的重要内容。

四、"白话"议论文的开启

公开发表白话"论说",建构出现代散文的"传播空间",但这绝

---

[1] 黄遵宪:《致饮冰室主人书》,载丁文江、赵丰田编《梁启超年谱长编》,上海:上海人民出版社,1983年,第274页。黄遵宪评价,"亦是五十年中国文学界的公论"。毛子水《梁启超》,载《师友记》,台北:传记文学出版社,1978年,第133页。
[2] 吴其昌:《梁启超》,上海:商务印书馆,1931年,第29页。
[3] 严复:《严几道与熊纯如书》(三十),载《严复集》第三册,北京:中华书局,1986年,第632页。

不是单纯的载体问题,还意味着个人探索的合法公开化,预示着散文的白话化的整体性方向的出现。从这个意义上看章太炎发表在《民报》和《教育今语杂志》上的白话论说,可以说"发表"不止是"显现"、"传播"了散文的新生形态,更"发明"、"创造"了白话散文,对"模仿古人"、"用典"、"对仗"、"滥用套语"、"无病呻吟"、"避俗字俗语"的反动,打破了阅读和写作之间的成规性认同,使它的社会价值和美学价值得到了公开的塑造,中国散文的现代想象就由此产生了。

章太炎有"疏证之法施之于一切文辞"的文章观念,自然他的"文章"以精于小学见长。事实上,将语言和哲学结合起来反复论辩,是章氏文章令人着迷之处,也是以二周兄弟为代表的章门弟子留给我们的深刻印象。的确,章太炎留给世人的印象是诘屈聱牙的古奥文章,比如青年时期的钱玄同、鲁迅都表示"看不懂"[①]的《訄书》。换个角度看,懂与不懂的问题固然是阅读接受的重要体验,但是读者的稳定、忠诚是现代散文新生过程中在文学场域内获得自足性的关键。

当然,章氏自认为该著作"博而有约,文不淹质",不仅有学理上的精深,还有文辞上的优美,是"以学为文"的典型。翻阅《章氏丛书》,仍令后学望而生畏。1950年代周作人谈起章太炎的这类著作时,认为"文字的艰深","在清末民初这几位学者中,他的文章实在要算难懂","像读秦汉以前的书相似,不能畅快的读下去"。惟

---

① 钱玄同:"初读《訄书》,虽不解,然甚好之。"《钱玄同日记》第六册,福州:福建教育出版社。鲁迅:"回忆三十余年之前,木板的《訄书》已经出版了。我读不断,当然也看不懂。恐怕那时的青年,这样的多得很",《关于太严先生二三事》,《鲁迅全集》第六卷,北京:人民文学出版社,2005年,第565页。

有登载于《民报》的文章,"算是他的一种比较通俗的文字"①。而鲁迅对《民报》上的章氏文章,更有同时代青年的看法,以下段落在新文学史上闻名遐迩:

> 我爱看这《民报》,但并非为了先生的文笔古奥,索解为难,或说佛法,谈"俱分进化",是为了他和主张保皇的梁启超斗争,和"××"的×××斗争,和"以《红楼梦》为成佛之要道"的×××斗争,真是所向披靡,令人神旺。

鲁迅的早期作品《摩罗诗力说》、《文化偏至论》的"生涩"、"生凑"都受到《民报》的影响:"怪句子和古字,受了《民报》的影响"②。刊物《新生》的草创的意图中,也有《民报》主攻政治、社会、文化问题,《新生》弥补其文艺上的不足的考虑。学者眼中的章氏"论文之文"和文学革命家鲁迅眼中的"战斗的文章",构成了章氏文章的多样性。纵览《章太炎全集》、《章太炎年谱长编》、《章太炎的白话文》等相关资料,可以发现四种类型的文章,前两种即是"论学的文章"和"战斗的文章";后两者较少为人所道,一种是章太炎的"传状"、"游记"、"杂记"类的狭义文言散文创作,不在此赘述;一种是"章太炎的白话文"。从本文研究范畴,重点谈《民报》时期的文章和《教育今语杂志》上的白话散文的尝试。

首先,鲁迅所崇仰的是章太炎在《民报》期间发表的文章(1906—1908),"所向披靡,令人神旺",尽管章太炎认为这些"浅

---

① 周作人:《〈太炎文录〉的刊行》,原载《新民报晚刊》,1958年1月14日,载钟叔河《知堂书话》,北京:中国人民大学出版社,2011年,第892—893页。
② 鲁迅:《〈坟〉题记》,载《鲁迅全集》第一卷,北京:人民文学出版社,2005年,第3页。

露"的文章只是为了"取足便俗","无当于文苑",鲁迅却认为这是章氏一生"最大、最久的业绩"。令鲁迅印象最深刻的是为和主张保皇的梁启超斗争的论战。针对康、梁等成立"国民宪政会",从事立宪活动,章太炎在《民报》上发表了《箴新党论》,节录片段如下:

> 党锢之名自汉始迄唐、宋、明皆有党人。……原其用心,本以渴慕利禄之故,务求速化。一朝摈斥,率自附于屈原、韩愈之徒。盖魏公子牟有云:"身在江湖之上。心在魏阙之下。"庄周述之以为热中之戒,而是族反举此以为美谈!何异相如自述以琴心盗卓文君事乎。虽然党人这所以自高者,率在危言激论。而亦藉文学以自华今之新党,于古人固不相逮。若夫夸者死权,行险徼幸以求一官一秩,则自古而有!
>
> 彼新党者,犹初习新程墨者者也。是非之不分,美恶之不辨,惟以新为荣名所归。……抑此新党者,自名为新。彼固以为旧染污俗,待我而扫云尔。返而观其行迹,其议论则以新,其染污则犹旧。……①

章太严从考据到论证,从历史里"党人"的聚合、到"维新"党人的各种权力斗争,从文化痼习到灵魂拷问,都毫无忌惮地加以批评。洋洋洒洒、博辩强证,把康梁的"立宪"诉求拆解为披上新衣的旧俗,换汤不换药的政客权谋。所谓"渴慕利禄"、"务求速化","一朝摈斥,率自附于屈原、韩愈之徒",寥寥几笔,极为传神地刻绘了

---

① 章太炎:《箴新党论》(1907年),载汤志钧《章太炎全集》第四册,上海:上海人民出版社,1986年,第287—296页。

党人政客的奸猾形象。通过"小学"的功力把语言文字淬炼得犀利、峭拔,既是章氏散文的风格,也是论战文的"武器"。《民报》中的议论文不以艰涩古奥为务,并渐有盖过《新民丛报》风头的气势。其犀利峭拔的行文方式对留日的青年学生产生了深远的影响。得其真传、更有创见的发扬蹈厉、达到现代中国语言文学艺术一个高峰的,莫过于鲁迅。

其次,《教育今语杂志》上白话散文的尝试。目前可以找到的章太炎的白话文有两种类型,一是他的讲学、演说的整理稿。章氏的多次讲学经历,如避难日本、幽居北京,登坛上海、苏州等地的演说、讲学,多有记录、整理。他在上述地点的讲学主要以国学为主,在上海、苏州的登坛讲学已被视为国学赓续的盛事,后人整理为《国学十八讲》,内容与《国故论衡》等著作观点基本一致,只是语言更浅显明晰。此外章氏还做过多次演说,内容就不局限于国学,而多涉足社会问题、青年问题等等,如他在东京欢迎会上的演说,由《民报》全文刊发。1921年四川印行的《太炎学说》的上卷,即是过去演说的记录。这些"讲学"、"演说",尤其是"演说"稿都是用白话,是一种有布局、有组织的思想观点的论说,采用白话的形式。比较起当时的各类《白话报》中的文字,更有章法和思想。其受众群体也不是一般的识字不多的民众,而是海外留学生、华侨、积极接受新知的青年学子等。章氏白话文是带有学术气息的讲学、演说,有其专门的聆听、接受群体。这种论说的类型、论说的语言组织和思想内容、论说的拟想对象等等,均与《新青年》的情况有很多相似处。因此,他的这类述学、论道、谈政的"白话文"更接近"五四"之后的杂文。

章氏所用的语言样式、语法结构、话语构建,在日本聆听其授课的诸多学生应该都有接触,甚至非常熟悉,钱玄同就协助章氏一起组办了用白话写作的《教育今语杂志》(1910年),故而钱玄同也是《新青年》同人中最早提出纯用白话写文章的人①。以白话写"文章",对于自小读四书五经,以《古文辞类纂》所辑录各时代经典为文章范本的中国知识分子来说,意味着要撇开以往所有的词汇和语法经验,进行全新的语言形式探索。不仅要自铸伟词,更要创造一种前无古人的白话语法体系,以容纳现代思想和语言。所以究竟怎么写现代白话文,是个复杂难解的问题。即便聪慧、求新、求变的梁启超,在日本读了大量的当地报刊、著作,其"文界革命"的主张是"欧西文思"、"雄放隽快",践行在《新民丛报》里的文章样式,虽以新词、新观点为特色,但语法结构仍是古体散文的体例构建。章太炎所主持的《民报》中的文章,与梁启超的"新文体"比,少了些危言耸听的夸张和激情洋溢的呼号,多了些旁征博引的考据和嬉笑怒骂的讽刺。各自的"文章"面目还未能脱离旧式格局。即便是提倡白话文的"五四"诸君,最初的名文《文学改良刍议》、《文学革命论》也都是文言文的"论辩"文体。

在姚鼐的《古文辞类纂》中,源于古代诸子百家,历代的各类思想观点的著述被归纳为"论辩"文体,孔孟、老庄、贾谊、韩愈等人的文章皆属于这类,足具"经国之大业"的重要内涵。所以"论辩"体是放在《古文辞类纂》十三种文体的首位,这也说明"论辩"类文章无论是在中国历史上还是在《新青年》时期,都是思想观点的重要载体。因此当钱玄同号召《新青年》诸君皆用白话写文章,这里的文章就具有古代"论辩"文体的意味,也是新思想、新观点的载体的重要变革。而最激进的陈独秀却非常犹豫:"改用白话一层,似不

---

① 钱玄同:《〈新青年〉改用左行横式的提议》,原载《新青年》,1917年8月(第3卷第6号),载《钱玄同文集》第一卷,北京:中国人民大学出版社,2000年,第40页。

必勉强一致"。对于陈独秀的"不勉强",可以解读为陈独秀早期办《安徽俗话报》利弊得失的经验之谈①。笔者认为,还有一层原因是,陈独秀等人内心深处依然认为,陈述思想观点的"文章"是"经国大业"的宏大叙事,有它庄严隆重的语言形式,所以不能确定白话能否承担起这一重任。完全、立即改用白话,有失其尊严、贻笑方家的顾虑。

但在此七、八年前,章太炎主撰、钱玄同协办的《教育今语杂志》(1910年3月10日至1910年6月6日),就已经全用白话撰写了,完全实现了"论辩"之文"话怎么说,文就怎么写"了。这一时期用白话所写的小说、戏曲,包括《白话报》上的诸多文章,都还停留在新词汇、新事物、新观点的呈现上,也就是所谓"欧西文思"上,其语法、语调仍旧是古文的格局。整个现代话语体系的建构,即使到"五四"以后,散文现代化也经历了艰难摸索的过程。《新青年》的文章,不仅是理论先行的代表;从文章本身而言,也是现代散文的端绪。所以钱玄同所号召的用白话撰写各类"文章",是传统散文最核心文体的现代转换问题,也是现代散文文体实践的开启。这一转型的艰难,连陈独秀都要斟酌再三。被世人视为复古保守的国学大师章太炎,某种程度上,是古典散文中最核心的文体样式——"论辩"文现代化的先行者,也就是散文新旧转变的早期实践者。

从白话散文到文艺散文确实需要一个孕育的过程。散文的现代化不仅是审美的发展,还有包括"顽强地主张自己的意见",以个体为主体的抒情、叙事和说理的发展。章太炎以"独角"笔名在《教育今语杂志》发表7篇文章,后收入《章太炎的白话文》(1921年)中。

---

① 陈平原:《触摸历史与进入"五四"》,北京:北京大学出版社,2010年,第218页。

文章题目、发表顺序在各类资料中记载不一,经查证,大体情况如下:

原刊于《教育今语杂志》(1910年)	《章太炎的白话文》①
《中国文化的根源和近代学术的发达》第一册,3月10日	1.《留学的目的和方法》
《常识与教育》,第二册,4月9日	2.《中国文化的根源和近代学术的发达》
《论经的大意》,第二册,4月9日	3.《常识与教育》
《论教育的根本要从自国心发出来》第三册,5月8日	4.《经的大意》
《留学的目的和方法》"庚戌会衍说录"第四册,6月6日	5.《论教育的根本要从自国心发出来》
《论文字的通借》第四册,6月6日	6.《论诸子的大概》
《论诸子的大概》时间不详	7.《中国文字略说》系误收钱玄同的文章②

章太炎用白话文的方式,清楚地解释了《齐物论释》万物平等

---

① 《章太炎的白话文》署名为"吴齐仁"编,"吴齐仁"就是"无其人"的意思。据张静庐面告汤志钧,是张本人"在章氏沪寓所所得付印的"。汤志钧《章太炎年谱长编》,北京:中华书局,1979年,第622页。

② 《中国文字略说》在《教育今语杂志》上是署名"浑然"(钱玄同)所作,后来钱玄同在和顾颉刚通信《答顾颉刚先生书》(《读书杂志》1926年6月,后收入《古史辨》第一册)中谈中国"伪书"时,特地以自己文章被误收为例,说明辨伪、疑古的重要性,因而造成《章太炎的白话文》其伪的争论。周作人在《中国新文学大系·散文一集》的导言中提到《教育今语杂志》的主笔有章太炎、陶焕卿、钱玄同等人。后黎锦熙《钱玄同先生传》、曹述敬《钱玄同年谱》等认为这些白话文章是钱玄同所作。汤志钧《章太炎年谱长编》与谢樱宁《章太炎年谱长编摭遗》均认为《中国文化的根源和近代学术的发达》《尝试与教育》《论经的大意》《论教育的根本要从自国心发出来》《留学的目的和方法》五篇是章太炎以"独角"为名发表的。汤志钧另外确认了《论文字的通借》也是章氏发表于《杂志》的文章,汤氏《年谱长编》未录《诸子的大意》,共六篇。谢氏认为《章太炎的白话文》的前六篇是太炎的文章,但未提及《论文字的通借》的漏收之事。陈平原认为《章太炎的白话文》的最后一篇《中国文字略说》系误收钱玄同的文章,并漏收了章太炎的《论文字的通借》。陈平原:《触摸历史与进入"五四"》,北京:北京大学出版社,2010年,第178—185页。汤志钧:《章太炎年谱长编》,北京:中华书局,1979年,第318—329、622页。

"以不齐为齐"的平等观(《中国文化的根源和近代学术的发达》),并将诸子百家的源流讲得通俗易懂,不忘嘲弄那些生硬地引用西方文化观念、囫囵吞枣地解读中国历史的所谓"科学":

> 又有人说:"中国的历史,不合科学。"这种话更是好笑,也不晓得他们所说的科学,是怎么样?若是开卷就几句"历史的统系,历史的性质,历史的范围"就叫做科学,那种油腔滑调,仿佛是填册一样,又谁人不会说呢?历史本来是繁杂的,不容易整理,况且体裁又多,自然难得分析……至于学堂教科书所用,只要简约,但不能说教科适宜的,就是科学。①

这段话不是反对"科学",而是反对用生搬硬套的所谓"科学"来唬人,且完全无视中国自身的历史源流和深远的历史研究传统的态度。章太炎所嘲弄的是当时"咸与维新"式的"科学"。立论、论证都站得住,行文清楚明白,话语方式完全是现代杂文的笔调。事实上,在"五四"前,与"白话"、"白话报"相关联的文章,基本都和"科学"、"进化"、"民主"、"平等"等新思想、新观点联系在一起,而不像有些学者认为的那样,这些观点是区别"五四"与此前中国文化的标志,是"新文学"现代性的标志性内核。试以刊载于《中国白话报》的《国民意见书》为例:

> 凡国民有出租税的,都应该得享各项权利。这种权

---

① 章太炎:《中国文化的根源和近代学术的发达》,原载《教育今语杂志》第一册,1910年3月10日。收录于吴齐仁:《章太炎的白话文》,上海:泰东书局,1921年,第40页。

利叫做自由权,如思想自由、言论自由、出版自由。这些自由权,我们都应该享受的。……

我汉种的习惯性本来是最崇拜古人的,可巧那些有名的古人、有名的书卷,里头说话都是叫百姓服从皇帝、尊敬皇帝,不可以共皇帝作对,若有此等的人,都称他做乱臣贼子。那贼□知道此层缘故,心中暗暗欢喜,因此利用了中国的文字,又利用了孔夫子及各种酸腐的道学家,仗着什么圣贤古训,来压制汉族,那些经传好像就是他杀汉人的快刀利剑了。[1]

类似这样以西方价值观为衡量标准、鼓吹平等民主等革命思想、主张破除封建迷信、提倡科学等观念,在"五四"前几乎成为所有白话文宣扬的主旨。反倒是章太炎的白话文,质疑"进化论"是否是社会发展唯一道路;嘲讽以西方历史研究方法来规约中国历史的生硬作法;呼吁教育要从本国国情、历史文化出发,而不是完全西化,诸如此类,实在有拉历史倒车的嫌疑。此时的"旧道德"几乎成了过街之鼠,但章氏居然从容不迫地论道:

"东海有圣人焉,此心同,此理同也!西海有圣人焉,此心同,此理同也!"都是凭空妄想的话。实在各国道德不同,既作中国人,承中国的习惯,自然该受中国的道德。若说中国所受,只是古道德,不是新道德,在现在不相宜,那倒不然:中国的道德说,有不惬意处,也只该由自己想

---

[1] 林獬:《国民意见书》(节选),载张枬、王忍之《辛亥革命前十年间时论选集》第一卷,下册,北京:三联书店,1977年,第896、901页。

法子改正,不必照别国的法子改正。别国的道德纵然好,也只好照庄子说的,水不可用车,陆不可用舟。何况更有许多可笑可鄙的么?[①]

章太炎立论,喜与人不同的特质也由此可见一斑。就其语言形式的白话特征而言,复音词的大量出现,如"历史"、"科学"、"统系"、"性质"、"习惯"、"道德"、"改正"等现代词汇的运用;主语、系词的完整,如"既作中国人,承中国的习惯,自然该受中国的道德",而不是用古汉语中常见的倒装句、省略句;句子成分的增加,修饰语的增多,如"若是开卷就几句'历史的统系,历史的性质,历史的范围'就叫做科学",等等。从语言学角度来看,这是一种早期的欧化语言,还不具有与文言相抗衡的艺术表现力。可以说,章太炎的白话文所表现出的语言特质,是《新青年》自1918年4卷4号完全改用白话文的一个现实基础:善于论辩和说明,有逻辑清晰的观点和论证,但语言太过直白朴素;缺乏审美性和表现力。这也是新文学家们积极探索用白话成就"美文",使"现代散文"文体得以确立的重要使命所在。

第三节 现代散文语言的早期形态的确立

"国语的文学,文学的国语"暗示了晚清以来白话文运动的徒劳无功,也说明了"国语"的主体由文言转换为白话。这既有文学

[①] 章太炎:《经的大意》,原载《教育今语杂志》第三册,1910年4月9日。载《章太炎的白话文》,上海:泰东书局,1921年,第85页。

革命领导权的策略要求,也源于清季白话文运动在广泛传播的同时并没有把"白话"提升到国家语言、民族共同语的历史诉求。现代"国语"的设想从最初以文言为主体,到文学革命时期以白话为主体,经过了新文学初期"五四"一代自觉向"国语"靠拢的耦合期,在"欧化"和"留心说话"的双向选择中,散文语言的欧式语法、白话文风的书写形式逐渐稳定。以《白话文范》为代表的早期散文的集体亮相,代表了现代散文发生期的阶段性成果。"文白夹杂"的语言中间物状态和纯熟白话的自如运用,显示了中国散文语言格局的转换,这既是现代散文发生期的技术途径,也是其重要的建设内容。

一、"国语"与"文学"的耦合关系

正如胡适所言:国音字母、国音字典、教育部的公告都不能制定出"国语",国语的标准是伟大的文学家定出来的,标准的国语应是"文学的国语",新文学有足够的自信去容纳古今:"我们尽可努力去做白话的文学。……有不合今日的用的,便不用他;有不够用的,便用今日的白话来补助;有不得不用文言的,便用文言来补助。这样做去,绝不愁语言文字不够用,也绝不用愁没有标准白话。中国将来的新文学用的白话,就是将来中国的标准国语。造中国将来白话文学的人,就是制定标准国语的人"[①]。但在以白话文为语言正宗创造"文学的国语"的初期,现代白话文的书写实践却不尽如人意。反对者的观点中,章士钊的《评新文化运动》一文颇有代

[①] 胡适:《建设的文学革命论》,《中国新文学大系·建设理论集》,上海:上海良友图书印刷公司,1935年,第131页。

表性,虽然承认新文化运动"风行草偃,天下皆默认焉",已是势不可挡;但对白话文章的创作实绩却批评激烈:"流于艰窘,不成文理,味同嚼蜡,去人意万里者,全以一时手口所能指相应召集者为归,此外别无功夫"①。有关"白话文"的判断,也可从新文学内部评价中看出端倪。鲁迅谈到为何要用旧文来"救济"现在的语言,"取得若干资料,以供役使",原因就是"现在人民的语言的穷乏缺欠"②。叶圣陶在朱自清去世后作文纪念,谈到朱自清后期的散文作品时说:"全写口语,从口语中提取有效的表现方式,虽然有时候还带一点文言成分,但是念起来上口,有现代口语的韵味,叫人觉得那是现代人口里的话,不是不尴不尬的'白话文'。"③理论先行、创作实绩的滞后,导致白话散文"穷乏缺欠"、"不尴不尬",实在是困扰新文学诸君的问题。胡适号召众人以《水浒传》《红楼梦》《西游记》《儒林外史》等古白话小说为"教本",获取做白话的技能,他对自己的白话文创作经验总结也是如此,说自己早年在《竞业旬报》上发表的白话文就是鉴于此类阅读经验④。循着胡适的这条路数,白话文的写作情况大致如此:

  诸君呀!你们可晓得俗语中有见多识广四个字么?这四个字可不是人生最难做的到的么?为什么呢?因为那"见识"二字,是没有一定的。比方我们内地人到了上

---

① 章士钊:《评新文化运动》,1923年8月21日至22日,上海《新闻报》刊发此文;1925年9月,在《甲寅》周刊1卷9号又重新发表。见《章士钊全集》第四卷,上海:文汇出版社,2000年,第215页。
② 鲁迅:《写在〈坟〉后面》,载《鲁迅全集》第一卷,北京:人民文学出版社,2005年,第302页。
③ 叶圣陶:《朱佩弦先生》,原载《中学生》,1948年,第9期。
④ 胡适:《中国新文学运动小史》,载欧阳哲生《胡适文集》第一册,北京:北京大学出版社,1998年,第130页。

海,见了许多奇怪的东西,见了无数的外国人,哈哈!这个人回到内地,可不是一个见多识广的人么!但是照兄弟看起来,这还算不得什么!若真要做一个见多识广的人,一定要晓得天下大势、各国的内情,各色人种的强弱兴旺,各国物产的多少,商务的盛衰,这种人方才可以叫做见多识广呢![①]

这种凭借古白话小说、以说书式口吻写成的白话文,确实过于浅露直白,缺乏艺术美感。正如傅斯年批评白话文创作的实况是"异常质直,异常干枯","浑身赤条条的,没有美术的培养"[②]。对于这个阶段有心进行白话散文创作的人来说,均受过传统的文言文教育,甚至可以说,他们的启蒙教育是从文言文开始,现在要重新写一种语言体式,其遭遇之窘迫和今人用外语写文章一样艰难:频繁地使用"你我尔汝",就成了伪白话;一不小心露出"子乎者也",就回到了文言文的旧路。如何让自己笔下的文章从"非驴非马"走向"国语的文学,文学的国语",实在是件充满歧途的冒险,并不像胡适号召的那样,只要放胆去做、努力尝试,便胜利在望了。

如果白话文章的使命只是用在白话报上开启民智,做宣传之用,那就不会有这样的苦恼了。一旦将白话文章定位为"国语的文学",放在审美与思想的核心要地,那么对它的思想性和审美性的要求,就会立即等同于"经国大业"的文教盛事,或"缘情绮靡"、"体物浏亮"的审美追求。白话文要想真正成为"国语的文学",替代文

[①] 胡适:《地理学》,原载《竞业旬报》第1—3期,1906年10月28日—11月16日,署名"期自胜生"。载欧阳哲生《胡适文集》第九册,北京:北京大学出版社,1998年,第415页。

[②] 傅斯年:《怎样做白话文》,1918年12月26日,载《中国新文学大系·建设理论集》,上海:上海良友图书印刷公司,1935年,第223页。

言文的正宗地位,具体地说,是替换掉以严复、梁启超、章士钊为代表的散文"正宗",光靠理论的鼓吹无法深入人心;转借于小说、戏剧等非传统"文宗"的兴盛也不具有中国国情的说服力。与此同时,在当时的历史语境中,创作白话文的人,都有良好的传统教育背景,寄希望于铸就"国语的文学",对白话文章有较高的美学期待,就不会轻易写此前的白话报式的文章,而有了"白话文好难做,不是可以乱做的"的困惑。正如毛子水后来的回忆中谈到,在当时语境中有资格讨论白话文问题的是文言做得好的人,真正能把白话文做好的人也是有文言功底的人①。代表这样一种话语力量的傅斯年直接否定了以白话小说为现代散文创作范本的方法:

> 小说一种东西,只是客观的描写,只是女子小人的口吻;白话散文(Essay)体裁,很难靠他长进我们各类的白话散文。小说中何尝有解论(Exposition)辨议(Argumentation)的文章?小说以外,中国也没有用白话做的解论辨议的文章。照这样说,以前的白话出产品,竟不够我们乞灵,我们还要乞灵别个去。②

傅斯年承认章士钊为代表的欧化的文言能够表达"精密的思想",认为当下的白话和传统文章都有过于平直、缺乏逻辑推理性的毛病,因此白话文的出路除了"留心说话"外,更在于"借思想改造语言,借语言改造思想"的责任,策略是使语言和思想都变得"精

---

① 毛子水:《胡适传》《傅孟真先生传略》《傅孟真先生和文学》,载毛子水《师友记》,台北:商务印书馆,1975年,第9—50、89—100、101—104页。
② 傅斯年:《怎样做白话文》,1918年12月26日,载《中国新文学大系·建设理论集》,上海:上海良友图书印刷公司,1935年,第219页。

密深邃",这也是接受西方语言学概念,认为传统汉语没有缜密语法,"这种文体是含混不清且不连贯的",所以胡适、傅斯年等人的目标就是"能更好地适应生活需要的文体便须致力于使原有文体变得更加清晰明确、丰富多样"①。

这就与胡适所倡导的"话怎么说就怎么说",白话文的好处是简洁明晰等现代文章的定位不一样了。傅斯年的观点是"减去原来的简单,力求层次的发展,摹仿西洋语法的运用",即国语的欧化。对现代散文提出了明确的内涵要求,即逻辑的、哲学的、美术的现代白话散文,有"前人所未有"的句法和词法,铸就"文学的国语"的典范。

傅斯年的观点很快得到胡适的赞同,并作《国语文法概论》②等文为响应。对于"文学的国语"究竟是书面语言的重新建构,还是言文一致的化繁为简,其实早在新文学伊始,就有质疑之声:"方言绝难统一,言文断难一致。用白话文而无一定之标准,无文法可依据,将来恐于表情达意,不免生出障碍来"。胡适的回答是"言文本来不能一致。……我的主张,简单的说来,就是希望有国语的文学和那文学的国语,有国语做标准,不必去强求那不可能的言文一致了"③,胡适的回答含糊其辞。包括此前论述的以"演说"和"书信"呈现的"话怎么说就怎么说",可以解决中国散文现代化过程中的语言面貌问题,但无法解决散文的审美现代化的问题。

---

① 洪堡特:《论语法形式的产生及其对观念发展的影响》,载《洪堡特语言哲学文集》,姚小平译注,长沙:湖南教育出版社,2001年,第61页。

② 胡适:《国语文法概论》,原载《新青年》,1921年7月、8月(第9卷第3、4号)。分别收于《胡适文存》和《中国新文学大系·建设理论集》中。收录进《建设理论集》时,将前两部分节选为两篇文章:《国语与国语文法》和《国语的进化》。

③ 吴元康:《胡适史料补阙》,提问者是《时事新报·学灯》主编俞颂华,内容是《与胡适之博士谈话》,刊载于《时事新报·学灯》,1919年5月8日。见《民国档案》,2006年,第4期。

二、现代散文的雏形：白话文范

不用"话怎么说就怎么说"、完全地使用白话和口语等激进的主张来规约散文,现代散文语言就能够容纳更多的古语词、新生词和欧化词,表现出现代散文语言的丰富性和多样性。现代"国语"散文的典范是什么样子的？新文学诸君也急于给出答案,时人也期待有相关的"文范"供参考摹写。1920年商务印书馆出版的《白话文范》(四册),是中学废用"国文"、全部改学"国语"的基本教材,也是国民认知白话散文的第一部"文范"。该套书自出版后多次翻印、再版,在当时的普通读者中有较高的认可度。

《白话文范》四册,主要收录1911—1920年的白话散文。共收文章112篇,收录篇目频次如下：梁启超(7篇)、胡适(7篇)、蔡元培(6篇)、李大钊(5篇)、沈玄庐(4篇)、陈独秀(3篇)等,另有周作人、钱玄同、耿济之、康白情、傅斯年、任洪隽、章太炎等人若干文章,与《中国新文学大系·散文》一、二集的收录没有交叉。其中钱玄同的《〈尝试集〉序》后收于《中国新文学大系·建设理论集》；仅收周作人作品两篇：《游日本杂感》和《访日本新村记》。《白话文范》收录了《新青年》《每周评论》《时事新报》《晨报》《新潮》《新生活》和《新中国》等新文学刊物的作品,以及《尝试集》《中国哲学史》《欧战全史》等现代著作的序言,等等。《中国新文学大系·散文》一、二集着重收录1920年以后的作品,周作人《散文一集》以散文的实绩作为选录标准,选择范围甚至超出了1927年的时限。基于此,《白话文范》较多展现了现代散文初期的创作情况。

《白话文范》以李大钊的《新纪元》开篇,收录最多的是梁启超和胡适的文章,可见时人以二人的创作作为"白话"散文的范本。

现将二者收录于《白话文范》中的散文做样本分析:

辑录梁启超的散文	辑录胡适的散文
《人生的目的何在》	《李超传》
《无聊消遣》	《曹氏显承堂族谱序》
《最苦与最乐》	《欧战全史序》
《欧游心影录·楔子》	《最后一课》(翻译)
《巴力门逸话》	《许怡荪传》
《亚尔莎士洛林两州纪行》	《非个人主义的新生活》
《威士敏士达寺》	《杜威论思想》

颇有意味的是,《白话文范》收录最多的是《新青年》杂志中的文章,却仅收胡适发表于《新青年》中的一篇长文《实验主义》[①]的部分节选,即《杜威论思想》。《文范》还选了在胡适的散文中并不具太大声名的传记:《李超传》和《许怡荪传》,为不相识的女子李超做传,悼其不幸,鼓吹女子独立自主。为故交许怡荪做传,颇有另一个"范爱农"的身影。这两篇叙事性散文都不算上乘之作。胡适借为《欧战全史》作序,引发"学者"的自责:"挂起'学者'招牌,对于这样空前世界大战,竟不曾做出一部欧战史,竟不会译出一点关于欧战的参考材料!自从欧战开始以来,除了梁任公(启超)的一本小册子之外,竟寻不出一部关于欧战史料的汉文书!这不是我们这班人的大罪过?!"除了传记、学术思想或著作介绍外,胡适翻译的法国都德的《最后一课》传播甚广,它可视作继严复、林纾的文言翻译后,白话文翻译的一个样本,比起严、林的翻译,这是一个中规中矩的译本,如果不是胡博士用"白话"译出,事关母语与爱国的主

---

① 胡适:《实验主义》,载《新青年》,1919 年 4 月(第 6 卷第 4 号),载欧阳哲生《胡适文集》第二册,北京:北京大学出版社,1998 年,第 208—248 页。

题,恐难在文学史上立足。

胡适的《非个人主义的新生活》紧接在第三册周作人的《游日本杂感》《访日本新村记》二文之后,是对周作人所鼓吹的"新村主义"的反驳,警示青年不可用避世的消极态度,只求个人的安逸:"有志求新生活的男女少年!我们有什么权利,丢开许多的事业去做那避世的新村生活!我们放着这个恶浊的旧村,有什么面孔,有什么良心,去寻那'和平幸福'的新村生活!"①

《白话文范》的编者自言"白话文取材很不容易",主要取用了刊登在《新青年》上的李大钊、陈独秀、蔡元培、钱玄同等人的多篇文章,但对胡适创作的文章的选用,却以传记、翻译打头阵,其所辑录的《欧战全史序》和《最后一课》也没有收录在同时期的《胡适文存》(1921年12月)中,可见编辑眼中的胡适散文、大众阅读中的白话散文的接受,以及胡适自身的预设,还是有差别的。胡适自己并没有完全贯彻"话怎么说就怎么说",《文范》所刊载的七篇文章也非上乘之作,通篇看来,反而有些冗长晦涩。而《白话文范》所选用的梁启超在民国后创作的散文,流畅的白话文体,别致的说理和抒情,颇具现代散文的形貌,尤其是《欧游心影录·楔子》,情景之融会,自有一番韵致:

> 我们的寓庐,小小几间朴素楼房,倒有个很大的院落。杂花丰树,楚楚可人。当夏令时,想是风味绝佳,可惜我都不曾享受。到得我来时,那天地肃杀之气,已是到处弥满。院子里那些秋海棠野菊,不用说早已萎黄凋谢。

---

① 胡适:《非个人主义的新生活》,原载1920年1月15日《时事新报》,同年4月1日《新潮》第2卷第3号。《白话文范》第三册,上海:商务印书馆,1928年,第47页。

连那十几株百年合抱的大苦栗树,也抵不过霜威风力。一片片的枯叶,蝉联飘堕,层层堆叠,差不多把我们院子变成黄沙荒碛。还有些树上的叶,虽然还赖在那里挣他残命,却都带一种沈忧凄断之色,向风中战抖抖的作响,诉说他魂惊望绝。到后来索性连枝带梗滚掉下来,像也知道该让出自己所占的位置,教后来的好别谋再造。欧北气候,本来森郁,加以今年早寒,当旧历重阳前后,已有穷冬闭藏景象。总是阴霾霾的欲雨不雨,间日还要涌起蒙蒙黄雾。那太阳有时从层云叠雾中瑟瑟缩缩闪出些光线来,像要告诉世人,说他还在那里。但我们正想要去亲炙他一番,他却已躲得无踪无影了。①

这段文字用了"楼房"、"院落"、"享受"、"弥满"、"风力"、"变成"、"诉说"、"索性"、"景象"、"瑟瑟缩缩"、"无踪无影"等现代欧化词汇。用"不用说"、"赖在"、"差不多"、"正想要"、"还在那里"等口语词汇。用"杂花丰树"、"楚楚动人"、"肃杀之气"、"萎黄凋谢"、"蝉联飘堕"、"沈忧凄断"、"魂惊望绝"、"别谋再造"、"层云叠雾"等文言隽语、当代熟语。用"当……,想是……";"……时,已是……";"连……,也……";"虽然……,却……";"……像……";"但……,却……"等欧化语法句调。把当时的汉语文学语言用得充分、到位,实为现代散文发生期的优秀作品。

还需要补充说明的是,《白话文范》所呈现的这一时期"白话文"的"范本",不仅有当代人的创作,还收录了朱熹、程颢、程颐、王

---

① 梁启超:《欧游心影录·楔子》,载《白话文范》第二册,上海:商务印书馆,1928年,第7页。

阳明、陆象山等人语录,曾国藩、郑板桥的家书,《老残游记》《儒林外史》《镜花缘》的多篇节选。与胡适所追溯的"白话文学史"的资源基本匹配。为了让"国语的文学"续接上"白话文学史",呈现较有说服力的"文范"意义,编者可谓费了番苦心,也在该套书首页的"编辑大意"中直言"白话文的取材很不容易"。对于这种混杂了宋明儒语录、近代白话小说的"国语"概念,周作人曾质疑道:"凡非白话文即非国语文学,然而一方面界限仍不能划得这样严整,照寻常说法应该算是文言文的东西里边也不少好文章,有点舍不得,于是硬把他拉过来,说他本来是白话;这样一来,国语文学的界限实在弄得有点糊涂,令我觉得莫名其妙"。并进一步针对胡适的"活文学"、"死文学"的说法,批评道:"古文作品中之缺少很有价值的东西已是一件不可动移的事实。其理由可以有种种不同的说法,但我相信这未必是由于古文是死的,是贵族的文学","古文所用的字十之八九是很普通,在白话中也是常用的字面,你说他死,他实在还是活着的。……或者有人说所谓死的就是那形式——文体,但是同一形式的东西也不是没有好的,有些东西很为大家所爱,这样舍不得地爱,至于硬说他是古白话,收入(狭义)国语文学史里去了。那么这种文体也似乎还有一口气"[①]。

此时的周作人尚未完整地去整理新文学的源流,但显然对胡适所指认的这一白话文学"源流"关系颇不认同,对于近代以来的白话小说的语言质量也表示怀疑,对其是否能代表现代国家语言的先行者,也持否定态度。周作人进一步的补充认为《新旧约圣经》和西方文学作品的翻译是"中国最早的欧化的文学的国语",强

[①] 周作人:《艺术与生活·国语文学谈》,载钟叔河《周作人散文全集》第四册,桂林:广西师范大学出版社,2009年,第483—486页。

调文学语言的改造应从这个渠道得到"许多帮助与便利"①。这与傅斯年的白话文改造意见,虽出发点不同,但对"文学的国语"的深邃精美的诉求,是一致的。周作人把"国语"以口语和书面语的独立性,来化解了"白话文"过于直白简陋的尴尬境遇:

> 一国里当然只应有一种国语,但可以也是应当有两种语体,一是口语,一是文章语。口语是普通说话用的,为一般人民所共喻;文章语是写文章用的,须得有相当教养的人才能了解,这当然全以口语为基本,但是用字更丰富,组织更精密,使其适于表现复杂的思想感情之用,这在一般的日用口语是不能胜任的。②

"文章语"是有相当教养的人才能了解和运用,也就是书面语言的独立发展,尽管是以口语为基础,这就在"白话文"的前提进一步的明确了"文学的国语"的内涵:"用字更丰富、组织更精密","适于表现复杂的思想感情"。相比较傅斯年以"欧化"来说明国语的改造方向,周作人提出了更宽泛的现代语言范畴:"现代国语须是合古今中外的分子融合而成的一种中国语",其建设内容是"就通用的普通语上加以改造","采纳古语"、"采纳方言"、"采纳新名词"③。此后周作人不断强调"理想的国语"是"以白话(即口语)为

---

① 周作人:《圣书与中国文学》,原载《小说月报》,1921年1月(第12卷第1号),载钟叔河《周作人散文全集》第二册,桂林:广西师范大学出版社,2009年,第298页。

② 周作人:《艺术与生活·国语文学谈》,载钟叔河《周作人散文全集》第四册,桂林:广西师范大学出版社,2009年,第483—486页。

③ 周作人:《国语改造的意见》,原载《东方杂志》,1922年8月10日(19卷17号),收入"艺术与生活",见张菊香、张铁荣编《周作人年谱》,天津:天津人民出版社,2000年,第212页。

基本,加入古文、方言及外来语,组织适宜,具有论理之精密与艺术之美"①。对于"文章语",鲁迅直接说是"以文字论",也就是书面语言的问题,虽然以"活人的唇舌为源泉",也就是以当时的口头语言为主体,但不必排斥"旧文":"对于现在人民的语言的穷乏缺欠,如何救济,使他丰富起来,那也是一个很大的问题,或者也须在旧文中取得若干资料,以供使役"②。可见"国语"不等同于"白话",现代散文不等同于白话散文,它的成绩更多地表现为融合了白话、文言、方言、域外词汇和语法的"国语"语境下的散文新生。

三、现代散文初期的语言风格的生成

从散文语言的表现情况来看,现代散文发生期的语言风格表现为文白夹杂的语言"中间物"形态和纯熟白话风格的初显,尤其以周氏兄弟及陈独秀、胡适、李大钊等人的作品为典型,不仅代表了现代散文的成就,也呈现了现代散文发生期的过程。鲁迅的《热风》中的作品几乎都完成于1923年之前,唯独《热风》中的最后一篇《望勿"纠正"》是写于1924年。《坟》中所收录的《人之历史》《科学史教篇》《摩罗诗力说》和《文化偏至论》写于"五四"之前,《我之节烈观》《我们现在怎样做父亲》《娜拉走后怎样》写于"五四"初期。鲁迅"五四"初期的散文作品主要发表在《新青年》和《晨报副刊》上。周作人的《自己的园地》1923年版,以及收于《谈虎集》《谈龙

---

① 周作人:《理想的国语——致玄同》,原载《京报副刊·国语周刊》,1925年9月6日(第13期),见张菊香、张铁荣编《周作人年谱》,天津:天津人民出版社,2000年,第293页。

② 鲁迅:《写在〈坟〉后面》,载《鲁迅全集》第一卷,北京:人民文学出版社,2005年,第302页。

集》《泽泻集》《雨天的书》《艺术与生活》中的部分作品均创作于这个时间段,主要发表于《新青年》《晨报副刊》《每周评论》《小说月报》等。周作人散文创作的数量和质量都在"五四"初期堪为翘楚。

1. 文白夹杂的语言"中间物"

从现代散文发生期的语言情况来看,陈独秀、鲁迅等人的文字更多的容纳了文言词,形成了一种文白夹杂的特别形式,精到老辣。更留心文章的铿锵有韵,擅用、或者说习惯用对偶排比,如"我们还要叫出没有爱的悲哀,叫出无所可爱的悲哀……我们要叫到旧账购销的时候!"(《随感录》四十)。"志士说保存国粹,是保存旧物的意思;大官说保存国粹,是教留学生不要剪去辫子的意思"(《随感录》三十五)。"他们因为所信的主义,牺牲了别的一切,用骨肉碰钝了锋刃,血液浇灭了烟焰。"(《随感录》五十九"圣武")。"沙漠在这里。没有花,没有诗,没有光,没有热。没有艺术,而且没有趣味,而且至于没有好奇心"(《为"俄国歌剧团"》)。

鲁迅经常利用旧词、时语创制充满意味的新词。试以鲁迅在《新青年》上首次亮相的《随感录》"二十五"为例:

> 最看不起女人的奥国人华宁该尔(OttoWeininger)曾把女人分成两大类:一是"母妇",一是"娼妇"。照这分法,男人便也可以分作"父男"和"嫖男"两类了。但这父男一类,却又可以分成两种:其一是孩子之父,其一是"人"之父。第一种只会生,不会教,还带点嫖男的气息。第二种是生了孩子,还要想怎样教育,才能使这生下来的

孩子,将来成一个完全的人。①

依据"母妇"、"娼妇"的逻辑创制了"父男"、"嫖男"。其他如"合群的自大"、"爱国的自大"、"踏在朝靴底下的学习诸公"、"红肿之处,艳若桃花;溃烂之时,美如乳酪"、"理想经验双全家"、"经验理想未定家"等。鲁迅式的"反讽"已在新文学初期独树一帜、初见锋芒。此前陈独秀有"十八妖魔"的批判,钱玄同有"桐城谬种"、"选学妖孽"的恶谥,从文章学的角度来看,是一元化的判决书,缺少散文的丰富性和弹性。在措辞和句调上都显得简单质直。而鲁迅的杂文充分利用欧化的并列、递进、转折方式,将文章的跌宕感表现的充分、到位:

> 那时候,只要从来如此,便是宝贝。即使无名肿毒,倘若生在中国人身上,也便"红肿之处,艳若桃花;溃烂之时,美如乳酪"。国粹所在,妙不可言。那些理想学理法理,既是洋货,自然完全不在话下了。(《随感录》三十九)

> 所以我时常害怕,愿中国青年都摆脱冷气,只是向上走,不必听自暴自弃者流的话。能做事的做事,能发声的发声。有一分热,发一分光,就令萤火一般,也可以在黑暗里发一点光,不必等候炬火。

> 此后如竟没有炬火:我便是唯一的光。倘若有了炬火,出了太阳,我们自然心悦诚服的消失,不但毫无不平,而且还要随喜赞美这炬火或太阳;因为他照了人类,连我

---

① 鲁迅:《随感录·二十五》,载《鲁迅全集》第一卷,北京:人民文学出版社,2005年,第311页。

都在内。(《随感录》四十一)

"只要……便是","即使……倘若……也便","那些……既是……自然完全……","所以……愿","能……能……","有……就……","倘若……不但……而且……"通过这些并列、递进、转折词的使用,将文章的句式营造的跌宕起伏。鲁迅著名的"开天窗"的比方就是一个典型的"与其……不如……"的"五四"语法,既然要矫正,就不怕过枉。句式、语法从简单的欧式模仿,已演变深入为爱与恨、战斗与绝望、激辩与呼号的峰回路转。

鲁迅对传统文言词汇、语法的使用可谓是化于无形、臻于至善。大致有两种情况:一种是借用传统的专有词汇,达到一种强烈间离、讽刺的效果。第二种是将传统词汇、语法化用在文章笔调中,形成一种语言的别致、风格的跌宕和思想的深邃。

第一种情况在他的"随感录"中随处可见,尤其是对国人的"伪国粹"的批判上。如他的《随感录》"三十七"把中国传统语境的词汇如"九天玄女"、"轩辕黄帝"等续接成"九天玄女传与轩辕黄帝,轩辕黄帝传与尼姑",形成极辛辣的讽刺,至于"武松脱铐"、"板油扯下"、"乌龙扫地"、"藤牌操法"等古代武术、军事的术语也被语用为一种反语式的戏谑。

第二是对传统语言的化用,形成别具一格的文白夹杂,甚至被朱光潜引为"做好白话文须读好古文"的经典案例,鲁迅由此自嘲为"中间物",尽管汪晖赋予它"历史中间物"的文化意义,但从鲁迅本人写在《坟》的后记来看,更多的是指语言形式的文白夹杂,为了救济、丰富彼时语言的"穷乏欠缺"。作纯熟的文言是"五四"诸君的书面"母语",鲁迅不仅善作文言,而且喜用冷僻字和古字,喜将文章写的奇崛跌宕。

这既受到章太炎的影响,又有其个性使然,早年的《摩罗诗力说》、《文化偏至论》便是佐证。到了新文学时期,文言的融入、笔调的曲折,成为鲁迅散文创作的一大特色。这种文言的化用,最经典的文本还是在《野草》、《朝花夕拾》,以及鲁迅的很多中后期作品中。鲁迅散文的神妙,对于很多读者来说几乎到了"此中有真意,欲辨已忘言"的地步:"我沉静下去了。寂静浓到如酒,令人微醺。望后窗外骨立的乱山中许多白点,是丛冢;一粒深黄色火,是南普陀寺的琉璃灯。前面则海天微茫,黑絮一般的夜色简直似乎要扑到心坎里",这段扑到心坎里的文字,与其说是欧化的产物,不如承认它极浓郁的文言气息。一句"寂静浓到如酒,令人微醺",是当代散文家木心的"至爱之句",并以为类似上述这样的文章"只有鲁迅写得出"[①]。鲁迅是20世纪最优异的文体家,木心以散文家的特殊读者身份,赞叹鲁迅的语言文字能力是"天才之迸发,骤尔不可方物",可谓是方家间的"深得我心"。

笔者仍想补充的是,鲁迅文字的精妙,既是天赋的,也是多年修炼的结果。试看鲁迅早年的《摩罗诗力说》、《域外小说集》,文言小说《怀旧》、包括《狂人日记》等各类文学成果,尽管在"五四"文坛的横向比较中,确实出手不凡,代表了新文学创作实绩的最高峰。但从鲁迅自身的文学创作状态来看,以十年后《野草》(1927年)的出版为代表,其语言文字的洗练传神,也是一个渐入佳境的过程。鲁迅对用字遣词方面独有心得,是和他多年养成的文字学考辨能力、素养和方法有密切的关系。周作人在鲁迅逝世后接受采访时说到"在文学方面,他对于旧的东西,很用过一番功夫",且认同"他

[①] 木心:《鲁迅祭——虔诚的阅读才是深沉的纪念》,载《南方周末》,2006年12月14日。

的长处是在整理这一方面",指的是"古代各种碎文的搜集,古代小说的考证等"①。这一观点有极大的偏颇,但从另一个角度说明了深厚的国学积淀、文言修养,给了鲁迅厚积薄发的思想与文采。仅以鲁迅最后的一篇散文《有关太炎先生二三事》为广陵绝唱、以资纪念:

> 但革命之后,先生亦渐为昭示后世计,自藏其锋镳。浙江所刻的《章氏丛书》,是出于手定的,大约以为驳难攻讦,至于恣骂,有违古之儒风,足以贻讥多士的罢,先前的见于期刊的斗争的文章,竟多被刊落,上文所引的诗两首,亦不见于《诗录》中。一九三三年刻《章氏丛书续编》于北平,所收不多,而更纯谨,且不取旧作,当然也无斗争之作,先生遂身衣学术的华衮,粹然成为儒宗,执贽愿为弟子者綦众,至于仓皇制《同门录》成册。近阅日报,有保护版权的广告,有三续丛书的记事,可见又将有遗著出版了,但补入先前战斗的文章与否,却无从知道。战斗的文章,乃是先生一生中最大,最久的业绩,假使未备,我以为是应该一一辑录,校印,使先生和后生相印,活在战斗者的心中的。然而此时此际,恐怕也未必能如所望罢,呜呼!

这段极为漂亮的文言化叙述,出自重病下的鲁迅。欧式的转折、递进句调,文言词汇与现代词汇的穿插融合,熔铸成铿锵有力、

---

① 周作人:《鲁迅先生噩耗到平,周作人谈鲁迅》,载《大晚报》,1936年10月22日,转引自张菊香、张铁荣编《周作人年谱》,天津:天津人民出版社,2000年,第507页。

雄奇峭拔的文风。也只有鲁迅，把文字打磨得如此锋锐与雄浑兼得。

2. 纯熟的白话散文的初显

相较而言，胡适、李大钊、周作人等人的散文白话化程度要高很多，从"话怎么说就怎么说"到说得有"余情"，高度白话化的散文渐有了滋味和韵致。学界常以"絮语"、"谈话风"来概括周作人散文语言的特点，并肯定其白语化的风格将散文从古典的冠冕文章、"五四"的激进杂感中跳脱出来，形成个体为主体的现代抒情散文。周作人对现代散文的建设之功在新文学初期就已显现。《祖先崇拜》《思想革命》《罗素与国粹》《国粹与欧化》《思想界的倾向》《先进国之妇女》等文化批评、社会批评的时论文章颇有"凌厉浮躁"之气。《人的文学》《平民的文学》《美文》《文艺批评杂话》等对现代文学理论建设有重要意义，从散文研究的角度，上述作品都是以平实的话语、沉稳的推论，构建厚实有力的观点，而不是一种愤怒的情绪或简单的口号。

白话式"述学之文"可追溯到章太炎的白话国学文，首开学术文章的白话式书写先河。胡适等《新青年》诸君的文艺评论、社会批评、思想批判等文章，也渐以"白话"形式表达。到了周作人笔下，"论文"不仅可以用白话，而且观点清晰、表达有力，完成了学理性的自足。"美文"不仅是"论文"的一种，而且是可以用白话写就的。由此"白话"真正登上大雅之堂，与它能够成为学术性研究的语言载体，有极大的关系。

《山中杂信》《自己的园地》《初恋》《娱园》等作品逐步凸显了散文的文学主体。就其语言特质来看，首先是高度的口语化，又不等同于近代白话文的粗陋质直。《一个乡民的死》《卖汽水的人》《寻

路的人》等都娓娓道来,如叙家常。以《天足》一段为例:

> 我最喜见女人的天足。这句话我知道有点语病,要挨性急的人的骂。评头品足,本是中国恶少的恶习,只有帮闲文人,像李笠翁那样的人,才将买女人时怎样看脚的法门,写到《闲情偶寄》里去。但这实在是我说颠倒了。我的意思是说,我最嫌恶缠足!

多用日常化语词,在句意的连接上,虽引了李笠翁《闲情偶寄》的反面例证,却不似鲁迅那样拼接出戏剧性的讽刺效果,而是徐徐的、冷冷的摆事实,等读者去醒悟。同时,周氏散文擅长从"平淡"甚至貌似"憨直"的叙述中里隐隐荡漾出幽默和讽刺,用胡适的话来说就是"平淡的谈话,包藏着深刻的意味;有时很笨拙,其实很滑稽"[①]。此时周作人的"凌厉浮躁"之气尚存,即便是娓娓谈话之风,也多是"别扭"的写法。郁达夫的《〈中国新文学大系·散文二集〉导言》和周作人的《知堂回想录》中都提到《碰伤》因为"出诸反语"而被误解的插曲。可见白话的文艺化意味着不能再以"明白如话"作为现代散文审美性的唯一衡量标准。《前门遇马队记》《碰伤》《天足》都有这种故意"别扭",故意的"浑然不觉"、佯作无知:

> 人家提起兵来,便觉得很害怕。但我想兵和我同是一样的中国人,有什么可怕呢?……那兵警都待我很好,确是本国人的样子,只有那一队马煞是可怕。那马是无

[①] 胡适:《五十年来中国之文学》,载欧阳哲生《胡适文集》第三册,北京:北京大学出版社,1998年,第234页。

知的畜生,他自然直冲过来,不知道什么是共和,什么是法律。但我仿佛记得那马上似乎也骑着人,当然是个兵士或警察了。那些人虽然骑在马上,也应该还有自己的思想和主意,何至任马匹来践踏我们自己的人呢?(《前门遇马队记》)

我时常兴高采烈的出门去,自命为文明古国的新青年,忽然的当头来了一个一跷一拐的女人,于是乎我的自己以为文明人的想头,不知飞到哪里去了。倘若她是老年,这表明我的叔伯辈是喜欢这样丑观的野蛮;倘若年青,便表明我的兄弟辈是野蛮:总之我的不能免为野蛮,是确定的了。这时候仿佛无形中她将一面藤牌,一枝长矛,恭恭敬敬的递过来,我虽然不愿意受,但也没有话说,只能也恭恭敬敬的接收,正式的受封为什么社的生番。我每次出门,总要受到几副牌矛,这实在是一件不大愉快的事。唯有那天足的姊妹们,能够饶恕我这种荣誉,所以我说上面的一句话,表示喜悦与感激。(《天足》)

展示某种表象,佯装不知真相如何,而受嘲弄者在这种表象中自以为是,形成表象与真相的强烈对照、相互抵牾而产生喜剧效果,这种对照越强烈,反讽的效果就越明显。与此同时,反讽者佯装的能力,表现了他的超然力,是一种超然自在、清澈见底、安然自得的洞见。并由此获得美学的平衡感。周作人甚为倾慕的古希腊就有这样的反讽修辞,在自以为高明的对手面前故意装疯卖傻,用"傻话"引发所谓"聪明人"的洋相百出。在新批评学者眼中,反讽是指"语境对于一个陈述语的明显的歪曲"①。新批评派甚至认为反讽是诗歌语言的基本原则、思想方式和哲学态度。周作人的佯谬装痴,故意用被反讽的口吻描述"都是本国人"的士兵军警、教员自己"碰伤"的事件、以"缠足"为美的观念等,都是拐弯抹角、绵里藏针。这既是高明的讽刺,也隐含了作者的超然和清高。这不仅说的"有理",还多了"余情",是散文语言现代化的表征。周氏散文有高度白话化,自然纯熟、渐有滋味。正如汪曾祺谈散文语言的魅力:"作品的语言映照出作者的全部文化修养。语言的美不在一个一个句子,而在句与句之间的关系。包世臣论王羲之字,看来参差不齐,但如老翁携带幼孙,顾盼有情,痛痒相关。好的语言正当如此。语言像树,枝干内部液汁流转,一枝摇,百枝摇。语言像水,是不能切割的。一篇作品的语言,是一个有机的整体"②。从文学语言的呈现来看,纯熟白话的自如表达,标志着中国散文的语言格局彻底转换。在这一独立的现代语言空间中,或洗练、或飘逸、或深刻、或晶莹的多样审美形态纷呈竞放。精神的迷茫、躁动和语言的杂糅、抒发,预示着现代散文文体的确立,经精神独立和语言自足两个途径的转换而得以完成。

可以说,文学革命的胜利不仅在于思想的进一步革新,还在于现代国家语言的确立,在这一点上,新文学散文的成就居功至伟。正如索绪尔所判断的"一旦被提升为正式的和共同的语言",就很难是一种纯粹单一的语言形式,"就很少保持原来的面貌",它会不断"参杂"各种语言成分,"使它变得越来越混杂"③。尽管德里达的《论文字学》中批评了索绪尔的语音中心主义,但也不得不承认语

---

① 赵毅衡:《"新批评"文集》,天津:百花文艺出版社,2001年,第379页。
② 汪曾祺:《自报家门》,载《老学闲抄》,西安:陕西人民出版社,1993年,第367页。
③ 索绪尔:《普通语言学教程》,高名凯译,北京:商务印书馆,1980年,第273页。

言与文字的关系支配着社会的全部文化和全部科学。语言的社会命运,依赖于现代民族想象的建构。现代散文也正是通过采纳古语、方言、新名词、外来语等的海纳百川,形成"国语"的散文,这是中国现代散文新生的最明显的标志。新文学散文的现代书写才能在近代以来语言变革已经极为剧烈的情况下,最终罢黜百家,独为一尊。而中国散文的现代发生期正是在精神独立和语言自足的双重路径下实现现代转换的。尤其是作为现代散文最鲜明特质的语言寓所,在文言、白话、方言、欧化语等诸多语言的融会中,逐渐形成多样丰富、具有表现力的现代散文语言。

结 语

黑格尔在《精神现象学》中曾言:"存在的或自在的东西只于它为意识而存在时存在,而那为意识而存在的东西也就是自在的存在。达到了这个真理的意识是已经走过这条道路的,而当他直接地出现为理性时,它却已经忘记这条道路,或者说,这个直接出现的理性只作为这个真理的确定性而出现"[1]。散文创作和研究的现状喻示着作为民族语言基本载体的衰落。长期以来散文研究受到冷落、被贬低,一方面是由于散文的边界太过宽泛,难以把握边界和理论切入点;另一方面是学术界普遍认为诗歌、小说、戏剧等文体更能代表中国文学的现代演进。1949年后,老舍、冰心、吴组缃等著名作家多认为散文是训练青少年文字表达的基本练笔工具,"把散文写好,我们便有了写评论、报告、信札、小说、话剧等等的工具了。写好散文,作诗也不会吃亏"[2],进一步压抑了散文作为民族整体的语言素养、思想表达和审美情操的基本载体意义。丁帆教授曾言:"20世纪散文眼花缭乱,各种思潮纷呈,然评论如潮,治史

---

[1] 黑格尔:《精神现象学》(上),贺麟、王玖兴译,北京:商务印书馆,1979年,第156页。
[2] 老舍:《散文重要》,载《散文笔谈》,南昌:百花洲文艺出版社,1980年,第3页。

甚少"[1]。散文研究的困境很大程度上源于研究者们多将散文史视为社会意识形态的载体,很难从散文本体角度建构历史。中国散文悠久深厚的历史和复杂曲折的现代转换,不仅仅是社会历史和文化内容的变革,更展现了文体本身的蜕变、发展的内在逻辑。发生期的散文变化,的确是缘自时代变局、社会政治、意识形态的强烈干预作用,但是这种促发既带来了散文的新变,也抑制、挫伤了散文文体的审美建构。从这个意义上看现代散文的发生期,在呈现社会历史具体性的同时,也展现了散文本体艺术的蜕变、流失、回归和升华的艰难历程。

一百年前,严复反对新文学运动的理由是:"文字语言之所以为优美,以其名辞富有,著之手口,有以导达要妙精深之理想,状写奇异美丽之物态耳"[2]。并认为西方文学革命的方向是"以语言合之文字",而中国文学革命的方向与之相反,势必带来汉语语言及文化价值的旁落。为了向"美文不能用白话"的"迷信"示威,现代散文成为"五四"诸君努力探索的书写实践,其成就也成为新文学实绩的典型。事实上,现代散文渗透着太多的古典审美情趣与汉语民族特色,与古典的性灵、雅致、闲适的风尚均有千丝万缕的关联。同时,与激进的现代文学革命既有共鸣期,也有分离期。散文研究面临着主流意识形态的干预、研究对象的庞杂、现代性语境的困惑、审美取向的程式化,以及研究方式的单一化等问题。当我们回到散文本体来看现代散文发生期的燠热、芳烈的变革时,历史的选择和逻辑的推导无法在同一个话语层面达成一致。

---

[1] 范培松、丁晓原:《建构散文和散文史研究的高地》,载《渤海大学学报》,2009年,第3期。
[2] 严复:《与熊纯如书·八十三》,载《严复集》第三册,北京:中华书局,1986年,第699页。

对"新文学"诞生的研究范式带来了其研究领域的某种封闭性,如视角单一、方法陈旧、观点雷同、材料重复等。要更为有效地开拓现代散文发生期的具体研究,有必要通过具体的散文新旧转变的历史问题来检讨。从现代散文发生期的文体生成途径来看,王纲解纽、主义纷呈,报刊应运而生,迎来中国报刊史上的第一个热潮。正如周策纵曾强调:"《新青年》是在中国近代第一份中文刊物出现整整一百年后创刊的"①。各党派、学说、思潮都把报纸作为最重要的阵地,决定了诸多报刊都充斥着浓烈的社会批判、文化批判、政治观念的气息,具体表现就是"论说"、"时评"栏目的推出,并形成了一种文体效应。这种指点江山、激扬文字的散文比比皆是,散文和报章结缘,使得散文作家和社会、读者之间建立了紧密的联系,传统散文的贵族式、古典式、山林式的书写格局已无容身之地,而国民的、写实的、社会的散文成为知识分子写作首选的重要载体,这是散文现代化的肇端。这些令人神往的战斗文章,不仅是"感应的神经,攻守的手足"②,而且极具通俗性和大众化的特点。这一报刊兴盛的浪潮,也形成了较为稳定的媒介传播经验,启蒙了"五四"一代,训练了他们的写作能力、思考能力、刊物社团经验。可以说,散文已从庙堂走到了广场,中国散文的新生以杂文的首挑重任亮相在历史舞台上。

从主题性质上来看,现代散文发生期阶段,散文从传统的"阐教翼道"或文人雅致集中转向关注社会政治、经济、文化、外交等时代话语。在不遗余力地批判旧道德、旧思想、旧文化,激扬新道德、

---

① 周策纵:《"五四"运动:现代中国的思想革命》,周子平等译,南京:江苏人民出版社,2005年,第59页。
② 鲁迅:《且介亭杂文序言》,载《鲁迅全集》(第六卷),北京:人民文学出版社,2005年,第3页。

新思想、新文化的评说、论说、杂感中,现代散文发生期新旧交替的转型特质被呈现出来,特定时代"伟大的文化冲突和世界文明的多样性"①也被折射出来。从形式上来看,语言文字逐步通俗化、大众化。随着新文化运动的深入发展,这一特质进一步被推入新的阶段。散文作为"戊戌"、"五四"两代知识分子最自由、最直接的表达工具,具有"随感"式的众声喧哗,也具有"自己的园地"的个性抒发气质。漫步在这一时期的散文园地中,可以感受到扑面而来的补天情结、忧患意识,也可以感受到告别传统的犹疑彷徨,探寻文学审美现代化的艰难跋涉。

当然,这一时段的散文主题表现出了中西文化交汇时的不成系统、杂乱草率,带有不少妄自揣测、歪曲解读的意味。另一方面,现代散文发生期的文学社会功能、世用价值被过度拔高,文学本身的价值规律、审美要求则并未得到很多重视。这既使"文界革命"与"文学革命"成为时代话语,成为文学发展的荣耀勋章,同时也压抑了文学的自身发展,使得整个散文文苑充斥着燠热、躁动、喧嚣的声音。这在散文发生期阶段已经是明显的问题。因此,当这段狂飙突进的散文创作浪潮以新文化运动为历史峰值,喷薄而出后,知识分子们亟需找回自己的声音,回归自己的精神家园。与此同时,汉语言文学的民族特色、传统散文创作的经验与规范仍渗透在散文写作中。现代散文发展的得失、成就都与之息息相关。小品文的成功隐约闪耀着贵族的、山林的、古典的光辉。

从文学场域中对散文发展持不同立场、观点的人物间的抗辩声音中,我们可以梳理出散文文体的独立是多方"合力"的结果。散文理论的现代变革发生在传统与现代的对话交锋中。梁启超的

---

① 汤因比:《历史研究》(下),曹未风等译,上海:上海人民出版社,1986年,第429页。

"文界革命"号召以"欧西文思"为主题,以"雄放隽快"为文风,报刊的传播方式和饱含感情的笔锋,使"新文体"完全冲破了传统散文的羁绊,成为清季最有影响力的文体。"革命"话语成为散文发展的主体导向,而同时期的严复却认为"文界革命"的导向是对散文的"凌迟"、是对文艺性审美的践踏。对散文传统资源的再选择、审美标准的再塑造,是现代散文发生期的重要工作,为此后的新文学散文溯源提供了充分的话语资源。新文学运动初期,一度将传统散文称为"美术文",以艺术的形式获得存在合法性;而将白话文称为"应用文",使之获得世用的普泛性。与此同时,新文学内部对如何写"白话"散文,也产生了"话怎么说就怎么说"、"留心说话"、"欧化"还是"古今中外的分子融合而成"的分歧。在"杂文学"与"纯文学"、"载道之文"与"美术之文"的争论中,散文逐渐获得了现代文学意义上的文体独立,益发凸显了它的启蒙现代性,并在"人的文学"的关照中,形成了散文文体的主体意义。

对散文的新旧、纯杂、文白等重要理论问题,不同立场者都自觉采用西方文学理论来进行辩驳。对以西方文明为表征的现代化的回应,挖掘本土文学中的非正统、异端资源进行创造性转换,立足于散文主体的独立和自足,期待启蒙现代性与审美现代性之间获得圆满的平衡,构成散文理论现代发生期的主要特征。

从中国知识分子精神镜像、"意识现象"的视角辨识世纪之交中国文人的精神史、文化史的走向。以散文作为知识分子诗性思想的文本载体,探索中国社会转型期人的现代化、社会启蒙和自我启蒙的问题。一切历史都是精神史,现代散文的发生可以说是中华民族精神史转变的镜像。相对于传统散文所追求的人与宇宙的和谐,现代散文的新生是以"我"的强烈主体意识为特征的。流露出对"新的美学"的渴求,具体表现为个体的"真"、"自由"、"自性"

的舒展,诞生了"争天抗俗"的摩罗精神,在"伪士当去"的"求真"意识下产生了"儒侠"、"复仇"和"破脚骨"等精神品质,并在此基础上产生了以"我"为原点的、与世界的对话关系,表现出"为我主义"、"独善的个人主义"和"健全的个人主义"的多元的、丰富的主体意识。同时,中国散文的现代转变适逢一战后欧洲反思现代性的浪潮,在对西方的价值重估和生命哲学的误读中形成了"创造进化论"的乐观立场和历史动力,进一步说明了散文现代转变过程中的中国语境和民族想象。

从语言形式角度入手进行文本细读,解读现代散文经典化的过程。现代散文要成就自己的文体意义,除了在思想立意上须跳脱传统窠臼,还要呈现语言形貌的独特性。语言不仅是新旧散文转换的显性标志,也是其发生期的重要内容。晚清至"五四"初期的"国语运动"的主题从文言的趋于浅白转变为白话化;"白话文运动"从世用的应用功能转变为文学的艺术要求;语言艺术为散文文体最终获得新文学最高成就的殊荣提供了至关重要的作用。

出于文化领导权、文学话语建构等多方面因素的考虑,新文学家们既要和近代以来的文言改造划清界限,也要和晚清白话文运动撇清关系,并置换了"国语"运动的主题内容。事实上,现代散文语言的形成,与白话、"19世纪末的文言"、西方词汇的融汇,以及"话怎么说就怎么说"、"欧化"等路径探索都有着紧密关联,现代散文正是在"国语"这一大背景下生成的。

"五四"文学对清末以来白话文运动和文言文改造的批判,换一个角度看,能使我们更多的了解民族语言的状态。在新文学的主张中,大众话语和精英话语的差别成为生死形态的"进化"差别,表音语言体系和表意语音体系的巨大差异变成优劣的差别。白话、文言的选择与判定问题,在严复、林纾、梁启超、章太炎、章士钊等先行者的创作实践中有不同的取舍;在新文化运动初期有大众接受和精英立场的差异;即使在新文学内部也一直有不同的声音。钱玄同、胡适等积极推行废文言、纯用白话的主张。而周作人、鲁迅等人则主张兼收并蓄,并积极付诸实践。可见,一步到位完成"国语"散文的建设与完善,远非人力所及;"国语"的散文应该怎么建设,也非一份纲领、一个口号即能完成。他们的创作实绩也更有力地证明了单一语言形式的苍白脆弱,散文的审美艺术性,惟有枝叶扶疏、海纳百川,才能显现出持久的生机和活力。

综上所述,散文以布道的面貌进入近代中国历史舞台,披上启蒙的战衣上阵。处于新旧转折中的现代散文发生期,体现了特定时代文化精神的艰难选择,折射了"戊戌"—"五四"两代知识分子的精神镜像。通过理论的论争、散文美学资源的再选择、主体的彰显和语言的技术性实践等多重路径的探索,实现了现代散文发生期的复杂转换。作为文类之母的散文,既是汉语言文学传统最重要的文体形式之一,也体现着民族精神的深度和活力。但"散文"在追慕西方、独醒浊世、走向大众的纷繁征途中进退失据。发生期的散文,更未及品味家国情思、伫望侨寓乡愁、感慨都市困境、静守大美天地;在空蹈理想、虚构未来的炽热追寻中,未及捍卫散文本体、守望主体精神、安顿个体灵魂。也几乎在同一时期的世界另一隅,尼采如是说:"我不知疲倦地揭露我们当代科学追求的非精神化的影响。科学的巨大范围今日强加于每一个人的严酷的奴隶状态……我们的文化之苦于虚无,更甚于苦于自负的一孔之见者和片段人性的过剩"[①]。睽违百年,重拾严复的痛惜和尼采的警告,回

[①] 尼采:《偶像的黄昏》,载《尼采文集·查拉斯图拉卷》,周国平等译,西宁:青海人民出版社,1995年,第418页。

眸这段跌宕起伏的历史图景,作为"认识性装置"的发生期散文,在审美评价和价值评价"制度化"的研究范式中,其历史场域中偶然性与共时性的纷争、被遮蔽的逻辑可能、对现代文学整体发生的意义、对现代汉语言文学发展的路径选择,都是本文尝试质询的问题之要旨。

参考文献

一、作家作品集

[1] 巴金.巴金散文选.杭州:浙江文艺出版社,2009.

[2] 曹伯言.胡适留美日记.合肥:安徽教育出版社,2001.

[3] 曹聚仁.笔端.北京:三联书店,2010.

[4] 曹聚仁.文坛五十年.上海:东方出版中心,1997.

[5] 陈独秀.独秀文存.上海:上海亚东图书馆,1922.

[6] 冯桂芬.校颁庐抗议.上海:上海古籍出版社,2003.

[7] 胡适.胡适文集.北京:北京大学,1998.

[8] 胡颂平.胡适之先生晚年谈话录.中国友谊出版公司,1993.

[9] 黄远庸.远生遗著.北京:商务印书馆,1920.

[10] 黄遵宪.黄遵宪集.天津:天津人民出版社,2003.

[11] 李大钊.李大钊文集.北京:人民出版社,1984.

[12] 梁启超.饮冰室合集.北京:中华书局,1989.

[13] 林纾.林琴南文集.北京:中国书店,1985.

[14] 鲁迅.鲁迅全集.北京:人民文学出版社,2005.

[15] 鲁迅.鲁迅译文全集.福州:福建教育出版社,2008.

[16] 毛子水.师友记.台北:传记文学出版社,1978.

[17] 秋瑾.秋瑾集.上海:上海古籍出版社,1960.

[18] 容闳.西学东渐记.长沙:湖南人民出版社,1981.

[19] 商务印书馆.白话文范.北京:商务印书馆,1928.

[20] 宋教仁.我之历史(宋渔父遗著).民国九年桃源三育乙种农石印本//沈云龙.近代中国史料丛刊.第五十三辑.台北:文海出版社,1966.

[21] 谭嗣同.谭嗣同全集.北京:中华书局.1981.

[22] 汪精卫.汪精卫集.上海:上海书店,1929.

[23] 王韬.弢园文录外编.沈阳:辽宁人民出版社,1994.

[24] 薛福成.薛福成选集.上海:上海人民出版社,1987.

[25] 严复.严复集.北京:中华书局,1986.

[26] 章士钊.章士钊全集.上海:文汇出版社,2000.

[27] 章太炎.章太炎全集.上海:上海人民出版社,1986.

[28] 郑观应.盛世危言.沈阳:辽宁人民出版社,1994.

[29] 周作人.周作人散文全集.桂林:广西师范大学出版社,2009.

[30] 朱执信.朱执信集.广东省哲学社会科学研究所历史研究室编.北京:中华书局,2013.

二、著作类

[1] 哈贝马斯.公共领域的结构转型.曹卫东,等,译.上海:学林出版社,1999.

[2] 洪堡特.洪堡特语言哲学文集.姚小平,译注.长沙:湖南教育出版社,2001.

[3] 洪堡特.论人类语言结构的差异及其对人类精神发展的影

响.姚小平,译.北京:商务印书馆,1999.

[4]哈贝马斯.现代性的哲学话语.曹卫东,等,译.南京:译林出版社,2008.

[5]瓦岱.文学与现代性.田庆生,译.北京:北京大学出版社,2001.

[6]H·M·艾布拉姆斯.文学术语与词典.吴松江,等,编译.北京:北京大学出版社,2009.

[7]萨义德.知识分子论.单德兴,译.北京:三联书店,2002.

[8]贝尔.资本主义文化矛盾.赵一凡,等,译.北京:三联书店,1989.

[9]韦勒克,沃伦.文学理论(修订版).刘象愚,等,译.南京:江苏教育出版社,2005.

[10]亨廷顿.文明的冲突与世界秩序的重建.周琪,等,译,北京:新华出版社,1998.

[11]柄谷行人.日本现代文学的起源.赵京华,译.北京:三联书店,2003.

[12]厨川白村.出了象牙之塔.鲁迅,译//鲁迅译文全集.第二卷.福州:福建教育出版社,2008.

[13]木山英雄.文学复古与文学革命——木山英雄中国现代文学思想论集.赵京华,译.北京:北京大学出版社,2004.

[14]索绪尔.普通语言学教程.高名凯,译.北京:商务印书馆,1980.

[15]马西尼.现代汉语词汇的形成:十九世纪汉语外来词研究.黄河清,译.上海:汉语大辞典出版社,1997.

[16]吉登斯.现代性的后果.田禾,译.南京:译林出版社,2000.

[17]威廉斯.文化与社会.吴松江,张文定,译.北京:北京大学

出版社,1991.

[18] 鲍曼.生活在碎片之中.郁建兴,等,译.上海:学林出版社,2002.

[19] 伊格尔顿.当代西方文学理论.王逢振,译.北京:中国社会科学出版社,1988.

[20] 北京大学1955年集体编撰.中国文学史.北京:人民文学出版社,1959.

[21] 陈建华."革命"的现代性:中国革命话语考.上海:上海古籍出版社,2000.

[22] 陈平原.触摸历史与进入五四.北京:北京大学出版社,2010.

[23] 陈平原.中国现代学术之建立.北京:北京大学出版社,2010.

[24] 陈柱.中国散文史.南京:江苏文艺出版社,2008.

[25] 陈子展.最近三十年中国文学史.上海:太平洋书店,1939.

[26] 丁帆.重回五四起跑线.北京:人民文学出版社,2004.

[27] 丁守和.辛亥革命时期期刊介绍.北京:人民出版社,1983.

[28] 丁文江,赵丰田.梁启超年谱长编.上海:上海人民出版社,1983.

[29] 董乃斌,等.中国文学史学史(第二卷).石家庄:河北人民出版社,2003.

[30] 范培松.中国散文批评史.南京:江苏教育出版社,2000.

[31] 范培松.中国散文史.南京:江苏教育出版社,2008.

[32] 方汉奇.中国近代报刊史.太原:山西人民出版社,1981.

[33] 方孝岳.中国散文概论.上海:世界书局《中国文学八论》本,1936.

[34] 冯自由.革命逸史(初集).北京:中华书局,1981.

[35] 高永年.中国叙事诗研究.南京:江苏教育出版社,2002.

[36] 戈公振.中国报学史.上海:上海书店,1989.

[37] 郭延礼.中国近代文学发展史.北京:高等教育出版社,2001.

[38] 郭预衡.中国散文史.上海:上海古籍出版社,2000.

[39] 何斡之.中国启蒙运动史.上海:上海生活书店,1947.

[40] 侯外庐.中国近世思想学说史.重庆:三友书店,1944.

[41] 胡全章.清末民初白话报刊研究.北京:中国社会科学出版社,2011.

[42] 胡绳武,金冲及.从辛亥革命到五四运动.武汉:湖北人民出版社,1983.

[43] 胡颂平.胡适之先生年谱长编初稿.台北:联经出版公司,1984.

[44] 黄霖.中国文学批评通史(近代卷).上海:上海古籍出版社,1996.

[45] 黄修己,刘卫国.中国现代文学研究史.广州:广东人民出版社,2008.

[46] 姜涛."新诗集"与中国新诗的发生.北京:北京大学出版社,2005.

[47] 蒋伯潜.骈文与散文.上海:世界书局,1941.

[48] 金雅.中国现代美学名家文丛·王国维卷.杭州:浙江大学出版社,2009.

[49] 黎锦熙.国语运动史纲.北京:商务印书馆,2011.

[50] 李剑农.最近三十年中国政治史.上海:太平洋书店,1930.

[51] 李欧梵.未完成的现代性.北京:北京大学出版社,2004.

[52] 李泽厚.中国近代思想史.合肥:安徽文艺出版社社,1999.

[53] 林非.林非论散文.南昌:江西高校出版社,2000.

[54] 林非.中国现代散文史稿.北京:中国社会科学出版社,1981.

[55] 林贤治.五四之魂——中国知识分子精神史.桂林:漓江出版社,2012.

[56] 林毓生.中国传统的创造性转化.北京:三联书店,1988.

[57] 刘纳.嬗变:辛亥革命时期至五四时期的中国文学.北京:中国社会科学出版社,1998.

[58] 刘志琴.近代中国社会文化变迁录.杭州:浙江人民出版社,1998.

[59] 罗志田.变动时代的文化履迹.上海:复旦大学出版社,2010.

[60] 南帆.二十世纪中国文学批评99词.杭州:浙江文艺出版社,2003.

[61] 牛仰山.中国近代文学论文集(1919—1949)概论·诗文卷.北京:中国社会科学文献出版社,1988.

[62] 钱基博.现代中国文学史.北京:商务印书馆,2011.

[63] 钱理群,温儒敏,吴福辉.中国现代文学三十年.北京:北京大学出版社,1998.

[64] 钱理群.周作人传.北京:北京十月文艺出版社,1990.

[65] 舒芜,等.近代文论选.北京:人民文学出版社,1981.

[66] 汤志钧.章太炎年谱长编.北京:中华书局,1979.

[67] 王尔敏.晚清政治思想史论.桂林:广西师范大学出版社,2005.

[68] 王汎森.章太炎的思想.上海:上海人民出版社,2012.

[69]王一川.中国现代性体验的发生.北京:北京师范大学出版社,2001.

[70]王哲甫.中国新文学运动史.北京:北平杰成印书局,1933.

[71]王佐良.英国散文的流变.北京:商务印书馆,1998.

[72]温儒敏.中国现代文学批评史教程.北京:北京大学出版社,1993.

[73]吴福辉.中国现代文学发展史(插图本).北京:北京大学出版社,2010.

[74]吴俊.鲁迅评传.南昌:百花洲文艺出版社,1992.

[75]吴齐仁(张静庐).章太炎的白话文.上海:泰东印书局,1921.

[76]夏晓虹,王风,等.文学语言与文章体式:从晚清到五四.合肥:安徽教育出版社,2005.

[77]夏晓虹.觉世与传世——梁启超的文学道路.北京:中华书局,2006.

[78]谢飘云.中国近代散文史教程.北京:科学出版社,2010.

[79]严家炎.二十世纪中国文学史.北京:高等教育出版社,2010.

[80]颜振吾.胡适研究丛录.北京:三联书店,1989.

[81]杨洪承.废墟上的精灵.北京:人民出版社,2006.

[82]杨联芬.晚清至五四:中国文学现代性的发生.北京:北京大学出版社,2003.

[83]杨义,中井政喜、张中良.中国现代文学图志.北京:三联书店,2009.

[84]余英时.五四新论——既非文艺复兴,亦非启蒙运动.台北:联经出版事业公司,1997.

[85] 余英时.现代危机与思想人物.北京:三联书店,2012.

[86] 余英时.中国思想传统的现代诠释.南京:江苏人民出版社,1998.

[87] 俞元桂.中国现代散文理论.南宁:广西人民出版社,1984.

[88] 俞元桂,等.中国现代散文史.济南:山东文艺出版社,1988.

[89] 袁进.中国文学的近代变革.桂林:广西师范大学出版社,2006.

[90] 张静庐.中国现代出版史料.北京:中华书局,1959.

[91] 张菊香,张铁荣.周作人研究资料.天津:天津人民出版社,1986.

[92] 张允侯.五四时期的社团.北京:三联书店,1979.

[93] 张枬,王忍之.辛亥革命前十年间时论选集.北京:三联书店,1977.

[94] 章太炎.国故论衡.上海:上海古籍出版社,2011.

[95] 章太炎.国学概论.北京:中华书局,2009.

[96] 赵家璧.中国新文学大系.上海:上海良友图书印刷公司,1935.

[97] 赵一凡.西方文论讲稿、西方文论讲稿续编.北京:三联书店,2007、2009.

[98] 郑振铎.插图本中国文学史.北平:朴社出版社,1932.

[99] 中国人民政治协商会议全国委员会文史资料研究委员会.辛亥革命回忆录.第一集.北京:文史资料出版社,1981.

[100] 中国社会科学院近代史所.五四运动回忆录.北京:中国社会科学出版社,1979.

[101] 周策纵.五四运动:现代中国的思想革命.周子平,等,译.

南京:江苏人民出版社,2005.

[102] 周红莉.中国现代散文理论经典.苏州:苏州大学出版社,2008.

[103] 周作人.周作人回忆录.长沙:湖南人民出版社,1982.

[104] 周作人.周作人自编集·中国新文学的源流.北京:北京十月文艺出版社,2011.

[105] 朱栋霖,丁帆,朱晓进.中国现代文学史.北京:高等教育出版社,1999.

[106] 朱晓进,等.非文学的世纪.南京:南京师范大学出版社,2004.

三、论文类

[1] 张艳华.五四文学语言的选择与文体流变.济南:山东大学,2007.

[2] 颜水生.中国散文理论的现代转变.济南:山东师范大学,2011.

[3] 蔡江珍.中国散文理论的现代性想象.苏州:苏州大学,2004.

[4] 陈剑晖.论主体文体——中国现代散文文体研究之一.汕头大学学报,2009(1).

[5] 陈剑晖.现代散文叙述模式的演变.学术研究,2012(10).

[6] 陈平原.古典散文的现代阐释.中山大学学报,2004(6).

[7] 陈平原.有声的中国:"演说"与近现代中国文章变革.文学评论,2007(3).

[8] 丁帆.新旧文学分水岭——寻找被中国现代文学史遗忘和

遮蔽了的七年(1912—1919).江苏社会科学,2011(1).

[9] 丁晓原.论晚清散文与"五四"散文的结构性逻辑.文学评论,2008(5).

[10] 丁晓原.五四散文的现代阐释.中州学报,2005(2).

[11] 丁晓原.语言三维视角下的中国散文现代转型.中国现代文学研究丛刊,2011(6).

[12] 范培松.20世纪中国散文批评概观.厦门大学学报,2003(1).

[13] 范培松.论散文的三重境界.江苏社会科学,2012(1).

[14] 高永年,何永康.百年中国文学与政治审美因素.文学评论,2008(4).

[15] 关爱和.二十世纪初文学变革中的新旧之争.文学评论,2004(4).

[16] 李春阳.什么是"白话文运动"——对〈中国大百科全书〉"白话文运动"词条的症候式阅读.社会科学论坛,2011(2).

[17] 李振声.作为新文学资源的章太炎.书屋,2001(7).

[18] 林贤治.五十年:散文与自由的一种观察.书屋,2000(3).

[19] 罗书华.散文概念源流论:从语体词体到文体.文学遗产,2012(6).

[20] 南帆.文类与散文.文学评论,1997(4).

[21] 宋剑华.论中国现代文学的发生期.青海师范大学学报(社会科学版),1986(4).

[22] 王凤.文学革命与国语运动之关系.中国现代文学研究丛刊,2001(3).

[23] 王兆胜."形不散—神不散—心散"——我的散文观及对当下散文的批评.南方文坛,2006(4).

[24] 王兆胜.论 20 世纪中国散文研究.徐州师范大学学报,2001(4).

[25] 文韬.散文的转换和文章的裂变——关于"文学之文"与"应用之文"的论争.中山大学学报,2009(1).

四、连续出版物

《申报》,《中外日报》《时务报》《实学报》《直报》《国闻报》、《清议报》《新民丛报》《民报》《浙江潮》《河南》《无锡白话报》、《中国白话报》《竞业旬报》《杭州白话报》《安徽俗话报》《国粹学报》《甲寅》月刊、《庸言》《新世纪》《南越报》《新青年》《新潮》《时事新报》《晨报》《每周评论》《东方杂志》

后　记

再读博士论文写作完毕时的后记，不敢相信这已经是两年前的旧事。犹记得2013年5月在南师大人防隧道里的打印社，伴着微凉的地气和浓郁的油墨味，眼见着论文裹上红色的封面，口干舌燥地郁热、微微眩晕地焦灼和心绪不宁地期待……这是四年鏖战的结果，也仿佛是一场悲欣交集的告别。我既庆幸自己仍走在路上，也黯然于就这样匆忙而拙劣地来到最初梦想的地方，正年轻却老去……这段磨砺自新的光阴，是我人生难忘的经历、宝贵的财富，提醒我时时以敬畏之心对待学术，以感恩之心对待成长。

衷心感谢我的导师高永年教授，她的"阳春布德泽"的光辉，远不止是睿智思想与渊博学识的榜样示范性。如果没有高老师的悉心指导和严谨教诲，我无法顺利完成论文的写作；如果没有高老师的亲切鼓励和积极引导，我无法在这场炼狱之旅中，坚定执着地走到今天。本书的写作，从最初选题到最终通过答辩，均得到了高老师的悉心指导。实际上，我的学业、工作和生活等诸多方面，都离不开高老师的关心和关爱。同时感谢南京师范大学文学院中国现当代文学专业的诸位导师,尤其是朱晓进老师、杨洪承老师、谭桂林老师、贺仲明老师、何言宏老师。在论文的开题报告和相关的研讨中,各位老师针对本论题提出了诸多建设性的修改意见,促成了本文的进一步完善,在此向各位老师给予的指导和赐教深表谢意。感谢丁帆老师、王彬彬老师在答辩过程中给予的指正和教诲。感谢美丽逸致的南京师范大学给我这段沉潜问学的机缘。

感谢我的家人对我的支持和理解,尤其感谢我的父母不顾年老体弱,为我承担了所有的家务,让我没有后顾之忧,能安心写作;感谢先生和稚子一直以来的理解和鼓励,迁就并陪伴我度过无数个金陵图书馆的周末。感谢我的好友、同窗何同彬、周红、顾晔峰、成芳、瞿华兵等不厌其烦地热情帮助;感谢我的前辈、领导、同事周成平、张勤、刘守旗、江锡铨、王锡九、宋传新、朱清、李斌、王玲玲、田燕等给予的关心和支持,这都是我完成博士阶段学业的重要保障。还有我的其他朋友们和给予过我无数帮助的人们,正是在你们的关心、关爱下,我这匹驽马才能缓缓前行。人生也许就像一场博士论文的写作:泥泞独行、悠然心会……

本书的出版,得到了江苏第二师范学院学术著作出版基金的支持。感谢南京大学出版社沈卫娟女士、编辑钱辛的悉心和耐心。

姚苏平
2016 年 1 月于美国　匹兹堡大学

图书在版编目(CIP)数据

变革与新生:中国现代散文发生期研究/姚苏平著.
—南京:南京大学出版社,2016.5
ISBN 978-7-305-15890-2

Ⅰ.①变… Ⅱ.①姚… Ⅲ.①散文-文学研究-中国-现代 Ⅳ.①I207.65

中国版本图书馆 CIP 数据核字(2016)第 077888 号

出 版 者	南京大学出版社		
社 址	南京市汉口路 22 号	邮 编	210093
出 版 人	金鑫荣		

书 名	变革与新生:中国现代散文发生期研究
著 者	姚苏平
责任编辑	钱 辛 沈卫娟
照 排	南京紫藤制版印务中心
印 刷	江苏凤凰扬州鑫华印刷有限公司
开 本	880×1230 1/32 印张 10.25 字数 235 千
版 次	2016 年 5 月第 1 版 2016 年 5 月第 1 次印刷
ISBN	978-7-305-15890-2
定 价	28.00 元

网　　址:http://www.njupco.com
官方微博:http://weibo.com/njupco
官方微信:njupress
销售咨询:(025)83594756

* 版权所有,侵权必究
* 凡购买南大版图书,如有印装质量问题,请与所购
  图书销售部门联系调换